Michael Bohl
Nichtmillionenstadt

»Ein Buch über die Kraft der Liebe und der Freundschaft, ein faszinierender psychologischer Roman von tiefer Lebenskenntnis, der auch jungen Lesern Mut macht, Verstörungen und ›frühes Leid‹ zu bestehen.«

Gisela Heidenreich, Autorin und Familientherapeutin

»Den jungen Marius zu begleiten, ist wie eine Reise in die eigene Kindheit und Jugend – grandios.«

Christian Setzepfandt, Autor, Historiker und Stadtführer

»Der Autor stattet seine 15-jährige Hauptfigur mit einer Fähigkeit zur Selbstreflektion aus, die erstaunt. Ich bin begeistert von diesem Roman und dem in ihm immer wieder aufblitzenden Humor.«

Prof. Dr. Martin Dannecker, Sexualwissenschaftler und Autor

Michael Bohl

Nichtmillionenstadt

Roman

SOCIETÄTS
VERLAG

Der Umwelt zuliebe nicht in Folie verpackt.

1. Auflage

Alle Rechte vorbehalten · Societäts-Verlag
© 2022 Frankfurter Societäts-Medien GmbH
Satz: Julia Desch, Societäts-Verlag
Umschlaggestaltung: Julia Desch, Societäts-Verlag
Umschlagabbildung: vvvita/Shutterstock, Yulia Buchatskaya/Shutterstock, Elina Li/Shutterstock
Druck und Verarbeitung: CPI books GmbH, Leck
Printed in Germany 2022

ISBN 978-3-95542-431-2

Besuchen Sie uns im Internet:
www.societaets-verlag.de

Draußen, wo die Zeit still steht,
und Worte ihre Bahn verlassen,
wo jede Grenze sich verweht,
bis nichts mehr bleibt uns überlassen.

Wenn nichts mehr ist, was jemals war,
wird nichts mehr sein, was je geschah.

Die Welt, die es gegeben hat,
und die uns einst doch alles war,
wird nichts von ihrem Rückzug wissen,
gewesen sein, unvorstellbar.

Marius (alles muss man selbst machen)

Prolog

Dieses Gespräch habe ich mir oft vorgestellt.
Etwa so:

»Wie fangen wir an?«
»Das muss ich dir überlassen, mein Junge. Es ist deine Idee.«
»Ich weiß. Obwohl ich mir sicher bin, dass du sie mir zugeworfen hast. Im Flug.«
»Wenn du dir sicher bist, ist es gut.«
»Es ist nur ein merkwürdiges Gefühl. Ich meine, wir haben uns mein ganzes Leben miteinander unterhalten und nun weiß ich nicht, ob ich auf etwas zurückgreifen kann.«
»Das kannst du, versprochen.«
»Ich glaube nicht, dass mir das jetzt hilft.«
»Fang einfach an. Du wirst schon sehen, wo es dich hinführt. Du kennst doch die Geschichte, die du mir erzählen willst.«
»Schon.«
»Also musst du nichts mehr erfinden, das erleichtert die Umsetzung doch.«
»Man muss auch erzählen können.«
»Das kannst du.«
»Und schreiben.«
»Das kannst du auch.«
»Und dir dabei in die Augen sehen, obwohl du gar nicht da bist.«
»Das könnte die Herausforderung sein.«
»Es wird mir wehtun. Das kann ich spüren.«
»Wie willst du einen Schmerz überwinden, ohne ihn zu spüren?«
»Immer diese mütterlichen Weisheiten.«
»Finde heraus, ob was dran ist.«

»Ich erzähle dir unsere Geschichte, und damit auch mir? Und der Schmerz wird dann weniger?«

»So in etwa würde ich das zusammenfassen, ja.«

»Und wenn es dir auch wehtut?«

»Das nehme ich auf mich.«

»Na dann.«

»Ich bin gespannt.«

»Dann fange ich so an, wie du es tun würdest. Mit der Liebe.«

»Ich glaube, damit liegst du richtig. Aber einen weiteren Rat solltest du vielleicht auch noch befolgen.«

»Welchen?«

»Erzähl die Geschichte jemandem, der sie noch nicht kennt. Sonst wirst du zu viel weglassen, von dem du meinst, dass es für mich selbstverständlich ist.«

»Dann wird es ein Buch.«

»Ich liebe Bücher.«

»Ich weiß.«

Ersten Teil

1 | Krähenrübe

Was mich schon oft verwundert hat, ist, dass ich ziemlich viel über den Tod nachdenke. Sogar ganz gerne. Das wirft doch immer die Frage auf, ob man vielleicht ein bisschen merkwürdig ist, irgendein Sonderling, der bei absoluter Finsternis mit Kerzen auf den Friedhof läuft, um sich mit den Ahnen zu unterhalten. Ich meine, wenn alles einigermaßen in geordneten Bahnen über die Bühne geht, dann liegen mindestens noch sechzig Jahre vor mir, da könnte ich mir doch Zeit lassen. Aber so läuft das nicht. Ich kann nicht anders, als mir Gedanken zu machen. Und es beschäftigt mich, was ich aus meinem Leben machen soll und wie ich das mit den Gedanken an den Tod in Einklang bringen kann. Ich glaube, die Antwort fällt mir so schwer, weil ich irgendwann älter und alt oder ganz alt sein werde. Und andererseits denke ich oft, ich könnte morgen schon tot sein. Weshalb ich ja zum Beispiel den Gurt im Auto anlege, oder diesen dämlichen Helm beim Fahrradfahren aufsetze. Wirklich vorstellen kann ich mir das alles aber nicht. Niemand weiß doch, wie alt er wird. Mir scheint es da an Fantasie zu fehlen. Richtig schwer wird es aber erst, wenn ich versuche, mir vorzustellen, tot zu sein. Ich liege dann in der geöffneten Kiste, etwas blass im Gesicht und mit schicken Klamotten, die mir ansonsten gestohlen bleiben könnten. Die Hände natürlich gefaltet, insgesamt ziemlich unversehrt, nur eben tot. Aber wie schon gesagt, an dieser Stelle fehlt es mir an Fantasie.

Tatsächlich will niemand von mir wissen, was ich aus meinem Leben machen möchte. Es fragt mich auch niemand, ob ich mir schon mal Gedanken über meinen Tod gemacht habe. Das ist alles gar kein Thema, aber es beschäftigt mich trotzdem. Und so habe ich angefangen, meine Gedanken zu sammeln und auf Notizzetteln in einer kleinen Holzschatulle aufzubewahren. Bella hat sie mir aus einem Familienurlaub in Indien mitgebracht. Sie ist ganz filigran geschnitzt und hat einen Elefanten im Deckel. Bella sitzt in der Klasse meistens in meiner Nähe, aber nie direkt neben mir, da sitzt immer Max. Zumindest seit er Anfang des Schuljahres zu uns gekommen ist. Oder wenn die Bänke zusammengeschoben sind, dann sitzen Max und Sami neben mir. Sami kam kurz nach ihm zu uns in die Klasse, während ich mit Bella schon seit meiner Ehrenrunde in der Fünften ganz gut befreundet bin. Ich glaube, die Schatulle war so eine Art Liebeserklärung von ihr, zumindest eine hochgradig freundschaftliche Bekundung, aufwendig verpackt und ganz ohne Anlass. Den Grund hat sie nie durchblicken lassen.

Jedenfalls ist mir die Schatulle ans Herz gewachsen, und sie erfüllt eine sehr wichtige Funktion. Ihre ausschließliche Bestimmung ist es, meine Notizen aufzubewahren. Und diese wiederum behandeln nur ein Thema: den Tod. Oder genauer gesagt: die Zeit danach! Aber den Teufel werde ich tun, sie deshalb meine Todesschatulle zu nennen. Ich finde es nur einen ausgesprochen schönen Gedanken, irgendwas auf die Beine zu stellen, was über meinen Tod hinaus von Bedeutung sein wird. Und das gleichzeitig mehr sein soll, als in ewiger Erinnerung derer weiterzuleben, die noch ein paar Jahre länger bleiben dürfen. Vorausgesetzt, da sind dann noch welche. Hast du schon mal versucht, dir vorzustellen, du wärst der Allerletzte in deinem vertrauten Kreis? Das ist doch scheiße. Alle wären schon weg, und am Schluss steht vielleicht nur noch die philippinische Krankenschwester am Grab, die dich zuletzt pflegte und ein gutes Gefühl für den netten Opa hatte, der ihr immer ein paar extra Euro gab. Das wäre doch echt gruselig. Also nicht wegen der philippinischen Krankenschwester, sondern wegen all derer, die nicht dabei wären. Deshalb sollte man wohl Kinder haben. Zwei oder drei am besten. Dann müsste man schon verdammt viel Pech haben oder ein Riesenarschloch sein, wenn der eigene Abgang ohne echte Tränen und längeres Fortleben in der Erinnerung der Liebsten über die Bühne ginge.

Das sind so Gedanken, die ständig querschießen. Es geht mir wohl um die eigene Bedeutung, was überhaupt nicht besonders ist, so viel habe ich schon verstanden. Es wimmelt von Leuten, die bedeutsam sein wollen, wahrscheinlich auch über ihren Tod hinaus. Ich behaupte deshalb auch nicht, dass meine Idee irgendwie ausgefallen wäre. Aber für mich ist meine Schatulle doch ein wenig speziell, ich zeige sie auch niemandem. Nicht, weil ich pflege, Geheimnisse zu haben, sondern weil es mir solche Freude macht, sie ganz für mich alleine zu haben. Hin und wieder einen neuen Zettel hineinzulegen, ist ein Akt größtmöglichen Mit-mir-eins-seins. Klingt ein bisschen abgehoben für einen 15-Jährigen, meinst du? Ist mir schnuppe. So selbstbewusst bin ich schon, und dass ich gut geraten bin, denke nicht nur ich selbst.

Ich habe Glück. Es wächst ja nicht jeder so auf. Vor allem nicht mit einer solchen Mom. Soweit ich mich erinnern kann, hat sie alles getan, um mich sein zu lassen, wie ich bin. Sie sagt, das sei eines der größten Probleme der Menschen. Immer aneinander rumzuschrauben, um für irgendeine Überzeugung passend zu sein. Und das sei der falsche Weg. Denn der richtige Weg sei der, auf dem man sich zu dem entwickeln würde, der man ist, und keiner wisse besser als man selbst, was das für ein Weg ist. Nicht, dass sie als Erziehungsperson bei mir ausgefallen wäre, im Gegenteil. Sie hat mich immer gestärkt. Bestimmt hat sie auch manchmal gedacht, ich hätte die eine oder andere Tasse zu wenig im Schrank. Aber spüren, ließ sie mich das nie – oder ich hab's nicht gemerkt.

Jeder Zettel, den ich in meine Schatulle lege, enthält eine Idee. Und die Idee, oftmals nur eine Ein-Wort-Idee, ist es, etwas zu beschreiben, das mir helfen könnte, über den Tod hinaus von Bedeutung zu sein und zu bleiben. So lange, bis mich dann schon lange niemand mehr persönlich kennt. Eine Notiz mit *Krähenrübe* liegt zum Beispiel schon länger drin.

Meine Mom nennt Herrn Stanjek, meinen Mathelehrer, eine Krähenrübe, weil sein Gesicht beim Reden so starr ist, als hätte er im Sarg schon mal Probe gelegen. Die Interpretation von Krähenrübe lässt viel Spielraum. Innerhalb dieses Spielraums wird's allerdings eng. Und so in etwa gestaltet sich ihre Direktheit. Es ist auch ein Beispiel dafür, dass Mom immer gute Namen einfallen. Mit *Krähenrübe* bin ich quasi aufgewachsen, es ist ein ganz normales Wort für mich. Und Herr Stanjek ist sozusagen das Urgestein aller Krähenrüben, und alle, die ähnlich doof daherkommen, sind unweigerlich auch welche.

Krähenrübe steht also auf einem Zettel in meiner Schatulle. Und, wie du ja nun weißt, geht es darum, etwas (und damit mich) unsterblich werden zu lassen. Und wenn es mir gelänge, *Krähenrübe* als Begriff derart bekannt zu machen, dass irgendwann jedes Kind wüsste, was eine Krähenrübe ist, würde sie sich auch früher oder später im Duden wiederfinden. Dabei wäre es noch nicht einmal wichtig, dass ein Verweis auf meine Person mitgeliefert würde. Es wäre genug, dass ich, wenn schon nicht ihr Schöpfer, so doch wenigstens ihre Erfolgsleiter gewesen wäre und somit fortbestehen würde bis... Das wäre mir dann auch wieder egal. Klingt doch nach einem guten Plan, oder?

2 | Familie

Mom ist meine Mutter, aber es wirkt nicht besonders locker, von seiner ›Mutter‹ zu sprechen. Ganz schlimm ist ›Mama‹. Keiner erwähnt im achten Schuljahr seine *Mama*. Das muss einem auch niemand beibringen. Damit klingst du nach Vorschule, und das steht dir schlecht, wenn du den Rest gerade davon überzeugen willst, dass du der gelassenste Teenager bist, den die Welt seit langem gesehen hat. Erst recht, wenn du ein Junge bist. Einem Mädchen würde man die Mama, allerdings unter Punkte abzug, noch durchgehen lassen, aber Jungs stehen unter absolutem Mamaverbot. Dafür komme ich mit ›Mom‹ ganz gut über die Runden. Einsilbig ist immer besser für die Gelassenheit. Im Übrigen geht Mutter auch deshalb nicht, weil das irgendwie total gebärfreudig klingt. Was schon rein statistisch nicht stimmt. Denn hier in Deutschland bekommen die Frauen zu wenige Kinder. Das haben sie uns sogar schon ganz offiziell im Unterricht erklärt. Wenn ich mich recht erinnere in Sozialkunde, in Religion und sogar in Mathe. Irgendeine Textaufgabe war das wohl. Da bekam die aktuelle deutsche Mutter im Schnitt 1,45 Kinder. Kein Wunder, dass mir Mathe nicht liegt. Wie soll ich mir 1,45 Kinder vorstellen? Meine Mom jedenfalls hat nur 1,0 Kind, und das bin ich.

Mein Name ist Marius, und damit kann ich ganz gut leben. Marius könnte auf den römischen Kriegsgott Mars zurückzuführen sein, was nicht so übel ist, obwohl ich natürlich gegen Krieg bin. Außerdem ist es nicht ausgeschlossen, dass sich aus dem Lateinischen die Bedeutung von *männlich* sowie auch von *Meer* in meinem Namen wiederfindet. Beides ist mir sympathisch. Ich meine, welcher 15-jährige Junge würde nicht gerne als männlich gelten? Ich jedenfalls hätte nichts dagegen, solange ich nicht bei Geschichten, die offensichtlich Mut erfordern, in die erste Reihe geschickt werde. Du glaubst nicht, wie schnell ich mich in Luft auflösen kann. Na ja, und ein Meer erweckt doch sofort angenehme Gefühle. Da sind sich immer alle einig, obgleich ich es am Meer eher etwas langweilig finde. Aber das muss ich ja nicht jedem auf die Nase binden.

Mom sagt bei allerhand Anlässen, das Unbewusste sei viel entscheidender als das Bewusste. Und da hat sie, soweit ich das schon überblicken kann, wahrscheinlich recht. Wenn ich mir dann vorstelle, dass mein Gegenüber in dem Moment, in dem ich mich als Marius vorstelle, unbewusst eine Information aufnimmt, die aus der Kette Rom-Krieg-Gott-Männlich-Meer besteht, dann macht mich das zum einen für den Moment ziemlich selbstbewusst und zum anderen auch ein wenig stolz auf die komplexe Anlage meiner Persönlichkeit. Ein Marius kann nie ein Schwächling sein.

Mom ist klasse. Das möchte ich gleich zu Beginn festhalten. Sie gibt mir das Gefühl, mich total in Ruhe zu lassen, aber in Wirklichkeit ist sie allgegenwärtig. Auf eine Art, die mir gefällt, und ich kann mir den Luxus erlauben, auf die ganzen Widerstände, die in meinem Alter wohl angemessen wären, zu verzichten. Auch deshalb achte ich darauf, dass sie nicht zur ›Mama‹ wird. Von einer ›Mama‹ muss man sich mühsam abgrenzen, vermute ich, bei einer Mom stellt sich ein plausibles Verhältnis aus Nähe und Distanz ganz natürlich ein.

Die Leute lachen viel mit ihr, weil sie sehr unterhaltsam ist und die Menschen mag. Sie kann auch ziemlich direkt werden, aber selbst das klingt in ihrer Sprache nach verdaubarer Kost. Es ist nicht nur so, dass *ich* sie mag, sie *ist* definitiv die beste Mom von allen, was wahrscheinlich wenig originell klingt, weil das ja die meisten Kinder von ihren Müttern behaupten. Ich finde aber, dass nur ich damit recht habe. Außer von mir wird sie von so ziemlich allen gemocht. Mein Vater mag sie so sehr, dass in seinem Fall von Liebe die Rede ist. Meine Freunde mögen sie auch alle. Im Kindergarten war sie der Hit unter den Müttern, und das ist sie auch danach eigentlich immer geblieben. Nur bei meinen Lehrern fällt die Bilanz durchwachsen aus. Aber von denen sind einige derart merkwürdig, dass es nicht verwundern sollte.

Einen Vater habe ich auch, und den habe ich anders lieb. Ich würde sagen, dass er ziemlich zufrieden mit seinem Leben ohne seinen Sohn und seine Frau ist. Er ist oft ohne uns unterwegs und bestimmt mein Leben deutlich weniger als meine Mom. Mein Vater – der nicht mein ›Dad‹ ist, denn ›Dad‹ klingt dann doch noch einmal einen Zacken amerikanischer, und das kann er überhaupt nicht ab, und ich selbst find's auch doof – ist irgendwie ein Freak, so einer, der völlig in dem aufgeht, was er tut. Bei ihm klingt Papa zwar nicht ganz so babymäßig wie Mama, vor allem aber empfinde ich Vater als deutlich neutraler als Mutter. Vielleicht, weil Vater nie gebärfreudig klingen kann, keine Ahnung.

Mein Vater arbeitet als Kurator, und das muss ich ziemlich oft erklären. Selbst die Erwachsenen wissen nicht immer, was sie sich darunter vorstellen sollen. Ich mach's dann kurz und sage, er würde im Museum arbeiten. Das reicht oftmals schon, führt zu einem wissenden Kopfnicken, als ob damit alles gesagt wäre, und dann lass ich's dabei auch bewenden. In unserer Stadt, also in Frankfurt, gibt's echt viele Museen, derzeit um die sechzig, und das ist für eine *Nichtmillionenstadt* doch eine ganze Menge, finde ich. Und für eines dieser Museen ist er zuständig. Was eigentlich überschaubar klingt, aber er ist permanent auf Achse. Vor allem wegen der regelmäßigen Wechselausstellungen. Wenn wieder eine neue kommt, sagt Mom schon mindestens vier Wochen im Voraus, dass mein Vater im Wechselfieber ist. Dann weiß ich, was sie meint. Nämlich, dass er in unserer Wohnung kaum noch gesichtet wird und wenn dann eher abwesend ist.

In seltenen Ausnahmefällen erkläre ich noch, dass er zum Beispiel auch für die Museumspublikationen zuständig ist, und das macht er richtig gut. Ich habe ziemlich viele davon in meinem Regal stehen und fand die bisher meistens interessant. Früher mehr die Bilder, heute durchaus auch die Texte. Leider steht sein Name nie darauf, das macht man nicht bei Kuratoren, da unterscheiden sie sich von Schriftstellern. Ein künstlerisches und pädagogisches Konzept muss er auch oft entwickeln. Was unter anderem bedeutet, dass er erklären können muss, warum er genau diese Bilder und Kunstwerke ausgewählt hat. Oder warum er sie so und nicht anders positioniert hat. Und da erzählt er wirklich spannende Geschichten. Man sieht plötzlich viel mehr, als wenn man ohne seine Erklärungen draufguckt. Ich finde dann, dass mein Vater auch ein wenig wie ein Zauberer sein kann, aber das würde niemand mehr verstehen, und deshalb behalte ich das für mich. Und er verdient ziemlich gut, aber auch das behalte ich für mich. Ich weiß nicht, wie es in anderen Ländern ist, aber bei uns redet man nicht darüber, was jemand verdient, erst recht nicht, wenn es viel ist. Man weiß das einfach oder merkt es. Dafür redet man darüber, wenn jemand wenig oder gar nichts verdient, also Geld vom Staat bekommt. Obwohl man das auch weiß oder merkt. Mom macht übrigens nichts, hat aber den ganzen Tag etwas zu tun. Das ist viel schwerer zu erklären.

Um dem Klischee einer klassischen Superfamilie zu entsprechen, müsste ich eigentlich noch eine Schwester haben. Was ich, um ehrlich zu sein, auch ziemlich cool fände. Viele Einzelkinder finden den Gedanken an Geschwister wohl irgendwie stark. Mir geht es da nicht anders. Obwohl ich an meiner Kindheit nichts auszusetzen habe. Bis hierhin hat es mir an nichts gefehlt. Also auch nicht an einer Schwester. Aber ich stelle mir vor, dass es mir mit ihr noch besser gegangen wäre. Sie wäre jünger gewesen, und ich ihr großer Bruder. Nur so will ich das sehen, nur in dieser Vorstellung fehlt sie mir. Ich hätte sie beschützt und gedrückt, weil ich sie lieb gehabt hätte. Sie hätte mich angehimmelt, weil ich der tollste große Bruder unter dem weiten Sternenhimmel gewesen wäre. Ich wäre ihr Held gewesen, und sie immer da, wenn ich jemanden zum Spielen gebraucht hätte. Oder zum Ärgern. Toll. Aber es gibt sie nicht außerhalb meiner Vorstellung. Auch nicht außerhalb der von Mom und meinem

Vater. Einmal, kurz bevor ich in die Schule kam, bestand die Chance. Wir konnten sie damals alle schon sehen. Daran, dass Moms Bauch plötzlich deutlich zunahm und etwas aufgebläht wirkte. In meinem Kopf hatte sie sogar schon einen Namen: *George*. Das mag dich verwundern, aber Mom hat ihre Kinderbücher im Keller aufgehoben, und was mich sehr begeisterte, waren die *Fünf Freunde* von Enid Blyton. Georgina, die in den Büchern immer George hieß, war eine der *Fünf Freunde* und wollte viel lieber ein Junge als ein Mädchen sein. Dazu war sie ziemlich kauzig, was sie mir sympathisch machte, denn mit ihr war immer was los. Für eine solche George wäre ich gerne ein großer Bruder gewesen. Weshalb sie auch heute noch so heißt, wenn ich an sie denke.

Mom hat sie verloren, was mir damals überhaupt nicht einleuchten wollte. Wie konnte sie George einfach so verlieren? Heute weiß ich, dass George noch in ihrem Bauch gestorben ist. Viele Wochen, bevor sie zur Welt gekommen wäre. In der sie immer noch lebt – mindestens durch mich, bestimmt auch durch Mom und meinen Vater. So ganz genau weiß ich das nicht, aber ich kann es mir nicht anders vorstellen. Wir reden über alles, aber eigentlich nie über George. Mom war damals ganz anders als jemals zuvor oder danach. Sie war eine Zeit lang, die mir wie eine Ewigkeit vorkam, ganz schweigsam und fing immer und immer wieder ganz plötzlich an zu weinen. Und dann ging ich zu ihr und drückte mich an sie. Oder ich pflückte ihr Löwenzahn von der Wiese am Sportplatz. Obwohl sie so traurig war, hat sie besonders gut gerochen, wenn ich ihr dann ganz nahekam. Die Tränen waren das nicht, die rochen nach nichts.

George hat kein Grab. Was allerdings möglich gewesen wäre. Sonntags beim Frühstück habe ich meine Eltern einmal darauf angesprochen. Es war wie in einem Film, wenn Leute mitten im Kauen innehalten, als hätte man mit der Fernbedienung auf Pause gedrückt. Dann haben sie sich angeschaut und ganz langsam die Kiefer wieder bewegt und geschluckt. Mein Vater war es, der mir die Antwort gab. Was selten vorkam, denn ansonsten war es eher Mom, die mir offensichtlich heikle Fragen zu beantworten versuchte. Mein Vater sagte, und damit hatte ich wirklich nicht gerechnet, sie hätten einen großen Fehler gemacht. Und dann schob er den Teller zur Seite, trank einen Schluck Kaffee und schaute mir zu lange in die Augen. Bis er hinzufügte, meine Schwester hätte ein Grab haben sollen. Er und Mom würden es noch immer bereuen, darauf verzichtet zu haben. Sie hatten gedacht, der Schmerz würde dann nie ein Ende finden, und außerdem standen sie unter Schock, alle beide. Und so hatten sie zugestimmt, meine Schwester, also George, zu entsorgen. Das klang scheußlich, und Mom fing sofort wieder an zu weinen und lief weg ins Schlafzimmer, aus dem sie erst Stunden später wieder herauskam, und nichts weiter sagte. Mein Vater besann sich dann wohl auf seine pädagogischen Fähigkeiten und versicherte mir, dass meine Frage völlig in Ordnung gewesen sei. Ich solle ihn und Mom immer fragen, wenn ich etwas wissen wolle. Und ich sei auch nicht schuld an Moms Tränen, was ich allerdings auch nicht angenommen hatte.

Trotzdem war es mir damals und auch seither nicht mehr danach, noch einmal genauer nachzufragen. Ich bekomme es aber auch nicht mehr aus meinem Kopf. Dass Mom George zuerst verloren hat, und sie dann einfach entsorgt wurde. Vielleicht, so denke ich heute, bin ich auch deshalb auf die Idee mit der Schatulle gekommen, ist mir auch deshalb der Gedanke an den Tod ein wenig vertraut. George lebt, muss leben und hat doch nie geatmet. Zumindest nicht in der Welt draußen. Ich habe sie lieb und kenne sie doch nur von diesen seltsamen Ultraschallbildern und meiner, hinter Moms Kugelbauch verborgenen, Vorstellung. Wenn meine Eltern diesen Fehler gemacht haben, George nicht in ein Grab zu legen, dann werde ich das nachholen und sie nie vergessen. Dieses eine Thema habe ich wahrscheinlich zu früh verstehen müssen: Dass es tote Menschen gibt, die leben und nicht sterben dürfen.

Dann haben wir noch einen schwarzen Kater, und der lebt auch hoffentlich noch eine Weile, obwohl er schon etwas älter ist. Mindestens 12 Jahre, schätzen wir, denn genau wissen wir es selbst nicht. 12 Jahre sind für eine Katze aber schon ein ordentliches Alter. Was ich so akzeptieren muss. Gayle, so heißt unser Kater, ist wohl schon seit längerem im Ruhestand. Was er zumindest überzeugend dokumentiert, indem er die meiste Zeit seines Tages ohne erkennbar schlechtes Gewissen verpennt. Da dies allerdings zu keiner Phase seines Lebens deutlich anders war, mag die Analogie zum menschlichen Ruhestand eher wacklig sein. So oder so, es will mir nicht einleuchten, dass er in der mir vielleicht noch verbleibenden Lebenszeit kaum noch dabei sein wird, und das völlig natürlich. Weil er, obgleich immer jünger als ich, doch schon viel älter ist. Wie gesagt, ich muss das wohl akzeptieren.

Gayle heißt er wegen *Gayle Tufts*. Das ist eine amerikanische Entertainerin, die schon lange in Deutschland lebt und irgendwie ziemlich witzig ist. Mom hat einige CDs und auch eine DVD von ihr und sie lacht immer ganz beseelt vor sich hin, wenn sie *Gayle Tufts* sieht oder hört. Ich bin quasi mit ihr groß geworden. Sie war die Einzige, die wir, als ich noch klein war, im Auto hören konnten und an der wir offenbar alle gemeinsam Spaß hatten. Dass meine Eltern Benjamin Blümchen damals nicht so gerne mochten wie ich, wusste ich nicht. Und das galt offenbar für alle meine CDs. Das hat mir Mom erst kürzlich erzählt. Und wenn ich mir jetzt vorstelle, ich könnte einmal Kinder haben und müsste mir das Kinderzeugs dann wieder stundenlang anhören, dann ist das eines der Argumente, die meiner Meinung nach durchaus dafür sprechen, sich die Sache mit den eigenen Kindern doch genauer zu überlegen. Und bestimmt ist das auch einer der Gründe dafür, warum es in Deutschland nicht mehr so viele Kinder gibt. Es gibt viel zu viele nervtötende Kinderlieder.

Wir fanden Gayle, als wir mit dem Wagen im Urlaub in Italien unterwegs waren. Er lag am Wegrand, ganz friedlich, und wir dachten, er wäre tot, weshalb wir auch nicht anhielten. Der Weg war holprig und sollte zu einer fantastischen Aussicht führen, von der meine Eltern aber nur vermuteten, dass es sie geben würde. So machen wir immer Urlaub. Andere schauen sich tolle Sehenswürdigkeiten an und wissen genau, wo sie hinwollen. Bei uns ist das nicht so. Obwohl wir uns, das muss ich zugeben, auch schon viele tolle Sachen angeschaut haben. Aber zwischendurch haben meine Eltern im Urlaub mitunter seltsame Anwandlungen. Dann fahren sie irgendwo lang, wo in den nächsten drei Jahren wahrscheinlich kein anderer Tourist mehr vorbeikommt. Das hat wohl damit zu tun, dass meine Eltern im Urlaub immer gerne etwas Eigenes entdecken wollen, irgendwelche Orte, die nicht im Reiseführer stehen. Und dies, meiner Ansicht nach, in der Regel durchaus zu Recht. Aber das interessiert meine Eltern wenig. Beharrlich halten sie daran fest, mich für weite Felder, Lichtungen in Wäldern, verborgene Bachläufe, Geröllhänge und Sonstiges, irgendwie Naturgewaltiges, begeistern zu wollen. Und ich tue ihnen den Gefallen, nicht zu genervt zu reagieren, wenn Vater plötzlich den Wagen bremst und nur ›da‹ ruft, wobei es auch Mom sein kann, die ›da‹ ruft. Jedenfalls war das immer der magische Moment, in dem der Wagen plötzlich zum Stehen kam. In der Regel dort, wo normalerweise nicht daran gedacht ist, einen Wagen abzustellen. Aber das gehört wohl zum Konzept.

Am Tag, als wir Gayle fanden, das erinnere ich bestimmt nur seinetwegen so gut, war es ein Hügel, von dem aus man in ein waldiges Tal mit einer Schneise für Strommasten hinabblickte. Mom überschlug sich, wie eigentlich immer, vor Begeisterung, und schon als kleines Kind habe ich kapiert, dass es nicht nett von mir sein würde, ihr den Spaß zu nehmen. Aber für übertriebene Begeisterung fehlte mir der Antrieb. Und so tat ich, was sich bis heute immer wieder als erfolgreiche Verhaltensweise meinerseits erwiesen hat, und grinste wohlwollend. Ich zeigte mich, wenn ich nicht gerade einen Bärenhunger hatte, oder, je nach Beschaffenheit des Anfahrtsweges, kurz vorm Erbrechen stand, wenig widerständig und teilte die Freude meiner Eltern an ihrer sensationellen Entdeckung eher still und überlegen. Ich wusste ja schließlich, dass sie sich etwas vormachten. Aber erklär das mal deinen Eltern, wenn du vier bist.

Auf der Rückfahrt mussten wir unweigerlich wieder an der Stelle vorbei, wo wir Gayle zuvor gesehen hatten. Tote Tiere auf der Fahrbahn oder am Rand haben mich als kleines Kind schwer beschäftigt und machten mich traurig. All die Vögel und Kaninchen, Igel und Frösche, die noch hätten leben können, wenn diese verkackten Autos nicht einfach über sie hinweggerollt wären. Aber eine tote Katze hatte ich noch nie gesehen, und das fand ich dann außergewöhnlich schlimm. Eine Katze war noch besonderer als die anderen Tiere. Und auf dem Rückweg erinnerte ich mich sofort wieder an sie, lange bevor wir an der Stelle vorbeikamen. Ich saß in meinem Kindersitz, hatte wie immer eine ziemlich gute Aussicht von meinem Thron, und meine Aufregung stieg mit jeder Sekunde. Obgleich erfüllt vom Entsetzen vor dem herannahenden Moment, blickte ich gebannt nach draußen, um den vorbeiziehenden Katzen-Leichnam auf keinen Fall zu verpassen. Und dann konnte ich den schwarzen Punkt vor einer Biegung auch schon aus der Entfernung erkennen und verfolgte, wie er langsam größer wurde. Es war kein schönes Gefühl, und kurz bevor wir an Gayle vorbeifuhren, hob ich meine Hand und winkte ihm wie eine Majestät aus dem Ellenbogen heraus zu. Es war schlimm, dass er tot war, aber einfach wieder an ihm vorbeizufahren und ihn da liegen zu lassen, war fast noch schlimmer. Vielleicht hatte ich die leise Hoffnung, das Ende könnte sich für die arme Katze etwas besser anfühlen, wenn ich ihr nochmal zuwinken würde. Was dann aber folgte, fühlt sich noch heute für mich wie ein Wunder an.

Es ist schon erstaunlich, dass ich mich an so vieles erinnern kann, als ich noch klein war. Wobei es mich nicht wirklich erstaunt, weil ich es ja gar nicht anders kenne. Das ist eher wieder so eine Erkenntnis aus der Welt der Erwachsenen, die ich über deren Umweg irgendwie meinem sicheren Blick auf die Dinge hinzufügen muss. Noch heute erzähle ich ihnen manchmal von Erlebnissen, bei denen sie auch dabei waren. Aber weil *ich* sie erinnern kann und *sie* ständig alles Mögliche vergessen, wundern sie sich über mich statt über ihr Vergessen. Das Einzige, was mich wundert: An so etwas Spektakuläres wie meine Geburt kann selbst ich mich nicht erinnern.

Das Wunder, das ich erlebte, und das ich noch heute sehen kann wie ein gestochen scharfes Foto, ist Gayles Kopf, der sich, gerade als ich ihm winkte, hob und nach meiner Hand schaute. Zumindest habe ich mir das immer so vorgestellt, dass er nach meiner Hand geschaut hat, obwohl ich das eigentlich so genau auch wieder nicht sehen konnte. Und in diesem Moment machte ich das, was bei meinen Eltern immer gut klappte. Ich rief ›da‹, deutete aufgeregt auf die Katze, und mein Vater bremste. Der Rest ist schnell erzählt. Meine Eltern stiegen aus dem Auto. Dann hörte ich Mom, die sich vor die Katze kniete, zu meinem Vater sagen, sie würde noch leben. Er drehte sich wieder zum Wagen und dabei fiel ihm auf, dass ich noch drin saß. Er hob mich langsam aus dem Sitz, stellte mich auf die Erde, und ich lief zu der Katze und streichelte ihr Fell. Nicht ohne, dass mich mein Vater zu Vorsicht mahnte, was aber nicht nötig war. Ich hatte nämlich schon viele Katzen gestreichelt. Und obwohl ich noch sehr klein war, liefen sie vor mir nie davon, wie sie es bei anderen Kindern meistens taten. Kurz danach hielt mein Vater der Katze etwas Wasser hin. Sie nahm das Angebot dankend an und schlabberte seine Hand in einem Tempo leer, das ziemlich erstaunlich war.

So kam also Gayle in unsere Familie. Er hatte zumindest insofern einen günstigen Zeitpunkt für unsere Bekanntschaft gewählt, als dass wir uns auf der Rückfahrt befanden. Es war der Abschlusstag, und es sollte noch eine Fahrt durch die Nacht folgen, von der wir alle hofften, dass Gayle sie gut überstehen würde. Denn irgendwas, so vermuteten wir, hatte er sich gebrochen, weshalb mein Vater ihn ganz vorsichtig ins Auto neben mich legte. Ich habe dann fast gar nicht geschlafen, weil ich mir sicher war, dass meine Wunder-Streichel-Hand ihn auch heil nach Hause bringen konnte. Manchmal miaute er, wirkte aber insgesamt für einen Kater mit möglichem Bruch wenig wehleidig. Und er schaffte es.

Seinen Namen bekam er noch auf der Fahrt. *Gayle Tufts* lief, als wir anhielten, um ihn zu retten, und sie lief noch immer, als wir wieder fuhren. Mom drehte sich zu mir nach hinten und mit Blick zu meinem Vater und mir sagte sie: »Wir nennen sie Gayle, was meint ihr?« Und wir meinten, das sei eine gute Idee. Obwohl wir uns noch gar nicht sicher waren, ob es ein Mädchen oder ein Junge war. Aber das ist wie mit George. Keiner wird gefragt. Und Tieren ist es egal, wie sie heißen.

Kurz gesagt, habe ich eine Mom und einen Vater, und das passt gut. Zusammen mit Gayle sind wir die Familie Lefner. George ist meine Schwester, von der niemand etwas weiß. So weit, so unspektakulär.

3 | Max

Dass Tage Farben haben, weiß ich schon lange. Es ist ganz eindeutig. Der Montag ist hellblau, ein Dienstag ist lindgrün. Der Mittwoch ist dunkelgrün, und der Donnerstag rotbraun. Der Freitag schließlich ist gelb, der Samstag graugrün (wie manche Augen) und der Sonntag richtig rot. Menschen, die ich kenne, tragen auch diese Farben. Bella zum Beispiel ist schon immer ein Freitag, also gelb. George ist rotbraun. Mein Vater ist graugrün und Mom natürlich rot. Meine Eltern sind zusammen genommen ein Wochenende. Ich selbst bilde eine Ausnahme, denn ich bin weiß. Und Gayle ist schwarz, wegen seines Fells. Sami war schon immer ein dunkelgrüner Mittwoch und Max montagsblau wie ein heller, wolkenloser Himmel.

Max kam zu Beginn des Schuljahres in unsere Klasse. Ich war 15, und der Sommer war so heiß, dass hitzefreie Stunden ein Muss waren. Was die Schulbehörde allerdings anders sah. Kunststück, wenn man selbst eine Klimaanlage laufen hat. Wie zu jedem Beginn eines neuen Schuljahres wurde die Klasse um jene kleiner, die nicht versetzt wurden, und gleichzeitig wieder ergänzt durch die, denen es nicht anders erging, die aber eigentlich schon ein Jahr voraus waren. Ich selbst blieb gleich im fünften Schuljahr kleben, weswegen ich fortan für eine Weile einen gewissen Ruf genoss, der unter Schülern kein Nachteil sein muss. Ich war größer und älter als der Rest. Und weil im fünften Schuljahr keiner so ungeschickt war wie ich und sitzenblieb, war das für ein Jahr, zusammen mit den Erfahrungen, die ich den anderen anfangs voraushatte, ein echtes Alleinstellungsmerkmal. Ich kannte nicht nur alle Schulgänge, sondern konnte einiges über die Lehrer berichten, die meiner Klasse ansonsten völlig unbekannt waren. Ich konnte ein wenig Schrecken verbreiten, aber auch Trost spenden. Was ein ziemlich gutes Gefühl war, denn die erste Runde auf dem Gymnasium hatte ich mir die Zeit als Ladenhüter vertrieben. Im zweiten Anlauf war ich plötzlich gefragt. In den nächsten Jahren verlor sich diese Besonderheit. Jährlich kamen vier oder fünf Neue von oben nach unten. Mir gab das ein Gefühl von Genugtuung, weil ich jedes Jahr weniger einzigartig in der Kunst des Klebenbleibens war, aber auch ein Gefühl von langsam wieder einkehrender Normalität im Kreise Gleichaltriger. Ein Jahr älter zu sein, ist in diesem Alter ein gefühltes Jahrzehnt.

Zusammen mit zwei neuen Mädchen wurde uns Max von unserer Klassenlehrerin, Frau Wolters, am ersten Schultag des achten Schuljahres kurz vorgestellt. Wobei die Vorstellung im Wesentlichen darin bestand, dass die neuen Namen und die Klassen, aus denen sie kamen, genannt wurden. Dann hielt Frau Wolters Ausschau nach freien Plätzen und wies jedem Neuankömmling einen davon zu. Neben mir war ein Platz frei geworden, weil Simon gerade ein Jahr drunter neu verteilt wurde. Simon war als Nachbar ganz in Ordnung gewesen, aber auch ein wenig nervig, weil er drei Jahre an meiner Seite vor sich hin gezappelt hatte, total unkonzentriert war und nur wie durch ein Wunder so lange die Ehrenrunde hatte verhindern können. Er tat mir schon ein wenig leid, aber ich vermisste ihn nicht. Allerdings wusste ich mit ihm, was mich in jedem neuen Schuljahr erwartete, und das war plötzlich anders.

Max hatte halblanges, glattes, dunkelblondes Haar und war so groß wie ich, also einspaarundsiebzig. Außerdem war er super schlank, trug Jeans und ein dreifarbig gestreiftes Hemd, was auf mich nicht wirklich modern wirkte. Dafür alles hauteng und ohne einen Pickel im Gesicht. Das fiel mir besonders auf, weil ich zu dünn war für hautenge Klamotten, und immer mal wieder mit Pickeln zu tun hatte. Während ich noch dabei war, mir darüber klar zu werden, dass ich ihn irgendwie mega fand, und dafür nicht einmal eine Minute brauchte, wanderte der Blick von Frau Wolters nach der Vorstellung durch die Bankreihen und blieb sogleich an Simons freiem Platz hängen. Erst da begriff ich, was passieren würde, und im gleichen Moment schoss mein Puls unter die Klassenzimmerdecke. Frau Wolters blickte nickend zu Max, zeigte in meine Richtung und sprach dann die legendären Worte, dass das sicher gut passen würde – *Max und Marius*. Max kam zu meiner Bank, zog den Stuhl zurück, setzte sich, schaute zu mir rüber und sagte ›Hallo‹. Dabei grinste er hauchdünn. Ich ließ mir genug Zeit, um rot anzulaufen, verklemmt einen Mundwinkel zu verbiegen und ebenfalls ›Hallo‹ zu sagen. Im Nachhinein würde ich sagen, dass ich ziemlich happy war, tatsächlich aber fühlte ich mich beschissen. Jedenfalls weiß ich seitdem, dass es einem ziemlich beschissen gehen kann, wenn man sich sehr freut. Was in mir vorging, war mir so was von überhaupt nicht vertraut, dass es mir in den nächsten 45 Minuten eine komplette Lähmung verpasste, während in meinem Kopf verschiedene Züge aufeinanderzu ratterten. Auf der Suche nach einem ersten Satz und einem blendenden Eindruck. Ich war 15, und es war der erste Tag von etwas außerordentlich Neuem.

Irgendwie muss der Tag ein Ende gefunden haben. Wie an jedem Schultag muss ich irgendwie den kurzen Anstieg nach Hause mit dem Rad gefahren sein. Irgendwie den Schlüssel herumgedreht haben. Moms Begrüßung als gewohnte Selbstverständlichkeit erwidert haben. Irgendwie muss ich mich an den Küchentisch gesetzt haben, um zu essen und satt zu werden. Irgendwie ging es weiter. Musste ja.

Wenn nichts Wichtiges dagegenspricht, ist es Mom heilig, den Abwasch direkt nach dem Essen zu erledigen. Sie besteht darauf, keine Spülmaschine zu kaufen, obwohl der Platz in unserer Küche für drei Maschinen reichen würde. Das Geld hätten wir sicher auch. Aber sie ist dagegen, und so ganz bin ich noch nicht dahintergekommen, warum. Was nicht wirklich entscheidend ist. Denn in der Küche hat alleine sie das Sagen. Ich kann es nicht einmal ausschließen, dass sie das für erzieherisch wertvoll hält. So nach dem Motto, dass ihr Sohn nicht mehr als unbedingt notwendig durch Technik verhätschelt wird. Ich soll mich bestimmt früh daran gewöhnen, dass so ein Tag Strukturen hat, Abläufe, Verantwortung. Dass so ein Tag immer auch ein Miteinander ist. So Sachen vertritt sie halt.

Abwasch besteht aus drei Teilen. Das Spülen übernimmt Mom, Teil zwei und drei, Abtrocknen und Wegstellen, in der Regel ich. Weil sonst auch niemand da ist. Außer an den Wochenenden, an denen mein Vater mit uns isst. Dann gehen Teil zwei und drei allerdings trotzdem an mich. Aber er spült dann manchmal.

Nach der Küchenarbeit will Mom sich ausruhen und ein Schläfchen halten. Mindestens eine halbe Stunde, eine ganze ist ihr lieber. Es gibt eigentlich nur eine Ausnahme, die sie nach meiner Einschätzung ohne zu murren akzeptiert. Die greift, wenn ich reden will. Und ich wollte mit ihr reden an diesem Tag. Es gibt wohl solche Mütter, mit denen kann man einfach nicht reden kann, die immer ätzende Bemerkungen machen. Aber Mom ist nicht so, ganz und gar nicht. Ich habe schon immer gerne mit ihr geredet. Manchmal texte ich sie sogar ziemlich zu, aber sie beklagt sich nie. Dafür ist das Essen nach der Schule unsere beste Zeit. Es gibt daher Themen, denen ich heute noch ein ganz bestimmtes Essen zuordnen kann. *Heiraten* ist so ein Thema. *Heiraten* ist Kartoffelpüree (nie aus der Packung!), Rotkraut und Bratwurst. An heißen Tagen mit Zitronenlimo. Es war ein sehr heißer Tag. Ich erinnere mich gut.

»Es kann sein, dass ich gerne heiraten würde«, begann ich und nahm die erste Gabel mit Püree und etwas Kraut. Es muss geklungen haben wie von einem Vierjährigen im Sandkasten, der gerade seinen allerbesten Freund für immer gefunden hat, aber es war mir ernst. Ernster, als es Mom im ersten Augenblick kapierte. Ich schnitt die Wurst in Stücke.

»Das finde ich jetzt nicht so überraschend«, sagte Mom. »Wenngleich es mich überrascht, dass dich das beschäftigt.«

»Hat es dich denn nicht beschäftigt, als du heiraten wolltest?«, fragte ich. Da schaute sie mich etwas länger an, und ich musste vom Kraut aufstoßen.

»Doch, das hat es, aber in deinem Alter, ich meine, du bist 15, nichts für ungut, Großer, aber das ist früh.« *Großer* war immer total lieb gemeint und verfehlte selten seine Wirkung bei mir. So wenig wie Rotkraut. »Wie kommst du darauf?«, wollte sie wissen.

»Wegen Max.«

»Wegen Max?« Ihr Erstaunen konnte sie nicht verbergen. Ich zermatschte etwas von dem Kraut mit dem Püree und schob alles mit einem Stück der Wurst in den Mund. Ich bin ein langsamer Esser.

»Frau Wolters hat Max heute neben mich gesetzt, Simon ist ja nicht mehr da.«

»Aha.«

»Es war schrecklich, aber nicht so schrecklich, wie man es meint, wenn man sagt, dass etwas schrecklich ist... Trotzdem schrecklich.«

»Aha.«

»Hast du Papa eigentlich schon gekannt, als du 15 warst?«

»Nein.«

»Nein?«

»Himmel, Marius, was ist denn los?« Etwas vom Püree plumpste zurück auf den Teller, bevor es in meinem Mund verschwinden konnte.

»Max ist los«, sagte ich, »und ich würde ihn gerne heiraten.« Mom lächelte.

»Und was spricht dagegen?«, fragte sie dann.

»Von mir aus nichts«, antwortete ich, »aber wir kennen uns ja noch nicht. Ich habe ›Hallo‹ zu ihm gesagt und dann wie versteinert neben ihm gehockt.«

»Klingt, als hätte es dich erwischt«, meinte Mom. Ich war sonst nicht so schwer von Begriff, aber der Tag hatte alles in mir sehr verlangsamt.

»Erwischt?«

»Na komm, Schatz. Du willst mit mir reden, also ist es dir wichtig. Du erzählst mir von einem Max, den du heiraten willst, von dem ich aber noch nie etwas gehört habe. Neben diesem Max hast du heute wie versteinert gesessen und bisher nicht mehr als ein ›Hallo‹ mit ihm gewechselt. Was soll ich denn wohl anderes daraus schließen, als dass es dich erwischt hat, oder soll ich dich gleich fragen, ob du verliebt bist? Es wäre mir allerdings lieber, ich müsste mich gerade nicht anhören wie irgendeine Fernsehinspektorin, die eine schlüssige Indizienkette zusammenpfriemelt.«

»Warum hörst du dich dann so an, Mom?« Ich kaute jetzt sicherlich schon zwei Minuten auf einem Stück Wurst herum. Fünfzehnjährige unterhalten sich so nicht mit ihrer Mutter, *no way*. Und wenn diese Fünfzehnjährigen Jungs sind und gerade festgestellt haben, dass sie sich in einen anderen Jungen verliebt haben, dann rennen sie nicht als erstes zu ihrer Mutter und erläutern neu gewonnene Heiratsabsichten. So absurd war es aber. Also nicht für Mom und mich. Aber jeder normal Denkende kann das nicht glauben.

»Maus«, sagte sie dann, und das war in diesem Moment nicht die optimale Ansprache. Auch wenn sie mir schon vor langer Zeit erklärt hatte, dass ja in jedem Marius eine Maus steckt, und zwar genau im vorderen und im hinteren Drittel. »Maus, du musst schon entschuldigen, aber ich bin einfach völlig überrascht und versuche mir ein Bild von deiner Geschichte zu machen. Während ich, genau wie du, bemüht bin, mein Essen noch halbwegs warm zu mir zu nehmen. Du solltest mildernde Umstände gelten lassen«. Das brachte mich zum Lachen, zumindest ein wenig.

»Okay«, sagte ich. »Ich werde ein Auge zudrücken. Ich bin wohl durcheinander.«

»Das würde ich auch sagen«, sagte Mom. »Und ich würde vorschlagen, du schiebst jetzt mal den Teller zur Seite und erzählst mir, wieso dich die Frage mit dem Heiraten so beschäftigt, einverstanden?«

»Einverstanden, ich versuch's mal.« Ich schob den Teller zur Seite.

»Max ist sitzengeblieben und neu in unserer Klasse. Er wurde neben mich gesetzt, weil der Platz frei war. Frau Wolters hat dazu gesagt, dass Max und Marius ja gut passen würde. Ich habe mich gefreut, sehr sogar, denke ich, und habe ... wie soll ich dir das erklären...ich bin irgendwie...durchgedreht. Mit rasendem Herzklopfen und rotem Kopf. Wie in einer Comic-Sprechblase. Bumm, bumm...glüh. Total peinlich. Worauf die Versteinerung folgte. Und seitdem denke ich nur noch an Max. Er sieht klasse aus.« Heute würde ich sagen, ein bisschen wie Jake Bugg mit längeren und blonden Haaren, aber den kannte ich damals noch nicht. »Vielleicht sieht er auch ziemlich normal aus, so ganz sicher bin ich mir da nicht.«

»Wow«, sagte Mom, »da bin ich jetzt schon neugierig. Ich hoffe, ich werde ihn bald kennenlernen.« Ist sie nicht stark?

»Aber die Überschrift«, fügte sie hinzu, »ist mir noch immer unklar. Ich meine, ich habe durchaus schon etwas von der romantischen Liebe gehört, aber du hast doch nun wirklich genug, worüber du dir Gedanken machen kannst, warum heiraten?«

»Weil ich mir vorstelle, dass ich am liebsten nur noch mit ihm zusammen wäre.« Da lachte sie laut und sagte, da müsse ich mir ja nur sie und meinen Vater anschauen, um zu wissen, dass das nicht unbedingt eine Frage des Verheiratetseins sei.

»Und weil ich mir nicht sicher bin, ob wir das so ohne weiteres tun könnten«, sagte ich. Das beschäftigte mich womöglich tatsächlich am meisten. Manches versteht man ja beim Reden besser. Und die Zitronenlimo tat auch gut.

Es ist nicht so, dass ich nichts mitbekommen würde. Aber ich bin ziemlich altmodisch. Ich lese Zeitung und schaue auch an den meisten Tagen Nachrichten. Ein Smartphone habe ich nicht, nur ein stinknormales Handy. Was in den Augen aller in meinem Alter kompletter Wahnsinn ist. In mancher Hinsicht bin ich ein wenig aus der Zeit gefallen. Einige in der Klasse finden mich deshalb merkwürdig. Was ja genau genommen nicht so schlimm ist. Soll man sich halt merken, wer ich bin. Der ohne Smartphone. Trotzdem habe ich keinen schlechten Stand in der Klasse. Ich kann mit den meisten ganz gut, anscheinend bin ich witzig, ohne gleich einen auf Klassenkasper zu machen. Ich bin kein Überflieger, weiß aber immer mal wieder Sachen, die mich selbst überraschen und die anderen umso mehr. Ich bin keine Niete im Sport und gelte als einigermaßen gutaussehend, trotz der Pickel. Für ein Casting würde es nicht reichen, aber ich wurde schon nach Dates gefragt. Ich bin ein gut integrierter Freak würde ich sagen, das habe ich mit meinem Vater wohl gemeinsam. Zeitung zu lesen ist für mich ein Genuss, dafür stehe ich sogar früher auf. Und ich habe keine Lust, die Zeitung zu teilen, bevor ich sie ausgelesen habe. Ich leiste mir sogar mein eigenes Abo von meinem Ersparten. Das ist nicht nur wahr, sondern auch noch eine gute Geschichte. Damit lässt sich ein Status festigen. Ich erzähle sie deshalb gerne oder winke lässig ab, wenn sie über mich erzählt wird. Einen, der morgens die Zeitung liest, haben wir sonst nicht.

»Ihr hattet doch auch irgendwann Lust zu heiraten«, fing ich wieder an.

»Gezwungen hat uns keiner, insofern hast du recht.«

»Und warum habt ihr geheiratet?«

»Wegen der Steuer.«

»Waaaas?« Das hatte ich wirklich nicht erwartet.

»Na ja, das klingt jetzt vielleicht ein wenig missverständlich«, sagte Mom. »Wir wollten irgendwann heiraten, ohne Zweifel, wir waren ja auch schon ein paar Jahre zusammen. Kinder wollten wir auch. Aber wir hatten keinen Plan, wann. Und weil es am Ende des Monats mehr Geld gibt, wenn du verheiratet bist, haben wir das einfach vorgezogen. Das machen viele so.«

»Mir wäre das nicht wichtig.«

»Natürlich nicht, mein Schatz.«

»Das brauchst du jetzt gar nicht so dämlich zu sagen.« Sie nahm mich immer noch nicht ganz für voll mit meinem Wunsch. Und ich war auch mit 15 kein Klotz, der gar nichts mitbekam.

»Dämlich? Ich würde sagen für Steuerfragen bist du noch nicht der ideale Gesprächspartner. Du kassierst dein Taschengeld bei uns und beendest kleine Jobs, noch bevor du zum zweiten Mal hingehen musst. Was es heißt von dem, was du hast und verdienst, Steuern zahlen zu müssen, kannst du schlichtweg nicht wissen.«

»Mir wäre es trotzdem nicht wichtig.«

»Na gut«, sagte Mom, »dann hätten wir das ja geklärt.« Sie klang jetzt etwas angestrengt. »Dann weißt du nun also, dass deine Eltern aus niederen Beweggründen geheiratet haben und du das nicht tun wirst. Was interessiert dich noch?«

»Das meiste weiß ich wahrscheinlich«, antwortete ich.

»Was weißt du?«

»In der Zeitung steht ziemlich viel darüber, eigentlich ständig. Und ich lese es auch immer. Ich weiß, dass gleichgeschlechtliche Paare heiraten können. Es hieß eine Weile anders als bei euch, aber sie dürfen.«

»Das ist richtig.«

»Findest du das gut?«

»Absolut, und ich will mich jetzt nicht bei dir einschleimen.« Sie grinste, ich nicht.

»Ich kapier nicht so ganz, warum das so ein Thema ist. Bei euch ist es doch auch keins.«

»Es ist ein ziemlich neues Gesetz. Ich glaube, es wurde erst kurz vor deiner Geburt verabschiedet. Und in vielen Ländern geht das auch heute noch nicht. Das hast du ja vielleicht auch schon gelesen.«

»Habe ich, aber ich versteh's nicht.«

»Und jetzt soll ich es dir erklären?«, wollte Mom wissen.

»Kannst du das erklären?«, fragte ich zurück.

»Ich fürchte, es gibt Berufenere dazu als deine Mutter. Aber ja, ein wenig... Ich meine, die Leute hielten das lange für nicht normal, und deshalb hatten Schwule und Lesben nicht die gleichen Rechte. Das ist die absolute Kurzform.«

»Nicht normal?«

»Na ja, darüber haben wir ja schon geredet, erinnerst du dich? Menschen meinen eben oft, dass sie wissen, was richtig und falsch ist. Und dann machen sie Gesetze dazu. Zum Beispiel, um zu verhindern, dass sie sich gegenseitig umbringen.«

Ich hatte die Zitronenlimo fast vergessen, und sie war nicht mehr so schön kalt. Ich nahm trotzdem einen großen Schluck. »Es ist ja auch falsch, andere umzubringen.«

»Das stimmt, und darüber sind sich auch alle einig.«

»Außer bei Juden.«

Mom schnaufte und ging zum Kühlschrank, um sich auch etwas zu trinken zu holen. Sie griff sich die Wasserflasche. Mom trinkt sonst nichts beim Essen, aber auch ihr Teller war ja schon weggeschoben. Sie goss sich ein Glas voll und hob es in meine Richtung. »Prost, Großer.« Und nach einem großen Schluck konnte sie wieder sprechen. »Lass uns einen Moment bei den Schwulen bleiben, einverstanden? Und über Antisemitismus reden wir ein andermal. Beides zusammen packe ich nicht.«

»Einverstanden. Bin ich jetzt schwul?«

»Mein Junge bewegt heute ja wirklich die ganz großen Fragen. Ob du schwul bist? Woher soll ich denn das wissen, Marius?«

»Hätte ja sein können. In einem Interview sagte kürzlich einer, Mütter wüssten immer schon ganz früh, ob ihre Söhne schwul sind. Stand auch in der Zeitung.«

»Dann bin ich wohl die Ausnahme. Ich hatte den Gedanken bisher nicht wirklich. Und ich halte Mütter auch für genauso wenig hellseherisch veranlagt wie andere Menschen.«

»›Nicht wirklich?‹«

»Heute willst du es aber genau wissen.« Sie trank wieder einen Schluck und wollte offenbar ein paar Sekunden gewinnen. »Nein, nicht wirklich. Aber dann gab es diese Phase, in der du bunte Spangen in deine Haare machen wolltest, und dann fragt man sich auch mal, ob das eigene Kind vielleicht anders ist.«

»Nicht normal?«

»Nein, nicht nicht normal ... Anders.«

»Klingt nach einem rhetorischen Trick.«

»Mein Gott, wo holst du das denn jetzt her? Nein, ich meine anders.« Was gab es da herzuholen? Es lag auf der Hand.

»Hast du dich das auch gefragt, als ich an Fastnacht Superman sein wollte?«

»Ich kann mich nicht erinnern, dass du einmal Superman sein wolltest.«

»Hättest du?«

»Was?«

»Dich gefragt, ob dein Sohn vielleicht anders ist, weil er Superman sein will.«

»Nein, wahrscheinlich nicht.«

»Warum?«

»Weil Jungs Superman sein wollen, das ist nicht ungewöhnlich. Zufrieden?«

»Aber es ist ungewöhnlich, dass sie Haarspangen tragen wollen.«

»In der Tat, das ist es. Aber es blieb ja nicht lange dabei, und deshalb habe ich mich auch nicht länger gefragt, ob du... anders bist. Herrje.«

»Und wenn etwas ungewöhnlich ist, also anders, also vielleicht auch nicht normal, dann gefällt das den Leuten nicht.«

»Mal so, mal so.«

Jetzt wurde ich langsam ungeduldig. Ständig diese halben Sachen.

»›Mal so, mal so‹?«

»Das heißt, dass es so einfach nicht ist. So gradlinig denken die Leute nicht. Es kann durchaus sein, dass sie etwas geradezu verehren, *weil* es so ungewöhnlich ist. Ausgefallen, besonders, einzigartig.«

»Haarspangen sind also doch nicht sooo ungewöhnlich?«

»Du hättest es damit nicht auf die Titelseite gebracht.«

»Aber du hättest dir Gedanken gemacht?«

»Gedanken, ja, das trifft es gut. Gedanken, keine Sorgen. Die meisten Menschen sind eben nicht schwul oder lesbisch. Man geht also auch bei den eigenen Kindern davon aus, dass sie das nicht sind. Das bedarf schon einer gesonderten Feststellung.«

»Das klingt wieder nach der Fernsehinspektorin.« Mom gähnte.

»Okay, wenn es nicht sooo ungewöhnlich ist, schwul zu sein, aber doch ungewöhnlich genug, um es extra festzustellen, dann wäre doch danach alles gesagt. Fall erledigt.«

»Wahrscheinlich ist es nicht nur eine Frage von *ungewöhnlich*.«

»Sondern?« Ich fand, dass es nun wirklich nicht mehr an mir lag, etwas klarer zu werden.

»Also gut, von mir aus. Wie wäre es mit Homophobie? Patriarchat? Gleichberechtigung von Mann und Frau? Gender? Religion? Macht?«

Das fand ich irgendwie unfair. So nach dem Motto, wer's genau wissen will, wird mit Schlagworten platt gemacht. Wie beim Arzt. Und nicht ganz neu im Verhältnis von Erwachsenen zu Jugendlichen. Auch ein Zeichen von Machtmissbrauch, oder? Und das war ja noch eines der mir verständlichsten Angebote in Moms Aufzählung: Macht. Mom ist sonst gar nicht so. Ich muss sie wirklich ermüdet haben.

»Mom?«

»Mein Sohn?«

›Mein Sohn‹ ist mir gegenüber vielleicht ihre gefährlichste Anrede. Aber die hatte ich nicht verdient. Denn zum einen lag es nicht an mir, dass jede ihrer Antworten neue Fragen aufwarf, und zum anderen gönnte ich ihr allmählich wirklich ihre Ruhepause. Ich schenkte mir noch etwas Limo nach und machte ihr ein Friedensangebot.

»Klingt so, als wäre die ganze Sache irgendwie vielschichtig, oder?«

»Das kannst du laut sagen.«

»Ist es denn so gar nicht verständlich, wenn ich mir dann Gedanken mache? Ich meine, wenn das alles so vielschichtig ist, dann ist es doch gar kein schlechtes Zeichen, wenn es mich beschäftigt. Du sagst doch selbst immer, dass es wichtig ist, Fragen zu stellen und zu diskutieren.«

»Das sage ich und meine es sogar so. Was nicht heißt, dass es mir nicht auch mal zu viel werden kann.«

»Und jetzt ist es dir zu viel?«

»Darf ich ehrlich sein?«

»Klaro.« Mir tat das Gespräch gut, Max war für eine Weile verschwunden, tauchte aber so langsam wieder auf.

»Mir schwirrt der Kopf ein wenig. Und ich würde jetzt gerne den Abwasch fertig machen, um dann die Füße hochzulegen. Ich möchte dir aber nicht das Gefühl geben, mit dir nicht ausführlicher über alles reden zu wollen.«

»Ist schon in Ordnung, Mom.«

Sie stand auf und fing an, das Geschirr zusammenzustellen. Ich half ihr dabei, und sie stapelte alles auf die Waschmaschine neben der Spüle. Dann ließ sie Wasser ein, um die Teller vom gröbsten Schmutz zu befreien.

»Mom?«

»Hmh?«

»Wir könnten doch bald mal wieder einen unserer Ausflüge machen. Da hätten wir mehr Zeit und könnten länger reden.« Sie kippte Spülmittel in die Spüle und drehte das Wasser auf.

»Gute Idee, Großer.« Sie entspannte sich wieder. »Es würde sogar am Wochenende passen. Ich habe nichts auf dem Programm, was ich nicht verschieben kann, und das Wetter soll gut werden.« Das hellte meinen kompletten Tag mit einem Schlag heftig auf. Die Ausflüge mit Mom sind toll. Ich werde verwöhnt und kann sie stundenlang mit Fragen löchern. Bei ihr lerne ich viel mehr als in der Schule. Mindestens dreimal im Jahr fahren wir zusammen weg. Da wir beide Frostbeulen sind, lassen wir den Winter aus. Aber im Frühjahr, im Sommer und im Herbst ziehen wir gerne miteinander los. In der Regel ist es Mom, die sich etwas einfallen lässt, obgleich ich durchaus ein wenig mitdenke. Im Prinzip schließe ich mich aber allem an, was sie vorschlägt. Das Konzept ist für uns beide optimal.

Sie fing an, das Geschirr abzuspülen, und stellte alles zum Abtropfen in das Gitter auf der Ablage. Die Gläser zuerst, weil dann das Wasser noch am saubersten war. Ich nahm mir ein Handtuch und begann mit dem Abtrocknen.

»Hast du eine Idee, wohin wir fahren sollen?«, fragte sie.

Ich stellte das erste Glas auf den Tisch und überlegte einen Moment. »An einen Fluss«, sagte ich. Flüsse waren immer meine erste Wahl im Sommer.

»Als ob ich es geahnt hätte«, sagte Mom und lächelte vor sich hin. »Dann habe ich eine Idee.«

Das reichte mir völlig. Auch wenn es noch ein paar Tage waren bis zum Wochenende. Nach dieser Klärung schwirrte Max sofort wieder in meinen Gedanken herum. Ich wollte ihn nicht wiedersehen. Am liebsten sofort.

4 | Am Main

Gayle mag es nicht so gerne, wenn ich mit Mom einen Ausflug mache. Er ist dann ziemlich auf sich alleine gestellt, wenn mein Vater auch nicht da ist. Gayle ist eine Wohnungskatze. Und auch wenn unsere Wohnung eine wirklich große Stadtwohnung ist, also quasi mit ausreichend Katzen-Auslauf, so liegt sie doch ganz oben im Haus, was bei uns der vierte Stock ist, und kennt für ihn keinen Ausgang. Dafür haben wir eine schöne Aussicht. Vom Balkon ist der Blick sogar spektakulär, würde ich sagen, denn von dort können wir richtig viel von der Skyline sehen. Was Gayle natürlich egal ist. Er würde lieber um die Blöcke ziehen, aber das geht einfach nicht. Und so endet das Stück Natur, zu dem er ein wenig Bezug hat, in Form einer Baumspitze auf der Höhe unseres Balkons im Frankfurter Ostend. Manchmal sitzt ein Vogel darin, und ab und zu hüpft auch ein Eichhörnchen durch die Äste. Gayle stellt sich dann auf die Brüstung und macht seltsame Geräusche. Als hätte er Helium eingeatmet und müsste Töne mit Hilfe eines zittrigen Krampfleidens durch den Mund entweichen lassen. Das machte uns anfangs Sorgen. Nicht wegen der seltsamen Geräusche, sondern weil er auf der Brüstung in unseren Augen nach unten zu fallen drohte. Zudem waren wir uns auch nicht sicher, ob er den Sprung auf den Baum wagen könnte. Was trotz all seiner Sprungkraft unweigerlich schiefgegangen wäre. Heute wissen wir, dass Gayle das nicht macht. Er fällt nicht und er springt nicht. Er hat sich mit den Quadratmetern unserer Wohnung arrangiert. Im Prinzip ist Gayle ein zufriedener Kater. Vielleicht nicht an jedem Tag gleichermaßen, aber da muss er einfach durch. Mir geht das auch nicht anders.

Damit Gayles Welt durch unsere Abwesenheit jedoch nicht durcheinandergerät, versuchen wir stets nicht länger als zwei Tage wegzubleiben. Diesmal Freitag bis Sonntag. Sein über die Jahre immer gleichbleibend anklagendes Konzert zu unserer Rückkehr nehmen wir gern in Kauf.

Das Wetter war, wie von Mom vorausgesagt, richtig schön. Mom hat da keinen siebten Sinn, sondern eine leidenschaftliche Beziehung zu *Wetter.de*. Das ist ihre Startseite im Computer, und der bleibt eigentlich den ganzen Tag hochgefahren. Nicht, dass sie immer dransitzt, aber er läuft eben. Und wenn irgendjemand etwas über das Wetter der nächsten Tage wissen will oder falsch einschätzt, dann wird er von Mom entsprechend informiert oder korrigiert. Mein Vater knutscht sie dann manchmal auf die Backe und freut sich über seine, wie er sagt, Wetterfee.

Vor unserer Flusstour nahm er uns zum Abschied kurz in den Arm, wünschte uns ein tolles Wochenende, was wir ihm auch wünschten, und Gayle strich dazu um meine Beine. Der ahnt immer, was Sache ist, und ohne schlechtes Gewissen sollen wir nicht fahren, nie.

Mom hat meist einen Tipp in der Tasche, auf den man sich gut verlassen kann. Dieser Tipp war dieses Mal, zumindest was den Namen des Flusses anbetraf, denkbar wenig originell, denn sie eröffnete mir, wir würden an den Main fahren. Was nun mal der Fluss ist, der bei uns mitten durch die Stadt fließt, und den wir innerhalb von wenigen Minuten bequem zu Fuß erreichen können. Deshalb war ich für einen Moment enttäuscht, aber dann erinnerte mich Mom daran, dass ich den Main doch sehr mögen würde, was stimmt, und dass es deshalb auch sehr gut möglich sei, dass er mir anderswo ebenfalls sehr gut gefallen würde, vielleicht sogar besser. Das konnte zutreffen, denn die Landschaft, durch die er hier bei uns fließt, hat ziemlich viel mit Autobahnen und Industrieanlagen zu tun. Der entscheidende Hinweis zum Zustandekommen unseres Ausflugszieles ergab sich aber erst aus der Information, dass Evi, eine ihrer ziemlich besten Freundinnen, kürzlich dort gewesen sei und begeistert berichtet habe. Evi ist schrill und kreativ. Das konnte was werden und ich freute mich.

An den Namen des Ortes kann ich mich nicht mehr erinnern, aber ich fühlte mich dort sofort gut. Mom hatte uns ein Zimmer mit zwei Betten in einer Pension gemietet, und durch das große Fenster floss draußen der Main langsam und ruhig in Richtung Frankfurt und dann über den Rhein in die Nordsee. Die Fahrt war nicht lange gewesen, aber es war ein heißer Tag, und Mom sagte, sie sei etwas müde und wolle sich ausruhen. Das war für mich nicht überraschend, denn sie hatte zu Hause auf ihre heilige Pause verzichten müssen, und dann wurde sie müde, sobald sich eine Gelegenheit bot. Ob sie topfit war oder tatsächlich müde, spielte nur eine untergeordnete Rolle. Mom liebte es, etwas Zeit für sich zu haben, jeden Tag. Und mir wurden diese Pausen auch immer sympathischer. Es ist schön, mit sich alleine zu sein. Erst recht, wenn draußen die Sonne scheint und der Main fließt.

Ich verließ die Pension und ging über eine große Rasenfläche um das Haus herum. Das Ufer war nur wenige Meter entfernt. Ich setzte mich so nahe wie möglich an das Wasser, schlang die Arme um meine Beine und blickte über den Fluss. Das Gefühl war sofort ganz anders als in Frankfurt. Allein schon die Tatsache, dass wir zuletzt mindestens zwanzig Kilometer durch eine grüne und blühende Landschaft gefahren waren, ohne dass der Straßenbelag etwas mit einer Autobahn zu tun hatte, veränderte mein Gefühl. Das Wasser hier wand sich nicht sofort unter einer Schnellstraße hindurch, und Fabriken und Schornsteine konnte ich auch keine sehen. Es ist wie Urlaub um die Ecke.

Mitten im Wasser versuchte ich, Punkte zu fixieren, um ihnen dann nachzuschauen und sie mit meinem Blick in der Ferne versinken zu sehen. Oder ich suchte die Ufer nach Bewegungen ab. Selbst wenn Schiffe vorbeifuhren, konnte man geduldig warten, wie sich der Fluss für eine Weile neu ordnen musste. Da ich schon viele Stunden an Ufern zugebracht hatte, hielt ich Flüsse für berechenbar. Wenn sie nicht gerade Hochwasser hatten, verhielten sie sich stets gleich. Und das mochte ich. Aber ich wäre nie hineingegangen.

Wegen der Strömung und der Strudel. Da hatte ich schon schlimme Geschichten gehört. Einfach am Fluss zu sitzen, ist so etwas wie ein Tranquilizer. Auch wenn ich eigentlich keine Ahnung habe, wie so etwas wirkt. Hab's nur mal gehört. Aber ich stelle es mir so vor, dass man plötzlich anfängt, mitzufließen, sein Tempo verlangsamt, sich einschwingt in einen anderen, sehr gleichmäßigen Rhythmus.

Nach dem Gespräch mit Mom hatte ich meine Gedanken die Woche über für mich behalten. Hatte sie aufgespart für dieses Wochenende. Ich litt unter ihrer Wucht und wollte sie bewahren. Sie verhielten sich anders als das Wasser. Sie beruhigten sich nicht. Sie trieben wie ein Schiffsbug durch mich hindurch, ohne dass ein Heck in Sicht gekommen wäre. Ein Gedankenwurm von scheinbar unendlicher Länge. Oder ein Gefühlsstrom. Der seit Schulanfang Max hieß und vom Ufer aus dann doch etwas zur Ruhe kam.

Als ich am Dienstag in den Unterricht kam, saß Max schon an seinem Platz. Anscheinend gehörte er zur pünktlichen Truppe. Oder er wollte erst mal einen guten Eindruck hinterlassen, was bei einer Ehrenrunde ja kein Fehler sein muss. Er hatte dasselbe Hemd an wie am Vortag, und das hob meine Stimmung. Denn er sah unverändert aus, also klasse oder normal gut, und er war womöglich nicht ohne Makel, weil man ein Hemd nicht zweimal hintereinander anzieht, zumindest nicht in der Sommerhitze. Diesen Gedanken zu denken, fühlte sich richtig gut an. Ich bildete mir ein, das könnte meine Chancen erhöhen. So auf den ersten Metern der Pubertät besteht man ja selbst aus nichts außer Makeln. Weshalb es wahrscheinlich ziemlich dämlich ist, sich in eine makellose Person zu verlieben. Da kam sein kleiner Hygiene-Patzer schon mal ganz gut. Ich ging zu meinem Platz, nahm mir fest vor, meine Stimme unter Kontrolle zu halten, und begrüßte ihn betont locker.

»Tachschen«, hörte ich mich sagen. Wie doof war das nun schon wieder? Er hatte das Grinsen vom Vortag im Gesicht und sagte ›Hi‹. Da er mit dem Stuhl nach hinten vom Tisch abgerückt saß, zog ich meinen Stuhl dicht an den Tisch heran und packte meine Sachen aus. Ansonsten hätte ich wissen sollen, was ich mit ihm reden konnte, aber ich hatte nicht den blassesten Schimmer. Ich hatte versucht, mir etwas einfallen zu lassen. Stunden hatte ich darüber nachgedacht. Hatte ich überhaupt geschlafen? Ich sah bestimmt gruselig aus. Aber mir war nichts eingefallen. So begann der Unterricht. Max blieb hinten und ich vorne sitzen. Weit entfernt saßen wir nebeneinander. Aber das half. Es war nämlich so, dass sich mein Puls etwas normalisierte, und mit der Zeit konnte ich sogar am Unterricht teilnehmen. Bis zum Ende der dritten Stunde hatte ich mich bestimmt fünfmal gemeldet, was für manche natürlich ein absoluter Minuswert gewesen wäre, für mich aber war das ordentlich. Dreimal kam ich dran, und es waren keine Sicherheitsnummern. Mitunter stellen Lehrer ja Fragen, da schämt man sich fast, sich zu melden, und dann meldet man sich deswegen nicht, obwohl die chronischen Nichtmelder genau damit wahrscheinlich geweckt werden sollen. Zu denen zähle ich aber gar nicht. Zu den Einfach-mal-drauf-los-Brabblern allerdings auch nicht. Ich antworte in der Regel, wenn es sich lohnt, und ich mir sicher bin. Dazu gesellt sich die Tagesstimmung, und die wurde im Lauf des Dienstags besser.

Herrn Stanjek bot ich die richtige Anwendung einer Formel an, Frau Wolters konnte ich einen komplizierten Satz in seine Bestandteile zerlegen, und Herrn Wirtz beantwortete ich in Bio die Frage, was es mit der Doppelhelix auf sich hatte. Danach fühlte ich mich richtig gut. Max hatte noch keinen Ton von sich gegeben und sich, soweit ich das aus den Augenwinkeln beobachten konnte, auch nicht gemeldet. Ich rechnete mir Chancen aus, dass es ihn beeindrucken könnte, mit mir nicht den vordersten Schwachmaten als Nachbar zu haben. Sofern dies zutraf, hatte ich ein erstes Etappenziel erreicht. Ich meldete mich nur für Max und sammelte Selbstvertrauen. So viel, dass mir das Wagnis, mich einmal zu ihm umzudrehen, nicht mehr zu groß erschien. Ich lehnte mich etwas zurück, spielte mit meinem Kugelschreiber in der Hand und bewegte den Kopf langsam in seine Richtung. Nur aus diesem Grund wäre es besser gewesen, er hätte anderswo gesessen. So konnte ich ihn schlecht beobachten. Als sein Nachbar konnte ich ihn nicht anschauen, ohne dass er es bemerkte. Ich drehte den Kopf trotzdem weiter und landete direkt auf seinen Augen. Er hatte sich nicht bewegt, mich folglich also schon länger angesehen. Er hielt den Blick, ohne mit der Wimper zu zucken. Während meine Augen auf Hüpfbällen durch meinen glühenden Kopf dotzten und so etwas wie ›Kmmpff‹ stöhnten. So schnell war ich wieder im schrecklichen Niemandsland des Vortages gelandet. Bis Max einfach den Mund aufmachte, zur Tafel hin nickte, und, wie ich fand, ziemlich nett und fast gutmütig sagte: »Gib acht, dass du vorne nichts verpasst, Marius.« Ich nickte auch, und drehte mich wieder um. Der Rest des Tages war gelaufen, die Lähmung war zurück. Mit einem Unterschied. Meinem Namen aus seinem Mund.

Der Main floss weiter in seinem Trott, und die Sonne tauchte ihn flussabwärts in ein funkelndes Sternenmeer.

Am Mittwoch klingelte der Wecker immer und immer wieder. Bis Mom ins Zimmer kam, die Vorhänge aufzog und mit deutlicher Stimme sagte, dass es nun Zeit sei und ich mich beeilen müsse. Das war effektiver als jeder Wecker. Ich wusste dann, dass es kein Vertun mehr gab, kein Umdrehen, keine Bettdecken-Nachspielzeit, selbst die Zeitung fiel dann aus. Ich musste aufstehen, wankte wie ein Zombie ins Bad, und als Zombie mit geputzten Zähnen und zu viel Deo zurück an den Kleiderschrank. Ich zog irgendwas an und bewegte mich in Richtung unserer Küche. Auf dem Weg kam ich an der Pinnwand mit dem neuen Stundenplan vorbei. Den kannte ich in der ersten Schulwoche natürlich noch nicht auswendig. Mit einem Auge blickte ich über den Mittwochs-Fahrplan, um wie in einer schlechten Komödie von einer auf die andere Sekunde hellwach zu sein. Da stand *Sport*. Böse und übermächtig wie Sport nun mal sein kann. Aber bis hierhin hatte ich es überlebt, richtig schlimm war nur das Turnen. Immerhin so schlimm, dass ich wahre Ängste ausstand, wenn die Geräte rausgeholt wurden. Mit Mühe und Not hatte ich irgendwann die Rolle auf der Matte hinbekommen. Was darüber hinausging, war blanker Horror.

Nun aber bedeutete Sport: Sport mit Max. Und Sport mit Max bedeutete Umkleidekabine mit Max. Und Umkleidekabine mit Max bedeutete Ausziehen vor und mit Max. Ich überlegte, ob ich krank war. Meine Zombie-Verfassung konnte Mom vielleicht überzeugen. Aber ich hatte sie noch nie überzeugen können, wenn ich nicht wirklich krank war und nur nicht zur Schule wollte. Ich konnte nicht lügen, und sie war nicht blöd. Ich wusste, dass ich keine Chance haben würde. Die Zeit wurde knapper. Ein paar Löffel Müsli noch, mehr war nicht drin. Trotzdem ging ich zum Kleiderschrank zurück. Plötzlich war es mir wichtig, welche Unterhose ich anhaben würde. Mom kaufte immer ziemlich billige Dinger im 10er-Pack, obwohl wir daran sicher nicht sparen mussten. Davon besaß ich bestimmt zwanzig Stück in ähnlich vielen blassen Farben und beknackten Mustern, die Hälfte davon am Bund und an anderen Stellen mehr oder weniger zerrupft und löchrig. Das Thema hatte mich lange Zeit auch nicht großartig interessiert. Aber dann, es war zu dieser Zeit höchstens drei Monate her, war ich mit Mom und meinem Vater an einem Samstag in der Stadt unterwegs, und wir kamen in einer Seitenstraße der Zeil an einem Laden nur mit Männerklamotten vorbei. Zwei der Puppen im Schaufenster hatten diese tollen Unterhosen an. Auch die waren farbig, aber die Farben unterschieden sich von denen der 10er-Pack-Modelle so deutlich wie ein farbenfroher Papagei von einer grauen Stadttaube. Die Nähte waren breit abgesetzt, und oben stand fett *aussieBum* drauf. Die also sah ich im Schaufenster, und zum ersten Mal wurde mir klar, dass mir Unterhosen richtig gut gefallen konnten, und das verkündete ich sofort meinen Eltern. Mein Vater lachte nur und verwies mich darauf, dass er in seinem ganzen Leben noch keine Unterhose für 40 Euro das Stück besessen habe. Während Mom meinte, dass sich darüber sicher reden ließe, aber eben nicht mit meinem Vater. Ein paar Tage später hatte ich drei *aussieBums* in meinem Schrank liegen. In

Blau, in Rot und in Schwarz. Eine schöner als die andere, und einfach so. Mom hätte mir noch bis zu meinem Auszug die 10er-Packs gekauft, solange sie davon ausgegangen wäre, dass es mir egal ist. Aber geizig ist sie nicht mit dem Geld meines Vaters, wenn es um einen echten Wunsch geht.

Ich schlüpfte aus meiner Jeans, zog das blasslila Billigding, das ich ansonsten angehabt hätte, wieder aus, und war im Begriff, es zurück zu den anderen Unterhosen zu legen, als Mom in mein Zimmer kam, sicher um zu sehen, ob das nochmal was wird mit mir an diesem Tag. Ich hörte, wie sie die leicht geöffnete Tür aufdrückte, sprang zur Seite und hörte dann nur, wie sie ›beeil dich jetzt bitte‹ sagte und wieder verschwand. Ich nahm die schwarze *aussieBum* und überlegte, ob ich die Sporthose gleich noch drüberziehen sollte. Was aber bedeutet hätte, dass unter der Jeans eine merkwürdige Wulst gewesen wäre. Und in der Umkleide hätte ich dagestanden wie der Oberdepp, der ich nicht sein wollte. Nichts wollte ich sein. Viel lieber nichts. Mich auflösen in großstädtischer Luft. Verschwinden, ganz einfach. Oder wenigstens krank, aber da rief Mom schon wieder.

»Ich komm ja schon.«

Doppelstunde Sport in der fünften und sechsten. Ich muss nicht erwähnen, wie ich die ersten vier Stunden verbracht habe. Wieder beschissen. *Again and again and again and again ... The Cure: A forest.* Aber selbst beschissen war untertrieben. Ich kann's nur nicht besser beschreiben. Anwesend muss ich auf jeden Fall gewesen sein. Mehr aber auch nicht. Mit Max hab ich nicht gesprochen. Sonst auch mit niemandem. In der ersten Pause bin ich sofort aufs Klo gelaufen und habe mich eingeschlossen. Hab mir die Hose runtergezogen und versucht, mich zu überzeugen, dass ich in der schwarzen *aussieBum* gut aussah. Ich hatte sie noch nicht oft angehabt, und ganz sicher nicht im Sportunterricht. Sie gefiel mir, aber sie sah auch ein wenig unpassend aus. Mit einer *aussieBum* gab man zu, dass man irgendwie sexy sein wollte. Und das mussten die anderen nicht gerade cool finden, da war ich mir sicher. Dann klingelte es zur dritten Stunde. Mein Zustand hatte sich nicht gebessert. Auch nicht in der nächsten großen Pause, die ich nutzte, um möglichst als Erster in die Umkleide zu kommen. Die anderen tauchten immer erst auf, wenn die Pause schon rum war.

Als ich in die Kabine kam, war tatsächlich noch niemand da. Ich suchte mir die hinterste Ecke aus, setzte mich auf die Bank und hatte vielleicht drei Sekunden Zeit, um zu verschnaufen, als die Tür schon wieder aufging und Max hereinkam. Und nicht nur das, er kam auch noch in meine Ecke und setzte sich direkt mir gegenüber. Ich glotzte ihn einfach nur total dämlich an.

»Ist mit dir alles in Ordnung, Marius?«

Wow, das war mal ein Kabinen-Auftakt, wie ich ihn mir auch in zehn weiteren glockenhellwachen Nächten nicht hätte ausmalen können. Alleine mit Max, kurz vor dem Aufknöpfen der Hose, und dann will er von mir wissen, ob mit mir alles in Ordnung ist. Nicht dass ich darauf mit einem plötzlichen Anflug galaktischer Leichtigkeit reagiert hätte, aber die Situation änderte sich trotzdem schlagartig. Er fragte ohne Angriffslust, womöglich gab es wirkliches Interesse von seiner Seite aus. Also nicht im anzüglichen Sinne, sondern einfach so, Interesse halt. Er hätte sich ganz weit weg von mir setzen können, mucksmäuschenstill, so verklemmt wie ich. Aber genau das hatte er nicht getan, und das machte mich fast schon ein bisschen mutig.

»Welche Antwort willst du hören? Die Ich-bin-der-coolste-Junge-der-Schule-Antwort? Die Was-geht-dich-das-an-Antwort? Die Ich-antworte-mit-einer-Gegenfrage-Antwort? Oder die Oh-Gott-was-soll-ich-nur-sagen-Antwort?«

»Keine Ahnung. Die klingen alle nicht so berauschend. Wie wär's mit der einfachsten Variante, die Frage ist ja nicht so kompliziert? Eine ehrliche Antwort halt.«

»Die willst du nicht hören.«

»Wie kommst du denn darauf?«

»Ich will nicht, dass du sie hörst.«
»Ist richtig nett, sich mit dir zu unterhalten.«
»Wieso bist du eigentlich so früh in der Umkleidekabine?«
»Ist das jetzt die Ich-antworte-mit-einer-Gegenfrage-Antwort?«
»Fällt mir gerade leichter.«
»Okay, ist auch kein Problem. Ich habe gesehen, dass du gleich nach dem Klingeln hierher gegangen bist. Und da dachte ich, ich könnte mal ein paar Sätze mit dir reden. In der Klasse bist du ja nicht sehr redselig.«
»Du wolltest mit mir reden?«
»Ist das so erstaunlich? Du bist mein neuer Sitznachbar und tust so, als wäre ich Luft. Gut, ich bin hängen geblieben. Aber deswegen musst du mich ja nicht ignorieren.«
»Ich ignoriere dich?«
»Wie würdest du es denn nennen?«
»Keine Ahnung... aber mit Sicherheit ganz anders. Das tut mir leid, und das ist ehrlich gemeint. Ich ignoriere dich nicht, überhaupt nicht.«
»Wie würdest du es also dann nennen?«
»Das willst du nicht...«
»Herrje, natürlich will ich das hören.«

Draußen kamen Stimmen näher, ich hatte ganz vergessen, dass die Pause vorübergehen würde. Manchmal ist es ja nicht schlecht, wenn man etwas unter Druck gerät.

»Ich würde dich gerne kennenlernen«, sagte ich zu Max und lief rot an. Und da war es wieder, sein Grinsen.

»Wow, das kauf ich dir jetzt sogar ab. Schön, das zu hören.« Und dann hielt er mir seine Hand hin.

»Ja, das kannst du mir auch abkaufen.« Und ich hielt ihm auch die Hand hin. Unsere Umkleidekabine versprüht nicht gerade die Aura einer Hollywood-Kulisse, aber seine Hand fühlte sich nach einer Abmachung an. Viel größer als Hollywood. Und viel realer als eine Traumfabrik sie erdenken kann.

Ich stellte mir vor, dass Max neben mir sitzen würde. Wir zwei würden einfach nebeneinander auf den Fluss blicken. Er würde dasselbe sehen wie ich und dabei sicher etwas ganz anderes empfinden. Ich hätte dabei so ein Gefühl tief in der Magengrube. Das war das Gefühl, da war ich mir plötzlich sicher, das die Erwachsenen wirklich mit Sehnsucht meinten. Früher dachte ich, das sei das Warten auf Weihnachten oder den Geburtstag oder die Sommerferien. Aber nun merkte ich, dass es nur zu einem Teil mit dem Warten zu tun hatte. Der andere Teil wollte etwas gleich jetzt hier und immer. Und spürte, dass es fehlte, sobald es nicht da war. Weshalb die Zeit sich irgendwie auflöste, weil sie jede Relation verlor. Die nächste Sekunde war eine Ewigkeit, ein Wochenende bis zum nächsten Schultag ein fetter Klumpen fester Materie in der Magengegend.

Das Wasser war beinahe glatt, die Luft stand.

Am Donnerstag unterhielt ich mich mit Max, bevor die erste Stunde begann. Wir hatten uns verabredet, nachdem er mir erklärt hatte, dass der Bus, mit dem er kommt, immer schon eine Viertelstunde vor Schulbeginn da ist. Mom hatte nichts gesagt, wobei sie sich sicher ihren Teil dachte. So früh hatte sie mich schließlich noch nie zur Schule gehen sehen. Aber es ist gar nicht schwer, wenn man sowieso nicht schläft und einen richtig guten Grund hat, in die Schule gehen zu wollen.

Ich hatte die rote *aussieBum* angezogen, was reichlich überflüssig war, denn wir hatten keinen Sportunterricht. Max würde sie nicht zu Gesicht bekommen, aber das war mir egal. Ich stand nämlich trotzdem mutiger vor ihm, irgendwie. Dazu meine Lieblings-Jeans, mein Lieblings-Shirt und meine Lieblings-Sneakers von Converse. Ich war so früh dran, dass ich noch vor ihm auf dem Schulhof eintraf und wartete. Um nicht tatenlos rumzustehen, stellte ich mich vor das Schwarze Brett und tat so, als würden mich die verschiedenen Zettel interessieren. Zumindest so lange, bis sich Bella neben mich stellte. Damit hatte ich nicht gerechnet. Und richtig einverstanden war ich damit auch nicht.

»Das glaub ich jetzt nicht, Marius. Was machst du denn schon hier?«

»Wieso, was soll ich hier schon machen? Wahrscheinlich das gleiche wie du. In die Schule gehen zum Beispiel.« Ich kam ganz gut klar mit Bella, sie war so etwas wie eine Freundin, aber in diesem Moment störte sie mich einfach nur.

»Entschuldigung, man wird ja wohl noch fragen dürfen. Kein Grund mich anzunerven.«

»Schon gut, du musst ja auch nicht gleich hyperempfindlich reagieren. Ich habe mich mit Max verabredet.«

»Mit Max? Dem Neuen?«

»Ja.«

»Na, das wurde ja auch Zeit.«

»Wieso das denn?«

»Na, der ist ja echt schnuckelig, also habe ich immer mal wieder rübergeschaut zu ihm. Im Unterricht, meine ich. Aber der guckt nie. Sitzt immer 'nen Meter hinter dir und schaut nach vorne oder vor sich. Die meiste Zeit schaut er aber auf dich.«

Das war nun fast ein Schock. »Er schaut auf mich? Ihr Frauen seht echt zu viele Gespenster.«

»Na, du kannst Ben fragen, wenn du einen männlichen Zeugen brauchst. Oder Luisa und Dani. Ist uns allen schon aufgefallen. Weils doch irgendwie seltsam ist. Er hat noch mit niemandem geredet und glotzt dir die ganze Zeit auf den Rücken, das fällt auf. Und wir hätten es dir sicher schon gesagt, aber du redest ja auch mit niemandem mehr. Das fällt auch auf.«

»Ist ja super, was euch allen so auffällt.«

»Guten Morgen.« Wir hatten beide nicht gemerkt, dass Max gekommen war, und drehten unsere Köpfe synchron in seine Richtung. Ich für meinen Teil fühlte mich ertappt. Aber ich hatte etwas an Sicherheit hinzugewonnen und konnte meine Freude zeigen, ihn zu sehen. Sogar Bella konnte ich für einen Moment vergessen, das Lächeln auf meinem Gesicht bildete sich ganz unkontrolliert aus.

»Moin,« sagte ich, und Bella verstand sogar das Gebot der Stunde, wenn auch beleidigt.

»Ich geh schon mal hoch. Ihr seid ja *verabredet*.«

»Bis gleich«, sagte Max zu Bella. Ich hatte keine Lust auf beleidigte Mädchen. Max und ich schwiegen ein paar Sekunden. Es ist gar nicht so, dass ich ein Stockfisch wäre, aber manchmal halten mir da tief drinnen irgendwelche fiesen Gestalten die Hände vor den Mund. Zum Glück sind dann die anderen meistens schneller.

»Der Bus hat heute etwas länger gebraucht«, sagte Max. »Irgendwie werden die Baustellen immer mehr, obwohl das doch anders sein müsste, oder?«

»Anders? Äh, vielleicht. Wie meinst du das?« Ich war mir noch nicht sicher, ob ich in den paar Minuten, die wir hatten, über Baustellen reden wollte. Von daher hätte ich mir die Nachfrage besser gespart. Im Stockfisch-Modus nimmt man aber jeden Krümel dankbar auf.

»Ich meine, dass ständig etwas neu gebaut wird und dass es dann doch auch mal vorbei sein müsste. Doch dann wird sofort wieder was abgerissen, und das Theater geht von vorne los.«

Darüber konnte man sich also Gedanken machen. »Ist wohl so heutzutage«, antwortete ich und wollte dabei bestimmt nicht altklug klingen.

»Heutzutage?«

»Ich meine ... zugegeben, wie es früher war, weiß ich gar nicht. Aber hier und heute in Frankfurt entsteht doch ständig was Neues.« Mehr fiel mir dazu immer noch nicht ein.

»Ich mag die Baustellen nur aus einem Grund. Und das auch nur im Sommer.«

»Und der wäre?«

»Das willst du nicht hören.«

Es klingelte zum Aufbruch. Fünf Minuten hatten wir noch. Um uns herum begannen alle, zur Treppe oder den Gängen im Erdgeschoss zu laufen. Wir blieben stehen, ich blickte auf das schwarze Brett.

»Schön, dass du wirklich auf mich gewartet hast.«

Ich sah zu Max. »Find ich auch. Also, dass du gekommen bist. Und ich will's hören. Auch wenn ich mich bisher noch nicht sehr intensiv mit Baustellen beschäftigt habe.«

»Ein andermal«, sagte er dann. »Vielleicht. Wir müssen.«

Wir waren fast die Letzten, die sich in den Strom einfädelten. Es war ein gutes Gefühl, mit Max zusammen in den Klassenraum zu gehen und sich nebeneinander hinzusetzen. Er machte mich stolz.

Wir hatten uns während der Schulstunden den ganzen Tag irgendwas zu sagen. Es war der schnellste Schultag meines Lebens. Und das Ende der letzten Stunde war erstmals eine Enttäuschung. Es wimmelte von Premieren.

Ich gab den Griff um meine Beine frei und ließ mich nach hinten auf den Rasen fallen. Der Himmel war blau, und die Sonne knallte auf die Erde. Die Luft roch nach Fluss.

Der Freitag kam und damit die Aussicht auf den Ausflug mit Mom. Das war zumindest so ziemlich die beste aller denkbaren Perspektiven, um das nahende Wochenende überstehen zu können.

Als ich zur Schule kam, stand Bella schon am Schwarzen Brett. Nicht zu ihr zu gehen, wäre bescheuert gewesen. Es war offensichtlich, dass sie auf mich wartete. Ich vermutete, sie könnte noch beleidigt sein, was mich nicht zu Freudensprüngen veranlasste. Auch nicht, dass sie jetzt offenbar davon ausging, mich nun ihrerseits am Schwarzen Brett morgens treffen zu können.

»Hallo«, sagte ich und wollte ganz gelassen klingen.

»Na, wie war's?«, war ihre Erwiderung, die gereizt klang.

»Wie war was?«

»Deine Verabredung natürlich. Tu nicht so.«

»Wie du es sagst, klingt es nach Angriff.«

»Und ich bin also hyperempfindlich, was?«

»Ja, bist du, und ich bin es nicht. Ganz einfach.«

»Na, jedenfalls war die Wirkung ja nicht zu übersehen.«

»Wovon sprichst du nun schon wieder?«

»Davon, dass Max dir nicht mehr den ganzen Tag auf den Rücken glotzen musste, weil ihr euch die meiste Zeit unterhalten habt.«

»Vielleicht wollten wir ja weniger auffallen. Was uns damit aber offenbar auch nicht gelungen ist. Bestimmt werden mir das Ben, Luisa und Dani auch bestätigen können.«

»Man, du kannst echt ein Arschloch sein.«

»Jetzt schraub dich mal runter, Bella. Soweit ich das sehen kann, habe ich dir nichts getan, weswegen du mich so anmotzen musst.«

»So siehst du das also?«

»Du etwa nicht?«

»Kannst ja mal die Augen aufmachen, Marius.« Sprach's und verzog sich. Womit ich total einverstanden war. Diese kryptischen Dialoge mit Bella gingen mir mächtig auf den Zeiger. Und wir hatten schon einige davon hinter uns. Worüber ich allerdings nicht lange nachdenken musste.

»Machen wir das hier zu unserem Treffpunkt?«, fragte Max, der wieder ziemlich plötzlich neben mir stand.

»Von mir aus gerne«, sagte ich. »Aber es kann auch anderswo sein, ist mir eigentlich egal. Wie machst du das, dass du auftauchst, ohne dass ich dich kommen sehe?«

»Keine Ahnung, muss an der Tarnkappe liegen. Aber nö, im Ernst. Bis jetzt hattest du immer Damenbesuch, wenn ich kam. Da bist du halt weniger aufmerksam.« Er grinste sein Grinsen.

»Damenbesuch? Wenn ich im Unterricht richtig aufgepasst habe, könnte das in unserem Alter schon als elaborierter Code durchgehen«.

»Findest du? Klingt eigentlich ganz gut verständlich, oder?«

»Hast recht, vielleicht nur etwas antiquiert, was ja nicht dasselbe ist, stimmt.«

»*Antiquiert* könnte aber dann doch elaboriert sein.«

»Mein Gott, gestern haben wir uns über Baustellen unterhalten, und heute reden wir über elaborierte Codes. Sollten Jungs in unserem Alter nicht andere Sachen im Kopf haben?«

»Bestimmt, an welche denkst du?«

Ich dachte an meine *aussieBum* (die blaue) und musste schmunzeln.

»Darf ich an deinem Lächeln teilhaben?«

»Theoretisch schon, aber ich würde ungern aus unserer Tradition ausbrechen.«

»Wir haben eine Tradition miteinander?«

»Wusste ich auch nicht, aber jetzt gerade kommt es mir so vor.«

»Welche?«

»Stell mir nochmal deine Frage von eben.«

»Die mit dem Lächeln?«

»Ja, die.«

»Äh, muss ich sie exakt wiederholen?« Es klingelte.

»Der Sinn sollte nicht entstellt werden, um mit Frau Wolters wortn zu sprechen.«

»Warte, ich glaube, ich krieg das hin.«

»Dann mal los, wir müssen nämlich.«

»Darf ich an deinem Lächeln teilhaben? Richtig?«

»Richtig, das war sie. Aber das willst du nicht hören, und das ist die Tradition.« Wir lachten beide und gingen in den Unterricht.

Mom würde nun sicherlich bald aus der Pension kommen. Ich hatte ihr Zeit für die ganz lange Pause gelassen. Und ich hatte Hunger. Endlich mal wieder.

5 | Spessart

Mom kam zu mir, als ich immer noch auf dem Rücken lag und die Sonne auf mich scheinen ließ. Sie stellte sich neben mich und warf so ein Stück Schatten. Dann setzte sie sich lautlos. Ich drehte meinen Kopf, blinzelte zu ihr nach oben und stellte fest, dass sie mich nicht anschaute. Ähnlich wie ich zuvor, schaute auch sie auf den Fluss. Ich setzte mich auf.

»Hast du dich ausgeruht?«, fragte ich sie.

»Ja, es ist herrlich ruhig hier. Ich bin fest eingeschlafen und noch ein wenig verknittert. Als ich aufgewacht bin, dachte ich, ich hätte Stunden geschlafen. Aber so lange war es wohl gar nicht.«

»Für mich gerade lange genug, um zu denken, dass du jetzt bald kommen könntest.« Sie roch wie immer nach Iriscreme, dafür hatte die Zeit also noch gereicht. Als ich klein war, habe ich vor Glück über den zauberhaften Geruch meine Nase oft ganz tief in ihre Haut gedrückt. Ich glaube, sie mochte das auch. Heute mache ich das natürlich nicht mehr, obgleich ich noch immer Lust dazu hätte.

»Hier bin ich«, hörte ich sie sagen. Was mich ein wenig aus ihrem Geruch riss.

»Gibt es schon einen Plan, wie es weitergeht?«, wollte ich wissen. »Ich für meinen Teil hätte Hunger.«

»Hunger? Das höre ich ja ganz selten von dir. Kann es sein, dass du in der letzten Woche etwas zurückhaltender mit der Nahrungsaufnahme warst?«

»Ich wollte deine Haushaltskasse entlasten.«

»Wie aufmerksam von dir. Worauf hast du denn Lust?«

»Keine Ahnung. Hier im Spessart gibt's bestimmt halbe Hirsche mit Birnen, Preiselbeeren und Kroketten. So was vielleicht.«

Mom musterte kritisch meinen Bauch. »Wenn da ein halber Hirsch rein soll, wird dich Max nächste Woche nicht wiedererkennen.«

Theatralisch schrie ich auf und ließ mich wieder rückwärts auf den Boden fallen. Mom blickte fragend auf mich runter.

»Aua«, japste ich vor mich hin. »Ich hatte gerade einmal nicht an ihn gedacht.«

»Entschuldigung«, sagte Mom. »Es ist schon so lange her, dass ich 15 war. Ich muss mich erst wieder in die Empfindlichkeit dieser Lebensphase einfühlen.«

»*Zurückhaltend mit der Nahrungsaufnahme, Empfindlichkeit dieser Lebensphase...* Ist das jetzt eine neue, geschwollene Tonlage?«

»In deiner Situation würde ich auf Wortspiele verzichten, die etwas mit Schwellungen zu tun haben.«

»MOM!« Ein wenig rang ich echt um Fassung. Dumme Kommentare dieser Art waren unter Gleichaltrigen Gang und Gäbe, und da gehörten sie auch hin. Ich rappelte mich wieder auf und schaute sie entsetzt an.

»Nun komm, mach jetzt nicht auf fromm, sonst muss deine alte Mutter nachher noch eine Kirche aufsuchen und eine Kerze zur Rettung ihres Seelenheils anzünden.«

»Das wäre vielleicht nicht die schlechteste Idee.« Aber mein Lächeln verriet mich. In Wirklichkeit war ich froh, wie locker sie alles nahm.

»Was machen wir jetzt mit deinem Hunger?«

»Vielleicht etwas essen gehen«, schlug ich vor.

»Ich hätte einen anderen Vorschlag.«

Ich blickte sie fragend an und sie versetzte mir einen Stoß an die Schulter, so dass ich gerade wieder nach hinten kippte, während sie in die Knie ging und sich zu mir setzte.

»Du hast echt Kraft getankt, scheint mir. Während ich eine harte Woche hinter mir habe. Das ist ein ungleiches Kräftemessen«, beschwerte ich mich.

»Ungleich ist höchstens, dass du voll im Saft stehst, während ich meine Reserven mühsam beisammenhalte.«

»Voll im Saft? Ich vermute mal, dass das jetzt nicht eine Fortsetzung deiner pubertären Anspielungen ist.«

»MARIUS!«

»Wollte mich nur kurz deinem Niveau anpassen. Gehen wir jetzt essen?« Ich stand auf. An mindestens drei Stellen meines Körpers knackten dazu die Knochen. Ich hielt ihr die Hand hin, und sie ließ sich nach oben ziehen.

»Es ist noch zu früh, ich hätte eine andere Idee.«

»Zu früh? Es ist vier Uhr mittags.«

»Eben. Und wir sind im Spessart, und nicht auf der Zeil oder in der Berger Straße. Hier bekommst du, wenn überhaupt, mittags oder abends etwas Warmes zu essen. Nicht um vier Uhr nachmittags. Da gibt's Kaffee und Kuchen.«

»Na toll. Wie lautet die andere Idee?«

»Ich habe Wanderkarten dabei, es gibt in unmittelbarer Nähe herrliche Wege. Ich habe eine Route ausgesucht, die uns in etwa zwei Stunden zu einer verheißungsvollen Lokalität führt.« Mom hatte zwar ein Smartphone, sogar ein gutes iPhone, aber sie hasste es da reinzuschauen, während sie einen Weg suchte.

Ich hatte nichts gegen wandern, im Gegenteil. Ich lief gerne durch die Natur. Aber jetzt hätte ich es vorgezogen, erst mal etwas zu essen. Allerdings war ich auch nicht am Verhungern. »Gut, dann machen wir das. Holst du noch die Karten?«

Wir fuhren mit dem Auto zu einem Waldparkplatz, von dem aus wir gut starten konnten. Die Strecke, die Mom zum Wandern ausgewählt hatte, führte die meiste Zeit durch den Wald. Dazu begleitete uns ein Bach, der sich malerisch durch die Landschaft wand. Mal waren wir ganz nahe dran, mal liefen wir oberhalb und konnten ihn besser hören als sehen. Mitten im Sommer begegneten wir keinem Menschen. Es duftete wunderbar nach modrigem Holz und Waldboden, die Luft war warm und voller Summen und Vogellauten. Ab und an hörten wir entfernt ein Flugzeug am Himmel oder ein Auto auf der wenig befahrenen Straße in der Nähe. Das war mir fast schon zu viel Zivilisationslärm, aber es ließ sich damit leben. Er gewann zu keiner Zeit die Oberhand. Mom ergriff als Erste das Wort.

»Ich muss zugeben, dass ich neugierig bin. Seit Montag hast du nichts mehr erzählt. Dafür gehst du seit Donnerstag viel zu früh aus dem Haus. Und als ich heute Morgen die Wäsche sortiert habe, waren alle deine neuen Unterhosen darin, das gab's auch noch nie. Ich bin ganz Ohr.«

»Hast du die Wäsche noch angemacht?«, wollte ich wissen und klang dabei selbst für meine eigenen Ohren befremdlich.

»Na, du hast den Spannungsbogen ja raus. Ist das jetzt die wichtigste aller Fragen?«

»Ein wenig schon«, log ich wahrheitsgemäß. Ich finde, ich sehe ganz gut darin aus und ich würde sie nächste Woche gerne wieder anziehen. Also hast du?«

»Nein.«

»Du hast sie nur sortiert?«

»Ich habe zu spät dran gedacht und bis die Maschine dann fertig gewesen wäre, wären wir schon unterwegs gewesen. Also habe ich sie noch liegen lassen. Wenn du unbedingt willst, kann ich die Kochwäsche noch am Sonntagabend durchlaufen lassen.«

»Papa hätte sie doch auch mal in die Maschine werfen können.« Wenn ich mit Mom sprach, war mein Vater natürlich ein Papa. Alles andere hätte geklungen, als hätten wir ein gestörtes Verhältnis. Was überhaupt nicht der Fall war. Er war nur oft weg. Das störte weder ihn noch mich sonderlich und machte uns in unserem Verhältnis nicht zu Gestörten.

»Das haben wir anders vereinbart, weil ich sehr viel mehr Zeit zu Hause verbringe, und daran halte ich mich. Dein Vater muss sich nicht um die Wäsche kümmern.«

»Klingt nicht sehr emanzipiert.«

»Aber auch nur für grüne Jungen-Ohren. Ich bin so emanzipiert, dass ich es mir leisten kann, darauf zu verzichten, wenn mir danach ist. Das ist ein gewaltiger Unterschied. Der einzige Mann im Haus, der mich in meinen emanzipatorischen Bemühungen schwächeln lässt, bist du.«

»Was wiederum ganz sympathisch klingt. Machst du die Wäsche noch am Sonntag?«

»Großes, unterdrücktes Indianerinnen-Ehrenwort.«

»Und du hast sie wirklich nur sortiert?«

Jetzt schaute mich Mom eindeutig überrascht an, was eigentlich schon für eine Antwort ausreichte. »Was sollte ich denn sonst…?« Sie stockte und überlegte für einen kurzen Moment. »Du meinst doch nicht etwa, ich wäre auf Spurensuche gegangen?«

»So gewählt hätte ich mich gar nicht ausdrücken können.«

»Darauf zielt also tatsächlich deine Frage ab?« Das war natürlich ein wenig peinlich, aber bei Mom habe ich mir in solchen Situationen immer wieder gesagt, dass mir nichts peinlich sein muss. Das hatte sie mir so beigebracht.

»Um ehrlich zu sein, ja. Ben hat kürzlich erzählt, dass seine Mutter am helllichten Tag mit einer seiner dreckigen Unterhosen zu ihm ins Zimmer gekommen sei, als er gerade Hausaufgaben machte. Und dann habe sie auf einen ziemlich eindeutigen Fleck gezeigt…«

»Großer, ich habe die Wäsche hundertprozentig nur sortiert. Bunt und Weiß getrennt, Socken und Unterbuchsen nochmal extra für die Kochwäsche. Wenn Bens Mutter wirklich so drauf ist, werden die unterhaltsamen Jahre für die beiden erst noch kommen. Ich kann mich gerade noch beherrschen. Wie bescheuert müsste ich denn sein, deine Unterhosen zu inspizieren?«

»Ziemlich bescheuert, würde ich sagen.«

»Und ist deine Mom ziemlich bescheuert?«

»Nö.«

»Reicht dir das als Antwort?«

»Jep.«

»Mir aber noch nicht. Ich hätte eine Ergänzung, dann ist das auch einmal geklärt. Du kannst hobeln, so viel du willst und es dir Spaß macht. Meinetwegen kannst du deine Zimmerpflanzen damit gießen. Nichts, aber auch gar nichts spricht dagegen.«

»Hobeln, Mom?«

»Yes, Sir!«

»Denkst du nicht auch manchmal, dass das nicht ganz normal ist?«

»Was genau meinst du?«

»Na ja, wir gehen hier durch den Wald und unterhalten uns über meine Unterhosen und darüber, dass ich in die Pflanzen wichsen könnte, wenn es mir Spaß macht. Ich vermute, dass wenige Jungs ähnliche Dialoge mit ihrer Mutter führen.«

»Da hast du wahrscheinlich recht. Es ist wohl nicht die Regel. Du siehst, man muss nicht schwul sein, um ein wenig ... ungewöhnlich zu sein.«

»Du bist echt 'ne coole Mom. Eine total klasse Mom. Scheiße auch, ich bin ein Glückspilz.«

»Jetzt übertreibs mal nicht. Wenn ich nicht bald ein paar Antworten auf die Fragen bekomme, die mich brennend interessieren, werde ich wahrscheinlich ungehalten und dann könntest du deine Worte bereuen.«

»Piaf hat gesagt, dass sie absolut gar nichts bereut.«

»Piaf? Heißt du Piaf? Das sind so französische Texte, mit denen sich die ganze Welt identifiziert. Nicht weil sie wahr sind, sondern weil sich alle wünschen, es wäre so. Aber früher oder später bereuen wir alle, glaube mir. Da kann sie mir noch lange vorträllern, dass sie sich nichts aus der Vergangenheit macht. Das ist auch nicht besser als dieser ganze Carpe Diem-Mist.«

Von *Carpe Diem* hatte ich schon gehört, weil das auf den Kombucha-Flaschen draufsteht. *Pflücke den Tag* soll das wörtlich übersetzt bedeuten. Das fand ich eigentlich ganz hübsch bis zu diesem Moment. »Warum ist das denn Mist?«, wollte ich wissen.

»Im Grunde ist es nicht falsch, wenn wir uns darauf besinnen, jeden Tag sehr bewusst zu erleben, ihn zu genießen. Und trotzdem klingt das nach Teekränzchen unter gehobenen Mittelstandsfrauen, die alle die Brigitte lesen. Ein Porsche ist eigentlich auch ein schönes Auto, aber es sitzen immer die falschen Leute drin. Das tut dem Wagen nicht gut.«

Ich hakte nicht weiter nach. Mom las die Brigitte, traf sich gerne mit Freundinnen zum Tee, und eine davon, nämlich Anne, fuhr einen dicken Porsche. Egal, es beschäftigte mich aber, ob Mom etwas bereut.

»Wenn wir früher oder später alle bereuen, Mom, warst du dann schon dran gewesen oder kommt das noch bei dir?« Im selben Moment, in dem ich die Frage aussprach, beschimpfte mich eine laute, innere Stimme als halbhirnigen Idioten, der seinesgleichen sucht. Mom hielt an. Und ging dann weiter. Ich wusste, wo sie war, und da durfte ich sie nicht stören. Sie war für kurze Zeit sehr weit weg bei George, da gab es kein Vertun. Und kam dann ohne eine direkte Antwort zurück.

»Wieso erzählst du mir etwas von der Piaf? Sie ist nicht ganz deine Generation.« Die Frage klang müde und erleichterte mich.

»Was ja kein Grund ist, sie nicht zu hören. Obwohl ich sie mir wirklich erst angehört habe, nachdem ich in der Zeitung einen interessanten Artikel über sie las. Ich habe mir gemerkt, dass sie nichts bereut hat. Und dass die französische Fremdenlegion im Algerien-Krieg das Lied zu einer Art Truppen-Hymne machte. Das klang bemerkenswert. So viel bekommen manche Jungs, die noch grün hinter den Ohren sind, trotzdem mit. Wenn die anderen in der Klasse von Rihanna schwärmen, streu ich eben Edith Piaf ein. Die kennt zwar keiner, aber das festigt meinen Ruf, ein wenig speziell zu sein, und auf den lege ich Wert.«

»Ach so, mein Sohn legt Wert darauf, speziell zu sein. Nun ja, da bist du auf einem guten Weg, denke ich. Aber da kannst du mal sehen, wie bescheuert der Text ist. Wenn Soldaten im Krieg singen, dass sie nichts bereuen, ist definitiv was schiefgelaufen.«

»Aber wenn sie denken, dass sie am nächsten Tag vielleicht nicht mehr leben, kann man sie doch auch verstehen, oder nicht? Das ist dann Carpe Diem ohne Teekränzchen.«

»Schluss jetzt. Ich platze vor Neugier und du verführst mich ständig mit einem anderen Thema. Wie geht es dir mit Max?«

Ziemlich überraschend tauchte vor uns ein See auf. Das heißt, ich war überrascht, weil er da auf einmal war, aber Mom war richtig erstaunt, weil es laut Karte keinen See auf unserem Weg geben sollte. In ihr Erstaunen hinein begann ich zu summen: *Non, rien de rien, non, je ne regrette rien*... Wir lachten laut.

Am Ufer des Sees lagen breite Baumstämme, die offenbar als Sitzgelegenheit gedacht waren. Wir nahmen das Angebot an und setzten uns auf einen der Stämme. Mom kramte die Karte aus ihrer Tasche, gab mir eine kleine Wasserflasche und faltete die Karte neu, um unseren vermuteten Ort besser finden zu können. Dann fuhr sie mit dem Finger eine Weile darüber.

»Das gibt's doch nicht«, sagte sie plötzlich. »Wir haben einen falschen Abzweig genommen. Das muss der *Breitsee* sein, hier.« Sie deutete auf einen Punkt, für den ich mich nicht sonderlich interessierte. Ich stöhnte auf. Von den angekündigten zwei Stunden hatten wir den größeren Teil hinter uns, und die versprochene Lokalität hatte schon begonnen, Gestalt vor meinem geistigen Auge anzunehmen.

»Was hat das zu bedeuten?«, wollte ich wissen.

»Ist nicht so tragisch, hat uns wahrscheinlich zehn Minuten gekostet, mehr nicht. Bestimmt haben wir eine Markierung übersehen, als wir uns unterhalten haben. Andererseits finde ich es gar nicht so schlimm. Der See sieht schön aus, oder nicht?«

»Stimmt«, sagte ich. Der See lag zwischen den Bäumen wie eine große, glitzernde Pfütze. Dazu war ständig ein leises Platschen zu hören. So als ob jemand Steine vom Rand ins Wasser warf. Aber da war niemand. Das Platschen kam von den Fischen im See. Ständig sprang einer kurz raus und war auch gleich wieder im dunklen Grün des Wassers verschwunden. Für einen Moment gab es nur Wind in den Bäumen und platschende Fische. *Breitsee* konnte ich mir merken, weil der Name so absurd war. Ohne Dickicht am Ufer hätte auch der Lahme unter den Gehenden den See in nicht mehr als zehn Minuten umrundet.

Mom und ich genossen die Stimmung für ein paar Minuten, ohne dass jemand etwas sagte. Aber ich wusste ja, dass sie gerne etwas hören wollte. Alles eben zu seiner Zeit, dachte ich kurz und befand die Zeit dann für gut. Am Breitsee habe ich ihr erzählt, was in der restlichen Woche passiert war. Sie musste kaum etwas nachfragen. Ich beschrieb ihr jeden Tag, gefühlt minutiös. Blickte dabei auf den See und bewegte meinen Kopf in Richtung der kleinen Kreise, die die Fische nach dem Eintauchen für wenige Sekunden auf der Oberfläche des Wassers hinterließen. Meinen Hunger vergaß ich.

Als ich fertig war, schaute ich zu Mom rüber, und sie schaute mich strahlend an. »Was du erzählst, klingt gut, Großer. Du bist tatsächlich verliebt, und es tut sich was zwischen euch beiden. Ich drücke dir die Daumen, dass das so weitergeht. Es ist schön, wenn man so tief empfinden kann, schön und kostbar.« Ich nickte. Wobei ich mir nicht ganz sicher war, ob das so uneingeschränkt zutraf.

Wir standen auf und gingen den Weg bis zu der Stelle, an der wir uns verlaufen hatten, zurück. Dort tauchte dann auch wieder unser Bach auf. Wir hatten es gar nicht bemerkt, dass er uns abhandengekommen war. Die nächste Dreiviertelstunde liefen wir angenehm schweigend nebeneinander her. Ich hing meinen Gedanken nach und Mom machte es genauso. Dann hörte der Wald auf, und der Bach verlor sich zwischen den ersten Anwesen, die sich bald zu einer kleinen Ortschaft summierten. Mom meinte, es müsse ein Schloss mit guter Gastronomie geben, und es dauerte nicht mehr lange, bis wir mitten im Ort davorstanden. Es machte richtig was her.

»Okay, Schatz«, sagte Mom wenig später nach einem kurzen Blick auf die Speisekarte, »du hast es dir heute verdient, dass wir etwas besser essen gehen. Du warst wirklich geduldig und ich bin jetzt auch hungrig. Wenn ich nicht gleich was zu essen bekomme, vergesse ich mich. Lass uns reingehen und zuschlagen.« Manchmal war sie ein wenig rustikal.

Wir ließen es uns richtig gut gehen. Ich verzichtete auf den halben Hirsch und bestellte stattdessen eine fränkische Leberknödelsuppe, ein Forellenmousse und eine Perlhuhnbrust mit Grillgemüse und Spezi. Das Wiener Schnitzel mit Pommes hätte mich zwar auch gereizt, aber das bekam ich ja überall. Ich hatte Lust schlossmäßig zu tafeln. Mom entschied sich für einen Blattsalat, den sie eigentlich immer nimmt, in diesem Fall allerdings mit Balkankäse, was in meinen Ohren nicht so arg regional klang, aber das war ja auch keine Bedingung. Dazu bestellte sie einen Kartoffelstrudel und Weißwein. Zum Schluss nahmen wir die Dessertvariation des Hauses für uns beide. Es war genial. Aber kein Grund nicht darauf zurückzukommen, was wir als Gesprächsthema für dieses Wochenende schon am Montag ins Auge gefasst hatten. Im Gegenteil. Mom knabberte gerade zufrieden an ihrem Grünzeug, als ich glaubte einen günstigen Moment für den Einstieg erwischen zu können.

»Mom?«

Sie hatte den Mund etwas zu voll und nickte nur zu einem gurgelnden Laut.

»Kannst du dich erinnern, worüber wir am Montag gesprochen haben?«

Sie nickte wieder.

»Ich meine den Teil, dass es vielleicht nicht nur ungewöhnlich ist, schwul zu sein. Dass es andere Gründe gibt, warum die Menschen etwas gegen Schwule haben. Kannst du dich daran noch erinnern?«

Erneutes Nicken.

»Du hast mir ein paar andere Gründe genannt, warst dann aber zu müde, näher darauf einzugehen.« Ich wartete, ob sie wieder nicken würde, aber sie schob sich nur eine nächste Gabel mit Blattsalat und Balkankäse in den Mund.

»Einer davon war *Homophobie*. Kannst du mir erklären, was das ist? Ich kenne den Begriff zwar, und würde ihn auch benutzen, aber sicher bin ich mir nicht, ob ich ihn richtig verwenden würde.«

»Hmh, ich kann's versuchen.« Sie tupfte sich mit der Serviette an den Mundwinkeln herum. »So wie ich es halt verstehe. Eine Expertin bin ich nicht.« Sie nahm einen Schluck Wein.

»Mir reicht völlig, wie du es verstehst.«

»Also gut.« Sie überlegte eine Weile und hob mehrfach an, um dann wieder abzubrechen und noch einmal neu zu überlegen. Erfreulicherweise fand sie dann doch noch Worte.

»Vielleicht so«, begann sie zögerlich. »Zerlegt man den Begriff in seine Bestandteile, nämlich *Homo* und *Phobie*, dann kommt so etwas wie Angst vor dem Gleichen dabei heraus. Gemeint ist damit immer die Liebe und Sexualität zwischen zwei Menschen gleichen Geschlechts.«

»Versteh ich nicht, wer sollte davor Angst haben?«

»Das leuchtet mir auch nicht ein, aber einige Menschen haben wohl diese Angst. Vielleicht ist Phobie nicht die beste Begrifflichkeit.«

»Sondern?« Die Bedienung brachte den Auflauf und das Perlhuhn.

»Das ist wirklich schwer zu erklären. Ich glaube, man geht davon aus, dass eigene Anteile abgewehrt werden müssen. Das ist ein psychologisches Konzept.«

Das Perlhuhn war köstlich. »Du meinst, alle Menschen wären irgendwie schwul oder lesbisch, wollen das aber nicht sein?«

»Ich meine gar nichts. Ich versuche nur etwas zu erklären, was ich selbst nicht nachvollziehen kann. Bitte verlier das nicht aus den Augen.«

»Okay. Aber so in etwa hast du es doch trotzdem gemeint?«

»Magst du mal etwas von dem Auflauf probieren?« Ich nickte und nahm mir ein Stück mit der Gabel. »Nein, ich meine nicht, dass alle Menschen irgendwie schwul oder lesbisch sind. Das sind sie sicher nicht. Aber sie haben eben eine Vorstellung davon, was richtig und was falsch ist. Das habe ich dir ja schon häufiger erklärt. Sie finden, dass es richtig ist, wenn Männer und Frauen zusammen sind. Und

Sex haben und eine Familie gründen. Schwule und Lesben passen da nicht ins Bild.«

»Aber das mit den eigenen Anteilen erklärt das nicht, oder?«

»Na ja, vielleicht doch ein wenig insofern, als dass eine Welt, in der Schwule und Lesben völlig gleichberechtigt leben würden, diese Welt gefährden könnte.«

»Die Familien-Welt?«

»Ja, die Familien-Welt. Mit allem, was dazugehört. Die Menschen haben in den letzten hundert Jahren bei uns ziemlich viel von dem aufgeben müssen, was ihnen wie eine feste, unumstößliche Ordnung vorkam. Das ging alles sehr schnell.«

»Hundert Jahre sind ja nicht gerade schnell.«

»Doch, Marius. Das unterschätzt du, weil du so jung bist. Weil dir hundert Jahre wie eine halbe Ewigkeit vorkommen. Oder wie ein ganzes Leben. Aber hundert Jahre sind eigentlich nichts. Die Erde gibt es seit vielen Milliarden Jahren.«

»Die Erde, aber nicht die Menschen.« Ich bestellte noch ein Spezi.

»Die Menschen gibt es auch schon ein paar hunderttausend Jahre.« Sie trank wieder einen Schluck Wein. »Guck dir doch mal Oma an. Sie war verlobt und hat diese Verlobung gelöst, weil sie den Mann nicht liebte. Sie liebte deinen Opa und entschied sich für ihn. Aber diese Entscheidung wurde in ihrer Familie und in ihrem Ort als Skandal aufgefasst. Die geltende Ordnung sagte, dass eine Verlobung ein Versprechen ist, sich zu heiraten. Wer sich nicht daran hielt, verstieß gegen die Ordnung. Erst recht, wenn sich eine Frau nicht daran hielt. Denn auch das war lange Zeit fester Bestandteil der Ordnung. Die Frau hatte sich dem Mann unterzuordnen. Die Geschlechter hatten relativ eng abgesteckte Aufgabenfelder zu erfüllen.«

»Das heißt, solange eine Ordnung gilt, werden die dafür bestraft, die gegen die Regeln dieser Ordnung verstoßen, meinst du das?«

»Ja, das ist ganz gut zusammengefasst. Bestraft vor allem dann, wenn sich die Regeln der Ordnung auch in den Gesetzen wiederfinden. Die sind dann die Grundlage für die Strafe. Es ist noch nicht lange her, da war Homosexualität in Deutschland verboten. Das stand noch im Strafgesetzbuch, als ich geboren wurde.«

»Und jetzt haben die Menschen Angst, dass es ihr Leben verändert, wenn Homosexuelle die gleichen Rechte bekommen, verstehe ich das richtig? Sie befürchten, dann könnte es immer selbstverständlicher werden, homosexuell zu leben, und eben nicht wie es ihrer Meinung nach sein sollte? Und es könnte, selbst wenn die meisten dann immer noch nicht schwul oder lesbisch wären, immer reizvoller für mehr Menschen werden auch so zu leben? Und dieser Anteil wäre zerstörerisch für eine alte Ordnung, und müsste deshalb bekämpft werden?«

»Ja, ich glaube in diese Richtung geht das. Es geht irgendwie immer um Veränderung, um Entwicklung oder Bewahren. Es geht um steigende persönliche Freiheit des Einzelnen, und dadurch verlieren Traditionen an Bedeutung. Was tatsächlich nicht nur gut ist. Auf der anderen Seite war und ist vieles, was den Menschen Orientierung gibt, auf dem Rücken von Minderheiten ausgetragen worden. Oder zumindest von gesellschaftlich unterprivilegierten Gruppen. Dafür sind Frauen ein gutes Beispiel, denn eine Minderheit waren wir nie.« Sie nahm den letzten Bissen ihres Kartoffelauflaufs. Mein Perlhuhn hatte ich schon verspachtelt. Das war der Vorteil bei Diskussionen zu schwierigen Themen. Man hatte zwischendurch Zeit zum Kauen.

»Übrigens geht es darum nicht nur bei Homosexualität oder Fragen zum Verhältnis der Geschlechter«, nahm Mom den Faden wieder auf. »Beim Zusammentreffen von Menschen verschiedener Kulturen kannst du ein ähnliches Phänomen beobachten. Es wird dann aber nicht von *Phobie* gesprochen. Auch bei der Geschichte mit den Juden landen wir dort. Aber das mit dem Antisemitismus würde ich immer noch gerne für ein andermal aussparen.«

»Das ist ein besonders schwieriges Thema, stimmt's? Das schiebst du oft auf.«

»Ja, Marius. Das ist ein schwieriges Thema. Und ein schreckliches obendrein. Ihr werdet es sicher bald detailliert im Unterricht durchnehmen.« Sie schaute für ein paar Sekunden über meine Schultern an mir vorbei. »Ich bestelle jetzt unser Dessert, einverstanden? Und müsste schon seit geraumer Zeit mal dringend aufs Klo. Meinst du, die nächste Frage hat einen Moment Zeit?«

»Dessert gut, Klo gut, alles gut.«

»Na prima, bin sofort zurück.«

Mom blieb länger fort, als erwartet, und so begann ich schon mal, an unserem gemeinsamen Dessert herumzulöffeln und überlegte, was wir in der Schule bereits zum Thema Juden und Nationalsozialismus durchgenommen hatten. Den Teller ließ ich dabei in der Mitte des Tisches stehen. Ich war so was von satt, aber das war mir egal. Es hörte nicht auf zu schmecken. Als sie endlich zurückkam, reichte ihr ein kurzer Blick auf den Teller, um ihn ganz zu mir zu schieben. »Ich kann nicht mehr«, sagte sie.

»Das mit den Kulturen verstehe ich wahrscheinlich«, fuhr ich unbekümmert, mit einem feinen Sorbet auf der Zunge, fort.

»So?«

»Erklärs mir trotzdem«, bat ich.

»Also so wie die Homosexuellen etwas von dem infrage stellen, wie Beziehung und Sexualität gelebt werden kann in einer Gesellschaft, so stellen Ausländer etwas von dem infrage, wie nationale Identität gelebt werden kann. Oder auf den Punkt gebracht: Wie heterosexuell und wie deutsch wollen wir unsere Gesellschaft haben? Ist das noch verständlich? Ich hätte nicht gedacht, dass es so schwer ist, einfache Worte für all das zu finden. Jedenfalls verschwimmen auf allen Ebenen letztlich sicher geglaubte Orientierungen. Und das verunsichert nicht wenige.«

»Dich auch?«

»Das ist eine schwierige Frage. Natürlich nicht, möchte ich eigentlich antworten, aber so ganz sicher bin ich mir da nicht.«

»Hast du mal was mit einer Frau gehabt?«

»Allerdings.«

»WAS? Das glaub ich jetzt nicht. Meine Mom war schon mal lesbisch?«

»Jetzt mal im Ernst, Marius. Was sollte mich davon abhalten, eine Frau schön und attraktiv zu finden? Als ich ungefähr so alt war wie du, und noch einige Jahre danach, lernte ich immer mal wieder Frauen kennen, die mich total faszinierten, und einige davon waren lesbisch. Natürlich wollte ich das auch mal ausprobieren. Ich war ziemlich neugierig.«

»Meine Mom war lesbisch, wie geil ist das denn?«

»Amüsier dich ruhig, aber ich muss dich enttäuschen. Wirklich lesbisch war ich nie, bin ich einfach nicht. Aber es hätte mir auch nichts ausgemacht. Die erste Frau, mit der ich etwas hatte, war übrigens eine bildschöne Türkin. Die zweite war Ungarin. Das war beides mehr als exotisch zu dieser Zeit und machte für mich einen Teil des Reizes aus. Die dritte kam aus Bayern. Dazwischen hatte ich mindestens doppelt so viele Männer.«

»Du hast es dir ja richtig gut gehen lassen.«

»Es war eine schöne Zeit, da will ich nicht widersprechen. Aber es war dann auch irgendwann gut mit den Frauen. Es war schön, es war aufregend, aber ich begehrte sie nicht so richtig. Das fühlte sich bei Männern eben ganz anders an.«

»Hat Papa es auch mit anderen Männern getrieben?«

»Getrieben? Wie klingt das denn? Aber frag ihn doch einfach. Er wird bestimmt Augen machen.«

»Was würde denn besser klingen? Gefickt? Gevögelt? Geschlafen? Ist doch auch alles blöd.«

»Geschlafen geht durch.«

»Also eben hast du noch die Super-Mom abgegeben, die nichts ausgelassen hat, und jetzt soll *geschlafen* die Lösung sein? Das glaub ich nicht.«

»Von mir aus, dann treiben wir es eben alle miteinander. Wenn es dir damit besser geht, gerne. Aber ich glaube nicht, dass es dein

Vater mit anderen Männern getrieben hat. Zumindest hat er mir davon nie etwas erzählt.«

»Ich werde ihn fragen.«

»Tu das... Mich hat das jedenfalls alles nicht ernsthaft durcheinandergebracht. Ich kann deine Frage wohl wirklich mit *nein* beantworten.«

»Welche Frage nochmal?«

»Die, ob es mich nie verunsichert hätte, dass Orientierungen verloren gegangen sind.«

»Okay, einerseits warst du also nicht verunsichert. Aber andererseits bist du es doch?«

»Da bin ich mir eben nicht ganz sicher. Aber als Frau habe ich wahrscheinlich Vorbehalte. Da bin ich schon auch mal abgeneigt gegen andere Einflüsse. Alles, was Frauen unterdrückt, ist mir zuwider. Ich denke dann, kommt Jungs, geht einfach wieder in die Heimat, hockt euch da in eure Männerpinten und lebt euren mittelalterlichen Mief, ohne mich damit zu belästigen. So etwas zum Beispiel.«

»Klingt jetzt nicht so dramatisch.«

»Ist es wahrscheinlich auch nicht. Aber es ist trotzdem ein pauschal ablehnendes Gefühl gegenüber anderen.«

»Was du gegenüber deutschen Männern nicht hast?«

»Oh, doch. Da triffst du den Nagel wirklich auf den Kopf. Das Problem ist nur, dass ich die nicht in ihre Heimat wünschen kann. Und ich nehme sie auch nicht als Gesamtheit wahr. Da unterscheide ich mehr, was ja auch schon wieder schräg ist.«

»Wo wünschst du die denn hin, die du nicht magst?«

»Auf den Mond.«

»Da wären sie ja noch stolz drauf.«

»Auch wieder wahr.«

Um uns hatten sich mittlerweile die meisten Tische geleert. Als wir eine kurze Pause einlegten, fiel es uns beiden auf. Wir waren rundum zufrieden und ebenfalls startklar.

»Ich würde jetzt mal zahlen«, sagte Mom, »und uns dann ein Taxi rufen lassen.«

Daran hatte ich noch gar nicht gedacht. Wir mussten ja wieder zurück und der Wagen stand zwei Stunden fußläufig entfernt. Der Kellner verkniff sich ein wenig die Gesichtszüge, als Mom die Taxi-Bitte aussprach.

»Ich bin mir nicht sicher, ob ich ein Taxi bekommen werde«, sagte er zu Mom, »aber ich werde es versuchen.« Mom und ich erschraken darüber, aber das bot mir auch Gelegenheit für eine kleine Retourkutsche.

»Denk dran, Mom, das hier ist nicht die Zeil, und auch nicht die Berger Straße.« Doch zu Späßen war sie in diesem Moment nicht aufgelegt. Bis der Kellner mit entspannteren Gesichtszügen zurückkam und verkündete, dass in zwanzig Minuten ein Taxi käme. Wir müssten aber auch für die Anfahrt zahlen, sonst wäre es nicht gekommen. Mom nickte erleichtert.

»Weißt du, Marius. Die paar Kröten hauen wir jetzt auch noch raus. Aber nimm dir das nicht zum Vorbild. Zumindest nicht, solange du nicht auch so einen fetten Braten an der Angel hast wie ich mit deinem Vater.«

»Ich werde es mir merken, Mom. Und ihn fragen, ob er es, bevor er als fetter Braten an deinem Haken gelandet ist, mit anderen Männern getrieben hat. Ich glaube übrigens: ja.«

»Wie kommst du denn darauf?«

»Keine Ahnung. Schwule Intuition, denk ich mal.«

Dann hupte auch schon das Taxi.

6 | Am Ort

Am nächsten Morgen konnten wir ein Terrassen-Frühstück mit Blick auf den Main einnehmen, was uns Frau Zeis servierte. Sie und ihr Mann waren ein älteres Ehepaar, und führten die Pension. Frau Zeis strahlte freundliche Sachlichkeit aus, ihr Mann war so stoffelig-eigen wie einige Männer über siebzig. Dazu gab es zwei Rauhaardackel, die auch nicht mehr die Jüngsten waren, und sich ziemlich schlapp durch die Gegend schleiften. Sobald sie allerdings einen vermeintlichen Eindringling wahrnahmen, machten sie Lärm für zehn. Dann regten sie sich wieder ab, kippten auf die Seite und dösten vor sich hin.

»So lässt es sich leben«, sagte Mom.

»So lässt es sich leben«, sagte ich.

»Wie ist der erste Morgen ohne Max?«, begann Mom unvermittelt forsch, wie ich fand.

»Bescheiden, aber ich habe geschlafen. Danke der Nachfrage.«

»Hast du ihm gesimst?«

»Keine Nummer.«

»Du hast seine Nummer nicht?«

»Er hat kein Handy.«

»Wow, ihr seid ja mal ein ganz modernes Pärchen. Der eine ohne Smartphone, der andere ganz ohne Handy.«

»Wir sind kein Pärchen.« Eine Antwort, um Zeit zu gewinnen. Sie hatte gerade erst mit der Fragerunde begonnen und ich war noch nicht so recht warmgelaufen. Das hinderte sie nicht, gleich die ganz große Bühne zu betreten.

»Wie oft hast du ihn eigentlich schon geküsst? Oder im Arm gehalten oder nackt gesehen? Oder habt ihr vielleicht schon miteinander geschlafen?« Sie konnte das fragen, ohne sich beim Aufschneiden des Brötchens zu verletzen.

»Mom, dir haben sie wohl ins Hirn ... Nö, gar nichts natürlich, nichts von alledem, wir sprechen seit Mittwoch miteinander.«

»In Gedanken, meine ich. In deinen Tagträumen. Wenn du nicht schlafen kannst. Na?« Beiläufig bestrich sie ihr Brötchen mit Butter.

»Gibt's eigentlich irgendwas auf dieser Welt, was ich mal für mich behalten darf?«

»Ich dachte, nach meinem gestrigen lesbischen Coming-out wäre die nächste Vertrauensstufe zwischen uns erreicht.«

»Erstens hast du mir erklärt, dass du nie lesbisch warst, und zweitens habe ich dich nicht gefragt, *was* du mit deinen Freundinnen gemacht hast. Das ist ein Unterschied.« Ich nahm einen Schluck O-Saft.

»Und ich frage nur nach Tagträumen.« Mom hatte den Dreh raus, auf unschuldig zu machen, aber alle zwölf Geschworenen hätten sie schuldig gesprochen, so offensichtlich scheinheilig konnte sie sein.

»Manchmal stellst du Fragen, auf die du die Antwort schon kennst. Warum machst du das?«

»Ich kenne die Antwort doch gar nicht. Und selbst wenn ist es schöner, miteinander zu sprechen, als immer alles im eigenen Sud zu kochen.« Jetzt krachte das Brötchen zwischen ihren Zähnen.

»Du unterhältst dich gerne mit mir, stimmt's?«

»Unglaublich, dass du das bemerkt hast.«

»Mit Ironie und Zynismus versteckt man seine Gefühle.«

»Ach ja, und womit versteckt man Antworten auf gestellte Fragen?« Sie trank einen Schluck Kaffee.

»Zuerst hast du eine falsche Behauptung aufgestellt, nämlich dass wir ein Pärchen wären, und dann hast du begonnen, mein Intimleben auszuleuchten. Immer hübsch bei der Wahrheit bleiben. Es gibt solche Fragen und solche Fragen.«

»Das hast du jetzt sehr schön zusammengefasst.« Das Krachen hielt an.

»Vergleiche vorangegangene Aussage zu Ironie und Zynismus.«

»Wieso, welche Gefühle sollte ich denn verstecken?«

»Vielleicht, dass du ein wenig verärgert bist. Schließlich bist du es nicht gewohnt, dass ich dir nicht antworten mag.« Ich war jetzt auch so weit, und krachte zurück.

»Wenn du mir wirklich nicht antworten magst, dann solltest du das auch nicht tun. Das kann ich respektieren. Du musst es nur sagen.«

»Mom, es ist eigentlich ganz einfach. Alles, was ich mir vorstellen kann, habe ich mir auch schon vorgestellt. Ob mein Vorstellungsvermögen groß genug ist, weiß ich allerdings nicht. Ich hatte noch keine Lust, im Netz zu recherchieren. Aber ich bin mir sicher, da gibt's noch ein paar Sachen, von denen habe ich nicht den blassesten Schimmer.«

»Das mag sein, aber das, was du dir jetzt schon vorstellen kannst, wird immer von Bedeutung sein.«

»Klingt danach, als sollte ich mir das merken.«

»Es wäre nicht zu deinem Schaden. Wieso hat er denn kein Handy?«

»Das weiß ich nicht. Wir reden jetzt zwar oft miteinander, aber von sich hat Max noch nicht viel erzählt.«

»Es ist bestimmt schwierig für dich, dass du ihn das ganze Wochenende nicht sehen kannst.«

»Mir geht's gut, Mom. Alles ist gut mit diesem Wochenende. Ich bin gerne hier.« Dass ich sekündlich krepierte, behielt ich für mich. Es schmeckte auch trotzdem.

»Na, dann will ich beruhigt sein. Ich weiß, was du durchmachst. Noch Fragen zu gestern?« Beide Rauhaardackel sprangen unvermittelt auf, liefen zur Terrassentreppe und bellten ziemlich ohrenbetäubend zu einem Gegenüber, das wir weder sehen noch hören konnten.

»Mhmm, vielleicht könnten wir nochmal über die Liste gehen?« Ich war froh, die Fragen wieder zu stellen, statt sie zu beantworten. »Einen Teil können wir vielleicht als erledigt ansehen. Ich meine, *Gleichberechtigung von Mann und Frau* und *Patriarchat* waren doch irgendwie schon dran, oder?«

Mom musste lachen. »Da kannst du mal sehen. Andere brauchen ein ganzes Leben und tausende Seiten, um sich mit diesen Themen zu beschäftigen. Wir brauchen dazu nur ein Abendessen.« Sie schenkte sich Kaffee nach, schob ihren Teller etwas zur Seite und pulte die Eierschale ab.

»Logo, das war natürlich noch nicht alles, das weiß ich schon. Aber richtig unverständlich ist mir vor allem *Gender*. Ich habe keine Ahnung, was damit gemeint ist, nie gehört, außer als Vokabel in Englisch.«

»Das wissen die Wenigsten, aber es ist gar nicht so kompliziert. *Gender* wird mit *Geschlecht* übersetzt, das weißt du ja. Demnach bist du ein Junge, oder meinetwegen auch ein Mann, und ich eine Frau. Das ist unsere Geschlechterzugehörigkeit. Aber mit *Gender* ist gemeint, dass es eben nicht nur ein biologisches Geschlecht gibt, sondern auch ein soziales. Mädchen werden auch zu Mädchen gemacht, und Jungen zu Jungen. Sie sind es nicht nur einfach. Du kannst dir das in den unterschiedlichsten Kulturen anschauen, wie verschieden die Ergebnisse ausfallen. Die gesellschaftlichen Prozesse verlaufen in jedem Land anders.«

»Jungs müssen Fußball spielen, Mädchen in der Küche helfen, so was halt, verstehe. Aber warum mache ich jemanden zu etwas, was er schon ist?«

»Genau darum geht es doch. Du bist, zumindest in aller Regel, durch dein Geschlecht in gewisser Weise definiert, als Frau oder Mann eben. Aber ob du in Afghanistan, Ghana oder Deutschland als Frau aufwächst, ist dann doch wieder ein großer Unterschied, bei aller Gleichheit des Geschlechts. Das ist doch einleuchtend?« Sie salzte ihr Ei und schob sich die erste Hälfte in den Mund.

»Ja, das klingt einleuchtend.«

»Vielleicht wird es noch plausibler, wenn wir über das sprechen, was dich vor ein paar Tagen so beschäftigt hat. Denkst du immer noch ans Heiraten?«

»Klar, daran hat sich nichts geändert.«

»Gut, dann schauen wir uns das etwas genauer an.« Die zweite Hälfte des Eis verschwand in ihrem Mund. »Dort, wo homosexuelle Männer und Frauen heiraten dürfen, verändert auch dies das Bild vom Mannsein und Frausein. Kinder wachsen in eine Zukunft hinein, die ihnen noch etwas anderes als die heterosexuelle Paarbeziehung und Familienwelt anbietet. Es entstehen neue Vorbilder, du findest andere Artikel in der Zeitung, oder Berichte im Fernsehen. Die Kultur, in der du aufwächst, lässt andere Formen des Zusammenlebens zu, der Raum, in den hinein sie dich prägt und formt, wird größer. Eine Gesellschaft, die sehr rigide Vorstellungen von Männlichkeit hat, wird es nicht zulassen, dass zwei Männer, wie du es dir vorstellst, heiraten. Eine solche Gesellschaft würde darin einen Angriff auf ihre zentralen kulturellen und religiösen Werte sehen. Um die aufrechtzuerhalten, wird man Jungen und Mädchen in eine stark vorgegebene Richtung erziehen. In der Familie, in der Schule, überall. Und nur wenige werden dann von diesem Pfad abweichen, selbst wenn sie merken, dass der Pfad nicht richtig für sie ist. Der gesellschaftliche Druck ist zu groß, dem setzt man sich oftmals nicht aus. Zwei Männer, die heiraten, heißt, zwei Männer haben Sex miteinander, sind zärtlich zueinander, verteilen die zu verteilenden Rollen neu unter sich. Das geht aber nur in einem System, in dem du diese Freiheit nicht mit Repressalien, Gefängnis oder gar der Todesstrafe bezahlen musst. Die Entfaltung des sozialen Geschlechts braucht Raum zur Entwicklung. Dann können Frauen plötzlich Firmen leiten oder als KFZ-Mechanikerinnen arbeiten, und Männer wickeln die Kinder und stricken auch schon mal einen Pullover. Und sie sind vielleicht trotzdem noch ganz heiße Feger im Bett. Das ist ja dann der ganz große Bruch. Die Fantasie ist nämlich, dass nur die größten Macho-Typen richtig gute Liebhaber sind. Alles Blödsinn, so viel Erfahrung bring ich schon aus der eigenen Feldforschung mit.«

»Du meinst die Zeit, als es dir besonders gut ging?«

»Ja, vor allem die. Die Zeit also, als ich noch keine Mutter war.« Zum Glück zwinkerte sie mir bei dieser Aussage zu.

»Das heißt, wenn ich heute die Möglichkeit habe, Max zu heiraten, dann ist da vorher einiges gesellschaftlich gelaufen, um das möglich zu machen?« Wir waren beide satt und nippten nur noch etwas an unseren Getränken herum. Der leichte Wind trieb immer wieder den Geruch des Flusses zu uns.

»Definitiv, so ist es. Denk noch mal an Oma. Du glaubst doch nicht, sie hätte als junge Frau eine lesbische Freundin mit nach Hause bringen können. Also nur so zum Beispiel, auch Oma war natürlich nicht lesbisch. Aber wäre sie es gewesen, und hätte sie dazu gestanden, dann wäre sie gesellschaftlich ausgegrenzt worden. Wofür man sich natürlich dennoch entscheiden kann, aber das sind harte Wege, die zu Beginn nur wenige Menschen gehen. Glaub mir, in einer solchen Zeit musst du dir etwas einfallen lassen, um dein Leben trotzdem noch zu leben. Verborgen halt, in Angst oder Unsicherheit, aber es ist nicht unmöglich. Oder du verdrängst komplett aus deinem Kopf und Herzen, wer du in Wahrheit bist. Da kannst du nicht mit großen Forderungen auf die Straße gehen, dann bist du sofort weg. Aber das ist bei uns zum Glück zunehmend ein Ausflug in die Vergangenheit, wenn auch die jüngere. Hast du die Gender-Frage ein wenig verstanden?«

»Denke, ja. Obwohl es dann vielleicht auch gar nicht mehr so notwendig ist, zu heiraten. Ich meine, wenn der Raum so groß ist, wozu heiraten?«

»Darum wird tatsächlich gerungen, du hast völlig recht mit deiner Frage. Wozu heiraten? Mir fallen darauf nur zwei Antworten ein. Zum einen ist die Heirat ein romantisches Ideal. Man gibt sich ein Jawort für die Ewigkeit und macht daraus eine große Feier mit allen Menschen, die einem am Herzen liegen. Das ist eine kraftvolle Beschwörungsformel und erfüllt die Menschen wohl mit einem Gefühl der Sicherheit. Zum anderen ergeben sich aus einer Heirat rechtliche Vorteile in unserem System. Das muss man nicht plausibel finden, aber es ist so.«

»Aber mit *Gender* hat das jetzt nichts mehr zu tun, oder?«

»Na ja, da müssen wir nicht zu streng sein. Ja und nein würde ich sagen. Ich wollte dein Thema mit unterbringen.«

»Prima, dann sehe ich jetzt wieder etwas klarer und die Liste ist abgearbeitet.«

»Großartig. Und dann hätte ich jetzt erst mal Lust, was zu unternehmen. Vielleicht in einen Ort zu fahren. Also in den nächstgrößeren Ort. Einen mit einer Fußgängerzone und Geschäften und Cafés. Das müsste Lohr sein. Bist du dabei?«

»Einverstanden.«

Im Auto spreche ich meistens nicht so die ganz kniffligen Themen an. Ich dachte auch nicht, dass es eines wäre. Ich wollte Mom eigentlich nur sagen, dass sie wohl noch ziemlich attraktiv ist. Ich meine, sie ist jetzt fast fünfzig, und da bekommt sie das bestimmt etwas seltener zu hören als vor zwanzig oder dreißig Jahren.

»Hast du eigentlich mitbekommen, wie der Kellner gestern nach dir geschaut hat?«

»Der Kellner im Schloss?« Die Strecke war übersichtlich und nicht zu stark befahren, aber Mom guckte konzentriert nach vorne. »Nein, hab ich nicht mitbekommen.«

»Er war bestimmt zehnmal an unserem Tisch, und er hat immer auf deinen Ausschnitt geschaut. Der bekam richtige Glubschaugen. Hätte mich nicht gewundert, er selbst hätte noch das Taxi gefahren.«

»Du hast eine rege Fantasie, Großer. Außerdem war er bestimmt zwanzig Jahre jünger als ich. Aber er sah gut aus, ziemlich gut sogar.«

»Ach so, auf einmal.«

»Ich habe nie etwas anderes behauptet. Im Gegensatz zu dir habe ich aber nicht darauf geachtet, wo er hinschaut.«

»Dann glaub's mir halt einfach. Er war schwer beeindruckt von deinen ... Titten.«

»Darauf habe ich noch gewartet. *Titten* ist für Männer wohl ein magisches Wort. Es muss einfach fallen. Dicht gefolgt von *Möpsen*«, sagte sie zynisch. »Wohin schaut ihr denn so?« Mom verpasste den

Abzweig nach Lohr Mitte und fuhr stattdessen über eine Brücke auf die andere Seite des Mains.

»Wir?«

»Ihr Schwulen. Wohin schaut ihr?«

»Ich glaube nicht, dass ich mich schon in der Lage sehe, für die Gesamtheit der Schwulen zu sprechen. Ich weiß ja noch nicht einmal, ob ich einer bin.«

»Lass dir Zeit, es gibt keinen Grund, sich übereilt festzulegen. Und wohin schaust du?«

»Keine Ahnung. Auf alles. Max ist überall schön.«

»Und so eine Beule spricht dich nicht besonders an?«

»So eine Beule?« Mom wendete den Wagen umständlich mit Hilfe einer Einfahrt, und fuhr wieder in Richtung der Brücke.

»Hat er denn keine?«

»Scheiße, ja, doch, er hat eine. Er trägt hautenge Jeans.«

»Und?«

»Was und?« Stadteinwärts staute sich der Verkehr auf der Brücke. »Zugegeben ... Es ist gar nicht so leicht, nicht hinzuschauen.«

»Dann hast du ja auch sicher Verständnis für die Männer, die mehr nach oben schauen, Kellner zum Beispiel.«

»Sag ich doch. Ich fand's völlig nachvollziehbar. Schmeichelt dir das nicht?«

»Das kommt darauf an. Blicke können sehr unterschiedlich ausfallen. Glubschaugen sind nicht meine Favoriten.«

»Ihr Frauen seid auch nicht immer ganz einfach, oder? Ihr stellt eure Reize aus, aber dann muss man auch noch *richtig* hinschauen.«

»Ja, das ist wie im Museum, da kannst du deinen Vater fragen. Außerdem gilt das auch gar nicht für alle Frauen. Manche sind da, wie du es sagen würdest, ganz einfach.«

»Ich versuche, dass es nicht auffällt.«

»Siehst du, also hast du auch ein Gefühl dafür.«

»Kann sein. Aber ich bin auch im Nachteil. Der Kellner zum Beispiel konnte das ganz gut kombinieren. Also mit dir zu reden und trotzdem zu gucken, meine ich. Das kann ich bei Max schlecht machen.«

»Und wie löst du das Dilemma?«

»Es ist ein schmaler Grat, wo man hinschaut. Ich schaue hin, wenn ich denke, dass er es nicht merkt.«

»Das ist naheliegend.«

»Und wie machst du das?«

»Ich? Ich glaube, ich mache mir nicht so viel aus Beulen.« Zu dieser Antwort legte Mom ihre Stirn in Falten. So ganz sicher schien sie sich nicht zu sein.

»Vielleicht interessiere ich mich ja aus Vergleichsgründen mehr als du. Ich glaube nämlich, seiner ist größer als meiner. Um ehrlich zu sein, ich würde ihn gerne mal sehen.« Diese Aussage trieb ordentlich Energie durch meinen Körper.

»Ihn? Captain Cock, oder wen?«

»Seinen Schwanz, wenn du es unbedingt hören willst.«

»Ich will gar nichts unbedingt hören. Aber du entwickelst dich gerade zum Schwanzlutscher, da kann man die Dinge ruhig mal beim Namen nennen.«

»WAS? Mom, hast du das gerade wirklich gesagt? Das ist unterste Liga auf dem Schulhof.«

»Da kannst du mal sehen, in welchen Ligen ich alles mitreden kann.« Wir waren in der Stadtmitte angekommen, und Mom fand gleich einen Parkplatz. Ein Ticket zog sie nicht, das machte sie nie. Sie war der Auffassung, dass sich die Kosten für den Ticketkauf und Strafzettel die Waage hielten. Wir liefen los und kamen nach wenigen Schritten in die Fußgängerzone. Ich hatte schon wieder Lust auf irgendwas. Diese ganzen Sexgespräche lösten etwas aus. Nichts, was man direkt hätte beheben können, aber eine Eisdiele an der ersten Ecke hatte auch schon etwas von einem Versprechen. »Ich lad dich ein«, sagte ich zu Mom, direkt nachdem ich die Eisdiele gesehen hatte, und zeigte kurz darauf auf die Vitrine mit den Eissorten. »Drei Kugeln sind drin.«

»Eine reicht«, antwortete Mom. »Stracciatella. Ich warte hier drüben im Schatten auf dich.«

Ich gab den Stracciatella-Wunsch an die Eis-Frau weiter, und nahm für mich drei Kugeln Fruchteis in der Waffel. Das gibt immer Sauerei, wenn das Eis neben runter läuft, oder unten aus der Waffel tropft. Aber so schmeckt es am besten. Mit den beiden Waffeln ging ich zu Mom in den Schatten und wir schlenderten in die nächste Gasse.

Sie blieb vor einem Geschäft stehen. Während ich am Eis lutschend in eine merkwürdige Gedankenwelt abdriftete. Zumindest kam mir die Frage, wie ein Schwanz wohl schmeckt, ziemlich schräg vor. So schräg, dass ich sie ausnahmsweise mal für mich behielt. Ich nehme an, du kannst mir zustimmen, wenn ich sage, dass hier eine Grenze des Besprechbaren erreicht ist. Eigentlich egal mit wem. Eine erste Spur Meloneneis lief bereits über meine Finger.

Ich weiß nicht, wie es bei den Mädchen ist, aber wir Jungs sind ziemlich oft mit Sex beschäftigt. Von meinen Kumpels zumindest fällt mir keiner ein, den ich sicher ausschließen könnte. Ich glaube, dazu muss uns auch keiner machen. Ist wohl irgendwie angeboren.

Wir schlenderten weiter. Ich interessierte mich nicht für die Geschäfte, es gab wichtigere Themen in meinem Leben, aber ich hatte ein gutes Gefühl dabei, mit Mom durch den kleinen Ort zu streifen. Das Eis hatte sich wie erwartet entfaltet. Meine rechte Hand war total verklebt.

»Es ist mir ein wenig unangenehm«, sagte sie unvermittelt. Ich schaute sie nur fragend an.

»Das mit dem... Ich möchte es gar nicht mehr aussprechen... Das mit dem Schwanzlutscher. Das klingt abwertend, du hast recht, Gossensprache. Es ist manchmal ein schmaler Grat.«

»Oh, mach dir nichts draus, Mom. Ich kenn das ja.«

»Eben, schlimm genug. Aber du kennst das nicht von mir, und so sollte es auch bleiben. Es kann doch nicht angehen, dass deine Mutter so spricht wie Klassenkameraden auf dem Schulhof. Andererseits möchte ich so mit dir reden, dass du nicht das Gefühl hast, irgendetwas wäre peinlich und müsste umschrieben werden. Ich versuche direkt zu sein und mich ein wenig sprachlich ... anzupassen vielleicht. Das ist der schmale Grat. Dabei kommt schon mal Mist raus, was mir dann im Nachhinein unangenehm ist. Entschuldigung.«

»Ich möchte aber gar nicht, dass du dich entschuldigst. Du hast mich nicht verletzt und hast nichts Falsches gesagt.«

»Habe ich nicht? Du warst aber ganz schön entgeistert.«

»Nur im ersten Moment. Vielleicht ist es mit der Sprache ja ähnlich wie mit den Blicken. Es kommt darauf an, wie man sie einsetzt.«

»Glubschmünder gibt es aber keine«, sagte Mom lächelnd.

»Vielleicht doch und wir haben nur noch nicht das Wort dafür gefunden.« *Glubschmund* fand ich auf Anhieb ein großartiges Wort. Vielleicht nicht so ausgefallen wie *Krähenrübe,* aber ich beschloss trotzdem, es bei Gelegenheit in meine Schatulle zu legen. *You never know.* Wer für die Ewigkeit plant, der sollte ferne Entwicklungen nicht ausschließen, sondern sie ausdrücklich für möglich halten.

»Und dann ist es doch auch ziemlich entscheidend, welche Beziehung zwei Menschen miteinander haben, wenn sie sich unterhalten. Ich weiß ja, dass du mir nichts Böses willst, also hört sich aus deinem Mund selbst Gossensprache noch wohlwollend an.«

»Du bist ein Schatz, Marius. Meistens zumindest. Ziemlich oft sogar. Fast immer.« Sie strich mir kurz über den Kopf und sah ein wenig traurig dabei aus. Für eine Sekunde nur, aber doch. »Entschuldigung angenommen?«

»Wir können uns gerne darauf einigen, dass ich mich gar nicht mehr erinnere. Also gibt's auch nichts zu entschuldigen.« Sie lächelte fast verlegen.

»Es ist nicht so«, begann sie erneut, »dass ich das nur als sprachliches Problem begreife. Es geht auch etwas Schönes, etwas Besonderes hinter diesen Worten verloren. Was uns vorhin im Gespräch automatisch miteinander passiert ist. Und das sollte nicht geschehen.«

»Das verstehe ich nicht, Mom.«

»Na, was du eigentlich sagen wolltest war doch, dass es dir um das Gefühl geht, etwas sehen zu wollen, jemanden vielleicht auch berühren zu wollen. Und dass du versuchst, dir das nicht anmerken zu lassen.«

»Ja, so fühlt es sich an.«

»Und es ist mehr als eine Frage des Geheimnisses hinter dem Hosenschlitz, richtig? Du hast ja selbst gesagt, dass Max überall schön ist.«

»Ich kann dir wieder folgen.«

»Darf ich dir mal etwas Erfahrung mit auf den Weg geben?«

»Nur zu.«

»Du kannst diese Gefühle nicht verbergen, auch wenn du es versuchst.«

»Kann ich nicht? Aber wieso denn? Du hast doch auch nichts von den Blicken des Kellners bemerkt.«

»Das ist richtig. Und es ist schon ein Teil der Antwort. Ich stand in keinerlei besonderer Beziehung zu ihm. Er war für mich ganz der Kellner. Offenbar hat er eine andere Beziehung zu mir hergestellt. Aber ohne meine Aufmerksamkeit blieb das eine einsame Geschichte seinerseits. Um eine solche Konstellation geht es mir also nicht. Es geht darum, was zwei Menschen, die etwas füreinander empfinden, verbergen können.«

»Und das können sie nicht, weil sie etwas füreinander empfinden?«

»Meiner Ansicht nach können sie das nicht. Wenngleich es natürlich auf beiden Seiten unzählige Varianten möglicher Verschleierungen gibt.«

»Auf beiden Seiten? Wieso denn das, wenn nur eine Seite etwas verbergen will?«

»Wer sagt denn, dass das so ist? Die andere Seite hat doch auch etwas mitzureden. Von dieser Seite aus stellt sich die Frage, ob man die Gefühle spüren und sich auf sie einlassen möchte, ob man auch wirklich glauben möchte, was zu spüren ist. Ob man dem eine Sprache verleihen, und eventuell eine Handlung folgen lassen möchte. Auf beiden Seiten sind komplexe, unsichtbare Vorgänge am Wirken. Die tragen tiefe, sehr persönliche Züge und verlaufen oft ganz fein. Die Gefühle sind zwar ganz offen, aber die beteiligten Personen sind es eventuell nicht. Deshalb können beide Seiten viel verbergen.«

»Das hieße auf mich und Max bezogen, dass es längst deutlich ist, dass ich mich in ihn verliebt habe?«

»So ist es. Du musst nicht versuchen, dir nichts anmerken zu lassen. Entscheidend ist, ob er offen dafür ist. Denn du bist es schon.«

»Und das heißt dann auch, also ganz konkret, dass er …«

»Ja, er weiß das. Zumindest schließe ich das aus dem, was du mir über eure neue Freundschaft erzählt hast. Er kann es spüren. Er kann spüren, dass du ihn berühren möchtest. In jedem Moment eures Zusammenseins. Er kann es überall spüren, weil du ihn überall schön findest. Er kann spüren, dass du dich in ihn verliebt hast. Vielleicht genießt er dieses Gefühl, vielleicht macht es ihn unsicher, vielleicht beides, das weiß ich nicht.«

»Das macht mir das Leben jetzt nicht leichter.«

»Wissen macht das Leben nicht leichter, Marius, nicht zwangsläufig jedenfalls. Das ist eine Illusion der Menschheit. Manche Menschen meinen, wenn sie etwas wüssten, dann könnten sie auch besser damit umgehen. Das kann natürlich auch so sein, denn die Chance gibt es tatsächlich. Das Gegenteil ist aber auch möglich, und das vergessen die meisten.«

»Ich kriege gerade etwas Panik, merke ich.«

»Warum das denn?«

»Weil ich diese Lähmung nicht wiederhaben möchte. Die war heftig. Und seitdem Max und ich reden, ist sie weg.«

»Und warum sollte sie dann wiederkommen?«

»Weil ich mir vorstelle, dass ich meinen Mund nicht mehr aufbekomme, wenn ich daran denke, dass er auch alles spüren kann, was ich nicht sage.«

»Das kann einen beeindrucken, sicherlich. Aber du vergisst, dass er es war, der deutlich auf *dich* zugekommen ist. Und du übersiehst, dass es bisher auch nicht das geringste Anzeichen dafür gibt, dass er das nicht gerne getan hat. Das Wichtigste scheint mir aber zu sein, dass du dich vor etwas fürchtest, worauf du ab einem bestimmten Punkt keinen entscheidenden Einfluss mehr hast, nämlich seine Gefühle. Du kannst dich so offen zeigen, wie es dir möglich ist, so verdeckt, wie es dir notwendig erscheint. Das Verhältnis von beidem ist nicht wesentlich für das Ergebnis. Wenn er deine Gefühle teilt, oder doch zumindest intensiv für dich empfindet, dann genießt er es zu spüren, wie du ihn berühren möchtest. Ob oder wie stark sich dieser Genuss in seiner Welt durchsetzen kann, das ist eine andere Frage. Und wie gesagt, darauf hast du wenig Einfluss. Davor solltest du dich nicht fürchten.«

»*Fürchte dich nicht* hört sich ganz schön biblisch an.«

»Was zwar nicht in meiner Absicht lag, so schlimm aber auch nicht ist. Die Bibel ist ein gutes Buch. Du erfährst darin viel über die Liebe.«

»Mag sein, nur wenn ich so wenig Einfluss auf seine Welt habe, wie du es sagst, Mom, dann kann es doch auch sein, dass er gar nichts von mir wissen will, dass er mich im Regen stehen lässt.«

»Sein kann immer alles, Marius, du wirst es aber nie erfahren, wenn du dich zum Hinterausgang aus dem Staub machst.«

»Ich will es ja auch nicht erfahren.«

»Doch, du wünschst dir doch gerade nichts mehr und inniger, als dass Max für dich so empfindet wie du für ihn. Du sehnst dich nach der Antwort auf diese Frage. Zum ersten Mal in deinem Leben machst du diese Erfahrung, auf die du nicht vorbereitet bist. Niemand auf dieser Welt war jemals auf diese Erfahrung beim ersten Mal vorbereitet.«

»Heißt sehnen, Angst haben?«

»Wahrscheinlich schon ein wenig, ich habe es noch nie so gesehen, aber doch, ja, wahrscheinlich schon. Du kannst in der Liebe keine Frage stellen, auf die es nur eine gültige Antwort gibt. Das ist eben nur in der eigenen Welt möglich. Die Liebe kennt die Welt des anderen aber so gut wie deine.«

»Und davor soll ich mich nicht fürchten?«

»Du weißt doch, worüber wir gestern noch gesprochen haben. Über die Angst der Menschen vor Veränderung, vor dem Zusammenbruch bestehender Ordnungen.«

»Ist das eine Frage? Ja, klar weiß ich das noch.«

»Die Liebe ist eine Variation der erschütterten Ordnung. Sie verändert unser Leben und wir können nicht mehr in den vorherigen Zustand zurück, sobald wir sie erfahren haben. So gesehen kann man sagen, dass Max deine bisherige Ordnung komplett durcheinanderbringt. Das spürst du. Aber das würde dir vielleicht noch keine Panik bereiten. Was du aber auch spürst, ist, dass sich diese fremde Welt, nämlich Max, und deine Welt weitgehend unbekannt bleiben könnten. Dass sich eure beiden Welten letztlich fremd bleiben, vielleicht sogar abstoßen könnten. Und um ehrlich zu sein, Großer, diese Option gibt es immer. Niemand kann dich davor schützen. Wenn du diesen Schutz möchtest, dann musst du dir die Liebe verbieten. Was noch viel schwieriger ist, als Homosexualität zu unterbinden, oder den Einfluss unbekannter Kulturen zu unterdrücken. Du siehst, im Kern kommen wir immer an derselben Ecke raus.«

»Mist.«

Wir waren die ganze Zeit durch kleine Gassen gelaufen, und ab und zu an einzelnen Schaufenstern stehen geblieben. Zu den Auslagen sagten weder Mom noch ich etwas. Das Umherlaufen war mehr etwas Automatisches. So wie man eine Buchseite liest und dann nicht weiß, was dagestanden hat, weil man gleichzeitig an etwas anderes dachte. Als ich mich dann aufmerksamer umschaute, war es unschwer zu erkennen, dass wir mitten in der Altstadt waren. Einige Meter entfernt war eine Kirche zu sehen, auf die Mom bereits zusteuerte. Soweit ich weiß, ist Mom keine besonders gläubige Frau.

Das hält sie aber nicht davon ab, gerne in Kirchen zu gehen. Ich folgte ihr.

Für mich gibt es keine großen Unterschiede in den verschiedenen Kirchen. Man geht rein und schrumpft auf der Stelle um mindestens einen Meter. Außerdem fühle ich mich sofort beobachtet, von wem auch immer, und beginne mich zu fragen, ob ich in Ordnung bin oder etwas falsch mache. Manchmal muss man seine Finger in kaltes Wasser tunken, ein Kreuzzeichen machen und läuft dann in deutlich verlangsamtem Tempo sprachlos durch den Raum. Das mit dem Wasser gibt's aber nicht überall, dann läuft man halt nur sprachlos rum. Manchmal macht mich Mom im Flüsterton auf irgendeine Besonderheit aufmerksam, aber selten begreife ich, was daran so besonders sein soll. Plusminus ist die Inneneinrichtung doch immer sehr ähnlich. Muffige Holzbänke, zu wenig Licht, Glasfenster mit bunten Geschichten, einem Altar inmitten der Bühne und mindestens ein nackter Mann im Lendenschurz, der ans Kreuz genagelt wurde. Das ist natürlich Jesus, ist schon klar, aber schön ist das deswegen noch lange nicht, auch wenn er selbst am Kreuz immer eine gute Figur abgibt. Ich habe das noch nie verstanden, dass die Erwachsenen so auf diese Folterszene abfahren. Mich erschreckt sie heute noch. Es herrscht der ewig gleiche Horror in den Kirchen, und daneben unterscheidet sich halt der Glamour-Faktor ein wenig, aber irgendwie bleibt das doch immer die gleiche Soße. Da konnte mir Mom erklären, was sie wollte. Zum Beispiel, dass der Hochaltar in dieser Kirche in Lohr sehr besonders war. Das Wichtigste für Mom ist aber die Stelle im Raum, wo sie eine Kerze anzünden kann. Darauf geht sie immer zielstrebig zu. Meistens steht da eine Jungfrau Maria, also eine Mutter Gottes, eine jungfräuliche Mutter, und die gefällt mir schon deutlich besser als der gekreuzigte Jesus. Zum einen, weil sie nicht gefoltert wird, zum anderen, weil sie immer sehr hübsch, mit einem ganz zarten Gesicht dargestellt wird. Außerdem riecht es bei ihr nach Wachs, was mir in jeder Kirche der liebste Geruch ist. Mom lässt es sich nie nehmen, eine Kerze anzuzünden und sie möglichst nahe zur Maria zu stellen. Dann schaut sie ihr noch einen Moment ins Gesicht, bezahlt für die Kerze und geht langsam wieder aus der Kirche. Mom hat das immer gerne gemacht, aber seitdem Oma vor drei Jahren gestorben ist, geht sie noch viel häufiger in die Kirche. Die Kerzen in der Kirche mochte ich auch, weswegen Mom mir oft etwas Geld in die Hand drückte, um die Münzen in die laut scheppernden Kassen werfen zu können. Dann durfte ich auch ein oder zwei davon anzünden. Ich dachte dabei immer zuerst an George, und dann an meine beiden Opas und die Oma. In Lohr dachte ich zum ersten Mal auch an Max. Eine Kerze muss ja nicht nur für die Toten brennen.

Draußen vor der Kirche schlenderte ich zu Mom, die auf einer Bank saß. Ich hatte schon vor längerem mitbekommen, dass Frauen in der katholischen Kirche nicht Priester werden durften, mir aber nicht weiter Gedanken darüber gemacht. Ich hatte es so hingenommen. Nun aber, nach den letzten Gesprächen mit Mom und in Anbetracht der hübschen Maria, der ich gerade eine Kerze spendiert hatte, beschäftigte mich die Frage irgendwie neu. Ich setzte mich zu Mom auf die Bank, oben auf die Lehne, mit den Füßen auf der Sitzfläche. Das mochte Mom nicht, aber wir hatten das schon häufiger besprochen und uns irgendwann darauf geeinigt, dass es erlaubt ist, wenn man anschließend über die Fläche wischt.

»Warum lassen die Katholiken noch mal keine Priesterinnen zu?«, wollte ich wissen. »Maria hätte doch bestimmt nichts dagegen einzuwenden und wäre vielleicht froh, wenn sie als Frau weibliche Unterstützung bekäme.«

Mom schaute skeptisch zu mir auf. »Maria wird zwar sehr verehrt in der katholischen Kirche, Marius, zu sagen hat sie aber nichts.«

»Sie ist ja auch schon tot.«

»Das außerdem.«

»Jesus ist aber auch schon tot.«

»Es ist einfach so. Die katholische Kirche ist ein Männerverein. Wer da was zu sagen hat, ist ein Mann. Angeführt von einem Papst, der sich als Stellvertreter Gottes ausgibt und unfehlbar sein soll. Dabei ist er ein Mensch wie du und ich.«

»Das ist wie im Fußball.«

»Im Fußball? Wie kommst du jetzt darauf?« Das wunderte mich auch, denn für Fußball interessierte ich mich nicht sonderlich. Der gesamte Sportteil in der Zeitung war nur unwesentlich interessanter als die Angebote bei *ALDI Süd*. Aber es ließ sich gar nicht verhindern, mit Fußball zu tun zu haben. Manchmal hatte ich das Gefühl, alle außer mir interessierten sich für Fußball. Besonders mein Furter Opa, und bei ihm und meiner Furter Oma war ich oft und sehr gerne zu Besuch. Die rätselhaftesten Dinge hatten mit dem Schiedsrichter und seinen Assistenten zu tun. Und mit den Regeln, die sie zu vertreten hatten und selbst nicht genau verstanden, wie mir schien. Manches war einfach so, wie es war, und jeder fand das offenbar ganz akzeptabel. Mir wurde es dadurch aber nicht einleuchtender. Zum Beispiel zählen Auswärtstore doppelt. Alle bis auf meine Wenigkeit verstehen das. Ich möchte hier aber auch gar nicht auf die Flut dieser ganzen Ungereimtheiten eingehen, doch zwei Aussagen meines Opas sind mir noch als besonders rätselhaft im Gedächtnis geblieben. Und die fielen mir ein, als Mom mir das vom unfehlbaren Papst erzählte.

»Wie ich darauf komme? Nun, zum einen ist der Schiedsrichter Luft im Fußball, wusstest du das?«

»Nie davon gehört, was bedeutet das?«

»Das bedeutet, dass er den Ball nicht berühren kann. Was er in Wirklichkeit aber manchmal tut, weil er im Weg steht und nicht rechtzeitig zur Seite springt. Da er aber Luft ist, passiert das alles gar nicht wirklich, und das Spiel geht einfach weiter. Und Gott ist doch auch irgendwie Luft, oder hat ihn schon mal jemand gesehen? Wenn der Papst ihn vertritt, dann macht er doch den unsichtbaren Gott sichtbar und fängt an, für ihn zu sprechen und zu entscheiden und all das. Ich finde das einen ähnlichen Vorgang.«

»Nimm's mir nicht übel, Marius, aber ganz leicht fällt es mir gerade nicht, dir zu folgen.«

»Ist auch nur ähnlich, eher umgekehrt, aber doch ähnlich, findest du nicht?« Das war keine Frage, auf die ich eine Antwort erwartete. »Einmal wird die göttliche Luft durch den Papst sichtbar gemacht, und einmal wird ein leibhaftiger Schiedsrichter mittels eines Ballkontaktes zu Luft erklärt. Das sind doch erstaunliche Ähnlichkeiten.«

»Du zeigst mir Zusammenhänge auf, die ich mit an Sicherheit grenzender Wahrscheinlichkeit ohne dich nie erkannt hätte.«

»Das klingt zwar gerade nicht sehr anerkennend, aber vielleicht leuchtet dir mein Vergleich anhand der zweiten Aussage von Opa besser ein. Der Schiedsrichter trifft nämlich Tatsachenentscheidungen. Er ist unfehlbar, genau wie der Papst. Das sehen die Menschen zwar regelmäßig anders, was beim Papst ja wohl auch vorkommt, aber das ist egal. Jeder Schiedsrichter ist doch, wie du es sagen würdest, ein Mensch wie du und ich. Aber in dem Moment, wo er als Schiedsrichter arbeitet, ist alles, was er entscheidet, eine Tatsache und deshalb unumstößlich richtig. Ist das nicht toll? Der Papst ist ja auch erst unfehlbar, wenn er zum Papst gewählt wurde. Vorher ist er ein fehlbarer Mensch und dann, Simsalabim, ist er unfehlbar.«

»Woher weißt du das alles, mein Junge? Das ist mir manchmal unheimlich.«

»Ich bin halt interessiert und vielleicht nicht ganz blöd, das ist alles. Außerdem bin ich, wie du weißt, ein wenig speziell.«

»Und ich habe jetzt verstanden, dass Päpste und Schiedsrichter Elementares verbindet.«

»Schön, dass ich dir auch mal etwas erklären konnte.«

»Soll ich trotzdem wieder auf unser eigentliches Thema zurückkommen?«

»Ja, gerne. Du warst beim Stichwort Männerverein, und dann beim Papst stehen geblieben.«

»Genau. Und ich hatte gesagt, dass Frauen in dieser Gesellschaft nichts zu sagen haben, auch wenn sie, wie Maria, durchaus verehrt werden können.«

»Gibt's da jetzt auch wieder Parallelen? Also wie zwischen den Frauen und den Homosexuellen, meine ich.«

»Ich denke schon. Die katholische Kirche ist in ihren verantwortlichen Positionen eine Männergesellschaft, die sich dem Grundsatz verschrieben hat, dass Sexualität nicht gelebt werden darf, schon gar keine Homosexualität. Was sie im Übrigen auch allen Mitgliedern ihrer Gemeinschaft, also allen katholischen Christen, abverlangt. Gleichzeitig wissen alle, dass es in katholischen Priesterseminaren zum Beispiel sehr lebhaft unter den Männern zugeht. Homosexualität ist dort keine Seltenheit. Du kennst ja vielleicht den Spruch, dass Wasser gepredigt und Wein getrunken wird. Manche Katholiken beherzigen das sehr konsequent.«

»Sogar während des Gottesdienstes.«

»Während des Gottesdienstes? Das glaube ich dann doch eher nicht, Marius.«

»Aber in dem Kelch ist doch Wein drin?«

Mom lachte mal wieder und setzte sich zu mir oben auf die Lehne. Seit der Abwisch-Regel machte sie das manchmal.

»Das ist Blut.«

»Das ist nicht dein Ernst, Mom?« Den Gedanken fand ich super eklig. Aber ich erinnerte mich daran, dass ich das ja schon gehört hatte. Ich bin schließlich zur Kommunion gegangen. Woran ich allerdings nicht so gerne dachte. Der Pfarrer war zwar bemüht, aber einfach nicht besonders nett. Und die ganzen Jesus-Geschichten fand ich schon mit acht wenig originell. Mit Fantasy kann ich nicht viel anfangen.

»Doch, das ist mein Ernst, aber es ist nur symbolisch gemeint. Das Blut des Herrn. Bitte verlange jetzt nicht von mir, dass ich dir das auch noch erklären soll.«

»Musst du nicht unbedingt, ist schon in Ordnung. Also stimmt es, dass Wein getrunken wird, wenn der Wein auch symbolisch Blut ist?«

»Ja, das stimmt.«

»Wow, die Katholiken sind echt erfinderisch.«

»Aber darum ging es gerade gar nicht. Es ging mir um die Bigotterie der katholischen Wirklichkeit.«

»*Die Bigotterie der katholischen Wirklichkeit*... Das ist mir zu hoch.«

»Es ist einfacher zu verstehen, wenn ich Scheinheiligkeit sage. Oder findest du es nicht scheinheilig, wenn manche Priester den Leuten predigen, dass sie nicht homosexuell leben dürfen, dann aber Sex mit einem Kollegen oder mit einem Ministranten haben?«

»Sie haben Sex mit Ministranten?«

»Ist alles schon vorgekommen.«

»Klar, das ist scheinheilig. Aber wäre das nicht ein Argument für die Frauen in der Kirche? Ich nehme nicht an, dass Homosexuelle dort plötzlich in der Mehrheit sind.«

»Darüber kann nur spekuliert werden. So eindeutig sind die Mehrheitsverhältnisse aber wohl nicht.«

»Trotzdem. Es muss genügend Männer in der Kirche geben, die auf Frauen stehen.«

»Das möchte ich nicht bestreiten. Aber Homosexualität kann verborgen werden, die Tatsache, eine Frau zu sein, ist aber schwer zu verleugnen. Außerdem können Frauen schwanger werden, und das mischt den Laden erst so richtig auf. Glaub mir, Frauen sind in der katholischen Kirche weitgehend unerwünscht, wenn es darum geht, wichtige Entscheidungen zu treffen. Frauen werden in der katholischen Kirche benachteiligt, Homosexuelle auch. Diesen Zusammenhang findet man oft in der Geschichte, innerhalb und außerhalb der Kirche. Die Gleichberechtigung der Frauen ist ein Segen für die Schwulen, aber das haben viele von ihnen bis heute noch nicht verstanden.«

»Ich fange gerade damit an, das zu verstehen.«

»Gut. Und wenn Menschen benachteiligt und unterdrückt werden, dann suchen sie sich Nischen. Oder sie verdrängen. Oder sie wehren Anteile ab. All das, worüber wir ja bereits gesprochen haben.

Du hast das Glück, dass du heute nicht mehr auf solche Nischen angewiesen bist. Du kannst dich ziemlich frei entfalten. Nicht, dass es heute keine Probleme mehr für Schwule und Lesben gäbe, aber es ist kein Vergleich mehr zu früher.«

»Früher war also nicht alles besser?«

»Ganz bestimmt nicht. Das ist eine der hohlsten Weisheiten, die die Leute dafür umso häufiger wiederholen. Gewäsch.« Das ganze Thema war offenbar bestens geeignet, um Mom in Rage zu versetzen. Aber ich hab's nicht so mit der Wut anderer Menschen, selbst nicht mit der von Mom. Ich wechsle dann lieber das Thema.

»Hab Hunger.«

»Schon wieder?«

»Bevor es vier wird und nur Kaffee und Kuchen im Angebot sind.«

»Dann los. Aber ein Schloss können wir uns nicht wieder leisten.«

»Auch wenn der Kellner besonders schnuckelig wäre?«

»Schnuckelige Kellner gibt's auch anderswo, Schluss jetzt damit. Und, Marius?«

»Hmh?«

»Einmal gesprächsfreie Zone während des Essens?«

»Einverstanden.«

Ich sprang von der Bank und Mom fischte ein Tempo aus der Tasche, um es mir zu geben. »Das Abwischen ist dein Job«, sagte sie.

»Das hatten wir noch nicht geklärt für den Fall, dass wir beide auf der Lehne sitzen«, erwiderte ich.

»Dann habe ich das jetzt entschieden. Auch eine Frau duldet manchmal keinen Widerspruch.«

Das konnte ich akzeptieren.

7 | Ausfliegen

Zurück in unserer Pension gab mir Moms Mittagsruhe wieder etwas Gelegenheit, mit mir alleine zu sein. Das spülte die Sehnsucht zwar höher, war aber auch irgendwie bitter nötig. Denn, und auch das hatte ich noch nicht gewusst, es kann offenbar Situationen im Leben geben, in denen man den Schmerz mindestens so gerne spürt, wie man ihn vertreiben und verwünschen möchte. Situationen, in denen man einfach alleine sein möchte. In denen nur die Abwesenheit eines Menschen ein Zusammensein mit ihm in aller Einsamkeit garantiert.

Ich dachte, ich könnte in diese Einsamkeit ähnlich gut eintauchen wie am Vortag, und fühlte mich bereits vertraut mit dem Flussufer, an dem ich wieder meinen Platz einnahm. Die Szene, auf die ich blickte, schien unverändert. Ein Film, der täglich wiederholt wird. Wie im Kino, so lange eben jemand reingeht. Das Wasser, der Geruch, die Schiffe, die Wellen, der Glanz der Sonne, die Wärme. Aber irgendwo in mir entstand eine andere Mischung. Und aus der heraus war der Film ein Neustart, eine Preview.

Ich wähnte mich langsam unter einem Baum mit tiefhängenden Ästen und überreifen Früchten. Ständig flogen mir die Dinger auf den Kopf, Früchte der Erkenntnis. Es war nie der gleiche Film, im Kino nicht und nicht im Leben. Ich war nie der Gleiche, ich bin es nie. Aber wen soll ich dann noch verstehen?

Ich nahm die Dinge um mich herum mit einer Unruhe wahr, die, im Gegensatz zum Vortag, nun eine Aufmerksamkeit verlangte, wo ich sie nicht erwartet hätte. Was so erstaunlich allerdings auch nicht war. Ich erwartete gerade gar nichts, aber ich glaubte an mein Leben.

Es war eine unweit entfernte Scheune, zu der ich mich drehte, und die offenbar zum Grundstück gehörte. Sie stand ein wenig verloren inmitten der Wiese. Ein Landschaftsmaler hätte seine Freude gehabt, denn sie ergab ein schönes Motiv. Ich stand einfach auf und ging auf sie zu. Nicht sehr schnell, aber auch nicht zögerlich. Ich zoomte mich lautlos heran, als ob ich an einem Regler den Ton zu meiner Umwelt abgedreht hätte. Mit ausreichend Spannung in den Knochen um furchtbar zu erschrecken, als auf einmal die zwei Rauhaardackel um die Ecke der Scheune schossen und sich mir so bedrohlich bellend in den Weg stellten, wie Rauhaardackel das eben können. Ich war sehr nahe an das Scheunentor herangekommen, und bald hinter den Dackeln folgte auch Herr Zeiss, über den ich ebenfalls erschrak. Ich hatte das Gefühl, etwas Verbotenes zu tun, wofür ich nun sicherlich eine ärgerliche Ermahnung des alten Mannes zu hören bekommen würde.

»Aus«, sagte er sehr bestimmt und meinte damit die Hunde, die sofort verstummten und abdrehten. Ein Vogel flog dicht an mir vorbei und setzte sich auf einen Balken unter dem Dach der Scheune. Es war eine Schwalbe. Daneben gab es so etwas wie ein Nest, nur dass es anders aussah als gewöhnlich. Wie nasser Sand sah es aus. Nasser Sand, der sich erstaunlicherweise da oben hielt, ohne abzubröckeln. Der Vogel flog wieder weg, als ein anderer hinzukam. Der steckte irgendetwas von oben in das offene Nest. Dann wieder ein Vogel, und wieder. Ankommen, Abfliegen. Wie am Flughafen. Arrival, Departure.

Langsam erwachte mein Gehör, und ich hörte aus einer inneren Ferne näherkommend das Gezeter der Vögel um mich herum. Genau genommen war es ein ziemlicher Krach, der mich wohl ungehört angelockt hatte. Es war auch nicht nur *ein* Nest, es waren bestimmt zehn, und ich konnte nicht auseinanderhalten, wie viele verschiedene Vögel ständig eintrafen und sich wieder entfernten. Aus den Nestern konnte ich die Jungvögel hören. Wie gebannt folgte ich dem ganzen Treiben, und vergaß für einen Moment Herrn Zeiss neben mir. Meine Augen hüpften von einem zum anderen Nest und manchmal hatte ich fast das Gefühl, ich müsste den Vögeln beim

Starten und Landen ausweichen, so dicht kamen sie an mir vorbei. Ich störte sie wohl, aber mich störte das nicht.

»So viele hast du bestimmt noch nicht gesehen«, meinte Herr Zeiss unvermittelt und blickte mir ganz freundlich ins Gesicht.

»Nein«, sagte ich erleichtert über die ausbleibende Ermahnung. »Ich habe Schwalben noch nie in dieser Zahl gesehen, und noch nie habe ich diese Nester gesehen. Das sind doch Schwalben, oder?«

»Ja, mein Junge, und das ist auch etwas Besonderes. Das gibt es in Frankfurt wahrscheinlich nicht so oft. Sie brauchen fast zwei Wochen, um ausreichend Lehm und Erde heranzuschaffen und das Nest zu bauen. Hier oben, unter den Dachbalken, halten sich die Nester gut und die Schwalben kommen gerne zu uns.«

»Sie sind bestimmt ganz stolz, dass die Schwalben so gerne zu Ihnen kommen«, sagte ich.

Herr Zeiss veränderte seinen Mund nur leicht, dafür glänzten seine Augen ein wenig. »Weißt du, mein Junge, ich bin schon sehr alt und ich kenne es nicht anders. Kämen sie nicht mehr, wollte ich das nächste Frühjahr auch nicht mehr erleben. So einfach ist das.«

Ich überlegte kurz, ob er das wohl schon immer gedacht hatte, oder erst jetzt, wo er sowieso nicht mehr so lange... Aber dann mochte ich nicht weiterdenken. Für mich klangen seine Worte traurig, aber so wirkte er nicht.

»Die Ersten fangen gerade an zu fliegen«, begann er wieder. »Sie bekommen jetzt alles von den Eltern beigebracht, was sie wissen müssen. So ist das, mein Junge, wie bei uns Menschen auch. Bei den Schwalben geht es nur schneller. In ein paar Monaten müssen sie weit wegfliegen, um anderswo zu überwintern. Dann kommen sie wieder zurück, jedes Jahr aufs Neue.«

»So wie Ihre Kinder sicher kommen, um Sie zu besuchen«, erwiderte ich spontan, hielt das aber gleich für eine irgendwie unpassende Bemerkung.

Herr Zeiss bewegte den Mund wieder ein wenig, allerdings ohne den vorherigen Glanz in den Augen. »Ja, ja, so ist das wohl. Unsere

Kinder kommen und gehen. Meine Schwalben auch. Alles wiederholt sich und dann stellst du fest, dass nichts ist, wie es einmal war.«

Ich schaute nach einer weiteren Bewegung in seinem Gesicht, aber da war keine. Dann sagte er nur ›Hopp‹, und die beiden Dackel folgten ihm fast geräuschlos. Das war sicher nicht unfreundlich, aber er ließ mich einfach stehen. Im Gehen hörte ich ihn aber noch etwas sagen, und seine Worte galten mir.

»Bleib ruhig hier, mein Junge, du kannst dir auch alles in der Scheune anschauen, sie ist immer offen. Es gibt noch mehr Nester dort. Es ist eine schöne Zeit jetzt. Die Zeit, in der die Eltern mit den Kindern ausfliegen.« Dann verschwand er hinter der Scheune.

Ich blickte wieder zu den Nestern. Blieb einfach stehen, wo ich war, und hörte seine Worte. *Es ist eine schöne Zeit jetzt. Die Zeit, in der die Eltern mit den Kindern ausfliegen.*

Ich senkte den Kopf und schaute zum Fluss. Für einen Moment überkam mich der tiefe Wunsch, Mom möge durch das Bild laufen. Am Ufer erscheinen und nach mir Ausschau halten, um mich dann heranzuwinken. Ich hatte noch nie daran gedacht, dass das Leben auch anders sein könnte. Ohne Ausflüge mit Mom. Auch wenn das naheliegend war. Bis hierhin war mein Leben natürlich schon ziemlich ereignisreich und turbulent. Wobei es sicher Kinderleben mit deutlich mehr Turbulenzen gibt. Aber mir reichten meine auch schon. Vor allem aber fühlte es sich nach einem langen Ausflug an, ein Ausfliegen mit Mom. Bis ich irgendwann anderswo überwintern würde. Ein schwer vorstellbarer Gedanke. Schwer vorstellbar und ein wenig aufregend.

Ich ging zum Ufer zurück und nahm meine Position ein. Wie lange sie heute wohl im Haus bleiben würde? Egal, sie würde kommen. Ich blickte über die ruhige, fast glatte Wasseroberfläche des Flusses und dachte an Max. Versuchte mir vorzustellen, wo er sich gerade aufhielt, was er gerade machte, dachte und fühlte. Vermisste er mich vielleicht ähnlich wie ich ihn? Aber ich bekam kein rechtes Bild zu meinen Fragen. Ich wusste so wenig von ihm, fast nichts.

Ich wusste allerdings, dass ich ihn auf der Stelle an der Hand nehmen wollte, um dann mit ihm aufzustehen und schweigend am Ufer entlangzulaufen. Mein Herzklopfen wäre so laut, dass Menschen am anderen Ufer sich danach umdrehen würden. Ich würde seinen leichten Schweißgeruch einatmen und nicht mehr hergeben. Hinter dem Ort würden wir nach einer Weile abbiegen und über die Felder in den Wald laufen, um dort einen Weg zu gehen, dessen Ende wir nicht kannten. Wir würden an einem Bildstock mit einer Marienfigur und verblühten Blumen in einer kleinen Vase stehen bleiben und immer noch nicht sprechen, bevor wir unseren Weg fortsetzten. Mein Herz würde keine Ruhe geben und sich zu einem drängenden Wunsch zusammenklopfen, der mir allen Mut abverlangen würde. So lange, bis ich ihm nicht mehr widerstehen könnte. Ich würde meinen kleinen Finger von seiner Hand lösen und ihn mit leichtem Zittern über seinen Handteller streichen. Er würde zum ersten Mal zu mir schauen, und ich zu ihm. Und dann würde er lächeln und mich mit seinem Gesicht glücklich machen. Das wusste ich.

Wieder tauchte Mom ganz plötzlich auf. Sie setzte sich zu mir und wischte mir etwas aus den Augenwinkeln. Da erst merkte ich, dass ich ein wenig geweint hatte.

»So ist das halt, mein Großer«, sagte sie und legte einen Arm um meine Schulter. Dann weinte ich richtig, bestimmt fünf Minuten lang und Mom saß bei mir und sagte nichts.

»Hast du schon eine Idee für heute Mittag?«, fragte sie irgendwann.

»Nein«, antwortete ich noch ein wenig verheult im sicheren Gefühl, dass sie bestimmt eine haben würde. Mom hatte immer eine Idee. »Oder doch«, sagte ich plötzlich. »Ich würde gerne hierbleiben.«

»Klar, in Ordnung. Meinst du, du hast Lust auf Federball? Ich habe die Schläger eingepackt und wir haben noch einen Rekord zu knacken.«

»Wow, tolle Idee. Ich glaube, wir stehen bei 98.«

»Stimmt, und heute ist deine Mutter in bärenstarker Form.«

»Klingt cool«, gab ich zurück. »Und lass dich überraschen, dieses Mal gibt's eine Siegprämie.«

Mom schaute verwundert. »Na, das wird ja immer besser.«

Wir hatten seit Monaten kein Federball mehr gespielt, und nach 20 Minuten war ich schon etwas frustriert.

»Deine bärenstarke Form hältst du aber schwer zurück«, knirschte ich vor einem Aufschlag zu Mom hinüber.

»Ich weiß auch nicht, was los ist«, erwiderte sie kleinlaut. »Sollen wir eine Auszeit nehmen?«

»Kommt gar nicht in Frage, es kann nur besser werden.« Und damit ging die Kurve nach oben. Die Abstände blieben zwar groß, bis wir eine neue Steigerung erzielten, aber die Richtung begann zu stimmen. Über eine 48 und 82 näherten wir uns der Rekordmarke, da spielten wir aber auch schon über eine Stunde und Mom signalisierte, dass es ihr langsam reichte.

»Wie lange möchtest du noch spielen, Marius?«

»Wir stehen bei 82, ich sehe schon die 98 fallen und du schwächelst?« Wir waren beide total verschwitzt, und eine Pause wäre in der Hitze gar nicht verkehrt gewesen.

»Dann lass uns etwas anderes vereinbaren«, sagte Mom. »Ich brauche eine Perspektive und eine Flasche Wasser. Mein Vorschlag: Wir machen jetzt eine kurze Pause, ich hole die Flasche, und dann verlängern wir noch um eine Viertelstunde.«

»Das mit der Pause ist okay«, erwiderte ich. »Und das mit der Flasche auch. Und die Viertelstunde muss ich wohl akzeptieren. Aber manchmal muss man sich durchbeißen, Mom.«

Sie grinste gespielt abschätzig und ging zum Haus, um eine Flasche Wasser zu holen. Mom nahm mir echt viel ab, nur nicht, wenn es drauf ankam.

Ich nutzte die Pause und ging ein paar Meter zum Wasserrand, um über die Steine zu balancieren. Da erst fiel mir auf, dass ich während des Federballspielens nicht an Max gedacht hatte. Es fühlte sich gut an, einmal eine Stunde nicht nachgedacht zu haben. Sogar nichts gespürt zu haben. Außer meinem Körper. Eine Wohltat.

Mom rief nach mir und ich freute mich auf das Wasser.

»Und, was machen die Kräfte?«, wollte ich von Mom wissen.

»Fünfzehn Minuten«, entgegnete sie.

»Du hast also nicht noch einmal darüber nachgedacht, dich durchbeißen zu wollen?«

»Ich brauche dafür nicht länger als fünfzehn Minuten, und das spüre nun wiederum ich«, war ihre triumphierende Erwiderung. »Ich meine«, fügte sie noch hinzu, »natürlich nur, wenn mein Mitspieler endgültig zu seiner Form findet. Ist ja schließlich kein Einzelsport.«

Nicht schlecht, dachte ich, und gleich der erste Aufschlag kam gut und wir landeten bei 61. Vielversprechend, aber auch enttäuschend. Man entwickelt halt so seine Gefühle während der Ballwechsel. Dieser war noch so von Moms Anstachelung gedopt, dass ich an ihn glaubte. Aber was dann passierte, war womöglich der entscheidende Kick. Mom und ich spielten auf einmal in einer Halle vor Publikum. Ganz vorne saßen mein Vater und Max. Dahinter meine Klasse und Frau Wolters. Alle brüllten wie bekloppt und feuerten uns an. Um uns herum war tatsächlich nichts außer Hitze und Rasen, kein Mensch interessierte, was wir machten. Trotzdem war die Halle eine Realität. Als wir kurz darauf die 85 erreichten, fing ich laut an mitzuzählen. Den Leuten in der Halle stockte der Atem. Max ging auf seinem Platz leicht nach oben. Mom traf den Ball bei der 90 mit dem Rand des Schlägers und er tropfte ihr vor die Füße. Max setzte sich wieder, dem Publikum entwisch ein kollektives *Oh,* und ich dachte *Scheiße.* Mehr wurde es dann nicht mehr.

Am Abend saßen wir wieder auf der Terrasse. Frau Zeiss hatte frischen, gebackenen Fisch mit Salzkartoffeln auf der Speisekarte und während wir zufrieden auf den Fluss schauten, hörten wir im Hintergrund die Küchengeräusche, zu denen es verheißungsvoll roch.

Ich war hungrig vor Freude auf das Essen. Als der Fisch endlich kam, tat er mir ein wenig leid, wie er da so über den Teller gestreckt mit seiner Zitronenscheibe und dem Ästchen Petersilie lag. Vor allem wegen seiner Augen, die nicht mehr guckten. Trotzdem freute ich mich aufs Essen, und der Fisch schmeckte herausragend.

»Mom?«

»Ich hätte es mir denken sollen. Ein paar Happen warmes Essen, und meinem Sohn fallen wieder Fragen ein. Bestimmt arbeitet es noch in dir, dass wir den Rekord nicht gebrochen haben.«

»Du wirst lachen«, gab ich zurück. »Aber daran hab ich überhaupt nicht mehr gedacht. Denkst du noch daran?«

»An den Rekord nicht, aber die Prämie hätte ich mir gerne geschnappt. Wäre ja das erste Mal gewesen, und ich weiß noch nicht einmal, was ich verpasst habe.«

»Oh, du kannst sie auch so haben. Du hast dir ja Mühe gegeben.«

»Mühe? Klingt ein wenig gönnerhaft, als wäre es ein Gnadenakt.«

»Ist doch egal. So eine richtige Prämie wäre es auch gar nicht gewesen. Ich war nur heute Mittag drüben an der Scheune und habe Herrn Zeiss getroffen. Es wimmelt dort von Schwalben mit ganz merkwürdigen Nestern. Die hätte ich dir zeigen wollen.«

»Das klingt interessant«, antwortete Mom. »Dann können wir ja nach dem Essen nochmal rübergehen. Wegen der Mühe, die ich mir gegeben habe. Und du zeigst mir deine Entdeckung.«

»Klar, gerne. Der Fisch schmeckt super.«

Wir aßen ein wenig vor uns hin und ich signalisierte Frau Zeiss mit vollem Mund und Daumen nach oben, wie toll ihr Essen schmeckte. Als wir fertig waren, stellte sie uns zwei Schälchen mit Schokoladenpudding auf den Tisch. Wie sich herausstellte der beste, den ich bis dahin gegessen hatte. In der großen Zufriedenheit, die sich in mir einfand, schaffte ich Raum für neue Fragen. Manchmal trägt man Fragen mit sich rum, und weiß es gar nicht. Und dann fallen sie einem runter und dadurch erst auf. »Weißt du, was ich nicht so richtig verstehe, Mom?«

Sie antwortete nur mit einem fragenden Blick.

»Ich verstehe nicht, wieso du so gerne in die Kirche gehst, obwohl du von der Kirche gar nichts hältst.«

»Die Überraschung ist dir jetzt aber gelungen. Mit allem hätte ich gerechnet, aber nicht mit dieser Frage.« Ihr fragender Blick wandelte sich tatsächlich in eine erstaunte Stirn.

»Dein Sohn ist halt manchmal für eine Überraschung gut. Das ist doch spannender so, oder?«

»Spannender? Na klar, Großer. Ohne Wenn und Aber. Der Überraschungseffekt will nur einen Moment verdaut sein. Weißt du, manchmal kommst du so um die Ecke und stellst deine Fragen. Ganz berechtigte und wahrscheinlich naheliegende Fragen. Und bestimmt denkst du, ich könnte sie ganz einfach beantworten. Schließlich bin ich ja die Erwachsene und denke mir wohl etwas bei dem, was ich tue. Aber so einfach ist es mitunter gar nicht. So alt kann ich, glaube ich, gar nicht werden, dass ich aufhören würde, Dinge zu tun, über die ich mir nicht wirklich Rechenschaft abgelegt habe.«

»Heißt das, du machst etwas, und weißt gar nicht warum?«

»Ja, das in etwa heißt es. Aber dann muss ich durch deine Fragen darüber nachdenken. Indem ich dir antworte, gebe ich mir selbst eine Antwort. Oder versuche es zumindest.«

Sie kratzte den Rest des Puddings aus ihrer Schale. Offenbar schmeckte er ihr auch.

»Alles ist anders, seit deine Oma gestorben ist«, begann sie und schob die Schale zur Seite. »Du weißt, dass sie eine gläubige Frau war. Und sie war mir eine gute Mutter, und dir eine gute Großmutter. Sie war voller Liebe. Solange sie lebte, fühlte ich mich in dieser Liebe aufgehoben und geborgen. Mehr als es mir bewusst war.« Sie machte eine Pause, um uns herum war es sehr still. Dann fuhr sie fort. »Du warst elf, und ich wollte weiter mit meiner ganzen Kraft für dich da sein. Aber in dieser Zeit hätte ich all meine Kraft für mich gebraucht. Der Schmerz, der über Monate in mir bohrte, war unbeschreiblich groß. Mit jedem Tag wurde er größer. Alle sagten das Gegenteil voraus, aber so war es nicht. Der Schmerz nahm zu und nicht ab. Nachts sah ich sie an ihren Schläuchen hängen. In mir wiederholten sich die unzähligen Momente, die wir in ihrer letzten Krankheits- und Sterbephase miteinander erlebt hatten. Was immerhin fünf Monate waren. Verlust kann einem wirklich fast den Verstand rauben. Das weiß ich seit ihrem Tod. Ich hätte es auch vorher jedem geglaubt, der es mir erzählt hätte. Aber nun weiß ich es.« Sie machte wieder eine Pause.

Dass es so schlimm für sie war, sofern die Vergangenheitsform überhaupt stimmte, hatte ich nicht gewusst. Mom hat ihre Trauer nie verborgen, aber jetzt erzählte sie mir etwas von einer Dimension, die mir nicht klar gewesen ist. Sie tat mir total leid. Gleichzeitig war ich froh, dass sie mir all das anvertraute.

»Und weißt du, was mir am meisten Kraft in dieser Zeit gab?« Sie blickte mich fragend an, ohne eine Antwort zu erwarten. »Das Grab und die Kirche.«

Die Antwort enttäuschte mich ein wenig. Ich hatte gehofft, ich wäre es gewesen, der ihr am meisten Kraft gegeben hätte, aber das bemerkte sie nicht.

»Der Schmerz braucht einen Platz«, fuhr sie fort. Dann zögerte sie einen Moment und blickte mich an.

»Ich weiß nicht, ob ich dir das so genau erklären soll, Marius. Du bist so jung.«

Es war nicht das erste Mal, dass sie an einer solchen Stelle stockte, aber wir hatten eine Abmachung. Und an die erinnerte ich sie dann. Dazu reichte sogar eine wortlose Grimasse, die in etwa das zum Ausdruck brachte: *Du weißt, dass wir da schon drüber gesprochen und uns geeinigt hatten. Wir müssen das doch nicht wieder neu diskutieren (rhetorisches Fragezeichen).*

Und sie sagte: *Ich weiß.*

»Am Anfang stehst du an diesem Grab und weinst immer wieder vor dich hin. Mal mehr, mal weniger. Erwartest irgendwie, dass noch etwas passiert. Auch wenn du weißt, dass da nichts mehr passieren wird, begriffen hast du es nicht so schnell. Und dann kommt der erste Wechsel der Jahreszeit. Du erlebst, wie sich dieses kleine Stück Erde langsam verwandelt. Was dich freut. Es ist so lebendig, dass sich alles ständig wandelt. Dann kommt der nächste Wechsel der Jahreszeit und du merkst, dass du weniger weinst, manchmal gar nicht mehr. Zumindest fließen weniger Tränen. Aber du hast gar nicht das Gefühl, dass sich an deiner Traurigkeit etwas ändert. Sie kapselt sich nur etwas ab. Bis du vielleicht beim nächsten Wechsel der Jahreszeit auch begreifst, dass sich wirklich nichts mehr tun wird. Es gibt dieses Leben nicht, was sich hier oben abspielt. Weil diese Sicht nahelegt, dass es noch ein anderes Leben geben würde, eine andere Welt zu der *wir* ebenfalls Zugang hätten. Aber es gibt nicht dieses *Oben*. Denn es gibt nur Leben und das Gegenteil, also wahrscheinlich *Nicht-Leben*. Wir nennen es den Tod, und schaffen damit ein Konstrukt, ein künstliches Gebilde, was seinerseits wiederum zum Leben erwachen kann. Wir hauchen dem Tod unser Leben ein. Und von da aus tut sich etwas. Die ganze Theaterbühne öffnet sich uns. Der Tod wird ein richtiges Spektakel… Kannst du mir noch folgen?«

Sie brauchte eben ab und an diese Vergewisserung. Sie wusste schon, dass das ganz schön harter Tobak war – sein musste – für einen Fünfzehnjährigen. Aber ich konnte sie unmöglich darin bestätigen. Sie wäre aus der ganzen Grübelei ja gar nicht mehr herausgekommen. Und unsere Abmachung war eben, dass ich das Recht hatte, wenn ich schon den Mut aufbrachte, alles direkt zu fragen, was mich beschäftigte, eine echte Antwort zu bekommen. Und echt war sie. Umgekehrt sollte das im Übrigen auch gelten, also dass Mom so antwortet, wie sie tatsächlich fühlt. Nicht wie sie denkt, dass sie mir ihre Gefühle altersgemäß aufarbeiten müsste. Abmachung war auch, dass sie mir jederzeit sagen konnte, wenn sie mir etwas nicht beantworten wollte (denn *können* kann man ja immer). Das würde ich vorbehaltlos schlucken. Echt oder gar nicht, das waren die beiden möglichen Alternativen. Um ehrlich zu sein, manchmal sind mir die Antworten wirklich zu… zu durcheinander… oder zu komplex? Aber ich würde nicht tauschen wollen. Ich habe die Möglichkeit, abzuschalten. Und die nutze ich auch manchmal. Umgekehrt wäre es schwieriger gewesen.

»Spektakel?«

»Der Bühnenbildner hat jedenfalls mächtig Arbeit. Höllen und Tunnel mit Lichtern, Himmelspforten und Engel auf Wolken. Wenn das keine ordentlichen Motive sind.«

»Verstehe.«

»Aber sie tun gut, zumindest die angenehmen Bilder. Die, in denen du deiner Trauer trotzt und ihr ein lebendiges Gesicht verpasst.«

»Und das funktioniert?«

Mom schaute mich ernst an, und dann wieder weg. Echt dramatisch, wie im Film.

»Nein, Marius. Es funktioniert nicht. Nicht bei mir. Es kann ein wenig helfen. Nicht weil man an eines dieser Bühnenstücke glauben würde, sondern weil es guttun kann, sich ins Stück zu setzen. Eines, was einem die Welt so lässt, wie man sie gerne hätte. Wie sie nicht funktioniert, das weiß man schon. Aber das ist einem dann eben mal egal. Und in diesem Stück geht das Leben einfach weiter. Wird der Verlust zur Trennung. Was ein entscheidender Unterschied ist, verstehst du das?«

Die Frage klang, als hätte ich eine faire Chance auf die richtige Antwort. »Verlust ist wohl ganz weg oder so«, kam etwas stockend aus mir heraus. Mom schaute mich nur an. Sie gab mir kein Zeichen, dass ich richtig lag. Offenbar schloss sie es aber auch nicht aus. Daran galt es anzuknüpfen. »Also, ist doch irgendwie klar...« Der Auftakt geriet mir eindeutig selbstbewusster, als er sich in mir abspielte. »Also klar ist das ja vielleicht nicht, aber es ist doch immerhin ziemlich sicher so, dass getrennte Menschen auch wieder zusammenkommen könnten. Während das wohl ausgeschlossen ist, wenn die Menschen jemanden verlieren. Der ist eben ganz weg, oder nicht?« Mom grinste und ich war mir nicht ganz sicher, ob das schon mehr als die halbe Miete war. Aber sie grinste noch ein zweites Mal und ich meine dann sogar ein Nicken erkannt zu haben, das allerdings im Millimeterbereich. So ganz schlau wurde ich nicht aus ihr.

»Schon recht«, sagte sie plötzlich, was gut klang, ohne dass sich ihr Grinsen verzogen hätte. »Schon recht«, wiederholte sie sich. Dieses Mal war das Nicken aber deutlich erkennbar.

»Schon recht«, erwiderte wiederum ich, wahrscheinlich mit der Stirn in Falten. Wir drohten anstrengend einsilbig zu werden. Bis sich endlich ihr Grinsen abschwächte und sie langsam an Kraft gewann, Worte zu finden. Das meine ich jetzt wirklich schon häufiger beobachtet zu haben. Wenn Erwachsene einmal aufhören, ihre Gesichtsmuskulatur so anstrengend zu kontrollieren, dann sagen sie manchmal richtig gescheite Sachen. In diesem Fall befand Mom endlich, dass sie mitunter wirklich stolz auf mich sei, besonders stolz, denn normal stolz sei sie ja chronisch. Und ich bekam wirklich kleine Flügelchen und hob ein wenig ab.

»Nein, es funktioniert nicht«, knüpfte sie nochmal ziemlich weit vorne an. »Ich verstehe nicht, wie man das nicht sehen kann. Aber ich verstehe, dass man es nicht sehen will. Ich habe nur die Wahlfreiheit nicht, die andere haben. Da ist nichts. Ich weiß das. Und deshalb kann ein Grab so guttun. Denn das Grab ist. Du kannst es besuchen und pflegen. Du hältst die Verbindung ins Nichts. Und das hält dich am Leben.«

»Aber wieso braucht es für die Verbindung ins Nichts ein Grab?«, wollte ich wissen.

Ihr Blick ... nicht schon wieder.

»Du verstehst es tatsächlich«, antwortete sie und ich wurde erneut ein wenig stolz. »Das braucht es nicht unbedingt, für mich aber ist es wichtig. Das Grab meiner Eltern ist so etwas wie ein Stück Zwischenland. Hier auf Erden mit seiner Bedeutung im Jenseits in mir.«

Puh, jetzt wurde es anstrengend.

»Keine Ahnung, ob ich das jetzt verstanden habe, aber ist ein Zwischenland nicht auch irgendwie künstlich? Und überhaupt, ist das nicht ohnehin ein Widerspruch? Das mit dem Jenseits, meine ich. Das klingt eindeutig nach mehr als nichts, oder?«

Mom grinste. »Na, jetzt haben wir aber endgültig unseren kleinen, privaten, philosophischen Zirkel eröffnet, was? Jedenfalls hast du recht, der Widerspruch ist wohl offensichtlich, und du hast ihn sofort erkannt. Es ist der Widerspruch, mit dem ich zu leben gelernt habe. Er entsteht allerdings nach meinem Gefühl nur, wenn ich beginne in Worte zu übersetzen, wie es in mir aussieht. Wäre ich so nüchtern, wie ich die Dinge begreife, dann sollte auch das Grab meiner Eltern weitgehend ohne Bedeutung für mich sein. Weil es dann ein irgendwie beliebiger Ort der Vergänglichkeit wäre. Das Stück Erde auf diesem Planeten, in dem für geraume Zeit die Gebeine meiner Eltern ruhen, nicht mehr. Vielleicht würde mir dann noch einfallen, dass es deinem Opa, vor allem aber deiner Oma gefallen hätte, ihr Grab gut gepflegt zu wissen. Oder dass Leute darauf achten werden, die beide kannten. Und ich könnte überlegen, ob das für mich von Bedeutung wäre. Weil die Würde eines Menschen neben der Erinnerung an ihn womöglich das ist, was von ihm weiter existiert. Oder weil der soziale Druck des Umfelds auch vor einem Grab nicht Halt macht. Aber so nüchtern bin ich gar nicht. Die Dinge sind eindeutig, und verschwimmen dann vor deinen eigenen Augen in ein diffuses Gemisch, das sie dir unkenntlich macht.« Sie machte eine Pause und schaute aufs Wasser. Ich war froh, ihrem Blick für einen stillen Moment folgen zu können. »Und weißt du, Marius, irgendwo haben auch all diese Gedanken eine Bedeutung. Wirklich entscheidend aber sind sie nicht. Entscheidend ist, dass ich es nicht ertragen kann, dass meine Eltern nicht mehr sind. Und ich habe keinerlei Hoffnung in diese Richtung. Es tut mir leid, dir das so sagen zu müssen. Ich werde sie nie wiedersehen, sie beobachten mich nicht wohlwollend von irgendeiner sicheren Warte aus, sie leben einfach nicht mehr. Es gibt sie nicht mehr, nirgendwo.«

»Und du gehst ans Grab, *weil* du es nicht ertragen kannst?«

»Ja, das trifft es wohl ganz gut. Ich habe ihnen nichts zu sagen, aber ich rede ein wenig mit ihnen. Ich kann nichts mehr für sie tun, aber ich zupfe an den welken Pflanzen herum und mache es ihnen ein wenig schöner. Ich schaffe es, dass fast immer ein Licht brennt. Ich stelle mir vor, dass ihnen das gefällt, vielleicht beruhigt es sie ein wenig. Wer möchte schon all die dunklen Stunden auf einem Friedhof liegen?« Jetzt sammelte sich eine feuchte Spur in ihren Augen und ich wünschte mir über Zauberkräfte zu verfügen und mit einem magischen Stab trocknend durch ihren Blick zu fahren.

»Vielleicht irrst du dich ja«, war alles, was mir einfiel.

»Ja«, sie lächelte ein wenig, »vielleicht irre ich mich.« Sie rieb sich die Augen. »Vielleicht ist da ja doch diese Hoffnung, von der ich gar nichts weiß. Die Hoffnung, dass ich nicht verstehe, nicht erfassen kann, worum es geht. Dass ich eines schönen Tages so tot wie irgendwas vor der großen Erkenntnis stehen werde, dass ich mich immer getäuscht hatte. Aber glauben kann ich daran nicht, ich halte das tatsächlich für eine der absurdesten Vorstellungen, die ein Mensch hervorbringen kann. Allerdings ... weil es so schwer ist, damit zu leben, dass wir alle sterblich ohne Ewigkeit und Jenseits sind, hole auch ich mir meine Packung Trost am Grab. Wider besseren Wissens, denke ich, aber es sollte jedem erlaubt sein, so mit sich zu verfahren. So wie es ja auch jedem gestattet sein sollte, zu glauben, was er will. Gehen wir nicht genau so durchs Leben, Großer, was meinst du? *Wider besseren Wissens* könnte doch die Überschrift für die Menschheit sein.« Ihr Mundwinkel zuckte schräg und gefiel mir für einen kurzen Moment nicht so gut.

»Ich weiß es nicht«, gab ich zur Antwort und das entsprach absolut der Wahrheit. Ich hatte mir über all das noch keine Gedanken gemacht und war bis dahin der festen Überzeugung, dass es Opa freut, wenn ich ihm am Grab von den Fußballergebnissen berichte, die ich mir extra für ihn gemerkt habe. Für Oma fallen mir nicht so richtig tolle Themen ein, aber sie darf mir dann durchs Haar fahren. Das sind die einzigen Momente, in denen mir das angenehm ist. Der Wind ist aus Omas Händen ganz runzelig und zart.

»Soll ich dir den zweiten Teil der Antwort auch noch geben?«, unterbrach mich Mom in meinen Gedanken.

Der Tag war schon etwas fortgeschritten, und sie wirkte alles andere als taufrisch, als sie mir diese Frage stellte. Aus Mitgefühl hätte ich wohl ablehnen sollen.

»Gerne«, antwortete ich kurz, ohne mich daran zu erinnern, welcher Teil noch fehlte. Frau Zeiss kam an den Tisch und wir bestätigten ihrem fragenden Blick, dass auch der Pudding vortrefflich war. Dann stellte sie uns eine kühle Flasche Wasser und zwei Gläser auf den Tisch, und räumte das Geschirr ab. »Die Herrschaften unterhalten sich sicher noch ein wenig«, sagte sie mit ganz viel Verständnis in der Stimme und fügte dann hinzu, dass sie nun aber die Küche schließen und noch etwas erledigen müsse. Wir nickten ihr zufrieden zu.

Sie hatte wirklich ›die Herrschaften‹ gesagt. Mom goss uns Wasser ein. Ich war umgeben von Frauen, die mich bedienten. Mom trank ihr Glas in einem Zug leer.

»Gottesdienste waren mir nie besonders wichtig. Ich habe mich schon als Kind dort nicht besonders wohlgefühlt, aber da gab es kein Vertun. Ich musste am Sonntag mit meinen Eltern in die Kirche gehen. Wir nahmen immer dieselbe Bank, außer sie war schon besetzt, was selten vorkam. Vater am Rand, dann ich, dann Mutter. Die Zeit verging noch langsamer als in der Schule. Es war selten mehr als ein langes Warten auf das letzte Amen.«

»Verstehe.«

»Ich würde nicht sagen, dass sich mein gestörtes Verhältnis zu Gottesdiensten bis heute grundlegend gewandelt hätte, aber in der Zeit nach Omas Tod waren sie mir so vertraut und tröstlich, wie ich es nie zuvor erfahren hatte. Wobei es zuerst darauf ankam in *ihre* Kirche zu gehen, nicht in irgendeine. Ihre Kirche der Kindheit, in die sie nach Opas Tod regelmäßig ging, obwohl sie lange mit dem Bus hinfahren musste, wenn ich sie nicht bringen konnte. Als erwachsene Frau bin ich selten mit ihr in die Gottesdienste gegangen, und plötzlich erinnere ich sie dort lebendiger als anderswo. Der alte, schrumpfende Körper, von Jahr zu Jahr kleiner im übermächtigen Bau. Immer krummer aber gerade in der inneren Haltung, ganz entschieden im Kontakt mit ihrem Gottvater und der Gottesmutter. Und dann dieser Gesang, diese Kirchenlieder, die ich nie besonders mochte. Plötzlich stellte ich fest, wie gut ich sie kannte, wie vertraut sie mir waren. Nicht die Texte, aber die Melodien. Sie haben sich mir unter die Haut geschlichen, ohne dass ich sie je dazu eingeladen hätte. Sie sind einfach geblieben all die Jahre. Und kamen zum Vorschein, als ich am zerbrechlichsten war. Ich weinte meine Kirchentränen mit meiner Mutter an der Seite, deren Stimme niemand hören konnte, außer mir. Genau genommen war sie die Einzige, die sang, ganz bei sich, ganz für sich. Ihre Stimme zu hören, war unerträglich schön. Nie hatte ich mich ihr zu Lebzeiten in der Kirche besonders verbunden gefühlt, nach ihrem Tod aber war sie mir nirgendwo näher. Dies waren die ersten Gottesdienste meines Lebens, die in ihrer einsamen Traurigkeit einfach verflogen. Wenn ich danach die Kirche verließ, fühlte ich mich getragen. Ein seltsames Gefühl, ich kannte es nicht, es war tief, verstörend und hell.« Sie goss sich nach.

»Meinst du nicht, Oma war vielleicht doch da? Irgendwie halt, irgendwie... Ich kenne mich da ja auch nicht aus.«

»In mir war sie das, ja, ganz sicher, in mir schon. Und jeder Ort, der mir diese Nähe gegeben hätte, wäre mir heilig gewesen. Natürlich gibt es viele Orte, die ich mit ihr in Verbindung bringe, aber in ihrer Kirche geschah etwas Besonderes, später passierte das auch noch in anderen Kirchen. Und bis heute ab und an am Grab. Mehr gibt es dazu nicht mehr zu sagen, denke ich. Ich habe es dir so gut erklärt, wie ich konnte.«

Ich nickte.

Und wir gingen zur Scheune. Sie hatte sich nach diesem Gespräch ihre Prämie wirklich verdient. Sag ich mal ganz gönnerhaft.

8 | Mission 3.000

So richtig gut hatte ich nicht geschlafen. Ob es mehr an Mom oder an Max lag, konnte ich nicht auseinanderhalten. Andere Verursacher hatte ich nicht in Verdacht. Was ich erinnere, ist, wie ich mich nicht auf mein Buch konzentrieren konnte und gar keine Lust hatte, fernzusehen. Mom las immer, wenn sie irgendwie Zeit dazu fand, ganz sicher aber sobald sie ins Bett ging, da gab es kein Vertun. Und mit einem Buch in der Hand konnte sie die Zeit bis zum Einschlafen locker um Stunden überbrücken. Bücher sind für Mom so etwas wie der Himmel auf Erden. Für sie musste der Ausdruck *Bücherwurm* erfunden werden. Ich glaube, ihr reicht oft, was sie liest, sie muss es nicht erleben. Und etwas theoretischer Unterbau verleiht ihr zusätzlichen Halt. So hatte sie mir einmal erklärt, dass es für sie vor allem drei wichtige Zahlen gäbe. Die 4, 7 und die 12. Die würden immer mal wieder wie ordnungsgebende Strukturen auftauchen. Jahreszeiten, Himmelsrichtungen, Evangelisten, Wochentage, Todsünden, Monate, Geschworene oder Apostel nannte sie mir als Beispiel und Beleg für etwas, was mir eher willkürlich erschien, für sie aber offenbar von Bedeutung war. Und dort, wo es für sie Sinn ergab, strukturierte sie sich ihren Alltag danach. Zum Beispiel beim Bücher lesen. Was ich nicht zwingend naheliegend fand, aber doch originell genug, um es mir merken zu können. Bücher liest Mom in einem Vierer-Rhythmus. Romane, Klassiker, Krimis und Sachbücher. Obwohl sie es damit dann gar nicht so genau nimmt, aber das ist nicht ihr Problem. Mom sind ihre Strukturen heilig, aber sich daran zu halten, ist ihr ein nachrangiges Anliegen. Da lässt sie Fünfe schon mal gerade sein. Ich bekomme eigentlich immer mit, was sie gerade liest und ich kann jederzeit bezeugen, dass sie am häufigsten Romane liest, was aber auch das weiteste der genannten Felder zu sein scheint, dann folgen Krimis. Klassiker kommen nur selten vor, Sachbücher fast nie. Ihrer Struktur nach interessiert sie sich aber für alles gleichermaßen, deshalb sei es ein Unterschied, ob bestimmte Literatur für sie gar nicht in Frage käme, oder ob sie diese eben überspringen würde, weil ihr gerade nach etwas anderem sei. Das muss man sicher nicht verstehen, aber das verlangt sie ja auch von niemandem. Ich sagte einmal zu ihr, dass die 2 doch ebenso bedeutsam sei, wegen Yin und Yang, Plus und Minus, Nord- und Südpol, Tag und Nacht, oder die 3 wegen aller guter Dinge, der Musketiere, der olympischen Medaillen, der Fragezeichen, der Dreifaltigkeit und der heiligen Könige, oder die 5 wegen des Pentagramms und der Fünf Freunde, die 6 wegen der Lottozahlen, oder die 8 wegen der Weltwunder. Ich wusste schon, dass es nur sieben davon gibt, aber Mom hatte mir einmal erklärt, dass kaum ein Mensch die sieben Weltwunder aufzählen könne, fast jeder aber schon so Erstaunliches gesehen oder erlebt habe, dass Berichte hierüber darauf hinauslaufen würden, das Gesehene oder Erlebte als achtes Weltwunder einzustufen. Deshalb würde es in Wirklichkeit unzählige achte Weltwunder geben, die sieben anderen hingegen seien weniger bedeutsam. Zur 8 fiel mir ansonsten auch nichts ein und Mom protestierte auch nicht. Die 9 wegen Beethovens letzter Symphonie, die 10 wegen der Gebote, die 11 wegen der Fastnacht, die 13 wegen des Freitags oder die 18 wegen der Anzahl der Bundesligavereine. Zugegeben, die 18 führte ich zu Ehren des Furter Opas an, sie überzeugte mich ansonsten am wenigsten, und damit ließ ich es dann auch bewenden.

Mom lächelte nur und erklärte mir, dass sie über die 2 wohl tatsächlich nochmal nachdenken müsse, der Rest meiner Aufzählung jedoch sei in ihrem Kosmos weniger hoch bewertet. Ich überlegte daraufhin, welche Zahlen für mich wohl besonders sind, kam aber zu keinem Ergebnis. Bis doch ein heller Blitz in mir einschlug, aber erst in dieser Spessart-Nacht, und dann musste ich nicht länger überlegen, es war eindeutig. Seither ist die 3.000 meine Zahl. Für die gibt es zwar gar keine mir bekannten Vorbilder, aber sie beschreibt am besten meine Idee von einer Zukunft, in der ich gerne noch von Bedeutung wäre. Sie steht für das nächste neue Jahrtausend, und da werde ich ja zweifelsfrei nicht mehr leben. Aber es ist eine Marke, die mir gerade noch vorstellbar ist und irgendwie absehbar erscheint. Vielleicht ist meine Begeisterung für die 3.000 auch dem Umstand geschuldet, dass ich als 02er Jahrgang ziemlich am Anfang des neuen Jahrtausends geboren bin und von daher ganz natürlich in größeren zeitlichen Dimensionen denke, sozusagen in einem tausendjährigen Reich ganz eigener Art. Mit solchen Vergleichen sollte ich allerdings vorsichtig sein, das habe ich schon begriffen. Alles, was irgendwie mit den Nazis zu tun hat, läuft unter *ganz heißes Eisen*. Da verbrennt man sich schnell die Finger. Was wiederum ein Gesellschaftsspiel in Deutschland zu sein scheint, bei dem alle ständig mitmischen. Kaum ein Tag, an dem die Zeitung nicht darüber berichtet. Die Spielregeln sind überschaubar und auch für einen 15-Jährigen leicht zu begreifen. Das Spiel beginnt so, dass ein erster Spieler eröffnet, indem er ein aktuelles Geschehnis oder Verhalten einer meist öffentlich bekannten Person vergleicht mit Ereignissen während des Nationalsozialismus in Deutschland oder mit dem Verhalten führender Nazi-Persönlichkeiten, am besten direkt mit Adolf Hitler. Dieser Spieler gibt meistens vor, seine Stimme für zahllose Gleichdenkende zu erheben, die sich aber nicht trauen würden, ihre Gedanken offen zu vertreten. Daraufhin entrüsten sich wiederum zahllose Andersdenkende, dies meist offen, zum Beispiel in Leserbriefen oder in öffentlichen Statements anderer Art, sofern sie irgendwie bekannt sind und oder politischen Vorteil aus der Beteiligung an der Diskussion ziehen wollen. In der Regel ist der Spieler, der das Spiel begonnen hat, der Böse, und bleibt ziemlich isoliert. Der muss dann manchmal sogar von irgendwelchen Ämtern zurücktreten. Er hat nicht verstanden, dass man in Deutschland nie etwas mit damals vergleichen darf, sofern das Damals gleichbedeutend mit Nationalsozialismus ist. Das darf man nicht, weil das, was damals passiert ist, so schrecklich ist, dass jeder Vergleich als Verharmlosung dieses Schreckens bewertet wird.

Und wer sich einer solchen Verharmlosung schuldig macht, ist quasi auch ein Nazi, und dann haben wir den Schlamassel. Insofern sollte ich den Vergleich mit dem Tausendjährigen Reich wohl eher lassen. Denn obgleich darunter eigentlich die Zeit zu verstehen ist, die einsetzt, wenn Jesus mal wieder unter uns Menschen auf der Erde vorbeischaut (was er zwar seit mehr als 2.000 Jahren nicht tut, aber die Hoffnung stirbt ja zuletzt), so verbindet eigentlich jeder mit diesem Begriff, was die Nazis daraus gemacht haben. Die Nazis verstanden unter dem Tausendjährigen Reich eine quasi unendlich andauernde Herrschaft ihres Regimes. So weit will ich natürlich nicht gehen mit meinen Ideen, deswegen setze ich auch sehr darauf, dass es mir erspart bleiben wird, als Nazi eingestuft zu werden, nur weil ich mal von meinem kleinen, persönlichen tausendjährigen Reich schwadroniert habe. Aber denkt man sich die Nazis mal weg, was ich, ehrlich gesagt, so schwer nicht finde, dann klingt das doch gut und kommt irgendeinem Teil meiner Gefühlswelt eben verdammt nahe. Und wenn schon Vergleiche, dann finde ich die Jesus-Nummer auch wesentlich geschickter. Ich meine, der war so beliebt, als sie ihn ans Kreuz nagelten, auch wenn er offenbar Gegner hatte, sonst wäre ihm das ja erspart geblieben, dass fortan Gott und die Welt sich wünschen (und daran glauben), er würde irgendwann wiederkommen. Das hält jetzt schon ziemlich lange und länderübergreifend. Der Mann hat den Dreh raus. Von Bedeutungsverlust kann da keine Rede sein, und das ist schon irgendwie vorbildlich.

Das Buch, was Mom gerade las, war von einem Hans Fallada und hieß *Jeder stirbt für sich allein*. Das hatte sicher Bezug zu Moms Gedanken über den Tod. Besonders zuversichtlich klang der Titel jedenfalls nicht, und das hatte er mit Moms Gedankenwelt nach meiner Auffassung durchaus gemein. Aber ich war nun wirklich nicht in der Stimmung, sie darauf anzusprechen, auch wenn ich, wie eigentlich immer, neugierig war, was sie dazu zu sagen hätte. Ich wollte das schrecklich schöne Gefühl an Max nicht schon wieder in eine

Grabkammer schicken, deshalb blieb ich auf der Seite liegen, fühlte vor mich hin, und ließ dazu den ein oder anderen Flickenteppich aus Bildern und Gedanken in mir kreisen. Immer wieder tauchte der nahende Montag vor mir auf. Ich am schwarzen Brett stehend, und Max, wie er in seinem leicht verschwitzten Hemd zur Schule kommen und plötzlich neben mir stehen würde. Die Freude, die ich bei diesem Gedanken empfand, war enorm und versetzte mich in eine Unruhe, die mit der Kontrolle kollidierte, mich möglichst wenig bewegen zu wollen. Mom störte mich ja in der Regel nicht, ein Zimmer mit ihr zu teilen, war mir nicht einmal unangenehm, was in Anbetracht meines Alters ja durchaus nachvollziehbar gewesen wäre, aber in diesem Moment wollte ich einfach nur alleine sein. Aus dem Bett aufspringen können, wie es mir gerade war, mich unruhig durch die Kissen wälzen und wer weiß, vielleicht sogar ein wenig… *hobeln*. Aber das ging natürlich nicht, dafür brauchte ich mein Zimmer, und das würde ich erst am nächsten Tag wiedersehen. Auch darauf freute ich mich. Aber worüber sollten wir am Montag sprechen? Es war eigentlich egal. Max wiederzusehen, war das, worauf es ankam. Ich sah ihn viel zu selten. Ich wollte ihn ständig sehen. Genau genommen war ich in einem Zustand, in dem mir nichts anderes von vergleichbarer Bedeutung war. Wozu gab es Zeit ohne Max in dieser Welt? Wo es doch keine Welt mehr ohne Max gab. Ein Teil von mir, von dem ich noch vor kurzer Zeit gar nicht wusste, dass es ihn gab, war nicht mehr allein. Immer wieder sah ich sein Grinsen. Und meine Hände mussten sich unter der Decke beherrschen, um ihm nicht durch die Haare zu streichen, und ihn zu mir zu ziehen. So dicht, dass nichts mehr zwischen uns treten konnte.

Und dann musste es doch passiert sein. Schlaf war schon eine feine Sache, insbesondere, wenn an ihn nicht zu denken war. Trotz (oder wegen) des Gefühls, nicht gut geschlafen zu haben, war ich morgens früh auf den Beinen. Ich bemühte mich, möglichst leise zu sein, und Mom wenig zu stören. Ich wusste nicht, wann sie ihr Buch aus den Händen gelegt hatte, aber wahrscheinlich hatte sie noch mindestens zwei Stunden gelesen, und die fehlten ihr jetzt. Sie sagte mir einmal, diesbezüglich solle ich mir kein Vorbild an ihr nehmen, diese Unvernunft könne ich mir noch nicht leisten. Zumindest nicht unter der Woche, wenn ich morgens in die Schule musste. Ich duschte, zog mich an und verließ beinahe geräuschlos unser Zimmer, um zum Wasser zu gehen. Wo sollte ich auch sonst hin? Ich stellte mir vor, dass ich es ein ganzes Leben nicht langweilig finden würde, an einem Fluss wohnend morgens zuerst ans Ufer zu gehen und mir eine Dosis dahingleitendes Wasser zu genehmigen.

Ich stellte mich mit den Händen in den Taschen an den Wasserrand. Der Tag hatte die Kühle der Nacht noch nicht ganz abgegeben, war aber schon früh im Begriff sich aufzuheizen und erneut herrlich schön zu werden. Ich malte mir aus, dass Max auch schon aufgestanden wäre und sich unsere Blicke treffen könnten, weil er irgendwo im Freien stehen würde, genau wie ich, und wir beide Ausschau hielten nach dem anderen. Das tat weh. Ich überlegte, wie lange Menschen schon dieses Gefühl kennen, wie oft es schon in die Atmosphäre geschickt wurde. Wie oft hatten Menschen schon nichts wichtiger erachtet als dieses seltsam vereinnahmende Gefühl? Und dann überlegte ich, wie die Luft wohl aussehen würde, wenn all die Gefühle, die bereits über Tausende von Jahren gefühlt und in sie hinausgeatmet wurden, erhalten blieben und sichtbar würden. Ich malte mir die Landschaft aus unter einem Schirm von farbigen Gefühlsströmen, dem ständig neue Facetten zuflossen, gleich einem Fluss, der in ein Meer mündet und sich dort neu komponiert. Nur dass sich mein Farbstrom nicht auflösen würde in ein riesiges Ganzes, sondern immer Teil eines marmorierten Bildes bliebe.

3.000, dachte ich dann, und erinnerte mich an das Zahlenspiel in meinem Kopf, bevor ich eingeschlafen war. Ich verband eine Freude mit der Entdeckung dieser Zahl, die ich mir gar nicht recht erklären konnte. Aber es hatte zweifelsfrei damit zu tun, dass ich etwas entdeckt hatte, was wie ein großes passendes Puzzleteil zu mir gehörte. Und allzu viele Entdeckungen dieser Art hatte ich noch nicht hinter mir. Es war schön, etwas zu entdecken und beruhigend, dass man nicht gleich auf den Mount Everest dafür steigen musste. Oder irgendwas anderes, wobei man Kopf und Kragen riskieren musste. Mit der Entdeckung kam das Mitteilungsbedürfnis. Ich konnte mir zwar selbst noch nicht so genau erklären, was es mit dieser Entdeckung auf sich hatte, aber mitteilen wollte ich sie gerne. Irgendwie groß, laut oder eben speziell wollte ich sie in die Welt senden. In Gedanken begann ich damit, eine 3.000 auf ein Stück Papier zu malen und variierte die Schriftzüge. Bis sie mir gefiel, fett auf rotem Hintergrund und eher chaotisch. Wie eine dieser digitalen Signaturen, die man im Computer wiederholen muss, um sich auszuweisen. Dann stellte ich mir diese Signatur auf einem meiner Shirts vor. Vorne eben auf rotem Hintergrund und hinten himmelblau wie ein Montag oder Max, ohne Schriftzug. So entstand mein erstes kleines, gedankliches Gesamtkunstwerk und materialisierte sich in Form eines solchen Shirts, das zu gestalten ich mir für die nächsten Tage fest vornahm. Und weil das meinem Mitteilungsbedürfnis offenbar noch nicht ausreichte, machte ich gleich eine Marke daraus und nannte sie *Boyzeug*. Der Schriftzug lief oben am Kragen entlang, quasi wie bei der *aussieBum*, nur dass man ihn eben gleich sah.

Noch immer stand ich mit den Händen in der Tasche am Flussufer, und die Gedanken wirbelten neue Gestalten auf. Gestalten und Visionen. Das musste schon die tausendjährige Kraft sein, die sich in mir breit machte. Anders konnte ich mir das nicht erklären. Ich kreierte meine eigene Marke und alles sollte mit diesem Shirt beginnen. Der Rest würde folgen und sich über den Planeten ausweiten wie eine Invasion, Entwurf über Entwurf. Die Menschen würden *Boyzeug* tragen, und das, weil es ja quasi der ideologische Auftrag des Projekts war, bis ins nächste Jahrtausend hinein. Wenn es *Boyzeug* erst mal bis dahin geschafft hätte, dann wäre es sowieso nicht mehr wegzudenken von diesem Planeten. Und für immer wäre ein Name mit dieser einzigartigen Kollektion verbunden, der ihres Erfinders:

Marius Lefner. Getragen von dieser Euphorie konnte ich mir dann auch den Zusatz erklären, den ich in diesem Moment meiner Zahl noch voranstellte. *Mission 3.000* stand plötzlich auf dem Shirt. Grandios.

Als Mom schließlich zum Frühstück erschien, hatte ich reichlich Zeit gehabt, meinen Gedanken nachzuhängen. Sogar etwas mehr, als es mir lieb war, denn einer der Nachteile einer Pension war es nun mal, dass man nicht selbst in die Küche gehen und sich einen Kakao machen konnte. Zu Hause hätte ich nicht so lange auf Mom gewartet und mir längst eine Sonntagszeitung am Kiosk gekauft.

Mom rief mir von der Terrasse aus zu und ich freute mich, dass es endlich losgehen konnte. Dummerweise war Herr Zeiss nicht da. Was unschwer daran zu erkennen war, dass keiner der Dackel Moms Ankunft begrüßte. Auch ein vorsichtiger Blick in die offene Tür zur Küche ließ niemanden erahnen. So saßen wir ein wenig am Tisch und warteten.

»Gut geschlafen?«, wollte Mom wissen, und ich beantwortete ihre Frage mit einem kurzen Nicken. Für Details war ich noch nicht zu haben. Ihr ging es vielleicht nicht anders, denn sie sagte nur: »Ich auch«. Dann blickten wir ein wenig gemeinsam aufs Wasser. Neben Mom nichts zu sagen, war leicht, dabei aufs Frühstück zu warten schon etwas schwerer. Herr Zeiss erschien 20 Minuten später. Ohne eine Erklärung abzugeben, grüßte er kurz Mom und hörte sich unsere Bestellung an. Andere Gäste waren das ganze Wochenende nicht im Haus. Als das Frühstück endlich kam, schmeckte es noch besser als am Vortag. Ein Vorteil am Warten ist, dass es irgendwann zu Ende ist. Und was dann beginnt, ist immer größer, als es ohne Warten gewesen wäre. So viel Lebenserfahrung hatte ich schon gesammelt.

Als wir endlich in die krossen Brötchen beißen konnten, fiel mir ein, dass ich mich noch nach Moms Buch erkundigen wollte.

»Mom«?

»Hmh«?

»Was liest du eigentlich gerade? Sieht so aus, als wärst du immer noch mit Tod und Sterben beschäftigt«.

»Um ehrlich zu sein, Marius, das ist kein Thema, was man irgendwann mal erledigt hat.«

»Verstehe. Aber man muss sich nicht ständig damit beschäftigen, oder?« Eine Nachfrage, die ich mir selbst nicht abnahm. Ein wenig beunruhigte mich Moms Interesse für den Tod aber, und das schien sie gleich zu merken, anders konnte ich mir ihre Antwort nicht erklären.

»Du musst dir keine Sorgen machen, Großer. Deine Mom lebt ziemlich gerne und ist nicht gefährdet. Aber der Tod gehört zu den wahrscheinlich faszinierendsten Themen. Er beschäftigt mich wie andere Themen auch. Ich gehe ihm nicht aus dem Weg. Und weil er als Thema so übermächtig groß ist, fällt mein Interesse womöglich intensiver aus. Aber wie gesagt, es besteht kein Anlass zur Sorge. Im Übrigen ist der Titel, wenn du ihn so verstehst, irreführend.«

»Dann würde es mich noch mehr interessieren, was du gerade liest, und worin die Irreführung besteht.«

»Die Irreführung besteht darin, dass es kein Buch über das Sterben ist.«

»Sondern?«

»Es ist die Geschichte von einem Ehepaar im dritten Reich, das sich gegen die Diktatur der Nazis wehrte. Dieses Paar hat es wirklich gegeben.« Da waren sie schon wieder, die Nazis. Einfach unkaputtbar.

»Gehört das zu den Klassikern oder zu den Romanen?«

»Gute Frage. Von den Klassikern spricht man ja eher bei Weltliteratur. Dazu zählt Hans Fallada wahrscheinlich nicht.«

»Der Name klingt aber schon ein wenig verstaubt, reicht das nicht für einen Klassiker, wenn das Buch dann immer noch gelesen wird?«

»Wie gesagt, so ganz sicher bin ich mir da jetzt auch nicht. Ansonsten hast du recht. Fallada hat das Buch direkt nach dem Krieg geschrieben und ist kurz darauf gestorben.«

»Das ist bitter, oder? Ich meine, wenn man den Krieg überlebt hat und tolle Bücher schreiben kann, und dann trotzdem gleich stirbt.«

»Das empfinde ich auch so. Aber es gibt viele berühmte Menschen, die früh gestorben sind. Ein Teil ihrer Berühmtheit hat womöglich sogar damit zu tun. Fallada war süchtig.«

»Aber warum macht es einen denn berühmter, wenn man früh stirbt?«

»Na ja, das ist keine Bedingung. Menschen sind berühmt *und* steinalt geworden. Aber wenn du früh stirbst und schon Großes hinterlassen hast, dann rankt sich schnell ein Mythos um deine Person. Der hat meist mit der Intensität zu tun, mit der diese Menschen gelebt haben. Und mit dem Werk, das sie nicht hinterlassen konnten. Das nicht gelebte Leben lebt dann in den Überlebenden weiter. So in etwa.«

»Und Fallada ist ein Mythos?«

»Eher nicht, würde ich sagen. Nicht alle haben das Zeug dazu, aber ich kenne das Geheimnis nicht. Außerdem starb Fallada zwar kurz nach dem Krieg, war aber nicht mehr ganz jung. Etwas über 50, wenn ich mich recht erinnere. James Dean ist ein Mythos.«

»Der Rennfahrer?«

»James Dean war kein Rennfahrer, er war Schauspieler. Er verunglückte allerdings mit 24 in seinem Porsche. Schau ihn dir mal bei Gelegenheit im Internet an, er sah fantastisch aus. Heute wäre er ein alter Mann, und hätte, wie andere Ikonen auch, wahrscheinlich seinen Glanz und seine Aura längst verloren. Marlon Brando war so ein ähnliches Kaliber wie James Dean. Aber davon blieb nicht viel übrig. Eine Berühmtheit, die jung stirbt, wird für alle Ewigkeit in ihrer jungen Erscheinung in unserem Gedächtnis eingefroren. Und nicht nur in ihrer Erscheinung, sondern auch in dem, wofür sie stand. Dean galt als der Rebell schlechthin, und das ist er immer geblieben. Er wird auch seinen Status als Sexsymbol nicht verlieren, weil er wie Dorian Gray nie gealtert ist. An dem Tag, als er starb, wurde er quasi unsterblich.« Das ließ mich doppelt aufhorchen, aber

Mom war noch nicht fertig. »Brando indes war spätestens in *Apocalypse Now* nur noch ein fetter Schatten seiner selbst. Oder nimm Muhammad Ali, den größten Boxer aller Zeiten. Das wird er zwar bleiben, aber du siehst ihn mittlerweile am ehesten vor dir, wie er als geschwächter Greis irgendeinen Preis zittrig entgegennimmt.« Das war eine Menge Informationen auf einen Schlag, aber ich verstand in etwa, was Mom mir erklären wollte. Auch wenn mir weder James Dean noch Marlon Brando, Dorian Gray oder Muhammad Ali viel sagten. Gehört hatte ich die Namen irgendwie alle schon einmal, ich würde ab jetzt besser auf sie achten. Doch Mom hatte noch etwas zu ergänzen.

»Schriftsteller taugen eigentlich nicht für die ganz großen Mythen. Weil das, was sie tun, keine starken Bilder erzeugt und sie öffentlich weniger präsent sind. Wenn ich es mir also recht überlege, ein klares Nein. Fallada ist kein Mythos. Fällt dir ein Schriftsteller ein, auf den das passen könnte?« Ich überlegte kurz, aber da kam nichts. Doch dann, gelobt sei die Tageszeitung, fiel mir plötzlich einer ein. Einer, der sich selbst das Leben genommen hatte, so wie die halbe Familie auch, und über den ich einen Bericht gelesen hatte, der ziemlich spannend war. Auch wenn er ein Tierquäler war.

»Ernest Hemingway«, sagte ich kurz und Mom machte große Augen.

»Woher hast du den denn jetzt schon wieder, ich bin beeindruckt.« Wie immer war ich über die Anerkennung stolz, aber zum ersten Mal dachte ich auch, dass sie ja verdammt noch mal zur Kenntnis nehmen könnte, dass ich ein schlaues und belesenes Kerlchen bin, und man deshalb nicht permanent so erstaunt sein muss.

»Immer dieselbe Quelle«, gab ich zur Antwort und Mom wusste, dass ich damit die Zeitung meinte.

»Ernest Hemingway.« Mom jonglierte den Namen ein wenig im Mund als wäre es ein zu heißer Bissen. »Wow, das ist definitiv ein gutes Beispiel. Zum einen, weil er ein wirklich berühmter Schriftsteller ist, und zum anderen, weil die Bilder, die er produziert hat, mit dem Schreiben gar nichts zu tun haben. Er trank, war depressiv, boxte, hatte viele Frauen und vor allem war er Großwildjäger und Hochseefischer. Da kommen die Bilder her. Hemingway mit erlegten Raubkatzen und Nashörnern, oder Hemingway auf See mit riesigen Fischen, die hinter ihm hängen. Mit seiner Lieblingsflinte hat er sich dann erschossen. Ein würdiger Abgang für einen extremen Charakter.«

Das wusste Mom einfach so, und das war mir nicht neu. Sie war auf einigen Themenfeldern ziemlich ahnungslos, aber in Sachen Literatur war sie definitiv unschlagbar.

»Nun gut«, fing sie wieder an. »Aber auf unseren Hans Fallada trifft das jedenfalls alles nicht zu. Der hat sich diesen Künstlernamen übrigens zugelegt, weil ihm das Märchen von der Gänsemagd so gut gefiel. Darin stirbt das Schimmelpferd Falada lieber, als dass es lügt. Sein abgeschlagener Kopf aber spricht immer noch die Wahrheit. Großartig.«

»Märchen sind oft ziemlich heftig, finde ich. Aber wie hat sich denn dieses Ehepaar, über das du gerade liest, gegen die Diktatur gewehrt?

»Mit Karten.«

»Mit Karten?«

»Ja, Elise und Otto Hampel schrieben Karten gegen die Nazi-Diktatur und verteilten sie verborgen in der Stadt. Das hatte kaum Wirkung, aber es war ihre Form des Widerstands, der die Nazis aufs Äußerste provozierte. Ich mag diese Geschichte sehr.«

»Was ist denn mit den Hampels passiert?«, wollte ich wissen.

»Sie wurden hingerichtet, enthauptet, um genau zu sein.«

»Das gab es bei uns?«

»Bei den Nazis gab es alles, es ist unvorstellbar.«

»Mom?«

»Hmh?«

»Warum magst du die Geschichte so sehr?« Herr Zeiss räumte den Tisch ab und Mom bat ihn zwischendurch, die Rechnung fürs

Wochenende fertigzumachen, da wir gleich nach dem Frühstück fahren wollten. Sofern ihr Sohn irgendwann keine Fragen mehr hätte, fügte sie schmunzelnd hinzu. Er nickte kurz und sagte dann auf seinem Weg zur Küche: »Das ist ein guter Junge. Er stellt gute Fragen«. Da mochte ich ihn plötzlich sehr.

»Also«, setzte ich nochmals an, »warum magst du die Geschichte?«

Mom zuckte kaum merklich. »Wenn ich dir darauf die ausführliche Antwort geben soll, bestelle ich bei Herrn Zeiss doch noch das Mittagessen.«

»Dann ziehe ich zurück.«

»Braver Junge.«

»Die ausführliche Antwort muss es gar nicht sein. 10 Minuten packe ich aber sicher noch.«

»Okay«, sagte Mom und sammelte ein Paar Gedanken zusammen, bevor sie mit ihrer Erklärung begann. »Ich mag die Idee des Widerstandes. In einer Situation, in der es quasi unmöglich war, Widerstand zu leisten, ohne dabei nicht sein Leben zu verlieren.«

»Was ja heute nicht mehr nötig ist«, meinte ich.

»Da hast du recht, Marius. Bei uns ist es das nicht mehr. Derzeit nicht. Aber das Gefühl, dass es wieder nötig sein könnte, habe ich nie verloren. Auch wenn ich erst nach dem Krieg geboren bin.«

»Aber der Krieg ist doch jetzt wirklich lange genug vorbei, oder nicht?«

»Lange genug ist relativ. Er wird wiederkommen. Irgendwann.«

»Manchmal ist dein Optimismus wirklich extrem ermutigend.«

»Es geht vielen Menschen nicht so, mir aber schon. Ich finde es immer wieder unfassbar, was in dieser Zeit alles passiert ist. Ich höre nicht auf, mich damit zu beschäftigen, als ob ich mich jedes Mal vergewissern wollte, dass es stimmt. Dass es vorbei ist. Und hoffentlich noch lange so bleibt.«

»Vergewissern?«

»Weißt du, Marius, ich glaube nicht, dass die Menschen jemals andere sein werden. Diesen Optimismus habe ich wirklich nicht.

Aber es gibt Umstände, unter denen sie ihre dunklen Seiten kultivieren können. Meine Eltern haben die Finsternis noch miterlebt, Opa war sogar bei der Wehrmacht. Und wenn meine Eltern das alles miterlebt haben, und in gewissem Sinne Verantwortung hatten, dann empfinde ich das als sehr nahe an meinem Leben. Ich bekomme da keine Distanz rein. Ich habe keine Angst vor irgendjemandem, aber ich stelle mir vor, dass jeder meiner Nachbarn jederzeit zu einem Monster werden könnte, wenn die Verhältnisse es erlauben, oder die Umstände es bedingen. Trotzdem denke ich, dass ich ein froher Mensch bin. Ich habe ja auch allen Grund dazu.« Sie lächelte ein wenig. »Wirklich allen Grund.« Dann verschwand das Lächeln. »Weißt du, Marius, wenn du das alles anders empfindest, dann ist das richtig, und ich freue mich für dich. Nimm dir an diesen Gedanken von mir kein Vorbild, sie stehen dir und deiner Generation nicht gut.«

»Ich glaube, das kann ich dir versprechen«, sagte ich. »Mir bereiten unsere Nachbarn jedenfalls keine Sorgen.«

»Das ist gut so. Und jetzt lass uns einen Punkt machen.«

Herr Zeiss kam wie gerufen mit der Rechnung. Die Dackel hüpften schwanzwedelnd um ihn herum. Sie merkten wohl, dass er seinen Job für diesen Tag fast erledigt hatte. Mom legte noch 20 Euro drauf und bedankte sich überschwänglich für die tolle Zeit und Gastfreundschaft. Herr Zeiss bedankte sich ebenfalls und, es war einfach nicht zu verhindern, strich mir über den Kopf. Ich freute mich auf die Rückfahrt und die Aussicht auf mein Zimmer, Gayle, vielleicht meinen Vater und mein ungestörtes Gefühl für Max.

Als wir zu Hause ankamen, wurden wir von Papa sehr herzlich begrüßt. Er hatte bunte Blumen gekauft und kleine Sträuße über die halbe Wohnung verteilt. Es herrschte Ordnung und das dreckige Geschirr war gespült. Klar, dass sich Mom darüber freute. Ich ging zu Gayle, der in seinem Lieblingssessel lag, und träge ein halbes Auge zur Begrüßung öffnete. Hätte er mich anders begrüßt, hätte ich mir womöglich Sorgen gemacht. So war alles in bester Ordnung. Er war die Kater gewordene, völlig berechenbare beleidigte Leberwurst. Ich streichelte ihn und er fing an zu schnurren. Dieser Schnurrapparat entzog sich offenbar seiner Kontrolle und konnte sich nicht an die Vorgaben der Leberwurst halten. Ich wollte mich gerne in mein Zimmer zurückziehen, wusste aber, dass das Papa gegenüber unhöflich gewesen wäre. Er fragte mich sogar, ob ich Lust auf einen Kakao hätte und ich nahm das Angebot an. Für Mom und sich machte er einen Tee mit frischer Minze. Das hatten sie sich beim Türken abgeschaut, und tranken es ständig. Dann setzten wir uns an den Tisch und erzählten uns gegenseitig vom Wochenende. Papas Geschichten klingen immer irgendwie ähnlich, und ich war wirklich nicht sonderlich neugierig. Und da wir nichts über unsere Gespräche erzählten, war das, was übrig blieb, in Papas Ohren wahrscheinlich auch nicht so sensationell.

Bevor ich in mein Zimmer ging, erinnerte ich Mom noch an die Wäsche. Dann war ich endlich für mich alleine, schob eine *Maximo Park* in den Player und legte mich auf mein Bett. Ich hörte erst die ganze CD durch und stellte dann die 14 auf Repeat. *Close your eyes and I'll be here in the morning.* Total altmodischer Titel, genau richtig für mich.

Einfach nur dazuliegen und gute Musik zu hören, war manchmal genau das, was ich brauchte. Erst recht, wenn dir dazu die Lust langsam durch den ganzen Körper kroch. Als mir das zum ersten Mal passierte, war ich reichlich überrascht. Mittlerweile war mir das Gefühl aber schon vertraut. Da es bei uns aber unüblich war, die Zimmer abzuschließen, konnte ich immer nur bedingt was damit anfangen. Ich hätte mir nie die Hose aufgemacht und losgelegt, immer mit dem Gefühl Mom könnte gleich in der Tür stehen. Mein Vater wäre auch nicht angenehmer gewesen, aber dieses Risiko hielt sich sehr in Grenzen. Ich musste aber kurz grinsen bei der Vorstellung, Mom wäre mit ihrer super toleranten Haltung konfrontiert gewesen und hätte die Klinke meiner offenen Zimmertür in dem Moment in der Hand, wo ich in die Pflanzen... Was mir im Übrigen in meinen kühnsten Träumen nicht eingefallen wäre, aber das war ja nun mal auch Moms Fantasie gewesen. Dann verschwand das Grinsen auch schnell wieder. Die Szenerie wäre vor allem eines gewesen: Super peinlich, nein danke. Aber einfach so dazuliegen, und die Kriecherei der zappligen Hormone zu spüren, war stark. Und der pumpenden Beule unter der Hose immer mal wieder einen kräftigen Händedruck zu verpassen noch stärker. Ein wenig aufpassen musste ich da schon. Es fehlte manchmal nicht viel, und die Insassen wären aus dem Gefängnis ausgebrochen. Man, war das schön.

Mit Jungs konnte man sich über das Thema Wichsen erstaunlich gut unterhalten. Das waren zwar so Prahlhans-Geschichten, aber das machte schon Spaß. Die Rede war dann üblicherweise von unfassbaren Mengen, halbe Tassen wurden zum Vergleich herangezogen, außergewöhnliche Schussweiten wurden gepriesen, hier kam es zu Treffern an der Decke in Altbauwohnungen mit vier Metern Entfernung, und Häufigkeiten, die mich schlicht erstaunten, denn ich war weit davon entfernt, es auf mindestens zehn Abgänge täglich zu bringen, geschweige denn, dass mir dies besonders wünschenswert erschien. Außerdem hatten alle irrsinnige Knüppel in der Hose, 30 Zentimeter gehörten zu den geringeren Schätzungen, und ich hielt mich an dieser Stelle etwas zurück, weil ich beim Messen auf knapp 20 Zentimeter gekommen war, was mir gar nicht so schlecht vorkam, aber offenbar doch winzig war, denn von solch einer mickrigen Zahl war nie die Rede. Ich traute mich auch nicht nachzufragen, ab wo man denn messen müsse, es gab da schließlich mehrere denkbare Ausgangspunkte. Ich lachte einfach gerne mit. Nicht ohne das Gefühl mitzunehmen, ich könnte schwanztechnisch oder sexuell etwas zurückgeblieben sein, was sich mit 15 nicht gut anfühlt, aber erst in Gedanken an Max zu einem Zweifel heranwuchs, der mich zu verunsichern begann. Was, wenn es mal dazu käme zwischen uns, und ich würde in jeder Hinsicht an den geforderten Normen scheitern? *There is nothin' that's as real, as a love that's in my mind.*

Ich konnte mir gut alles Mögliche vorstellen, wenn ich Zeit dazu hatte. Und ich hatte Zeit. Aber die Vorstellungen waren oft mehr ein Gefühl als ein Bild. Zum Bild wurden die Gefühle oft erst, wenn ich sie versuchte, zu übersetzen. Was aber irgendwie gar nicht ging, war Sex. Den konnte ich mir nicht vorstellen mit einer anderen Person. Also gefühlt schon, wie gesagt, aber nicht in seiner konkreten Umsetzung. Ich brauchte diese Bilder auch nicht, um auf Touren zu kommen. In Sachen Sex, um ehrlich zu sein, war ich ziemlich auf mich fixiert und brauchte keine Munition von außen, um mich in Stimmung zu bringen. Weder gedanklich noch materiell. Mit materiell meine ich zum Beispiel Computer oder Smartphones, was für mich eh nicht in Frage gekommen wäre, wenn schon, dann ein Heft, das brauchte ich aber auch nicht. Die Prahlhans-Fraktion aber besorgte es sich wohl am liebsten vor dem Computer oder eben mit einem Smartphone in der freien Hand. Und stierten dabei offenbar immer auf Mädchen oder Frauen mit solchen Brüsten, dass *solche* immer gigantomanisch bedeuten sollte. Als ich das zum ersten Mal hörte, schwante mir schon etwas. Denn mich reizten mehr die Ausführungen zu den prächtigen Knüppeln, Brüste indes schienen mir immer denkbar ungeeignet, um meine Fantasie zu befeuern. Nicht nur das, sie brachten sogar jede Glut zum Erlöschen. Klein durften sie sein, am besten sogar sehr klein, aber *solche* auf gar keinen Fall. *Close your eyes and I'll be here for a while.*

Ich nahm mir die Hülle der CD, zog das Booklet heraus und blätterte es durch. Der Song war wirklich untypisch für *Maximo Park*. Und dann fand ich auch eine Erklärung dafür. Er war im Original von einem Townes van Zandt. Nie gehört. Aber ich habe ihn dann gegoogelt. Natürlich war er depressiv und drogen- und alkoholabhängig. Und natürlich wurde er nicht besonders alt (etwas über 50, wie Fallada), und zum Mythos hat es auch nicht gereicht. Natürlich deshalb, weil es mir langsam so vorkam, als ginge ohne Depression, Alkohol und sonstige Stoffe nicht viel bei den ganzen Berühmtheiten. Und das war nicht mein Bedeutungskonzept. Ich beschloss, irgendwann mal zu überprüfen, ob es auch ein paar Leute gab oder gibt, die es tatsächlich ohne diese ganzen Zutaten zu was gebracht haben.

Und weil ich schon dabei war, schaute ich mir gleich auch noch James Dean an. Mom hatte nicht zu viel versprochen, wirklich der Hammer, einfach super, super schön der Mann. Sei es, wie es sei. Van Zandts Song sprach mich total an. Ich stand kurz auf, um zu meinem Schreibtisch zu gehen, in dessen oberster Schublade meine Schatulle stand. Dann setzte ich mich an den Tisch, nahm einen Notizzettel, schrieb Mission 3.000/Boyzeug darauf und legte ihn in die Schatulle. Dann nahm ich noch einen Zettel und notierte Berühmt jung sterben, Depression, Alkohol, Sucht und strich alles demonstrativ durch. Auch diesen Zettel legte ich in die Schatulle. Das hatte ich noch nie gemacht, aber es entsprach meinem neusten Stand der Erkenntnis. Es gab Bedingungen, über die ich garantiert keine Bedeutung erlangen wollte. Ich legte mich wieder aufs Bett, und die Erektion, die kurzzeitig abgeklungen war, war in Sekundenschnelle wieder zur Stelle. So schnell gab die Meute keine Ruhe.

Ich hielt es nicht länger aus, ich musste dringend etwas unternehmen. In der Wohnung war es ganz still. Wer weiß, vielleicht hatten die beiden sich so sehr aufeinander gefreut, dass auch ihr Bedürfnis nach Rückzug und Intimität die Oberhand gewonnen hatte. Ich gönnte es ihnen von Herzen. Und trotzdem hätte ich mir in meinem Zimmer am helllichten Tag nicht einfach einen runtergeholt. Das war auch gar nicht nötig, denn ich hatte mein eigenes, kleines Bad, was direkt an mein Zimmer angrenzte. Gehobener mittelbürgerlicher Wohlstand muss Einzelkindern nicht schaden. Ich ging also rüber und nutzte den ganz großen Vorteil, den Bäder in unserer Wohnung boten, sofern sie auch über eine Toilette verfügten, und das war nur bei meinem Bad der Fall. Es war erlaubt abzuschließen. Ich drehte den Schlüssel im Schloss und war fortan ein freier, wenn auch eingeschlossener Mensch. Nun ja, wer den

Schlüssel hat, dem wird der Knast zur Oase. Nicht anders fühlte sich die Situation für mich an, und ich begann mich komplett auszuziehen. Das war nicht unbedingt erforderlich, klaro, aber mich turnte das viel mehr an. Ich bin gerne nackt und will es auch gerne zugeben: Ich finde mich sexy. Dünn zwar, also zumindest frei von größeren muskulösen Erscheinungen, aber gut in der Proportion. Ein Schlacks, würde Mom wohl sagen. Über dem Waschbecken hing ein Spiegel, in dem ich mich gerne anschaute. Er war nur leider so angebracht, dass man eher die obere Körperhälfte darin sehen konnte. Gegen die hatte ich zwar nichts einzuwenden, aber zum Wichsen interessierte mich mehr der untere Teil. Das war aber auch kein größeres Problem, denn der Spiegel war nur in zwei Schrauben eingehängt und ließ sich unkompliziert abnehmen. Dann konnte ich ihn auf den Klodeckel stellen und gegen den Spülkasten lehnen. Das war zwar etwas zu tief, aber eine andere Möglichkeit gab es nicht, wenn ich nicht das Risiko eingehen wollte, mitten im Geschäft einen wackligen Spiegel auf dem Waschbecken zu Bruch gehen zu lassen. Die Nummer hätte ich nur schlecht erklären können. Der Spiegel auf dem Klo tat aber seine Dienste. Etwas schräg angelehnt erlaubte er mir den Blick auf meinen Ständer und den fand ich, Zweifel hin oder her, echt geil. Max war ganz sicher mit dabei, aber Anheizer war ich mir in dieser Konstellation definitiv genug. So sehr, dass ich zu meinem Bedauern diesen köstlichen, nachfolgenden Zustand nicht allzu lange aufrechterhalten konnte. Im wahrsten Sinne. Obendrein brauchte ich noch ein wenig Konzentration, um im richtigen Moment, sozusagen unmittelbar vor Überschreiten der Ziellinie, abzudrehen, und mich ins Waschbecken zu ergießen. Hätte ich regelmäßig durch den Raum geballert, wäre das sicher nicht ohne Spuren abgegangen. Auch diesen Moment hätte ich zwar gerne noch vor dem Spiegel genossen, aber so absurd die ganze Nummer auch sein mochte, ich war immer noch ein Junge, der sein Revier ganz gerne im Griff hatte und es ungern verwüstet hinterließ.

Ahhh, welch ein Segen. »*But your softest whisper's louder, than the highways call to me*«, drang es leise in Dauerschleife aus meinem CD-Player. Dann konnte ich mich auf mein Bett legen und einnicken.

9 | Sami

Ich könnte es kurz machen und schreiben, dass die neue Woche eine einzige Katastrophe war. Das wäre aber falsch und ließe auch zu viele Fragen offen, die ich durchaus beantworten möchte. Deshalb halte ich es wie mit den Klößen, esse einen nach dem anderen, nicht überstürzt und der Chronologie angemessen. Das wird den Ereignissen viel mehr gerecht. Okay, es fing mit einer Katastrophe an, die sich zum Zeitpunkt ihres Auftretens anfühlte, als bestünde sie bereits aus tagelanger, bleischwerer Wirkung, als würde über sie nie mehr ein Weg in die Normalität führen. Aber so schnell und unvermittelt diese Widrigkeit auch in mein Leben kam, so schnell war sie daraus auch wieder verschwunden. Konnte es sein, dass Vernichtung und Erlösung Blutsverwandte sind? Jedenfalls wartete ich hinter den sich auflösenden Nebelschwaden auf mich als den glücklichsten Menschen, den ich mir vorstellen konnte.

Am Montagmorgen war ich der Erste in der Schule. Zwar nicht wirklich, aber gefühlt schon. Um halb acht war ich da, so früh wie noch nie in meinem Leben. Mom wunderte sich schon gar nicht mehr, weil sie nach unserem Wochenende ja bezüglich meines Seelenlebens voll im Bilde war, und meinen frühen Aufbruch zur Schule von daher mühelos richtig einordnen konnte. Als ich mich mit einem Kuss von ihr verabschiedete, meinte ich ein Lächeln in ihrem Gesicht zu entdecken, aber das konnte auch eine Projektion sein. Ich fand es nämlich hochgradig bescheuert, so früh zur Schule zu gehen, was an meiner Entschlossenheit allerdings nichts änderte. Ich machte mir klar, dass es mir dabei definitiv nicht um die Schule ging, als ob es einer solchen Versicherung je bedurft hätte, und das machte es mir leichter. Max würde zwar deshalb nicht früher kommen, aber wir könnten uns auf diese Art unmöglich verpassen, was ich mir mehrfach, nachdem ich ihn nun fast drei Tage nicht mehr gesehen hatte, in etwa als eine Tragödie shakespeareschen Ausmaßes ausgemalt hatte.

Ich lief über den Schulhof, und obgleich irgendwo ein paar Gestalten herumhuschten, so war die Atmosphäre doch ein wenig gespenstisch. Ich nahm mir vor, am nächsten Tag wieder in den etwas vernünftigeren Modus umzuschalten. Was sollte ich alleine auf diesem hässlichen Gelände? Mich ans Schwarze Brett zu stellen, um die Aushänge zu überfliegen, die ich ohnehin fast alle kannte, da sich seit der Vorwoche kaum etwas geändert hatte, hätte etwas von absurdem Theater gehabt. Blöd in der Gegend zu stehen, wäre andererseits an Bescheidenheit in Sachen Ausstrahlung schwer zu unterbieten gewesen. Wenn ich wenigstens geraucht hätte, obwohl es verboten war, dann hätte ich mich an einigen dieser Stängel festhalten und damit in der Gegend herumtreiben können. Hätte mich dann jemand gesehen, dann wenigstens im Zustand des coolen Teenagers mit Kippe und intensiver Aura existentieller Einsamkeit. Aber es war egal, nichts, was mir einfiel, konnte mich überzeugen, also musste ich einfach diese läppischen 15 Minuten mit dem gebotenen Anstand und Herzrasen über mich ergehen lassen. Immerhin war das Ende ja absehbar. Und so stellte ich mich in die Nähe der Klos und imaginierte mir ein Spessart-Ufer des Mains vor die Füße. Immer noch hatte ich keine Ahnung, was ich mit Max reden sollte, aber ich war mir sicher, dass uns schon etwas einfallen würde. Im Zweifelsfall war die Frage nach dem Wochenende naheliegend und sicherlich ein hilfreicher Opener für ein paar erste Takte. Dann wollte ich endlich mehr aus seinem Leben erfahren, auch wenn das kein Projekt für die ersten Minuten eines Wiedersehens ist, das war mir durchaus bewusst. Diesen ersten Teil meines Vorsatzes beschloss ich aber noch in derselben Woche umzusetzen. Der zweite Teil bestand darin, sich darüber zu verständigen, wie wir auch außerhalb der Schule in Verbindung bleiben könnten, denn die vorangegangenen Tage waren so gesehen mehr als hart. Der dritte Teil schließlich war die feste Absicht, ihn einmal zu treffen, am besten abends. Irgendwo außerhalb von allem, nur er und ich und vielleicht Leute in einer Bar, die wir beide nicht kannten. Menschen konnten schon dabei sein, aber niemand, der mir etwas von meiner Zeit mit Max stehlen würde.

Mir das alles nochmal durch den Kopf gehen zu lassen, brachte etwas Überbrückung der Wartezeit und so verflüchtigten sich die ersten fünf Minuten schnell. Dann tauchte plötzlich, aus dem sprichwörtlichen Nichts, ein Mädchen auf, das ich noch nie zuvor gesehen hatte. Das Mädchen hatte eine Frau an seiner Seite, die verdächtig nach Mutter aussah. Ich beobachtete beide, wie sie sich über den Schulhof näherten, unsicher umschauten, ihre Schritte verlangsamten und unweit von mir stehen blieben. Ich konnte nicht überhören, was sie miteinander sprachen.

»Du musst dir gar keine Sorgen machen, Samira«, sagte die mögliche Mutter, und stellte sich dem Mädchen gegenüber. Das nickte nur, und zwar nach meinem Eindruck so früh am Morgen schon ein wenig genervt.

»Ich habe alles mit deiner Klassenlehrerin besprochen, sie weiß, dass du heute kommen wirst, und dass es eine Woche vorher nicht möglich war.« Das Mädchen nickte wieder. Sie war ziemlich hübsch, das war unschwer zu erkennen, und sah überhaupt nicht deutsch aus. Wieder waren fünf Minuten vorbei, gleich würde Max kommen. Da fing auch das Mädchen an zu sprechen.

»Natürlich, den Weg kenne ich jetzt, aber wir wissen nicht, wie es weitergeht. Außerdem gefällt es mir hier nicht.« Das klang vorwurfsvoll, und die Frau ging auch sofort in die Verteidigung.

»Ja, das tut mir wirklich leid, Samira, ich habe den Zettel gestern Abend aus der Tasche genommen, um noch einmal nachzuschauen, ob alle Informationen draufstehen. Und dann habe ich ihn heute liegen lassen, aber das wird kein Problem sein, versprochen. Und gefallen wird es dir auch noch hier, ich bin ganz sicher. Du hast dich bisher überall schnell eingelebt.« Die Frau sah sich um und unsere Blicke trafen sich zwangsläufig. Das ermunterte sie anscheinend, mit mir Kontakt aufzunehmen. Sie bewegte sich schneller auf mich zu, als dass ich mir eine Ausweichstrategie hätte ausdenken können.

»Junger Mann«, hörte ich sie sagen, das Mädchen trottete ihr nach und es war klar, dass außer mir kein anderer junger Mann gemeint sein konnte.

»Schönen guten Morgen«, rief sie freundlich, aber für meinen Geschmack zu laut, und kam kurz vor mir zum Stehen. Es war also egal, ob ich an den Klos oder vor dem schwarzen Brett stand, irgendetwas Weibliches sprach mich immer an.

»Guten Morgen«, erwiderte ich.

»Die junge Frau hier hat heute ihren ersten Schultag und wir suchen das Klassenzimmer. Sie ist gerade erst aus Kanada nach Deutschland gezogen und war noch nie an dieser Schule. Vielleicht kannst du uns weiterhelfen, ich habe die Notizen vergessen.« Für eine Mutter sprach sie ein wenig unpassend, fand ich. Das Mädchen hielt sich schweigsam im Hintergrund, und dafür hatte ich irgendwie Verständnis. »Aber ich habe mir gemerkt, dass die 8b ihre Klasse sein wird. Du weißt bestimmt, wo sie hingehen muss.« Mit großen Augen blickte sie mich an, und ich sah mich kurz nach Max um. Bella tauchte im Hintergrund auf. Dann besann ich mich auf ihre Frage, die zu beantworten mir nicht schwerfiel, schließlich war ich Schüler der 8b.

»Die 8b, ja klar, das kann ich Ihnen sagen, das ist auch meine Klasse.« Die Frau strahlte mich an.

»Siehst du, Samira, so einfach geht das hier. Man spricht einfach einen hübschen, jungen Mann an«, sie zwinkerte mir zu, »und schon weiß man, wo es langgeht.« Samira verfärbte sich ein wenig, aber da sie bräunliche Haut hatte, konnte von Erröten vielleicht keine Rede sein. Dann blickte sie unter sich, und ich suchte weiter nach Max. Bella winkte, es sah fast nach einem Friedensangebot aus. Ich winkte zurück. Es war nun schon zehn vor acht. Bella ging weiter.

»Ob du Samira vielleicht einfach mitnehmen kannst, das wäre wirklich sehr nett.« Ich schaute sie an, als hätte sie mich aus einem kurzzeitigen Schlaf geweckt, und konnte spüren, wie ich ihr zunickte. Samira blickte flüchtig auf, und etwas zart Verlegenes lief durch ihr Gesicht. Sie war nicht nur hübsch, sondern eine ziemliche Schönheit, die nun, bei näherer Betrachtung, so gar keine Ähnlichkeit mit dieser Frau an ihrer Seite hatte.

»Ja, das mache ich, kein Problem«, bekräftigte ich meine Absicht, auf die Bitte einzugehen. Und da sah ich ihn, den Bus, wie er weiterfuhr, ohne dass Max ausgestiegen war. In mir ging ein lautloser, schmerzhafter Schrei in die Knie.

»Na schön«, sagte die Frau und zwang mich wieder Haltung anzunehmen. »Dann haben wir ja wirklich Glück gehabt, dich hier zu treffen. Ich glaube, ihr müsst auch langsam los. Am ersten Schultag darf man auf keinen Fall zu spät kommen, Samira. Ach ja, junger Mann, das ist übrigens Samira«, sie ging einen Schritt zurück, so dass wir uns die Hand reichen konnten. Samira verfärbte sich wieder, das schien ihr leichtzufallen, und ich nahm ihre Hand, deren Druck sie irgendwo verloren haben musste.

»Marius«, gab ich zurück und rutschte meinen Rucksack auf dem Rücken zurecht. Wir lächelten beide ein wenig. Dann wollte ich nur noch los.

»Tschüss«, sagte die Frau zu Samira und drehte sofort ab. Wir hatten nicht mehr viel Zeit.

Im Klassenzimmer ging ich mit Samira auf Frau Wolters zu, die sich voll im Bilde zeigte.

»Ah, du musst Samira sein, nicht wahr?« Samira nickte verfärbt. »Schön, dass du alles gut gefunden hast. Aber du hattest ja auch hilfreiche Begleitung, wie ich sehe.« Frau Wolters schaute mich an, und ich setzte mich auf meinen Platz. Ich hatte gehofft, Max würde noch auftauchen, aber der Platz neben mir blieb frei. Bella lächelte zu mir rüber, und ich versuchte es ihr gleichzutun. Mein Lächeln geriet mir aber zu einer schrägen Kreatur, der es an Leichtigkeit fehlte. Das konnte ich ohne Spiegel spüren. Ich war traurig. Eine vergleichbare Enttäuschung hatte ich in 15 Jahren nicht erlebt. So ist das also, dachte ich kurz. So beschissen fühlt sich das an. So hilflos kann einen ein anderer Mensch machen.

»Guten Morgen, liebe 8b. Ich darf euch heute noch eine neue Mitschülerin vorstellen. Ihr Name ist Samira, sie ist neu auf unserer Schule. Bitte helft ihr, möglichst schnell alles kennenzulernen.« Dann schaute sie auf Samira und ergänzte den anscheinend unverwüstlichen Satz, wenn es darum geht, Menschen zu integrieren. »Ich bin sicher, du wirst dich bei uns sehr wohlfühlen, Samira.« Ich wollte nicht sehen, wie sich Samira wieder verfärbte, und schaute stattdessen in die Gesichter von Bulli, Thorsten und Anton. Ich meinte überall denselben Glanz in ihren Augen zu erkennen. Samira gefiel, so viel stand fest, auf den ersten Metern jungensübergreifend. Die Stimme von Frau Wolters passte nicht so recht zu diesem Szenario, war aber nach einer kurzen Pause wieder zu vernehmen.

»Nun, Samira, dann wollen wir doch mal schauen, wo du dich hinsetzen kannst.« Frau Wolters glitt mit ihrem Blick wie ein Suchscheinwerfer durchs Klassenzimmer und ich begriff bis zum letzten Moment nicht, worauf diese Absucherei unweigerlich hinauslaufen musste. Der Scheinwerfer blieb auf dem leeren Stuhl neben mir stehen und Frau Wolters, die noch sieben Tage vorher die legendären Worte gesprochen hatte, dass Max und Marius gut zusammenpassen würden, befand kurze Zeit später, dass der – zugegeben – in diesem Moment einzig freie Platz ebenso tauglich für Samira war. »Samira«, hörte ich sie sagen, »bitte setze dich doch neben Marius, ihr habt euch ja auch schon kennengelernt.« Ich schaute wieder kurz in die Gesichter der Jungs, in denen plötzlich etwas Feindliches aufflackerte. So schnell hatte man Gegner, die man wirklich nicht verdiente. Meine Gegenwehr tobte auf einem entgegengesetzten Schlachtfeld.

»Da sitzt Max«, sagte ich zu Frau Wolters, und das tat mir Samira gegenüber leid, auch weil es unfreundlicher klang, als es gemeint war. Bulli klatschte sich die Hand an die Stirn. Wahrscheinlich hätte er eine Menge Geld dafür gegeben, einen freien Platz an seiner Seite anbieten zu können, aber da saß Anton. Samira, die sich schon auf den Weg gemacht hatte, blieb ruckartig stehen.

»Max?«, wunderte sich Frau Wolters, und musste sichtlich für eine Weile in ihrem Gehirn nach der Antwort kramen. »Aber natürlich, Max, dein neuer Nachbar. Gut, dass du es sagst, Marius. Ich werde dem Hausmeister sagen, dass wir noch eine zusätzliche Bank brauchen.« Dann drehte sie sich zum Pult, nickte in der Bewegung Samira auffordernd zu, und so saß sie schließlich tatsächlich kurz darauf neben mir. Eine chaotische Gefühlsmischung machte sich in mir breit, eine gefährliche obendrein, das konnte ich spüren. Ich wollte aufspringen, und die Ungerechtigkeit dieses willkürlichen Treibens nach vorne schreien. Und merkte zugleich, dass mir der Schrei, sollte ich mich für einen kurzen Moment nicht unter Kontrolle haben, auch schnell entgleiten, und zu einem Tränenstrom anwachsen konnte. Ein schwer auszumalendes Desaster, das aber über ausreichend Kraft verfügte, um mich nichts von alledem tun zu lassen, was sich kühn ihn mir zusammenbraute. Frau Wolters nahm das Klassenbuch und wendete sich mir erneut fragend zu.

»Weißt du vielleicht, wo Max heute ist«? Ich hätte ihr gerne weitergeholfen, hatte aber nicht den leisesten Schimmer, war außerdem todtraurig und gab ihr deshalb nur eine kurze Antwort. »Nein, keine Ahnung.«

Samira war, so viel Klischee sei mir zugestanden, scheu wie ein Rehkitz. Und ähnliche Instinkte löste sie auch aus. Sicher, sie saß auf einem Platz, wo sie nicht hingehörte, aber sollte ich ihr dies zum Vorwurf machen? Unmöglich. Ich lächelte ihr zu, um ihr etwas Mut zu machen. Sie packte ihre Sachen aus und lächelte zurück, ganz ohne farbliche Veränderung im Gesicht, das war sicher ein erster Fortschritt. So gut es ging, versuchte ich ihr während des folgenden Unterrichts Dinge zu erklären, von denen ich meinte, es könnte schwer für sie sein, sie zu verstehen. Sie hörte mir mit großen Augen zu, die gleichzeitig immer wieder zu Frau Wolters hinüberhüpften, der sie wahrscheinlich nicht unangenehm auffallen wollte. Die Jungs sahen ständig zu uns rüber. Samira gegenüber war ich von Anfang an nicht befangen oder irgendwie gehemmt. Es war ganz anders als mit Max. Ich konnte alles wahrnehmen, was in unserem Klassenzimmer geschah, und so blieb es mir eben auch nicht verborgen, dass wir eine Menge Aufmerksamkeit bekamen. Immer, wenn ich Samira etwas erklärte, bedankte sie sich mit ihrer etwas piepsigen Stimme im Flüsterton, die den Rehkitz-Effekt solide untermauerte. Das steigerte sich bis zum Ende der Doppelstunde in einer gefühlten Endlosschleife, die mir aber Spaß machte. So sehr, dass ich Max gegenüber ein schlechtes Gewissen bekam. Ich konnte und wollte ihn nicht einfach austauschen und fortan meinen Spaß mit Samira haben. Trotzdem hatte ich den irgendwie, ganz ohne Herzklopfen, dafür mit reichlich Sympathie. Bellas Laune schwand im Laufe der Stunde anscheinend wieder, was ich einem Zettel entnehmen konnte, den sie an mich adressiert hatte und unter der Bank durchreichte. Sie traf sofort meinen wunden Punkt, oder war es ihrer? Sie schrieb: Fällt dir ja gar nicht schwer, schon wieder Kontakt mit deiner neuen Nachbarin zu haben. Hübsch, die Kleine!!! Bella

Ich schaute zu ihr und meinte ein grummeliges Gesicht auszumachen. Ich zuckte mit den Schultern. Was wollte sie mir damit sagen? Für eine Antwort war mir das Geschreibsel zu blöd.

Es klingelte zur großen Pause und Samira sagte: »Ich muss mich bei dir bedanken. Du hast mir sehr geholfen. Ich kenne es besser, strafbar vernachlässigt zu werden.« Klar merkte ich, dass an dieser Aussage etwas nicht stimmte, aber es dauerte einen Moment.

»Sträflich«, sagte ich zu ihr und musste wieder lächeln. Sie war wirklich zauberhaft. Ich ahnte zu diesem Zeitpunkt noch nicht, dass mir diese Eigenart von ihr noch oft begegnen sollte. Sie sprach im Prinzip einwandfreies Deutsch, aber hin und wieder verrutschten ihr Worte und Buchstaben. Sie schaute mich erstaunt an.

»Sträflich?«

»Ja, eben nicht strafbar«, antwortete ich. »Sträflich bedeutet eher, dass man etwas eigentlich bestrafen müsste, es aber nicht tut. Auf strafbar steht Strafe.« Ihr Blick verriet mir, dass das noch nicht verständlich für sie sein musste, aber wir hatten keine Zeit für ausführlichere Erörterungen. Alle verließen das Zimmer und ich bot Samira an, dass sie im Flur auf mich warten könnte, ich würde ihr dann den Schulhof zeigen. Zuerst müsste ich aber noch kurz mit Frau Wolters sprechen. Das akzeptierte sie. Frau Wolters war schon auf dem Weg zur Tür, als ich sie ansprach.

»Darf ich Sie nur noch kurz etwas fragen?« Frau Wolters schaute mich verwundert an, reagierte aber offen.

»Natürlich, Marius. Was gibt's?«

»Nun«, begann ich vorsichtig, »ich mache mir Gedanken um Max. Nicht, dass irgendwas wäre, sicher ist er einfach nur mal krank, aber er ist erst so kurz bei uns, und er sollte nicht gleich zu viel verpassen.«

»Da hast du sicher recht«, antwortete Frau Wolters.

»Ja, und deshalb würde ich ihn heute gerne noch besuchen, um ihm zu erklären, was wir alles durchgenommen haben, und um ihm die Aufgaben zu bringen, damit er besser aufholen kann, was er verpasst hat.«

»Das ist sehr lieb von dir, Marius. Da wird er sich bestimmt freuen.«

»Genau, das dachte ich mir auch. Aber so lange kennen wir uns ja noch nicht. Ich habe weder seine Adresse noch seine Telefonnummer.« Ich fühlte mich ziemlich geschickt mit meinem Schachzug.

Frau Wolters überlegte einen Moment. Wahrscheinlich arbeitete es in ihrem Kopf, ob hier eine Dienstpflichtverletzung drohen konnte. Schließlich traf meine Anfrage irgendwie mit dem Datenschutz zusammen und der, so zumindest Mom, sei eine der letzten empfindsamen Freiheitsbastionen des mündigen, deutschen Bürgers, der ansonsten alles unternahm, seine Daten bereitwillig und flächendeckend unter die Menschheit zu streuen. Dann kramte Frau Wolters in ihrer reichlich überdimensionierten Tasche, und zog ein Buch hervor, in dem sie zu blättern begann. Anschließend fischte sie auch noch Zettel und Stift aus den Untiefen der Tasche, notierte etwas und reichte mir den Zettel.

»Hier hast du die Adresse und die Telefonnummer«, sagte sie und lobte mich nochmals für mein soziales Engagement. Sie fügte sogar hinzu, dass sie sich wünschen würde, alle würden so denken wie ich, was mich ein wenig beschämte. Simon hatte drei Jahre neben mir gesessen, und wohnte in der Nachbarschaft, aber ich hatte ihn nie besucht, wenn er einmal gefehlt hatte. Meine Scham hielt sich allerdings in Grenzen. Denn ein anderer Teil von mir wollte einen Freudensprung vollführen. Mit Max' Adresse ergaben sich völlig neue Perspektiven, die mich den trüben Auftakt des Tages vergessen ließen. Ich strahlte Frau Wolters an und bedankte mich für den Zettel, bevor sie eine letzte Ergänzung machte.

»Aber ruf ihn vorher an, das gebietet die Höflichkeit. Vielleicht passt ein Besuch ja nicht.« Das leuchtete mir sogar ein. Ein Blick auf den Zettel verriet mir zudem, dass Max in Bockenheim wohnte, was zumindest nicht ganz um die Ecke war.

Draußen auf dem Flur sah ich Bulli und Anton wie sie bei Samira standen und sich mit ihr unterhielten. Als ich dazukam, hörte ich wie Bulli gerade sagte, dass Persien schon immer sein Lieblingsland gewesen sei, da gäbe es ja auch diese tollen Katzen und die kuscheligen Teppiche. Samira schaute hilfesuchend zu mir, als ich näherkam. Alle zusammen gingen wir auf den Schulhof, wo wir die beiden schnell verloren, weil sie noch an einem Pausenspiel teilnehmen mussten, wie sie sagten. Zehn Minuten Fußball mit der 8a, gegen die sie in der Vorwoche in vier von fünf Pausen verloren hatten. »Aber nur wegen diesem Treter, der schon zweimal 'ne Ehrenrunde gedreht hat«, ergänzte Bulli entschuldigend Samira gegenüber und eilte zum Rest, der schon angefangen hatte, zu kicken. Kaum war er zu ihnen gestoßen, schrie er wie ein Geistesgestörter, dass man ihm gefälligst die Pille geben solle, er würde ihn heute dreimal reinmachen. Sicher dachte er, Samira damit beeindrucken zu können. Wir gingen in die entgegengesetzte Richtung.

Im Gehen drehte ich mich ein wenig zu Samira und nahm das Gespräch wieder auf. Mit ihr fiel mir das Reden wirklich leicht.

»Sag mal, Samira, hast du eigentlich auch einen Spitznamen? Samira klingt irgendwie so edel. Also nicht, dass das nicht passt, aber es ist doof, ständig von dem Gefühl irritiert zu werden, es mit einer Prinzessin zu tun zu haben.« Das schien sie zu überraschen.

»Samira ist halt mein Name, der ist im Iran sehr bekannt.«

»Im Iran, ich dachte, du kommst aus Kanada?«

»Im Iran bin ich geboren, dann sind wir bald nach Kanada gezogen, und jetzt nach Deutschland. Mein Vater arbeitet viel. Ich war immer auf einer deutschen Schule.«

»Wow, ihr kommt ja wirklich rum in der Welt. Und wie lange seid ihr schon in Deutschland?«

»Seit letzter Woche«, sagte sie ganz ruhig und ich staunte nicht schlecht. So gut konnte man also eine Sprache in einer Schule lernen. Für jemanden, der gerade vor ein paar Tagen über den Iran und Kanada nach Deutschland gekommen war, klang es sensationell.

»Na, jedenfalls verstehe ich jetzt, warum Bulli irgendwas von Persien gefaselt hat. Andere Frage. War das heute Morgen deine Mutter?«

»Oh nein«, sagte Samira fast ein wenig erschüttert. »Das war unsere Nanny.«

»Eure Nanny?« Darauf wäre ich nicht gekommen.

»Sagt man das nicht so?«

»Doch, schon. Nanny ist ja Deutsch, oder auch nicht, aber wir verstehen, was damit gemeint ist. Hast du schon immer eine eigene Nanny?«

»Nee, seit zwei Jahren ungefähr. Mein Vater engaged her ... Wie heißt das im Deutsch?«

»*Auf* Deutsch heißt das *einstellen*.«

»Danke. Mein Vater hat sie einstellen, als meine Mutter nicht länger in Kanada leben wollte. Ist das gut in Deutsch? Das klingt nicht gut.«

Ich zog die Augenbrauen hoch und presste die Lippen so freundlich aufeinander, wie es mir möglich war. »Ich verstehe zu hundert Prozent, was du sagen willst. Und dein Deutsch ist fast fehlerfrei.«

»Aber ich sollte es perfekt sprechen können.«

»Mach dir keine Sorgen, Samira, das kommt schon, du bist erst seit wenigen Tagen hier. Und perfekt beherrscht hier keiner die Sprache, egal wo wir alle herkommen.«

»Aber ich spreche schon immer Deutsch. Meine Mutter ist Deutsche, mein Vater kommt aus Persien. Zu Hause wurde Englisch oder Deutsch gesprochen, ganz selbstverständlich. Ich bin zweisprachig aufgewachsen. Außerdem lernt Kim seit zwei Jahren fast jeden Tag mit mir. Ich habe nur manchmal Probleme, wenn die Worte sehr ähnlich klingen.«

»Das wäre mir gar nicht aufgefallen.« Samira strahlte mich an, leichtgläubig war sie also auch. »Ist Kim der Name deiner Nanny?«

»Ja, Kim ist ihr Name und sie ist okay. Sie kommt von Deutschland. Vorher hatte ich andere Nannys. Aylin, Carolin und Susan.«

Ich war beeindruckt und erstaunt. Wozu brauchte man überhaupt auch nur *eine* Nanny? Aber Samira war noch mit einer anderen Frage beschäftigt.

»In Kanada sagten sie alle ›Sami‹ zu mir. Das kannst du auch sagen. Spritzname means nickname, stimmt das?« Dieses Gemisch war wirklich drollig, ich musste mich schon ein wenig anstrengen, ernst zu bleiben.

»Spitzname, bitte unbedingt merken, ohne *r*, das wird sonst ein Lacherfolg, den du nicht beabsichtigst.« Sie nickte konzentriert. »Und Sami? Ja, Sami klingt super, da ist die Prinzessin gleich verschwunden.«

»Verstehe ich nicht so, aber es klingt gut.«

»Sami?«

»Ja?«

»Ich glaube, du bist ein ziemlich heißer Feger. Die Jungs in der Klasse sind jetzt schon nervös.«

»Nervous wegen mir? Das müssen sie nicht. Was bedeutet heißer Faker?«

»Ach vergiss es, Sami. Es gibt wichtigere Vokabeln am Anfang.« Sie lächelte wieder. So süß. Dann war die Pause schon vorbei, und Bulli humpelte uns in Sandalen, mit einem Loch in der Socke, durch das sich sein großer Zeh zeigte, über den Weg.

»Wie liefs?«, rief ich ihm zu.

»Die Sau hat mich umgetreten.« Er machte ein schmerzverzerrtes Gesicht.

»Ich verstehe nicht«, piepste Sami.

»Knapp verloren«, ergänzte Bulli. »Schöne Scheiße.«

»Ist nicht schlimm«, blieb Sami im freundlichen Kontakt. »Wir verlieren alle manchmal. Heute bist du der Loser.« Sicher wollte sie tröstend klingen, aber niederschmetternder hätte ihr Kommentar für Bulli nicht ausfallen können. Ich lachte laut los.

Nach einem langen Schultag kam ich um drei Uhr nach Hause. Das Essen mit Mom verging wie im Flug. Schon wieder ein Schultag, zu dem es viel zu erzählen gab. Und schon wieder ein Schultag, an dem alles anders kam, als gedacht. Dieses achte Schuljahr fing aufregend an, so viel stand fest. Mom meinte, dass sie froh sei, dass ich mir die Sache mit Max nicht so sehr zu Herzen nehmen würde, und ich erklärte ihr, dass von nichts weniger auszugehen wäre. Aber ich hatte seine Adresse und Telefonnummer, und das tat meiner Stimmung tatsächlich gut. Auch Sami hatte dazu beigetragen, aber das wollte ich nicht zu sehr betonen. Es schien mir nicht undenkbar, dass es doch eine Ecke in Mom gab, in der sie sich lieber einen Sohn wünschte, der auf Mädchen abfährt. Was ich für mich zwar unverändert gar nicht sicher ausschließen wollte, aber sollte das wirklich eine Option sein, dann würde Mom das noch schnell genug kapieren. Fürs Erste war mir mehr daran gelegen, sie freundete sich noch etwas intensiver mit dem Gedanken an, einen Sohn vom anderen Ufer zu haben.

»Wo wohnt er denn?«, wollte Mom wissen.

»In Bockenheim«, gab ich ihr zur Antwort. »In der Appelsgasse, hast du davon schon mal gehört?«

»Nein«, war Moms kurze Erwiderung und ich signalisierte ihr, dass es mir nicht anders ging. Aber ich hatte mich noch vor dem Essen schnell an ihren Computer gesetzt, um die Adresse zu recherchieren und dabei festgestellt, dass die Appelsgasse in unmittelbarer Nähe zum Kirchplatz lag. Und dass der mit der U-Bahn gut zu erreichen war, wusste ich.

»Ich kann mit der U6 und der U7 hinfahren«, erklärte ich ihr. »Sind wir fertig?«

»Du weißt genau, dass das Geschirr noch gemacht werden muss.«

Ich seufzte, aber ich wusste es natürlich und war schneller als sonst.

Es folgte die beste Zeit, um sich zu Hause zurückzuziehen, sofern man nicht ohnehin alleine war: Moms Pause. Ich schnappte mir das Telefon, verzog mich damit in mein Zimmer und setzte mich auf mein Bett. Ich musste nur noch die Nummer eingeben, als mich eine üble Unruhe erwischte, mit der ich nicht gerechnet hatte. Die Leichtigkeit des Tages war mit einem Schlag verschwunden. Offenbar stellte Max für mich immer eine Hürde dar, für die er gar nichts konnte. Nur insofern, als dass er selbst die Hürde war, und das auch nur aus meiner Sicht der Dinge. Es wurde mir fast schlecht beim Tippen, aber da hörte ich schon das Freizeichen.

»Wagner«, sagte eine sachliche Frauenstimme, die ich in derselben Sekunde wegdrückte. Ich schaute auf den Hörer in meiner Hand und war mindestens so irritiert über mein Verhalten wie über den Namen, mit dem ich nicht gerechnet hatte. Wieso Wagner? Frau Wolters hatte Max Schmelman auf den Zettel geschrieben. Auf nichts anderes war ich eingestellt. Aber wie bescheuert von mir, die Frauenstimme einfach wegzudrücken. Das Display zeigte mir eindeutig, dass ich mich nicht vertippt hatte, ich konnte aber unmöglich gleich wieder anrufen, das wäre zu auffällig gewesen. Natürlich konnte es tausend Gründe für die unterschiedlichen Namen geben.

So ungewöhnlich war das ja gar nicht. Aber das dämmerte mir alles erst nach und nach, als der Hörer in meiner Hand plötzlich klingelte. Ich nahm an und meldete mich mit Marius Lefner.

»Wagner«, sagte die Frauenstimme wieder, »wir wurden gerade unterbrochen und Sie hatten versucht, uns zu erreichen.« Zumindest hatte ich in der Zwischenzeit ausreichend Kraft beieinander, um das Telefonat nicht gleich wieder beenden zu müssen. Ich konnte mich sogar auf meine Primärtugenden des normalen Anstandes besinnen.

»Oh, Frau Wagner, wie nett, dass Sie zurückrufen. Ich weiß auch nicht, was da gerade passiert ist. Ich wollte Max sprechen.«

»Max? Der ist heute leider krank und liegt im Bett, aber ich kann schauen, ob er telefonieren will.« Das fand ich toll, trotzdem wollte ich protestieren, hörte aber schnell ein Klopfen in der Ferne durchs Telefon, dann Geräusche aus Stille und Stimmen, zuletzt ein Knarren in der Leitung, schließlich drohte mir kurz der Herzstillstand. Aus kardiologischer Perspektive lebte ich seit einigen Tagen riskant.

»Marius?«, es war seine Stimme. »Das glaube ich ja jetzt nicht. Wie bist du denn an diese Nummer gekommen, man? Hey, irre, ich glaube mein Gesundheitszustand verbessert sich gerade drastisch.« Er kicherte und ich konnte wieder atmen. War das etwa ein dickes Kompliment oder zumindest irgendwas in dieser Richtung gewesen? Die Zeit anhalten, das Glück nicht mehr entweichen lassen, nie mehr. Er freute sich!

»Frau Wolters hat mir die Nummer gegeben. Ich hatte mir überlegt, dass es doof ist, wenn du gleich so früh was verpasst, auch wenn du das ja alles schon zum zweiten Mal hörst. Und deshalb dachte ich, es könnte gut sein, dich zu besuchen, aber einfach so vor der Tür stehen, wollte ich auch nicht.« Stille.

»Puh, das muss ich erst mal verdauen. Ich glaube, auf so eine Idee ist noch nie jemand gekommen.« Wieder Stille. »Marius?«

»Hmh?«

»Ich würde mich freuen, wenn du kommst, aber...«

»Aber?«

»Ach, nichts aber. Ich würde mich freuen, Punkt.«

»Na, dann kann ich mich ja einfach in die U-Bahn setzen und bin in 30 Minuten da, passt das?«

»Geschminkt hab ich mich schnell«, er lachte, »aber gib mir noch ein paar Minuten mehr Zeit, sagen wir um sechs?«

»Alles gut«, gab ich wahrheitsgemäß zurück und blickte auf die Uhr, die halb fünf anzeigte. Ich konnte ja bei ihm um die Blöcke laufen. Jedenfalls war ich unendlich glücklicher, als ich es durchs Telefon zeigte. Zum Glück gab es diesen Abstand noch, ansonsten hätte ich mich bestimmt volle Granate verraten. Ich musste an Mom denken, und daran, dass Max sowieso alles merken würde. Am Telefon, so dachte ich, müsste das zumindest sehr viel schwerer sein. Da hörte ich wieder seine Stimme.

»Soll ich dir erklären, wie du zu mir kommst?«

»Danke, nicht nötig. Hab mir alles schon angeschaut. Die Appelsgasse ist ja nicht aus der Welt.«

»Mega. Also dann, bis gleich. Tschö mit Ö.«

»Bis gleich«. Becker-Faust. Die machte sonst mein Vater, wenn ihm was gut gelungen war.

Ich ging in mein Bad und schaute in den Spiegel, etwas Gel in den Haaren fehlte noch. Ich roch an meinem T-Shirt und beschloss, ein frisches anzuziehen, dann putzte ich mir die Zähne, was ich um diese Tageszeit sonst nie machte. Ich hatte verschiedene Düfte zur Auswahl, aber mit keinem davon wollte ich Verdacht erwecken. Ich öffnete meine Hose und ließ sie auf die Knöchel rutschen, um mir anzuschauen, wie ich mit der roten *aussieBum* aussah. Was ich sah, gefiel mir gut. Dann zog ich auch die *aussieBum* runter, nahm meinen Pimmel zwischen die Finger und zog die Vorhaut ein paar Mal vor und zurück. Ich roch an meinen Fingern und befand auch den Geruch für gut, zumindest für akzeptabel. Ich mochte diese etwas eigentümliche Geruchsmischung, war mir aber unsicher, ob dies objektiven Bewertungskriterien standhalten würde. Deshalb ging ich direkt ans Waschbecken, stellte mich auf die Zehenspitzen, hängte mich zwischen den Beinen über den Rand, stellte das Wasser an und wusch mich mit etwas Handseife, so dass es auch in ein paar Stunden im kritischen Bereich noch super nach Honig-Mandeln riechen konnte. Dann trocknete ich alles ab und zog mich wieder an. Ich fühlte mich gut gewappnet. Aber wofür eigentlich? Schließlich ging es darum, einen Krankenbesuch zu machen und Schulstoff zu überbringen. Ich guckte noch einmal in den Spiegel und sagte ›Depp‹ zu mir. Aber nicht, ohne darüber zu schmunzeln.

Mom lag auf dem Sofa und döste vor sich hin. Ich schlich im offenen Flur an ihr vorbei und zog meine Converse an. Ich hatte vier Paare zur Auswahl, und entschied mich für die weißen Chuck Taylor. Einfach der dünne rote und blaue Streifen. Super dezent und nach meinem Dafürhalten auch total sexy. Ich steckte meine Geldbörse ein und ließ die Wohnungstür leise ins Schloss fallen. Im zweiten Stock fiel mir auf der Treppe ein, dass ich vergessen hatte, mein Shirt zu wechseln. Ich schnüffelte nochmal an mir, besonders unter den Achseln, und fand, dass es doch nicht so schlimm war. Dann rannte ich die restlichen Stufen runter und aus dem Haus. Am Zoo nahm ich die U-Bahn nach Bockenheim und stieg, wie nicht anders zu erwarten, viel zu früh am Kirchplatz aus. Ich hatte noch 50 Minuten Zeit und beschloss, noch etwas in der Gegend herumzulaufen. Bockenheim kannte ich wenig.

Die Ecke war nicht schlecht, aber auch nicht luxussaniert. Es sah aus, wie es oft in Frankfurt aussieht, ein wenig nach Kraut und Rüben, aber nicht ungemütlich. Viele Häuser hatten noch farblich abgesetzte Fenster mit Läden, das mochte ich gerne. Die Sockel der Häuser waren oft vollgekritzelt mit Graffiti, wobei das nur hässliches Gekrakel war. Ich hatte mich schon oft gefragt, wie das dahin kam. Es muss flächendeckend über die ganze Stadt verteilt Leute geben, die sich so an Häusern und sonstigen Flächen verewigen, denn das hässliche Gekrakel gab es überall. Was wohl auch eine Form von Ewigkeit darstellt, aber auf die hätte ich gerne verzichten können. Ich hatte noch nie jemanden darüber reden hören, auf der Schule brüstete sich keiner damit und gesehen hatte ich erst recht noch niemanden, der sich mit Sprühdosen ans Werk gemacht hätte. Gegen Hässlichkeit war ja prinzipiell nichts einzuwenden, sie war nicht immer zu verhindern, und für manche Menschen bestimmt eine ordentliche Bürde, aber bewusst herbeigeführt fand ich sie echt ärgerlich. Es war, als würde eine anonyme Masse Mensch zu mir sagen: Seh her, schöner sollst du es nicht haben. Ich nahm das persönlich.

Ansonsten gab es da alle möglichen Läden, wie sie halt immer zusammenkommen, wenn ausreichend Leute drumherum leben. In den seitlicheren Lagen wirkten die Angebote etwas unseriöser (Bargeld sofort!), oder die Läden waren verstaubt und oll. Friseurläden, in die unter 70 sicher niemand ging, oder Pinten, denen man den Qualm im Inneren von außen schon ansah. Wer dort über dem Tresen hing, wollte nur von Seinesgleichen gesehen werden, stellte ich mir vor. Dann ein Italiener, was keine Überraschung war, denn in Frankfurt gibt es geschätzt einen auf 50 Metern. Schwer hören ist hier auch im Trend, irgendwas mit Akustik findet sich deshalb immer in der Nähe. Dazu natürlich eine Reinigung, ein türkischer Obst- und Gemüseladen (mit Abstand das schönste Geschäft der Straße mit dutzenden bunten Kisten *vor* dem Geschäft), eine Galerie, verschiedene asiatische Imbisse, ein Reifenservice, eine Shisha-Lounge und so weiter und so fort. Überraschend war das alles nicht, aber ein wenig Atmosphäre ergab sich schon. Erstaunt war ich über einen Hülya-Platz, das klang eindeutig türkisch und insofern zumindest ungewöhnlich. Ich war noch immer in freudiger Anspannung auf das nahende Treffen mit Max und genoss es, ziellos durch die Gegend zu streifen und aufzunehmen, was mir begegnete. Auf dem Hülya-Platz gab es eine Skulptur, die aussah wie der *Hammering Man*, die riesige Skulptur an der Messe. Die Skulptur hier war allerdings deutlich kleiner, dafür schlug sie mit ihrem Hammer auf ein verbogenes Hakenkreuz. Wenn man an einer Kurbel drehte, wurde die Schlagbewegung simuliert. Man musste nicht einmal durch die Programme zappen, um an den Nationalsozialismus erinnert zu werden, es reichte, durch Bockenheim zu laufen. Eigentlich war es ganz egal, wo man in der Stadt spazieren geht. Wegen der Stolpersteine, die sich überall finden lassen. Unter dem Straßenschild gab es eine Erklärung. Dabei ging es um einen 1993 verübten Brandanschlag auf ein Solinger Wohnhaus. Fünf Menschen kamen damals ums Leben, alles Angehörige einer türkischen Familie Genc, darunter die neunjährige Hülya. Ich bekam sofort feuchte Augen und dachte an George, die in mir irgendwie als meine kleine Schwester existiert, wie eine Hülya halt, auch wenn der Vergleich natürlich hinkte. Ich beschloss, irgendwann wiederzukommen, um ihr Blumen und eine Kerze zu bringen. Auch an diesem Platz kamen mir wieder Worte von Mom in den Sinn. Ihr Zweifel, ob sie den Menschen trauen kann, mit denen sie in dieser Stadt zusammenlebt. Ihr Gedanke, dass jeder Nachbar unter anderen Bedingungen zu einem Monster werden könnte. Und mein Gefühl dazu. Ich spürte dieses Misstrauen nicht in mir. Aber am Hülya-Platz fragte ich mich, wie es wohl Hülya oder den anderen ergangen war. Hatten sie sich sicher gefühlt in ihrer Stadt, an dem Ort, an dem sie lebten? Hätten sie es sich vorstellen können, dass Menschen ihr Haus in Brand setzen würden, mit der Absicht, sie zu töten? Weil sie als Angehörige einer anderen Kultur unerwünscht waren, und deshalb zum Tod verurteilt wurden. Konnte sich das überhaupt jemand vorstellen? Und war das die letzte Konsequenz im Kampf um eine Ordnung, der man sich nicht mehr zugehörig fühlte, die man aber als die eigene begriff? Auf all das wusste ich keine Antwort, aber etwas von Moms Zweifel dockte über diese Fragen an diesem Platz auch in meinem Bewusstsein an. Obwohl alles in mir in eine andere Richtung strebte, hin zu etwas ziemlich Zerbrechlichem. Dann war es an der Zeit und ich ging in Richtung Appelsgasse.

Kurz vor dem Abzweig zur Gasse entdeckte ich noch eine Eisdiele, für die ich mir die Zeit, die nicht mehr reichte, trotzdem nahm. So schlecht würde es nicht aussehen, wenn ich nicht Punkt sechs auf der Matte stand. Etwas zur Schau gestellte Gelassenheit konnte nicht schaden. Ich kaufte zweimal drei Kugeln mit Sahne im Becher, um nicht zu riskieren, dass mir unterwegs noch irgendein klassisches Eis-Malheur unterlief. Mit klebrigen Händen und unvorteilhaften Flecken. Dann schnellte mein Puls in die Höhe. Wenn Bockenheim in der Gestalt, in der ich den Ort an diesem Montag gesehen hatte, nicht hochgradig spektakulär war, aber doch etwas multikulturellen Charme versprühte, dann war es in der Appelsgasse nur noch ruhig und wenig atmosphärisch. Dort gab es nichts außer einem etwas missglückten Spielplatz und eben Häusern auf beiden Seiten. Die Appelsgasse war nicht von besonderer Gemütlichkeit, das Gegenteil wäre aber auch nicht zutreffend gewesen. Sie hatte schönes Kopfsteinpflaster, und war ansonsten einfach stinknormal und deutsch und in Ordnung. Wegen Max war sie überdies eine Prachtmeile. Die Wahrheit lag wie immer im Auge des Betrachters. Auch der Broadway war einmal ein Indianerpfad.

Das mehrstöckige Wohnhaus, was zu Max gehörte, war sogar ganz hübsch. Das Klingelbrett ließ mich allerdings kurz stutzen, denn der Name *Schmelman* war darauf nicht zu finden. Dafür *Wagner*, und der war mir ja durch die Frauenstimme am Telefon bekannt. Trotzdem war mir der Gedanke, eventuell an der falschen Wohnung zu klingeln, höchst unangenehm. Wie würde ich denn dastehen? Mit zwei Bechern Eis in der Hand und mich nach einem Max in rasender Aufregung erkundigend, den es hinter dieser Tür vielleicht gar nicht gab. Dazu sah ich einen ungepflegten älteren Mann im Unterhemd, mit schwarzen Rändern unter den Fingernägeln und mit einem betagten, wahrscheinlich übel riechenden Hund an seiner Seite in der Tür stehen und hörte ihn mit gelben Zähnen zu mir nuscheln, dass es hier keinen Max gäbe, ich aber gern reinkommen dürfe. Was man sich in wenigen Sekunden so alles zurecht fantasieren konnte. Woher kam dieser merkwürdige Schrecken so plötzlich? Waren das die ersten Spuren des Hülya-Platzes über meiner liebeskranken Seele? Ich blickte auf die Postwurfschlitze in der Fassade, und das brachte mich wieder zurück in die reale Welt. Da standen beide Namen einträchtig nebeneinander. *Wagner/Schmelman*, genau so, und das war extrem beruhigend. Ich balancierte beide Becher auf meinem linken Handteller und drückte mit der freien Hand die Klingel. Es wurde geöffnet und ich sah im ersten Stock eine Frau in der Tür stehen, die mich sachlich musterte.

»Du musst Marius sein«, sagte sie zu mir, gab mir die Hand und bat mich in die Wohnung. Sie schloss die Tür hinter mir, und ich blickte kurz durch den aufgeräumten Flur.

»Du kannst einfach durchgehen, hinten rechts ist das Krankenlager.« Sie verzog keine Miene, was nicht unbedingt unfreundlich war, aber auch keine großartige Wärme ausstrahlte. Ich bedankte mich bei ihr, lief den fremden Flur entlang und klopfte. Das Eis begann matschig zu werden, aber so schmeckte es ja am besten.

»Herein, wenn's ein Marius ist«, hörte ich Max' Stimme. Im selben Moment öffnete er die Tür von innen und mich traf der Schlag. Er stand nur in Unterhosen vor mir, und sollte er beabsichtigt haben, alle Leichtigkeit in mir auszuknipsen, dann war es ihm in diesem Moment zu mehr als hundert Prozent gelungen. Meine Schockstarre war wohl so auffällig, dass sie ihm nicht verborgen blieb.

»Komm einfach rein«, sagte er, »das wäre schon mal ein guter Anfang.« Ich begab mich ein paar Schritte in sein Zimmer, schaute mich irritiert um, stellte die beiden Eisbecher auf seinen Schreibtisch und hörte, wie er hinter mir die Tür schloss, bevor ich es wagte, mich langsam zu ihm umzudrehen. Ihm fiel die Situation leichter als mir, das war zu spüren. Allerdings versuchte ich, wenigstens die Stärke zu demonstrieren, die mir fehlte. Ich blickte ihn fragend an und flüchtete mich in eine überlegene Mimik.

»Hey, Marius, super, dass du wirklich gekommen bist. Ich freue mich riesig.« Er kam einen Schritt auf mich zu, so dass wir uns direkt gegenüberstanden. Dann fasste er mich ohne Vorsicht an den Schultern. Ich glaubte nicht, dass das noch irgendwas mit der Wirklichkeit zu tun haben konnte. Es musste ein Erwachen geben. So schön konnte das Leben nicht sein. Schon gar nicht von einer auf die andere Sekunde. Trotzdem fühlte es sich ungemein echt an, als auch ich ihn berührte, und seine nackten Hüften unter meinen steifen, völlig verunsicherten Händen spürte. Seinen Blick in dieser Position länger als einen Sekundenbruchteil zu erwidern, schaffte ich nicht. Dazu hätte meine Stärke aufrecht sein müssen.

»Sorry, wenn ich mich nicht so fein gemacht habe«, plauderte er munter weiter, als wir uns wieder losgelassen hatten, »aber zur Dusche hat es noch gereicht. Es ist nur so irrsinnig heiß, den ganzen Tag schon, dass mir jedes Kleidungsstück eigentlich zu viel ist. Zudem ist meine Temperatur etwas erhöht, es ist einfach unerträglich.«

»Ist schon in Ordnung«, gab ich kleinlaut zurück, aber immerhin fand ich meine Stimme wieder. Er bot mir einen Stuhl an, setzte sich auf sein Bett und legte ein dünnes Laken über sich. Sollte es Menschen geben, denen der Zustand der Krankheit etwas von ihrer Attraktivität nahm, dann gehörte Max ganz sicher nicht dazu. Auch wenn ich in diesem Moment nur eingeschränkt zurechnungsfähig war, wovon ich sicherlich eine Ahnung hatte, so war ich doch dermaßen angezogen von jeder Faser seiner Erscheinung, dass ich es tatsächlich auch selbst nicht mehr länger ausschließen konnte, dass das jedermann, der Zeuge dieses Spektakels gewesen wäre, auch unschwer bemerkt hätte. Allerdings saß mir der einzige Zeuge gegenüber und strahlte.

»Na, erzähl doch mal, Marius, wie war's heute in der Schule? Gib's zu, du hast mich vermisst?« Ganz gerecht fand ich das Selbstbewusstsein zwischen uns beiden nicht aufgeteilt. Aber ich beschloss, wieder auf die Beine zu kommen, wenn auch im Sitzen.

»Um ehrlich zu sein, war es gar nicht so schlecht heute. Wir haben Zuwachs bekommen, Sami. Sie sitzt auf deinem Platz.«

»Was?« Max' Strahlen entwich mit einem Schlag. »Was soll das denn heißen?«

»Keine Ahnung, es war der einzig freie Platz und Frau Wolters hat sie dahin gesetzt. Sie ist wirklich nett, Sami, meine ich. Aber ich habe Frau Wolters gesagt, dass das dein Platz wäre und sie will eine weitere Bank organisieren.«

Ob das eine Änderung bei Max bewirkte, konnte ich seinem Gesicht nicht ansehen. »Ich hoffe, da wird dann diese, wie heißt sie ... Sami? ... hingesetzt. Wenn ich wieder gesund bin, werde ich meinen Platz jedenfalls nicht hergeben.«

»Dann sind wir uns da einig«, es brachte mich wieder etwas zu Kräften, dass ihm die Leichtigkeit abhandengekommen war. »Was hast du eigentlich, kannst du bald wiederkommen?«

»Keine Ahnung, gestern Abend hatte ich plötzlich Fieber. Helga hat mir schon allerhand Medis gegeben und lässt mich den ganzen Tag Wasser trinken. Vielleicht geht es bald wieder besser, morgen aber sicher noch nicht.« Ich nutzte jede Gelegenheit, um mit gierigen Augen und verstohlenen Blicken seinen Körper zu scannen und aufzusaugen, was sich mir darbot. Mein Gott. Er war einfach der schönste Junge, den ich mir vorstellen wollte. Und dieser saß nur in Unterhosen und mit einem dünnen Laken vor mir. In mir lief ständig etwas über, dessen Konsistenz ich nicht begriff. Es erschien mir so zäh wie flüssig. Oder war es gasförmig?

»Ist Helga Frau Wagner?«

»Ach ja«, Max fand wieder ein leichtes Schmunzeln, »das weißt du ja noch gar nicht. Ja, so ist es, Helga ist Frau Wagner.«

»Seltsam, ich würde meine Mutter nie mit Vornamen ansprechen.«

»Das würde ich vielleicht auch nicht, obwohl ich das nicht gut beurteilen kann. Helga ist meine Pflegemutter, an meine richtige Mutter kann ich mich nicht erinnern.«

»Der Tag wird immer ungewöhnlicher. Sami habe ich schon mit ihrer Nanny kennengelernt, und dich jetzt mit deiner Pflegemutter. Scheint wohl nicht so normal zu sein, wie ich zu Hause mit meinen beiden Eltern im Original aufwachse.« Eine Aussage, die Max offenbar gefiel. Nicht wegen deren Inhalt, sondern wegen der Formulierung. Jedenfalls bekam ich ein Kompliment.

»Du sprichst anders als die anderen, weißt du das, Marius?« Ich schaute ihn fragend an. »Eindeutig. Das macht Spaß. ›Eltern im Original‹ zum Beispiel. Das hat Humor. Es ist schön, sich so mit dir zu unterhalten. Es ist schön, wenn du da bist.« Falls ich es vergessen hatte, dann wurde ich mit dieser Aussage wieder daran erinnert. Auch ich konnte mich verfärben, und als ordentlicher Mitteleuropäer trieb es mir damit unweigerlich die Röte ins Gesicht.

»Und du bist viel mutiger als ich«, erwiderte ich. »Davon hätte ich gerne eine Portion mehr.« Ich war froh, trotz der Röte eine vernünftige Antwort zustande zu bringen. Das schob die ohnehin nicht mehr abzuwendende Scham zurück in ihr Loch, und löste die hitzige Verfärbung wieder auf. Beruhigend.

»Und rot kannst du auch noch werden. Soll ich dir mal was sagen, Marius?«

»Ich bin mir nicht sicher.«

»Dieses Mal schert es mich aber nicht, ob du es hören willst.«

»Was mich nicht sicherer macht.«

»Du bist, na ja, lass es mich vielleicht so sagen … Du bist total süß.« Und rums, da war sie wieder. Die Rote-Armee-Fraktion zog in Truppenstärke durch meine Innereien und bekannte Farbe. »Und du kannst ruhig etwas mutiger sein, es wird dir nichts passieren, versprochen.«

»Danke«, sagte ich nur, immer noch reichlich verlegen. Mutig fühlte ich mich wegen seiner Aussage nicht gleich, aber sie durfte arbeiten. Ich begab mich wieder auf weniger gefährliches Terrain.

»Wieso hast du denn eine Pflegemutter?«

»Helga? Oh, die habe ich schon über zehn Jahre, und ich komme ganz gut mit ihr aus. Mit meinem Pflegevater übrigens auch, der kommt bald nach Hause. Wundere dich nicht, wenn er reinkommt. Er ist sehr neugierig. Aus Prinzip und erst recht, wenn es um seine vier Kinder geht. Ich zähle dazu. Hier gibt es noch drei andere, die sind aber alle original. Also ich bin hier der einzige Pflegefall.« Das klang in meinen Ohren nicht so gut.

»Das erklärt mir aber immer noch nicht, warum du Pflegeeltern hast.«

»Mir auch nicht, aber meine richtigen Eltern tragen wenig zur Aufklärung bei. Um genauer zu sein, meinen Vater kenne ich nicht, ich weiß auch nicht, wer es ist. Meine Mutter wusste es auch nicht, es kamen wohl zu viele in Frage, und von denen kannte sie oftmals noch nicht mal die Namen. Sie konnten jedenfalls meinen Vater nicht feststellen, und freiwillig hat sich nie einer gemeldet. Ich bin alleine bei ihr groß geworden, aber mit drei Jahren hat das Jugendamt entschieden, dass meine Mutter keine sichere Person mehr für mich darstellt. Ich muss des Öfteren alleine in der Wohnung gewesen sein und gebrüllt haben wie am Spieß. Meine Mutter zog in dieser Zeit durch die Szene. Laut Aussage des Jugendamtes war sie sehr damit einverstanden, dass man mich anderswo unterbrachte. Ich glaube, ich habe eine Mutter, die mit mir als Kind überhaupt nichts anfangen konnte, aber erinnern kann ich mich nicht mehr an sie. Vor vielen Jahren gab es verschiedene Besuchstermine, aber sie kam nie. Irgendwann beschloss Helga, dass es damit genug sei. Heute ist mir das auch ganz recht so. Ich vermisse sie nicht. Und es interessiert mich auch nicht, was mit ihr ist.«

»Klingt hart«, streute ich ein.

»Findest du? Ich bin ganz ruhig, wenn ich das sage.« Er verzog die Mundwinkel nach unten. »Meine Eltern sind mir schnuppe, ich fühle da nichts. Was soll ich tun? Sie interessierten sich nicht für mich. Da ist einfach nichts gewachsen. Brachland, würde ich mal sagen.«

»Wie kann man sich für dich nicht interessieren?« Etwas Besseres fiel mir dazu auf die Schnelle nicht ein. Er biss sich auf die Zähne und stand auf. Das Laken blieb auf seinem Bett liegen. Wäre er zu mir gekommen, hätte ich lautlos *Hilfe* geschrien. Er war eindeutig besser gebaut als ich. Ich wollte ihm dieses letzte Stück Stoff am liebsten wegschauen, mit meinen Blicken in einem Säurebad auflösen. Mein Begehren wuchs ständig an, auch im wahrsten Sinne des Wortes. Mein Pimmel verbog sich unter der Hose zu einer krummen Stange. Ich schaute ihm nach, wie er zum Schreibtisch ging und auf die beiden Becher blickte, die ich ganz vergessen hatte.

»Was hattest du eigentlich mit denen vor?«

»Na, was wohl«, fragte ich zurück. »Ich dachte, wir essen ein Eis zusammen.«

»Das dürfte jetzt nicht mehr so ganz klappen«, erklärte er grinsend. Wir blickten beide in einen Becher, den er mir vor die Nase hielt, mit einer marmorierten Flüssigkeit unter einer fetten Sahnespur und mussten zeitgleich lachen. Im gleichen Moment erschien ein Mann klopfend in der Tür, der sich sofort mit uns amüsierte, auch wenn er nicht wusste, worum es ging.

»Hi Champ«, sagte er zu Max, strich ihm kurz über den Kopf und hielt mir die Hand hin. »Und du musst Marius sein«, was seine Frau ja auch bereits festgestellt hatte. Ich nickte.

»Was gibt's denn so zu lachen?«, wollte er als nächstes wissen. Er wirkte gut gelaunt und überaus freundlich. Hierin unterschied er sich auffallend von seiner Frau. Max ergriff das Wort.

»Wir haben nur gerade festgestellt, dass wir das Eis, das Marius mitgebracht hat, völlig vergessen haben. Und als wir uns gerade das Ergebnis angeschaut haben, mussten wir ziemlich lachen, dann kamst du rein.

»Oh, ich hoffe, ich habe die beiden jungen Männer nicht gestört. Wenn ihr schon euer Eis vergessen könnt, dann ... Aber Max, bist du nicht krank? Da solltest du eigentlich nicht halbnackt hier durchs Zimmer springen, sondern im Bett liegen.«

»War ja klar, dass so etwas kommen musste. Aber es geht mir schon deutlich besser, Paps. Besuch tut gut.« Max ging wieder in sein Bett zurück, schob das Laken aber mit den Füßen zur Seite. Er goss sich ein Glas Wasser ein und trank es in einem Zug leer.

»So ist's recht, mein Junge«, sagte der Pflegevater und machte Anstalten, wieder zu gehen. »Na gut, dann lass ich euch mal wieder in Ruhe. Meldet euch, wenn was fehlt. Der Butler hat Feierabend und steht zu Diensten.« Er ging zur Tür, drehte sich aber nochmals um. »Wo wohnst du eigentlich, Marius?«

»Im Ostend.«

»Im Ostend? Das ist ja eine ganze Ecke entfernt. Ich fahre dich gerne nach Hause.«

»Nicht nötig, aber vielen Dank, Herr Wagner. Ich bin mit der U-Bahn da, das geht ganz einfach.«

»In Ordnung, aber nicht, dass mir deine Eltern noch Vorwürfe machen.«

»Nein, bestimmt nicht. Die sind im Bilde, also meine Mom zumindest, da sorgt sich keiner. Aber vielen Dank.« Er war eindeutig ein richtig netter Vater, trotzdem war ich erleichtert, als er das Zimmer wieder verlassen hatte. Ich wusste ja nicht, wie viel Zeit mir noch mit Max blieb.

»So,« sagte Max. »Das hätten wir auch geschafft. Jetzt kennst du schon mal die ältere Generation.«

»Ist wirklich nett dein Vater. Ist es richtig, wenn ich das so sage?«

»Was meinst du... dass er mein Vater ist?«

»Ja.«

»Klar doch, so empfinde ich das. Erwin ist mein Vater. Während Helga meine Pflegemutter ist. Die Tatsache, dass ich für 'ne Weile eine leibliche Mutter hatte, scheint doch einen kleinen Unterschied zu machen.« Er fuhr sich mit der Hand kurz achtlos unter die Hose. Wollte er mich in den Wahnsinn treiben? Ich zuckte mit dem Kopf zur Seite. Er sollte nicht merken, dass ich gerade dieses letzte Stück verhüllenden Stoffes verwünschte wie eine feindliche Besatzungsmacht. Oder wäre es mutig gewesen, das zu zeigen?

»Du hast mir übrigens meine Eingangsfrage noch nicht beantwortet.« Er musste ein Elefantengedächtnis für unbeantwortete Fragen haben.

»Welche Eingangsfrage?«

»Ob du mich vermisst hast.«

»Das willst du nicht wissen.« Ich glaubte mich auf vertrautes Terrain flüchten zu können.

»Marius!«, er klang entsetzt, auch wenn er etwas Gespieltes in seine Betonung legte. »Die Nummer können wir doch mal sein lassen. Auch wenn sie Charme hat. Einverstanden? Trotzdem müsste doch mittlerweile klar geworden sein, dass ich alles wissen will, was mit dir und uns zu tun hat. Also komm, du Schisser. Üb dich mal ein wenig, nur Mut.«

Ach du Scheiße. »Wie viel willst du wissen?«

»Alles.«

»Das ist zu viel, ich bin Anfänger.«

»Du hast mich gefragt.«

»Man, du bist echt hartnäckig. Klar hab ich dich vermisst. Sehr sogar, wenn du es unbedingt wissen willst.« Und dann kamen meine Worte in einen Fluss, der mich mit starker Unterströmung wegzog. Max setzte sich auf die Bettkante und ich blickte auf seine Füße. »Ich war am Wochenende schon froh, wenn ich mal einen Moment nicht an dich dachte. Ich war froh, wenn ich einschlafen konnte. Ich stellte mir vor, was du machst, und ob du an mich denkst. Heute war ich um halb acht Uhr in der Schule, weil ich es anders nicht mehr aushielt. Und als du nicht aus dem Bus ausgestiegen bist, war ich verzweifelt. Reicht dir das fürs Erste?« Ich blickte immer noch auf seine Füße, da hob er den rechten Fuß leicht mit dem Ballen auf dem Boden an und nickte mir mehrfach fußtechnisch zu. Ich traute mich nicht, aufzublicken.

»Das war mutig, Marius.« Alles schmolz in mir zusammen. Dann stand er auf, kam auf mich zu, setzte sich vor mir in die Hocke, hob mit einer Hand mein Kinn an, und blickte mir in die Augen. Ich begann zu zittern und hoffte, dass er es nicht merkte. Dann beugte er sich langsam noch näher zu mir. Irgendwie war klar, was nur kommen konnte. Seine Lippen waren das Zarteste, was je mit meinen Lippen in Berührung gekommen war, aber wenn einer in meinem Alter von *je* spricht, dann spricht er von einer Ewigkeit, die gerade erst beginnt. Ich öffnete den Mund, und wir tasteten uns vorsichtig näher. Ein Teil von mir wollte gierig alles an sich reißen, was ich zu spüren bekam. Der andere Teil wollte das Gleiche. Dann ging er mit dem Kopf behutsam zurück, um mich wieder anzuschauen. Ich hielt seinen Blick aus.

»Was habt ihr heute eigentlich in der Schule gemacht?« Es war eine Erlösung. Das Lachen nun hysterisch. Ich dachte kurz daran, dass sein Vater vielleicht wieder plötzlich in der Tür stehen konnte. Es war mir egal. Der schönste Traum hätte nicht mithalten können. *Bitte weiter so, lebenslänglich.*

Wieder zu Hause muss meine Ausstrahlung eindeutig ausgefallen sein. Ich gab mir auch keine Mühe, etwas zu verbergen. Mom und mein Vater saßen am Tisch und schauten mich erwartungsvoll an, als ich ins Wohnzimmer kam. Gayle nahm keine größere Notiz von mir und pofte in seinem Sessel vor sich hin. Mom war schnell alles klar. Sie stand auf, nahm mich in den Arm, und drückte mir einen Kuss in die Haare.

»Wenn ich es richtig sehe, dann hat mein Sohn eine schöne Verabredung gehabt.« Sie lächelte mir zu und ich bestätigte ihren Eindruck.

»Du siehst es richtig.«

Was meinen Vater allerdings etwas irritiert zwischen uns beiden hin und her blicken ließ. Ein Moment, der ihm nicht ganz unbekannt war, der ihm aber auch nie so recht gefiel. Er forderte dann immer Aufklärung.

»Kann es sein, dass ich in der letzten Zeit mal wieder etwas Entscheidendes verpasst habe?«, meldete er sich fragend zu Wort.

Wir nickten beide.

»Und wäre es möglich, dass man mir über mein Informationsdefizit hinweghelfen könnte?«

Mom schaute mich fragend an, ich nickte ihr zu. Wir setzten uns zu meinem Vater an den Tisch. Mom genoss die Situation sichtlich.

»Wonach sieht es denn aus?«, fragte sie meinen Vater.

»Ach herrje, jetzt muss ich auch noch raten, aber wenn du mich so fragst, ziemlich eindeutig.«

Wir schauten ihn erstaunt an. Für meinen Vater war sonst wenig eindeutig.

»Ich bin doch nicht bescheuert, auch wenn ihr das sicher manchmal annehmt. Ich würde sagen, mein Sohn ist verknallt.«

Ich schaute zu Mom und machte einen anerkennenden Gesichtsausdruck. Die nächste Frage war nur konsequent.

»Habe ich die Dame schon kennengelernt oder wird das noch eine Überraschung?« Jetzt war es wohl an mir, etwas zu sagen.

»Nein, du hast sie noch nicht kennengelernt, Mom übrigens auch noch nicht. Aber das könnte sich bald ändern. Sie heißt Max.«

»Max?«

»Max.« Mein Vater wirkte erwartungsgemäß ein wenig überrascht.

»Wie Max? Ist das eine Abkürzung, oder meinst du Max wie Maximilian?«

»Max wie Maximilian.«

»Du bist in einen Jungen verknallt?«

»Ich bin nicht verknallt, ich liebe ihn.«

»…«

So baff hatte ich meinen Vater noch nicht erlebt.

»Ach so.«

»Ach so?«

»Ach so halt. Ein paar Sekunden der Verarbeitung musst du mir schon geben.«

»Klar doch, niemand hetzt dich.«

»Heißt das, mein Sohn ist …?«

»Schwul?«

»Hmh.«

»Kann gut sein, Papa. Im Moment ganz sicher. Ansonsten fehlt es mir noch etwas an Erfahrung, um deine Frage abschließend beantworten zu können. Ich bin fünfzehn, da geht ja vieles durcheinander, wie ihr sicher wisst.« Mom saß nur still dabei und beobachtete unsere Annäherung. Ich war mir sicher, mein Vater würde mein letztes Angebot dankbar aufgreifen.

»Da hast du recht, Marius. Mit fünfzehn gibt es noch allerhand offene Fragen.« Dann gab er sich einen Ruck. »Jedenfalls freue ich mich für dich, dass es dir so gut geht. Es wäre schön, den Max bald mal kennenzulernen.« Das war deutlich mehr Interesse an meinem Privatleben, als er es üblicherweise zeigte.

»Klar doch. Ich denke, das wird sich einrichten lassen. Seit heute bin ich da zuversichtlich.«

»Na, dann scheint da ja eine Menge in Bewegung gekommen zu sein.« Dazu konnte ich nun wirklich nicht anders, als breitmaulfroschigst übers ganze Gesicht zu strahlen. Denn wie auch immer man die Dinge drehte und wendete. In jeder Hinsicht war eine Menge in Bewegung gekommen.

»Ja, Papa, so ist es. Seit heute weiß ich, dass es ihm mit mir nicht anders geht als mir mit ihm. Ich bin ziemlich happy.«

»Das freut mich auch, mein Junge. Sieh's mir nach, wenn ich die Neuigkeit erst mal kurz verarbeiten musste. Aber alles ist gut. Ich liebe meinen Sohn.«

»Ich dich auch, Papa. Auch wenn du auf Frauen stehst.« Ich erhob mich und wollte mich schon in mein Zimmer begeben, als mir diese eine, offene Frage noch einfiel.

»Ach, Papa?«

»Hmh.«

»Hast du eigentlich nie etwas mit 'nem Mann gehabt?« Seine Augen wurden größer.

»Na, das ist mir ja mal ein Tag. Aber ich fürchte, da muss ich passen. Mit einem Mann nie. Okay, in deinem Alter, da hatte ich einen Freund, der klaute am Kiosk immer die Pornohefte. *Das Da* hieß sein Lieblingsmagazin. Wir bauten uns eine kleine Hütte im Wald, und die hingen wir mit den Bildern aus den Heften voll. So ganz war das nicht mein Ding, auch wenn wirklich ein paar starke Fotos dabei waren, aber ich machte mit. Jedes neue Heft wurde an die Wände verteilt. Und dann holten wir uns einen runter, aber nicht gegenseitig. Einmal wollte er sich einen Spaß machen, und ich bekam seine ganze Ladung auf meine Klamotten. Da ekelt es mich heute noch, wenn ich dran denke. Aber das waren definitiv die einzigen Male in meinem Leben, dass ich auf eine Art Sex mit einem anderen Jungen im gleichen Raum hatte. Mit Schwulsein hatte das, wie du es an der Geschichte leicht erkennen kannst, nichts zu tun. Also ja, ich hatte mal was mit einem Jungen, aber eigentlich dann doch vor allem was mit den Damen von *Das Da*.«

»Okay, Papa, dann hätten wir das auch geklärt. Klingt überzeugend. Mom hatte also recht.«

»Mom?«

Sie schaltete sich ein. »Nun ja, Marius hat mich gefragt, ob du es schon mal mit anderen Männern getrieben hättest und ich sagte, dass ich das nicht glauben würde, aber so ganz sicher war ich mir da auch wieder nicht. Schließlich habe ich die Geschichte mit der Waldhütte auch gerade zum ersten Mal gehört.« Das amüsierte meinen Vater ein wenig.

»Gut, dann haben wir heute alle etwas dazugelernt. Ein großer Tag für Familie Lefner würde ich sagen.«

»Und ein fantastischer Abschlusssatz«, erwiderte ich. »Ich geh dann mal in die Heia. Gute Nacht.« Ich gab beiden einen Kuss und verschwand in mein Zimmer.

An Schlaf war natürlich nicht zu denken. Ich zog meine Klamotten aus und schnüffelte, ob ich Spuren von Max daran finden konnte. Ich fand sie, ob über mein Nasengedächtnis oder tatsächlich. Die *aussieBum* roch wirklich noch nach Mandel-Honig, es war ja auch nicht zum Äußersten gekommen.

Ich setzte mich an den Tisch, und nahm mir ein paar Seiten Papier. Es drängte mich aufzuschreiben, was mit mir los war, aber meine Gedanken verschwanden ständig durch mein Fenster ins Freie. Sie blieben nicht bei mir, bis sie anfingen, ein Versmaß zu suchen, und so reifte es plötzlich heran, definitiv unerwartet, verwirrt, glücklich und ängstlich in einem: Mein erstes Gedicht.

Verliebt zu sein, ist eine Gnade,
doch gnadenlos auch, oh wie schade.
Verliebt zu sein, ist eine Wucht,
und ach wie wuchtig, wird's 'ne Sucht.
Verliebt zu sein, welch eine Nummer,
eins, zwei, drei, vier, du bleibst ein Dummer.
Verliebt zu sein, der Traum der Träume,
doch Träume sind bekanntlich Schäume.
Verliebt zu sein, ein voller Hammer,
doch der zerbricht zu Katzenjammer.
Verliebt zu sein, da geht die Post ab,
doch leider macht dann der Bote schlapp.
Verliebt zu sein, wie schmeckt das süß,
ich geh, und wasch mir jetzt die Füß.

Damit kam ich irgendwann zur Ruhe.

10 | Trance

Am nächsten Morgen erwachte ich ausgeschlafen. Es fühlte sich an, als hätte ich den Tiefschlaf gleich tonnenweise frei Haus nachgeliefert bekommen. Der Wecker klingelte, als ich unter der Dusche vor mich hin summte. Ich kippte mir das gute Davidoff-Duschgel von Papa überall hin und ließ es minutenlang an mir zu duftenden, weißen Schaumbergen anwachsen. Obwohl es draußen schon warm war, genoss ich das heiße Wasser und ließ es so lange dampfen, bis auch der letzte Winkel in meinem Bad beschlug. Natürlich war zu dieser Uhrzeit nur noch Mom zu Hause, aber anwesend war ausschließlich Max. Ich konnte ihn überall sehen, hören und riechen. Ich wusch mir die Haare, und nahm auch hierfür ein feines Shampoo. Meine Eltern hatten massenhaft dieser edlen Tuben. Wir sind ja wahrscheinlich einigermaßen wohlhabend, sonst stünde da auch mal was vom Discounter, aber da kaufen meine Eltern nur selten ein. Ganz sicher nicht, wenn es um Seifen, Shampoos und Düfte geht. Und schenken tut man sich das in unseren Kreisen auch nur, wenn die Artikel sichtbar in teureren Läden eingekauft wurden. In der Regel weist darauf schon die Verpackung hin. Die Sachen werden in schönstem Papier mit allerlei Bändern, Kettchen, Federn und sonstigem Schnickschnack zu pompösen Wohlfühlpaketen aufgebauscht. Man möchte sie dann erstmal gar nicht auspacken. Was das mit *unseren Kreisen* genau bedeutet, weiß ich eigentlich gar nicht. Halt Kreise, in denen zum Beispiel Kuratoren und gut versorgte, fast alleinstehende Mütter so vorkommen. Meine Klasse aber, die ja irgendwie auch mein Kreis ist, bildet einen ganz anderen Schnitt ab.

In meine Gedanken versunken hörte ich plötzlich, wie Mom an die Tür klopfte, um dann fragend hinterherzurufen, ob ich heute wohl nochmal aus dem Bad herauskäme. Das war neu. Es war nicht neu, dass sie Tempo machte, aber vor der Schule hatte sie noch nie für etwas anderes Sorge tragen müssen, als mich aus dem Bett zu bekommen. Ich wusch mir die Haare aus und verzichtete in Anbetracht der wahrscheinlich fortgeschrittenen Zeit auf eine zusätzliche Haarspülung, die ich mir fest vorgenommen hatte. Es wäre die zweite meines Lebens gewesen. Beim Abtrocknen drohte ich nochmals ein wenig der knappen Zeit zu verlieren. Ich weiß ja nicht, wie es Mädchen da so geht, aber für Jungs geht dieses High-Energy-Hormon-Level irgendwann mit wahrhaft überragenden körperlichen Veränderungen einher. Mit anderen Worten, man hat beim Abtrocknen (und auch sonst) ständig diesen steifen Mini-Knüppel in der Hand, und sobald man sich in diesem Zustand berührt, ob gewollt oder nicht, schreien irgendwelche Stimmen in einem nur noch, dass sie mehr davon wollen. Da lässt sich in vielen Situationen drüber reden, in mindestens genauso vielen allerdings auch nicht. Die Sache ist zwar immer schnell erledigt, aber ganz salonfähig ist sie eben auch nicht, weshalb es bestimmte äußere Umstände braucht, um ungestört und unauffällig Hand anlegen zu können. Die Dusche gehört da durchaus zu den besonders günstigen Orten. Auch weil das ganze Geschmiere dort so unkompliziert zu entsorgen ist. Aber mit einer klopfenden Mutter vor der Tür wird auch die schönste Dusche zum Ort schwindender Lüste. Außerdem galt für diesen Morgen noch eindeutig die Aussicht auf einen verheißungsvollen Tag. Nicht zwangsläufig unterrum, aber ganz auszuschließen war ja auch das nicht. In meinen Fantasien machte ich mich jedenfalls schon ziemlich breit. Ganz real hatte mich am Vortag der schönste Mann der Welt in Unterhosen geküsst. Und ich ihn angezogen schließlich auch. Völlig abwegig erschien es mir daher nicht, anzunehmen, dass eine weitere Steigerung der Entwicklung etwas mit Spritz-Sex zu tun haben könnte. Eine Vokabel, die ich mir selbst einmal ausgedacht hatte. Die war vielleicht ein wenig männlich gedacht, aber ich war eben auch kein Mädchen.

Neben dem Zeitfaktor und meiner ungeduldigen Mutter war es mir am wichtigsten, gut vorbereitet in diesen Tag voller sexueller Aufladungen zu gehen. Das hieß, nicht gleich alles zu verballern. Nicht, dass ich mich im konservativen Sinne für Max aufheben wollte, was es ja wohl wirklich mal gab. Da hatten die Menschen überhaupt keinen Sex, bevor sie heirateten (was sie dann, oh Wunder, auch deutlich früher taten als heute). Aber rein körperlich dachte ich mir, dass es schöner werden könnte, wenn ich noch alles bei mir hätte, was ich für den Tag zu produzieren in der Lage wäre. Vor allem aber erschien es mir attraktiv, das Davidoff-Aroma möglichst unverfälscht zu erhalten, nur ergänzt um meinen ganz persönlichen Alltagsgeruch.

Als Mom wieder klopfte, war klar, dass ich mich definitiv beeilen musste. An eine verfrühte Ankunft in der Schule war schon gar nicht mehr zu denken, aber die war ohne Max ja auch nicht notwendig. Ich zog die schwarze *aussieBum* an und beschloss, mir möglichst bald neue Unterwäsche und coolere Shirts zu besorgen, ganz ohne Mom. Das war jetzt meine Angelegenheit. Und mein Bedürfnis. Drei *Bums* reichten einfach nicht mehr. Ich aß meine Haferflocken, die mir Mom hingestellt hatte, in Schling-Geschwindigkeit, putzte mir schnell noch die Zähne, und lief dann runter in den Fahrradkeller. Ganz reichte es aber nicht mehr, allerdings war ich noch früher als unser Lehrer, denn vor dem Klassenzimmer standen alle laut plappernd rum und warteten, dass aufgeschlossen wurde. Ich guckte nach Sami, die leicht zu entdecken war. Um sie herum standen jede Menge Jungs und ein paar Mädchen. Als sie mich sah, schien sie mir einen flehenden Blick zuzuwerfen, der mich überraschend stark verstimmte, und zwar von einer auf die andere Sekunde. Nicht auf Sami war ich schlecht zu sprechen, sondern auf diese Zoo-Geschichte, die sich hier abspielte. Klar war sie neu, und klar war sie schön, aber konnte man sich ihr vielleicht einmal etwas behutsamer nähern, als ihr sofort auf den Füßen zu stehen und mit Protzgeschichten auf sich aufmerksam machen zu wollen (Jungs), oder durch ständigen Markenklamotten-Vergleich und derlei Schwachsinn erste soziale Grenzen im konkurrierenden Miteinander abzustecken (Mädchen)? Ich interpretierte ihren Blick sofort so, dass sie sich alleine der Dynamik nicht erfolgreich erwehren konnte und Unterstützung suchte. Das mobilisierte alle Rehkitz-Schutzreflexe in mir, die mir gleichwohl klare Handlungsanweisungen versagten. Ich stellte mich auf jeden Fall in ihre Nähe. Und den ersten, den ich reden hörte, war Bulli.

»Die kennst du nicht, das ist ja unglaublich. Die musst du kennen. Das ist die geilste Hausaufgaben-App, die du dir vorstellen kannst. Ich zeig sie dir in der Pause.« Bulli war sichtlich in seinem Element, denn Apps waren eine seiner großen Leidenschaften. Er hatte mich aber auch schon einige Male um Geld angepumpt, angeblich weil er es brauchte, um sich Existentielles im App Store kaufen zu können. Damit hatte ich zwar gar nichts am Hut, aber ich hatte mehrfach nicht Nein sagen können, und so finanzierte ich den Mist quasi mit.

Sami sagte zu alledem gar nichts, aber das musste sie auch nicht, irgendjemand redete immer mit ihr. Zumindest bis dann Dr. Riedle doch noch kam und aufschloss. Er entschuldigte sich nicht für seine Verspätung und erklärte sie uns auch nicht. Dr. Riedle war das größte Arschloch von allen. Und wir waren nur niederes Volk, das ließ er uns spüren. Dass er sich mit so was abgeben musste, war eigentlich unter seiner Würde. Er glaubte eindeutig, zu Höherem berufen zu sein. Ich hoffte, ich würde einmal einen guten Tag erwischen und ihn fragen, warum er einen Job ausübt, der weit unter seinen Möglichkeiten liegt. Aber bis dahin war sicher noch Zeit.

»Wer kann mir schnell die wichtigsten Daten zur Französischen Revolution zusammenfassen?«, war seine kurze Begrüßungsformel. Mehr bekam ich vom Unterricht am ganzen Tag eigentlich nicht mehr mit. Nur Sami drang ab und an zu mir durch. Zum Beispiel als sie zu mir schaute und sagte, dass Dr. Riedle überstechend sei. Normale Sätze konnten mich wohl gar nicht mehr erreichen, aber so eine Perle wie *überstechend* erreichte mich dann doch. Es war gar nicht so, dass ich ständig nur an Max gedacht hätte, viel seltener allerdings auch nicht. Vielmehr war es aber diese Stimmung, die mich veränderte. So in etwa stellte ich mir eine Trance vor. Ein Zustand der fokussierten Wachheit unter Ausschaltung ziemlich vieler Wahrnehmungen, unter anderem des Verstands. Nicht ganz ungefährlich im Schulalltag, aber ich wurde nicht gefragt. Ich war definitiv irgendwo ganz anders, im Prinzip also auf *off*.

»*Überstechend* gibt es nicht«, sagte ich zu Sami.

»Das gibt es nicht? Ich bin mir aber sehr sicher, Marius«.

»Das mag sein, Sami, aber du kannst mir glauben. *Überstechend* ist keine korrekte deutsche Vokabel, auch wenn sie plausibel klingt. Was wolltest du denn damit sagen?«

»Ich finde, er erklärt das mit der Französischen Revolution ziemlich gut«, gab sie mir als Antwort. Und das warf eine zweite Frage auf. Wie konnte man dieses Arschloch lobend erwähnen? Aber ich hielt mich damit zurück, sie war ja noch neu und unvoreingenommen.

»Du meinst also, *ziemlich gut* und *überstechend* würden in etwa das Gleiche bedeuten?«

»Aber dann hilf mir doch einfach mit dem richtigen Wort, statt mich so rappeln zu lassen.« Darüber musste ich so unkontrolliert lachen, dass auch Dr. Riedle aufmerkte.

»Oh, ich höre, dass sich Marius Lefner auch wieder am Unterricht beteiligen will. Das ist erfreulich. Würdest du uns an dem Wissen, was dich so belustigt, teilhaben lassen?« Das war das Letzte, was ich wollte.

»Das kann ich leider nicht«, antwortete ich ihm.

»Und warum nicht?«

»Es hatte nichts mit dem Unterricht zu tun.«

»Nun, vielleicht kann uns ja deine neue Nachbarin weiterhelfen«. Er schaute Sami auffordernd an und es wurde ganz still im Raum. Ich dachte kurz an Max. Dass man seine kostbare Zeit mit einem so beschissenen Typen verbringen musste, wenn man gleichzeitig verliebt war, verstand ich als einen elementaren Fehler in der Ordnung. Dann sah ich, wie Sami zur tiefsten Verfärbung ansetzte, die ich bisher an ihr gesehen hatte. Sie brachte keinen Ton heraus und Dr. Riedle antwortete mit einer wegwerfenden Geste des Handgelenks, die ziemlich schwul aussah. Ich fragte mich zum ersten Mal, ob Arschlöcher vielleicht auch schwul sein konnten. Was eine ziemlich theoretische Frage war. Warum denn nicht? Aber bisher hatte ich darüber noch nicht nachgedacht und mir vorgestellt, die müssten irgendwie alle nett sein, weil sie wahrscheinlich immer gehänselt und belächelt wurden, und deshalb anderen gegenüber freundlich wären.

Dr. Riedle hatte gar nicht viel gemacht, aber er ließ uns beide irgendwie gedemütigt zurück. Er war sicher einer von denen, die sich an den Schwächsten vergriffen, um seine Macht zu genießen und eigene Schwächen zu verbergen. Ich wartete bis zur ersten großen Pause, um Sami alles zu erklären.

In einer Ecke des Schulhofes, wo ansonsten nicht viel los war, hockten wir uns auf zwei Betonwürfel gegenüber. Sami hatte Capri-Sonne für uns beide mitgebracht, und noch während ich mit dem spitzen Halm in das Trinkpack stach, fing ich an, Sami ihren Fehler zu erklären.

»Ich bin selbst für einen Moment nicht darauf gekommen. Man spürt sofort, was du meinst, wenn du *überstechend* sagst, irgendwie ist es völlig klar, dass du da zwei Begriffe zusammengesetzt hast. Aber es ist nicht ganz so klar, wie genau es funktioniert. Man muss einen Moment nachdenken, ich zumindest.« Sie schaute mich neugierig an und zog die Sonne kräftig durch den Halm. »Du meinst, er sei überzeugend. Nun gut, wie überzeugend er sein kann, hast du ja gerade erlebt. Unter seiner Überzeugung wirst du zum Wurm. Bestechend, oder? Weißt du jetzt, wie es zu deinem Wort kam? Du findest ihn überzeugend und bestechend. Das ist eigentlich kein großer Unterschied. Das Eine ist wahrscheinlich die Steigerung des Anderen. Irgendwie kreativ, was du da zusammengefügt hast, Kompliment.« Dieses Mal fiel sie nicht so leicht auf mich rein und blieb skeptisch. Dabei hatte ich es durchaus ernst gemeint. Nicht nur, aber auch.

»Und warum musstest du dann so laut lachen, dass die ganze Klasse auf uns geschaut hat, und Dr. Riedle auch?« Okay, diese Seite lernte ich jetzt also auch schon an ihr kennen. Sie konnte richtig sauer werden. Sauer vor Kränkung. Was sie mir nicht unsympathisch machte. Sie gehört wohl zu den Menschen, die den Trotz in ihrer Kränkung nicht verbergen können, und das macht mich erst recht weich. Sie war nur ein Jahr jünger als ich, aber gefühlt hätte ich ihr großer Bruder sein können. Und gefühlt war ich dabei sicher einige Jahre älter. Ganz leicht wehte es mich an, dass sie ein wenig von George in mein Leben brachte. Meine einzige und liebste Schwester.

»Dein Versprecher war einfach so lustig, er klang ... süß.«

»Super, du glaubst gar nicht, wie oft ich mir schon anhören musste, wie süß ich bin oder klinge.«

»Findest du das kränkend?«

»Jedenfalls zum Kotzen.«

»Tut mir leid.«

»Aber ich weiß jetzt noch immer nicht, was genau mein Versprecher war.«

»Wollen wir nicht Gras über die Sache wachsen lassen?«

»Wenn das bedeutet, dass du mir nicht erklären willst, was ich falsch gemacht habe, dann nein.« Ich atmete tief durch.

»Du hast *zappeln* und *rappeln* vertauscht, das war alles.« Das musste sie einen Moment auf sich wirken lassen.

»Und das ist so lustig?«

»Irgendwie schon.«

»Versteh ich nicht.«

»Kann man wahrscheinlich auch schwer verstehen. Und vielleicht würde das auch gar nicht jeder lustig finden. Manche würden den Fehler gar nicht bemerken. Das klingt bestimmt etwas arrogant, ist es vermutlich auch. Aber egal. Ich kann es dir nicht genau erklären.

In diesem Fall hat es weniger mit dem Inhalt, als mit dem Klang der Sprache zu tun.«

»Aha. Das höre ich nicht.«

»Eben. Deshalb mein Vorschlag mit dem Gras.«

»Was drüber wachsen soll?«

»Ja. Einfach ein wenig Zeit vergehen lassen, das soll das Bild bedeuten. Hilft manchmal ungemein.«

»Marius?«

»Anwesend.«

»Könntest du mich auf meine Fehler aufmerksam machen? Ich will das gerne noch besser verstehen. Eure Sprache.«

»Unsere Sprache? Es ist doch auch deine. Du bist mit Deutsch aufgewachsen.«

»Stimmt, aber ich habe nie in Deutschland gelebt, das ist ein großer Unterschied. Ich bin auch keine Deutsche, sondern eine Perserin. Das fühle ich sogar. Auch wenn ich nur ein paar Brocken Persisch spreche. Im Iran kann ich mich nur auf Englisch verständigen. Crazy. Das Land, mit dem ich groß geworden bin, ist Kanada. Die Sprachen, die ich spreche, sind Englisch, Deutsch und auch ganz gut Französisch. Persisch verstehe ich deutlich besser, als ich es sprechen kann. In Kanada ging es mir gut, ich hatte Freunde und ein gutes Leben, wenn auch meine Eltern nur selten da waren. Eigentlich ist Kanada meine Heimat. Aber als mir meine Eltern sagten, dass wir nach Deutschland gehen, dachte ich, gut, dann gehen wir halt nach Deutschland. Es war kein Schock für mich, es war auch keine Freude. Es war nichts. Hätten sie gesagt, dass wir in den Iran gehen, hätte ein Teil von mir gejubelt, ein anderer Teil wäre in Panik verfallen.«

»Jedenfalls sprichst du für jemanden, der nie hier gelebt hat, ein hervorragendes Deutsch. Und eben gerade war alles fließend und perfekt.«

»Danke. Du meinst das wirklich so?«

»Ja, ehrlich, ich schwöre es. Und ich hätte große Lust, viel mehr von dir zu erfahren. Dafür reicht eine Pause nicht. Ein paar schöne

Seiten von Frankfurt könnte ich dir auch zeigen. Ich glaube, das könnte dir gefallen.«

»Danke, Marius. Und würdest du?«

»Was?«

Sami schwieg mit großen Augen.

»Auf deine Fehler achten? Wenn es nicht unbedingt sein muss, hätte ich nichts dagegen, darauf zu verzichten. Es wird unserem Verhältnis nicht gerade Flügel der Leichtigkeit verleihen, wenn ich auf deine Fehler achte.«

»Haben wir denn ein Verhältnis?«

»Äh, ja, schon. Zwar nicht ein Verhältnis wie Mann und Frau und Sex oder so, aber doch wie Freund und Freundin würde ich sagen.«

»Es gibt also verschiedene Verhältnisse?«

»Einige.«

»Und wir haben eins ohne Sex?«

»Zumindest kennen wir uns erst seit gestern und ich hätte noch nicht bemerkt, dass Sex dabei eine Rolle gespielt hat. Eigentlich haben wir auch kein Verhältnis, Freundschaft ist besser, eine ganz junge Freundschaft. Ich glaube, das können wir schon sagen.«

»Aber du hast doch von *unserem Verhältnis* gesprochen?«

Nicht, dass sie nicht aufpassen würde. Mädchen sind sowieso genauer. Ich meine, dass sie einem auch noch das letzte Fitzelchen aufs Brot schmieren müssen, bis wirklich alles verstrichen ist. Das macht sie schon ein wenig anstrengend, aber mir persönlich auch vertraut. Ich glaube, ich habe ziemlich viele Mädchen-Anteile. »Ich plaudere gerne darauf los, und hab Spaß an Rhetorik und Phonetik. Da opfert man schon mal Präzision.«

»Dafür, dass du 15 bist, klingt es ganz schön kompliziert, was du alles sagst. Irgendwie angeschwollen.«

»Ohne *an*.«

»...«

»Es klingt geschwollen, nicht angeschwollen.«

»Ach so. Danke. Dann klingt es geschwollen, was du sagst.«

»Findest du?«

»Ich habe jedenfalls Mühe, alles zu verstehen. *Phonetik* verstehe ich nicht, *Rhetorik* eigentlich auch nicht so richtig.«

»Vergiss es einfach.«

»Gras drüber wachsen lassen?«

»Noch mehr, vergessen. Weg damit, und weiter geht's.«

»Das wollte ich aber eigentlich nicht.«

»Okay, Angebot der Woche. Ich achte auf deine Fehler und dort, wo es mir besonders wichtig erscheint, oder eine Reaktion von mir erklärungsbedürftig wird, da erläutere ich dir dann, worum es geht. Aber ich werde dich nicht bei jedem Fehler korrigieren.«

»Sind es denn so viele?«

»Nein, sind es nicht. Jetzt glaub mir halt. Ein paar mehr als die, über die wir reden.«

»Noch mehr?« Sami war entsetzt. »Überstechend war schon falsch, und rappeln und angeschwollen auch. Es gibt ganz verschiedene Verhältnisse, die ich nicht unterscheiden kann, und ich weiß nicht, was Rhetorik und Phonetik bedeuten. Und dann sagst du, dass da noch mehr Fehler waren. Du machst mich fertig, Marius.«

»Nur kleine Fehler, man versteht trotzdem, was du sagen willst, kein Problem, für niemanden.«

»Aber wenn ich später einmal arbeiten will und Berichte und Briefe schreiben muss, dann sieht das sehr schlecht aus. Das sagt meine Mutter immer.«

»Liebe Sami, mach dich locker. Mein Angebot steht jedenfalls.«

»Du meinst, ich soll mir diese Flügel der Leichtigkeit besorgen? Werde ich dann locker?«

»Bestimmt.«

»Du willst deine Ruhe haben.«

»Jetzt gerade schon ein wenig. Wenn ich kompliziert bin, dann bist du ein wenig anstrengend. Passt doch. Außerdem ist die Pause rum.«

»Ich fühle mich hin- und herzerrissen.« Ich stöhnte und lachte. Und sie lachte auch, zog aber die Stirn fragend in Falten.

»Nein«, sagte ich nur. Und das ließ sie so stehen.

Die nächsten Schulstunden gingen wieder spurlos an mir vorüber. Die Trance war mächtig. Zum Glück war es ein kurzer Schultag.

Zu Hause kam ich langsam wieder zu mir. Am liebsten hätte ich mich schon wieder geduscht. Aber die Wohnung roch dermaßen grandios, als ich die Tür aufgeschlossen hatte, dass ich mich auf nichts mehr als das Mittagessen mit Mom freute. Es gab gefüllte Zwiebeln. Vielleicht nicht das optimale Essen in Anbetracht eines bevorstehenden Rendezvous, aber in diesem Fall war ich bereit, eine Ausnahme zu machen. Ich liebte nämlich gefüllte Zwiebeln und mit dem Geruch verschoben sich überraschenderweise für einen Moment alle Prioritäten. Zuerst die Zwiebeln, dann die Zähne putzen und gurgeln, dann der Rest. Das Leben war herrlich. Und Mom eine geschickte Regisseurin.

Max und ich hatten uns schon am Vortag darauf verständigt, dass ich ihn früher anrufen würde, weil die Schule nicht so lange dauerte. Da seine Pflegemutter wiederum Wert auf eine ruhige Zeit zwischen 13 und 15 Uhr legt, was ich ziemlich lange finde, aber das tut ja nichts zur Sache, einigten wir uns auf 15 Uhr. Jeden anderen hätte man völlig problemlos auf seinem Handy anrufen können, aber der schönste Mann der Welt hatte ja keines. Wir hätten uns auch gleich verabreden können, aber auch da war die Pflegemutter wieder im Weg. Da Max krank war, konnte es seiner Einschätzung nach zu Problemen führen, wenn er sich schon wieder fest mit mir verabreden würde. Zumindest wenn er noch nicht sicher wissen konnte, ob es ihm am nächsten Tag besser gehen würde. Sollte es ihm aber besser gehen, und ich würde ihn dann anrufen, dann könnte er das leichter verhandeln, sagte er. Und mir leuchtete das ein. So viel anders wäre Mom da auch nicht unterwegs gewesen. Mit den Augen gezwinkert hatte er dann auch noch und gesagt, ich solle auf jeden Fall um 16 Uhr kommen. Er würde so was von gesund sein, ich würde schon sehen. Der Anruf sei nur geschickter.

Mom holte die gefüllten Zwiebeln aus dem Backofen, und sofort potenzierte sich der grandiose Geruch um ein Vielfaches. In den Zwiebeln gab es ein lecker gewürztes Hackfleisch, und oben drüber war alles mit Käse schön kross überbacken. Dazu gab es noch Salzkartoffeln und eine braune Soße. Mom war das reinste Soßenwunder, sie benutzte nie diese Fertigbeutel und stöhnte deshalb in den Restaurants regelmäßig auf, teilweise sogar in den besseren. ›Instant‹ war dann ihr erster Kommentar, und damit war das vernichtende Urteil eigentlich schon gefällt. Mom gab sich mit dem Essen immer eine Wahnsinnsmühe. Sie hatte den Dreh raus. Ich nahm mir gleich zwei von den Zwiebeln, und ordentlich Kartoffeln mit Soße.

»Wie wars heute in der Schule?«, war ihre mir durchaus bekannte Gesprächseröffnung.

»Fantastisch. Ich meine die Zwiebeln. In der Schule war's okay. Ich habe eigentlich nichts mitbekommen.«

»Du hattest sechs Stunden, Marius, da wirst du doch etwas mitbekommen haben.«

»Ja, sollte man meinen, habe ich aber nicht.«

»Du willst mir doch nicht sagen, dass du vor lauter Max nicht gehört hättest, was dir deine Lehrer beigebracht haben.«

»Ich habe vor lauter Max nicht gehört, was mir meine Lehrer beigebracht haben.« Ich versuchte, mich zu erinnern, ob gefüllte Zwiebeln zu üblen Fürzen führten. Also die Sorte, die man nun wirklich mit niemandem teilen will. »Ich war einfach nicht da, Mom. Ich konnte da gar nichts dran ändern. Es war wie in einer Trance. Zumindest stelle ich mir das so vor. Alles in der Klasse passierte, ohne dass ich dazu gehörte. Da war ich, und da war die Klasse. Zwei Welten.«

»Du weißt schon, dass eine Mutter das nicht beruhigend finden muss?«

»Kommt drauf an, Mom. Ich meine, hast du eine Ahnung, ob ein Sohn das beruhigend finden muss?«

»Du wirkst ganz entspannt, wenn du darüber sprichst.«

»Das müssen die Zwiebeln sein.« Das klang nach einem Scherz, aber das Befüllen meines Magens mit dieser Wohltat schlug sich tatsächlich beruhigend auf mich nieder. Ich war so anwesend, wie an diesem Tag nur für kurze Zeit mit Sami.

»Dann erzähl mir doch mal etwas von deiner Beunruhigung.«

»Habe ich etwas von *Beunruhigung* gesagt?«

»Jetzt komm mir nicht so altklug daher, Marius. Und lass dir nicht alles aus der Nase ziehen.«

»Ich versuch's ja. Deswegen habe ich dir von meiner gefühlten Trance erzählt. Was meinst du wohl, wie sich eine Trance anfühlt?«

»Um ehrlich zu sein, keine Ahnung.«

»Siehst du. Und ich hatte auch keine Ahnung. Bis heute. Ich kann dir nur sagen, sie entzieht sich einer klassischen Einordnung. Insofern war sie nicht beunruhigend. Total ungewohnt allerdings schon. Mir ist schon klar, dass das besser kein Dauerzustand sein sollte.«

»Da sind wir uns jedenfalls einig.« Ich war mir jetzt ganz sicher, dass die Zwiebeln den Magen ziemlich in Unordnung versetzen konnten. Deshalb haderte ich etwas mit der dritten, bevor ich sie mir nahm.

»Ich bin total verliebt.«

»Was dir deine kluge Mom ja schon früher gesagt hat. Was ist denn passiert gestern?«

»Wir haben uns geküsst.«

»Wow. Das nenne ich mal einen Auftakt. Um ehrlich zu sein, für so mutig hätte ich dich gar nicht gehalten.«

»Du kennst halt deinen Sohn. Ich hätte das auch nicht gepackt. Aber Max hat mir ziemlich direkte Fragen gestellt, als ob er schon was geahnt hätte, und da bin ich mit der Sprache rausgerückt und hab alles zugegeben. Die Sätze purzelten aus mir raus und ich konnte sie nicht stoppen. Und da ließ er mir keine Zeit mehr, mich davor zu erschrecken und küsste mich. Ich glaube, er hat da schon viel mehr Erfahrung als ich.«

»Warum das denn?«

»Nur so ein Gefühl. Ich war viel unsicherer. Aber er küsste mich irgendwie zart, dann aber auch volle Kanne, und das alles in Unterhosen.« Ich hatte nicht daran gedacht, dass Mom diese Information überbewerten konnte.

»In Unterhosen?« Sie wirkte richtig geschockt, damit schien sie nicht gerechnet zu haben. »Wieso denn in Unterhosen? Du machst mir Sorgen.«

»Warum das denn?« Ich tat so, als wäre mir das nicht klar. Es war aber sonnenklar.

»Warum das denn?«, wiederholte sie meine Frage in einer Tonlage, die nicht mehr nach allzu viel Spaß klang. »Du kannst Fragen stellen. Von den Unterhosen ist es nicht mehr weit bis zu allem anderen.«

»Aber es wird dich doch nicht erstaunen, wenn dein Sohn Sex hat?«

»Doch, das tut es. Bis vor einigen Tagen hatte ich da diesen Buben als Sohn. Dann war er plötzlich schwul, zumindest womöglich, und nun hat er Sex mit einem Mitschüler, den ich noch gar nicht kenne. Du musst zugeben, dass das alles sehr schnell geht. Und deshalb bin ich sehr erstaunt, und das ist auch das Mindeste, was man von mir erwarten kann. Die Seele einer Mutter ist kein ICE.«

»Meine schon gerade.«

»Herrgott, Marius, gib dir doch wenigstens ein bisschen Mühe, mir die Wahrheit in Portionen zu servieren, die ich auch verdauen kann.« Da war es schon wieder, das bedrohliche Stichwort. Ich war satt und super zufrieden. Aber ich konnte merken, dass sich schon erste Gase in mir zusammenbrauten.

»Ich weiß gar nicht, warum du dich so aufregst, Mom. Ich habe nur das Wort *Unterhosen* erwähnt, und in deinem Kopf scheinen sich irre Geschichten abzuspielen. Dabei ist überhaupt nichts passiert.«

»Na, das ist ja schon mal eine Information.«

»Ich habe nie etwas anderes gesagt.«

»Vielen Dank für dein Einfühlungsvermögen. Ich bin wirklich eine hysterische Ziege, wenn sich in mir irre Geschichten abspielen, obwohl mein Sohn sich nur mit einem Mann in Unterhosen küsst.«

»Meine Güte, jetzt machst du aber wirklich ein Riesending daraus. Er war krank, das weißt du, und es ist sehr heiß gerade, das weißt du auch. Wie viel Klamotten trägst du an dir, wenn es draußen 30 Grad, und innen Fieber hat?«

»Wenige, das stimmt. Aber ich müsste mich auch noch zum ersten Mal in meinem Leben unter diesen Umständen und in einer solchen Verfassung zu Liebesdingen verabreden.«

»Wir haben uns nicht zu *Liebesdingen* verabredet. Er ist gleich in der zweiten Schulwoche krank, und er ist doch gerade erst sitzengeblieben. Also habe ich ihm alle Informationen mitgebracht, damit er das Versäumte nachholen kann.«

»Na, da wirst du ihm ja heute, trancebedingt, ein paar Informationen schuldig bleiben müssen. Marius, ich bin nicht von vorgestern. Erzähl mir nicht so einen Mist von wegen das *Versäumte nachholen*. Da hast du dir doch noch nie Gedanken darüber gemacht. Weder bei dir noch bei anderen.«

»Jetzt mache ich sie mir halt.« Ich wusste, dass das die glatteste Lüge des Tages war, aber ich gönnte sie mir. Mom ging zum Kühlschrank und fragte mich, ob ich einen Nachtisch wollte. Das machte sie unter der Woche eher selten. Ich verneinte, und sie nahm sich einen Schokopudding mit Sahne raus. Den löffelte sie mit sichtlichem Genuss, aber auch nachdenklich, während wir weiterredeten.

»Ich kann es auch anders sagen, Marius. Selbst wenn ich mich in deinen Max hineindenke, dann fällt mir dazu ein, dass ich wahrscheinlich alles getan hätte, um mein erstes Date nicht gerade in krankem Zustand zu haben. Wenn ich das aber vereinbare, dann hätte ich mit Sicherheit alles dafür getan, Temperaturen außen und innen hin oder her, dich nicht dreiviertelnackt zu begrüßen. Entweder also der junge Mann ist noch naiver als du, wonach es nicht klingt, oder er hat es faustdick hinter den Ohren. Und da das Gespür einer Mutter selten das schlechteste ist, kann ich dir sagen: Faustdick dürfte es eher treffen.«

»Wäre das denn schlimm? Dann wollte er für mich wohl irgendwie besonders attraktiv sein.«

»Ja, das kann sein. Und daran ist eigentlich nichts schlimm. Es wirkt für einen 15-Jährigen halt etwas ... fortgeschritten, lass es mich so sagen.«

»Den Eindruck hatte ich ja auch schon.«

»Wie sah er denn aus?«

»Er ist der Schönste, Punkt. Und es hat mich ...«

»Was hat es dich?«

»Packt deine Seele noch was?«

»Eigentlich nicht, aber das bringen wir jetzt noch ordentlich zu Ende.« Sie kratzte den Becher mit den letzten Puddingresten aus.

»Was hat es dich?«

»Es hat mich fast wahnsinnig gemacht, dass er diese Unterhose noch anhatte. Obwohl er fantastisch darin aussah. Seine Figur ist ideal. Und kreidebleich ist er auch nicht, sondern ein wenig gebräunt. Dazu setzte sich die weiße Unterhose ab wie ein Streifen Schnee irgendwo in der Wüste.« Mom rollte mit den Augen und grinste. »Später habe ich gesehen, dass die Unterhose von *Calvin Klein* war. Ach übrigens, das wollte ich dich noch fragen. Ich bräuchte neue Unterhosen.« Mom ließ das heiße Wasser in der Spüle ein.

»Soweit ich das sehen kann, ist das keine Frage, sondern eine Feststellung.«

»Eine Feststellung mit einer Frage.«

»Da musst du schon etwas deutlicher werden, mein Sohn. Ich bin über deinen Bestand an Unterhosen ganz gut im Bilde. Du brauchst nichts.«

»Mein Bestand an Unterhosen besagt in der momentanen Situation wenig. Mein Gefühl ist, dass ich neue Unterhosen brauche.«

»Habe ich gehört.« Ich trocknete das erste Geschirr ab und wartete, ob Mom dem etwas hinzuzufügen hatte. Aber sie spülte nur weiter.

»Du könntest mir nicht vielleicht etwas Geld leihen?«

»Geld leihen für Unterhosen? Das beschreibt eine neue Ära in unserem Verhältnis. Bisher hast du dich nicht besonders für deine Kleidung interessiert. Oder anders gesagt. Du warst zufrieden mit dem, was ich dir kaufte.«

»Das Leben geht weiter, Mom. Du willst es mir jetzt schwer machen, dabei habe ich doch gar nichts verbrochen. Ich dachte, du freust dich mit mir, wenn ich verliebt bin.« Sie stellte das letzte Geschirr hin und trocknete sich die Hände ab.

»Wie viel brauchst du denn?« Das machte mich verlegen. Die Zahl, die mir durch den Kopf schwirrte, klang etwas unverhältnismäßig. Ich sagte sie trotzdem.

»300 Euro wären ein Anfang, zur Not reichen auch nur 200 Euro.«

Moms Gesicht zeigte ein Erstaunen, was ihr Entsetzen bereits überholt hatte. Sonst hätte sie nicht so ruhig reagiert, das war mir klar.

»Jetzt setz dich nochmal zu mir an den Tisch«, sagte sie. Ich war zwar noch nicht ganz fertig mit dem Geschirr, aber mit der Aussicht auf 300 Euro beschloss ich lieber gehorsam zu sein. Als ich saß, stand sie wieder auf und ging zu einer der Küchenschubladen. Sie holte ihr Portemonnaie heraus, öffnete es und fingerte an den Scheinen herum. Dann nahm sie einige davon heraus, setzte sich wieder zu mir und legte sie auf den Tisch. Es sah nach ziemlich viel Geld aus.

»So, mein Junge. Das sind 300 Euro.« Sie schaute mich an und ich wusste nicht, wie ich richtig reagieren sollte. Ich war überrascht und ich freute mich.

»Du gibst mir 300 Euro für neue Unterhosen, einfach so?« Ich hatte es gehofft, aber nicht wirklich daran geglaubt.

»Das wundert mich selbst, Marius. Lass es mich so sagen. Ich werde an dieser Stelle nicht mit dir über Geld diskutieren.«

»Danke.«

»Bedanke dich bei deinem Vater.«

»Werde ich machen.«

»Ich bin zwar in Sorge, aber ich werde das nicht über Geld austragen. Du brauchst keine neuen Unterhosen, aber ich verstehe, dass sie dir wichtig sind. Du willst ihm gefallen. Das kann man nicht in irgendeinen Geldbetrag übersetzen. Hätten wir das Geld nicht, würde es halt nicht gehen. Wenn es ihm um dich geht, dann wird die Marke der Unterhosen nicht entscheidend sein. Aber wir haben das Geld und du sollst dich wohlfühlen, wenn es zum Äußersten kommt.«

»Er hat mich schon in der *aussieBum* gesehen.«

»Mein Gott, Marius, du bringst mich heute noch um den Verstand.«

»In der Umkleide vor dem Sportunterricht.« Ich hörte ein geräuschloses *Uff* aus ihr entweichen. »Ich war total happy, dass ich morgens noch die *aussieBum* angezogen hatte. Ich fühlte mich ziemlich sicher damit. Max gegenüber natürlich nur, ansonsten wäre mir das egal.«

»Hör mal zu, Großer. Ich freue mich für dich, nicht dass du da irgendwas falsch verstehst. Und du sollst ihm mit so viel Selbstsicherheit gegenübertreten, wie du sie aufbringen kannst. Wenn dir Markenunterhosen dabei helfen, alles gut. Ich kenne dich so gut, dass du jetzt nicht jeden Tag mit neuen Anwandlungen um die Ecke kommen wirst, sonst wäre ich an dieser Stelle komplizierter gestrickt. Ansonsten kann ich dir nur raten, auch wenn ich ahne, dass ein mütterlicher Rat hier gerade nicht viel ausrichten wird, dass du dir Zeit lässt. Lasst die Hosen noch eine Weile an und lernt euch noch ein wenig kennen. Die Sehnsucht wird es dir zwar nicht leicht machen, aber den entscheidenden Moment schöner, wenn du ihr nicht sofort nachgibst.«

»Mom?«

»Hmh?«

»Ich hab zwar noch nicht viel Erfahrung, aber das klingt wirklich nach einem mütterlichen Rat, der es schwer haben könnte.« Ich schnappte mir die 300 Euro und stand auf. Ich hatte sogar noch etwas Zeit, um in den Laden mit der super Männerwäsche zu gehen, bevor ich zu Max fuhr. Ich gab Mom einen dicken Kuss auf die Backe, bedankte mich noch mehrfach und hüpfte in mein Zimmer. Nicht ohne ihr zu sagen, dass ich gleich zu Max fahren würde und dass es später werden könnte. Sie nickte nur noch stumm und lächelte. Vielleicht ein bisschen traurig, aber das wollte ich nicht sehen.

11 | Your Song

Der Typ in dem Laden war nett. Am Anfang schien er mich nicht zu registrieren, obwohl sonst niemand anderes da war. Aber dann fing ich an, mir die ersten Unterhosen genauer anzuschauen und das schien sein Interesse zu wecken. Weil sie mir bekannt waren, schaute ich zuerst nach den *aussieBums* und griff nach einer in einem grellen Grün mit gelber Schrift. Direkt daneben gab es aber eine große Auswahl aller möglichen anderen Marken, von denen ich noch nie etwas gehört hatte. Mir sagten *Schiesser* etwas und *Bruno Banani*. Letztere hatte ich mir gemerkt, weil ich ihren Namen in Anbetracht des Gegenstands, um den es hier doch ganz wesentlich ging, schlicht grotesk fand. Wer würde denn in einen Laden gehen und nach einer *Bruno Banani* fragen, ohne dabei loszulachen? Hier allerdings ging es um ganz andere Marken. Und die meisten sahen klasse aus. *Croota, ES, Addicted, Barcode* oder *Andrew Christian* waren nur einige, mir bisher völlig unbekannte Brands – wie es offenbar richtig hieß. Überhaupt war ich sprachlich ziemlich hinterm Mond. Der Begriff *Unterhosen* war schwer daneben, das war gleich klar. Hier ging es nur um *underwear*. Oder *swimwear* oder *athletic wear*. Und nicht nur das. Aber bevor ich mich weiter wundern konnte, war der Verkäufer zur Stelle und nahm den Faden auf.

»Der junge Mann sucht passende *Briefs*?« Den Aufschlag konnte ich nicht retournieren. *Briefs*? Ich hatte keine Ahnung, was das sein sollte, und das sah er mir auch sofort an. Nicht ohne eine gewisse Genugtuung, wie mir schien. »Du hast zumindest nichts anderes in der Hand bisher. *Underpants*.« Ich wechselte meinen Gesichtsausdruck nicht entscheidend, nickte aber, weil alles andere noch blöder war. »Jungchen, Jungchen, du bist ganz neu im Geschäft, stimmt's?« Ich nickte wieder. »Ich könnte auch von kurzen Unterhosen sprechen, aber mal ehrlich. Wer will schon gerne kurze Unterhosen an sein bestes Stück lassen?« Dazu kicherte er und schob die Brust nach vorne. Er war wohl eine Tunte. »Aber lass mal schauen, was du da ausgesucht hast.« Er griff sich die vier Bügel, die ich bereits abgehängt hatte. »Oho, na aber so was. Der junge Mann hat auf jeden Fall Geschmack. Mit einer *aussieBum* liegst du ja nie verkehrt, in hundert Jahren noch nicht. Das ist einfach ein Klassiker. Und die *ES* passt bestimmt gut zu dir. Lass mal schauen, ob du die richtige Größe hast. Du dürftest so zwischen vier und fünf liegen. Und mit M bist du dabei. Die sind doch für dich, oder kaufst du für deinen Schatz ein?« Ich wollte schon wieder nicken, als mir auffiel, dass das eine Frage mit *oder* war.

»Für mich.«

»Oh, jetzt wird es aber aufregend. Der junge Mann spricht.« Er kicherte wieder. »Lass dich von so einer alten Hexe wie mir nicht verunsichern. In Wirklichkeit wirst du in ganz Frankfurt keine bessere Beratung in Sachen *underwear* finden. Und für dich wäre ich sogar bereit, eine Ausnahme zu machen. Du kannst alles anprobieren, was auf den Bügeln hängt.« Ich bestand nur noch aus Nicken. »Wir haben auch noch jede Menge anderer Modelle. Boxer natürlich, und Trunks. Male Thongs, G-Strings, Jockstraps und gestern habe ich ganz topaktuelle Wrestling Singlets reinbekommen. Junge, du wirst deinen Spaß haben bei mir im Laden, glaub mir.«

Ich zweifelte keine Sekunde. Plötzlich schien er etwas auf einem der Bügel entdeckt zu haben, die ich in der Hand hielt. »Meine Güte, das ist wirklich eine besonders gute Wahl. Mit *Andrew Christian* kann man sowieso nichts falsch machen, aber du hast dir zielsicher die allerschönste Kollektion gegriffen, die ich von *AC* habe. *BLOW!* Mit der *Almost Naked Technologie*. Ein fantastischer Jockstrap. Und ich verrate dir noch was ganz Besonderes, was du nicht wissen kannst. Die Beinbänder sind nämlich in Neonfarben gehalten, die leuchten bei Schwarzlicht. *Andrew Christian* denkt eben an alle Eventualitäten.« Okay, es war an der Zeit, mich als

Dorftrottel zu outen, aber ich wäre sonst gar nicht mehr mitgekommen.

»Um ehrlich zu sein, ich habe keine Ahnung, was Jockstraps sind.«

»Aber das ist doch nicht schlimm, mein Junge. Dafür ist die Tante doch da. Jockstraps haben eben einen Tiefschutz, du verstehst schon.« Dann drehte er die *BLOW!* um und siehe da, da war fast nichts. Außer dem, was er vorher wohl die Beinbänder nannte. Ich hatte sie nur in der Hand, weil ich sie für defekt hielt. Mit anderen Worten, es handelte sich um eine Unterhose, die den Hintern frei ließ. Da hörte ich ihn schon weiterreden.

»Vorne hast du diesen wirklich außerordentlich gelungenen Frontbeutel. Das ist ein Tragekomfort, den musst du suchen. Ich verspreche dir, da klebt und scheuert gar nichts. Na ja, und hinten, ist doch klar, da bleibt's frei. Du musst nur an die richtigen Orte gehen, und schon stehen dir alle Türen offen, von beiden Seiten. Was willst du mehr?«

»Sie meinen Orte mit Schwarzlicht?« Da lachte er laut auf und klopfte mir auf die Schulter. »Gib mir die Hand, Kleiner, ich heiße Jürgen, aber die meisten sagen Thelma zu mir. Wegen *Thelma & Louise*. Genna Davis als Thelma, wie ich sie liebe. Mir hätte Brad Pitt auch jeden Dollar geklaut, Ehrenwort. Kennst du den Film?« Aber ich kannte gar nichts an diesem Tag in diesem Laden, also schüttelte ich nur mit dem Kopf und war wieder in der Defensive. Was sich Thelma gegenüber aber unproblematisch anfühlte. »Oh, den musst du dir ansehen. Versprich mir, dass du ihn dir kaufst oder runterlädst. Oder wie auch immer ihr jungen Dinger heute an die Filme rankommt. Es ist so eine wunderbare Frauengeschichte. Leider mit einem traurigen Ende. Aber lass dir eines gesagt sein. Die besten Filme enden alle traurig. Oder es sind Komödien.«

»Ich versprech's.«

»Du bist ein netter Bursche. Darf ich dich auch nach deinem Namen fragen?«

»Louise.« Ich schaute nur eine Zehntelsekunde in sein bescheuertes Gesicht, und platzte dann volles Rohr aus mir raus.

Thelma merkte sofort, dass dieser Punkt ausnahmsweise mal an mich gegangen war, und dann lachten wir beide schallend weiter.

Ich hielt ihm die Hand hin, jetzt endlich auf Augenhöhe.

»Marius.«

Am Ende reichte es für acht Unterhosen. Nicht gerade viel mit 300 Euro in der Tasche, aber das war mir vorher klar gewesen. Man geht nicht in einen solchen Laden, um nachher günstig eingekauft zu haben. Ich legte alles auf seinen Tresen an der Kasse und Thelma schaute anerkennend auf den kleinen Berg Stoff, den ich zusammengeklaubt hatte. Dann fing er an, die Etiketten abzuscannen, und kam am Schluss auf 294.50 Euro. Ein kurzer Blitz durchfuhr mich, aber ich blieb standhaft und legte ihm die 300 Euro hin.

»Also ich weiß ja nicht, was heute noch kommt. Aber so wie es aussieht, könntest du mein bester Tageskunde werden.« Er kicherte wieder. »Aber lass es dir nochmal gesagt sein. Du hast eine vorzügliche Wahl getroffen und wirst den Tag, an dem du so gut für dich gesorgt hast, niemals bereuen. Und dass du den Mut hattest, die *BLOW!* zu behalten, freut mich besonders. Hab ja geschnallt, dass das für dich alles ganz neu ist. Gibt's denn schon einen Herrn, der das Vergnügen hat, das neue Sortiment mit dir durchzugehen? Eine Dame wird's ja wohl nicht sein.« Er kicherte. Ich geriet wieder in die Ausgangshaltung und nickte. »Du Glückspilz. Na, dann will ich mal sehen, ob ich dem jungen Paar noch etwas ins Körbchen legen kann.« Er zählte die Scheine. »Mit den 5.50 Restgeld kommst du ja jetzt auch nicht mehr weit. Die kassiere ich noch ein, und leg eine echte Empfehlung des Hauses drauf. Dein Freund wird Augen machen, Thelma hat Geschmack. Ich kann schon sehen, was dir gefällt. Deshalb ...« Er ging um den Tresen zur *Andrew Christian*-Ecke, und fingerte eine gelbe Unterhose mit lila Rändern heraus. Die legte er mir auf den Tresen. »Was sagst du dazu, mein Junge. Ist die schön, oder ist die schön?«

»Die ist super.«

»Ich wusste, dass sie dir gefällt. Und nicht nur dieser tolle Retro-Style ist perfekt und ziemlich angesagt, sondern sie ist auch noch praktisch. Hier haben wir es nämlich mit einer *Show-it Technologie* zu tun, vom Allerfeinsten, sag ich dir. Dein bestes Stück wird darin von einer Innentasche, dem *Comfy Cup*, angehoben und sieht dann glatt um einige Zentimeter größer aus. Und lass es dir von Thelma gesagt sein, das hat noch nie geschadet. Wir Männer haben doch einfach was für Größe übrig.«

»Find ich gar nicht so wichtig«, hörte ich mich zu meiner eigenen Überraschung sagen. Thelma schaute mich erstaunt an.

»Jungchen, Jungchen. Du hast ja recht, es gibt noch ein paar wichtigere Dinge. Die Luft zum Atmen zum Beispiel.« Wieder Gekicher. »Aber mal unter uns Klosterschwestern, vielleicht hast du da noch ein paar Erfahrungen vor dir, die dich deine Meinung eventuell ändern lassen.«

»Ich habe einen festen Freund.« So ganz geheuer war mir das selbst nicht, wie ich klang.

»Aber natürlich hast du den, ich bin auch schon wieder ruhig. Alles dummes Zeug, was Thelma so von sich gibt. Darf ich dich noch auf dieses Bündchen hinweisen?« Er zeigte wieder auf das gelbe Stück Retro-Style. »Hammer, sag ich dir, einfach unglaublich. Du stehst ja auf breite Hüftbänder, das kann ich sehen. Und hier kommt nun das ultimativ angenehme Slimming-Hüftband.« Er griff in die Hose und dehnte sie um das Doppelte.

»Siehst du, mein Schatz. Der Tragekomfort ist spitze, die Bällchen würden unten schnurren, wenn sie könnten, und oben kaschiert das Band ganz nebenbei auch noch die kleinen Hüftpölsterchen. Nicht, dass das für dich von Bedeutung wäre, aber selbst du wirst nicht jünger. Glaub mir, Marius, für 5,50 Euro hast du nie etwas Besseres eingekauft.« Er nahm das Geld, packte mir die ganzen Unterhosen in eine große Papiertüte, legte eine kleine Packung mit Gummibärchen rein, zwinkerte und schob mir alles rüber.

»So, mein Hübscher. Jetzt bring die Beute mal schön nach Hause, und hab viel Spaß damit. Aber nichts der Mutti verraten, hörst du!« Dazu hob er verschwörerisch die Augenbrauen.

»Die hat aber alles bezahlt.«

»Die Mutti hat dir das Geld gegeben, damit du dir neue Unterwäsche kaufen kannst?«

»Ja, Mom macht so was. Und sie weiß erst seit ein paar Tagen, dass ich mich... nun ja.« Ich war ein Idiot. Gegenüber Thelma verlegen zu sein, machte nun wirklich keinen Sinn.

»Dass du was? Dass du dich für Jungs interessierst? Na, das kannst du in Tante Thelmas Laden gerne laut sagen. Wenn ich es nicht besser wüsste, würde ich sagen, das Schwulsein wurde hier erfunden.« Das konnte ich nachvollziehen.

»Jetzt ist aber Schluss mit dem Geplauder. Grüß mir die Mama und den Süßen, und komm bald wieder, auch wenn du nichts einkaufen willst. Es war mir ein Vergnügen, dich kennenzulernen, Marius.« Er ging vor mir her, öffnete mir die Tür und verbeugte sich, als ich hinausging.

»Tschüss, Thelma. Vielen Dank.« Mehr fiel mir nicht ein. Aber mein Lächeln war sehr echt.

Ich ging einige Meter in Richtung U-Bahn, und schaute dann auf die Uhr. Der Schreck traf mich unvermittelt. Es war viertel nach drei. Vor 15 Minuten wollte ich Max angerufen haben und ich hatte es total vergessen. Überhaupt hatte ich während der Zeit im Laden alles andere vergessen. Nicht völlig, aber doch so sehr, dass ich sagen konnte oder musste, Max war in dieser Zeit etwas in den Hintergrund gerückt. Das konnte ich auch an der Uhr ablesen, und das machte mir ein schlechtes Gewissen. Ich war so sehr verliebt, dass es mir nicht nur die Sprache, sondern regelmäßig alle Sinne verschlug. Wie konnte ich ihn dann vergessen? Kurz meinte ich auf Thelma sauer sein zu müssen, aber das war natürlich Quatsch. Es war total schön bei ihm. Oder bei ihr. Das hatte nichts mit Sex zu tun, Thelma hätte mein Tunten-Vater sein können, aber ich hatte mich mit jeder Minute wohler bei ihm gefühlt. So wohl, dass er meine Aufmerksamkeit komplett auf sich zog. War das schon der Anfang von fremdgehen? Ich glaubte nicht. Und wäre ich pünktlich mit meinem Anruf gewesen, hätte ich mir die Frage auch gar nicht gestellt. Was ein weiterer Beleg dafür war, dass alles in Ordnung sein musste. Ich war nur unpünktlich, nicht mehr und nicht weniger.

Max ging sofort ran.

»Hi, Champ.« Er klang gut gelaunt. Ich erinnerte mich, dass ihn sein Vater auch so begrüßt hatte. Es war liebenswert gemeint, das war zu spüren, aber ich wusste nicht, was genau es zu bedeuten hatte.

»Champ?«

»Ist aus irgendeinem Film, mein Vater sagt das oft. Find ich 'ne coole Anrede. Magst du mein Champ sein?«

»Was immer es ist, es klingt gut, wenn du es zu mir sagst. Sorry, dass ich so spät anrufe. Ich war noch einkaufen.«

»Alles gut, Marius, bleib ganz locker. Ich hab die letzte Viertelstunde nur mit Bauchschmerzen vor dem Hörer gelegen und gebetet, dass du dich meldest. Die sieben Stunden davor hatte ich nur Bauchschmerzen. Hier ist also alles sehr entspannt.«

Dann knurrte er ein wenig in den Hörer und ließ das Knurren in ein herzzerreißendes Jaulen übergehen. Ich lachte.

»Wir sehen uns ja gleich, ich bin auf dem Weg zur Konsti, da nehme ich die U-Bahn. Ich denke schon den ganzen Tag an dich, ganz normal kann das nicht sein.«

»Das klingt gut.«

»Wohl auch ein wenig extrem, würde ich sagen.«

»*Ein wenig extrem* ist doch feige.«

»Wieso das denn?«

»Entweder oder. Aber *ein wenig extrem* ist ja knapp an der Quadratur des Kreises vorbei.« Das musste ich erst mal kapieren, aber es ging schnell.

»In unseren Smalltalk-Momenten versteigen wir uns gerne in die bizarrsten Inhalte.«

»Das muss ich mir aufschreiben, das glaubt mir doch sonst keiner. Was für ein Satz. Sieh zu, dass du herkommst, Marius. Ich will diesen Mund küssen.« Er hatte aufgelegt, und ich ging in die Tiefebene. Die U-Bahn kam sofort.

Dieses Mal war es Max, der mir gleich öffnete. Frau Wagner tauchte gar nicht erst auf. Ich war eine Station früher ausgestiegen, um auf dem Weg zu Max nochmal an der Eisdiele vorbeizukommen. Die Tatsache, dass er wieder ordentlich angezogen war, entspannte mich ein wenig. Es war irgendwie leichter, sich erst mal kurz ganz normal zur Begrüßung zu umarmen. Wobei so normal die Umarmung auch nicht war, eher etwas beschränkt, würde ich sagen. Ich balancierte ja schließlich wieder zwei Eisbecher in der Hand, und in der anderen neun Unterhosen.

»Weil das gestern nichts wurde«, sagte ich zu Max und hob die beiden Becher nach oben. »Wir müssen sie gleich essen, sonst können wir das deinem Vater nicht mehr gut erklären, falls er wieder hereinplatzen sollte.« Max nickte und wir gingen sofort in sein Zimmer. Er setzte sich auf sein Bett, nahm mir einen Becher ab und bedeutete mir, mich neben ihn zu setzen.

»Und ich muss jetzt wirklich zuerst das Eis essen? Das ist ja kaum auszuhalten.«

»Sei artig.«

»Na toll, hoffentlich rollst du nicht gleich noch deinen Gebetsteppich aus.« Innerhalb von weniger als einem Tag hatte sich das Blatt komplett gewendet. Ich saß noch immer mit einem wahnsinnigen Herzklopfen in seinem Zimmer, fühlte mich unendlich glücklich bei ihm zu sein, war lange nicht so verunsichert wie noch am Vortag, und kramte doch irgendwie ziemlich blind in einer neuen Kiste von Unsicherheiten. Zu einigem, was ich in der Kiste fand, konnte ich ihm Fragen stellen. Das konnte ein Anfang sein. Nach der Ouvertüre mit dem Eis.

»Schmeckt's?« Max löffelte sich mindestens ein halbes Bällchen in den Mund und konnte deshalb nicht antworten. Er strahlte mich aber an und zeigte mit dem Daumen nach oben. Meine Variante, Eis zu essen, war im Vergleich deutlich langsamer. Ich mag es, wenn das Eis ein wenig angematscht ist. Das sind immer die Stellen, die eine Weile am Boden geklebt haben. Dann drehe ich alles um, so dass der matschige Teil nach oben kommt und unten wieder neuer Matsch entstehen kann. Den Matsch von oben kratze ich langsam mit dem Löffel weg, dann geht das Ganze von vorne los. Als Max fertig war, war mein Becher noch dreiviertel voll. So konnte er leichter sprechen, und ich konnte mich erstmal meiner Kiste mit Unsicherheiten bedienen. Ich nahm allerdings nicht obenauf eine von den kleineren, sondern griff gleich mittenrein.

»Bist du eigentlich schwul, oder bist du dir da noch nicht so sicher?« Max stellte seinen Becher auf den Boden, und schob ihn mit dem Fuß etwas zur Seite.

»Ich bin schwul und bin mir noch nicht so sicher.«

»War ja klar, dass da keine einfache Antwort kommen würde.« Ein bisschen enttäuscht war ich schon, obwohl es meine Antwort hätte sein können.

»Marius, ich bin verrückt nach dir, super total verrückt. Ich habe in der ersten Stunde, als mich die Wolters neben dich gesetzt hat, gedacht, mich trifft der Schlag. Plong.« Er schlug sich mit der Innenfläche der Hand gegen die Stirn, die Geste hätte von Bulli sein können. Der Eisberg im Becher wurde langsam kleiner. Und dann wiederholte er sich. »Plong, plong, plong... Verstehst du. Mit einem Mal passte alles zusammen.«

»Was passte denn alles zusammen?«

»Alles, die ganzen Jungs, die tollen Männer, das Glotzen auf die Beulen.« Wahrscheinlich kamen Jungs einfach schnell aufs Wesentliche zu sprechen.

»Du meinst, das läuft alles schon viel länger?« Ich war ein cleveres Kerlchen, fand ich selbst, aber ich war ohne Zweifel in der Lage, in Sekundenbruchteilen Zeugs abzusondern, was jeden an meinem Verstand zweifeln lassen konnte.

»Viel länger?« Max schaute mich groß an, während ich noch immer das Eis durch den Becher drehte. »Viel länger trifft's nicht annähernd. Es läuft schon immer. Immmmmmmer!« Ein wenig Theatralik war erlaubt.

»Du meinst, du bist schon schwul zur Welt gekommen?«

»Würdest du das jemanden fragen, der hetero ist?«

»Wahrscheinlich nicht.«

»Und warum nicht?«

»Keine Ahnung. Hetero ist die Regel, homo die Ausnahme. Die Regel hinterfragt man nicht.«

»Jetzt bist du aber ganz knapp an *normal* und *unnormal* vorbeigeschrammt.«

»Stimmt, hab ich selbst gemerkt. Ich find's ganz normal, schwul zu sein. Wenn ich's denn bin. Aber bei mir hat nicht plötzlich alles gepasst. Entweder ich habe da was die ganze Zeit nicht mitbekommen, oder es war nicht da. Und dann wäre es ja auch bei meiner Geburt nicht dagewesen. Aber ab dem Zeitpunkt, wo dich der Schlag getroffen hat, da lief es bei mir definitiv genauso ab.« Und dann schlug auch ich mir in einem fort mit der flachen Hand gegen die Stirn. »Plong, plong, plong, plong, plong, plong ...« Ich wollte gar nicht mehr aufhören. Bis Max mich am Handgelenk festhielt. Und mich leicht zu sich drehte. Und alles ganz still wurde. Und er näherkam. Und ich mir überlegte, was ich mit dem Eis machen sollte. Und ich ihn riechen konnte. Und ich die Augen schloss. Und ich ein wenig zurückzuckte, als sich unsere Lippen trafen. Und mich öffnete, mit ihm. Und mit ihm versank. In diese unfassbare Flut.

In einem schlechten Film hätte in diesem Moment sein Vater im Zimmer gestanden. Als ich das kurze Klopfen und im selben Moment die Tür hörte, war es zu spät, zu begreifen, dass ein schlechter Film so gut wie unser Leben sein kann. Mom hatte das schon mal so ähnlich zu mir gesagt. Erwachsene reden ja häufiger von den Drehbüchern des Lebens. Und Mom ist der Auffassung, dass das Leben Drehbücher schreibt, die trivialer sind als der billigste Streifen, den man sich vorstellen kann. Als ich, obendrein feuerrot, wieder aufrecht auf Max' Bett saß und kurz spürte, dass diese Stille nur noch wenig mit der vorherigen gemein hatte, fühlte ich mich ohne jeden Zweifel in einem ganz billigen Streifen sogar mit einer Hauptrolle ausgestattet. Durch die Scham, die in mir hochschoss, hörte ich von weitem nur diesen einen Satz: »Von mir hast du das nicht.« Dann verließ Herr Wagner wieder das Zimmer und schloss fast geräuschlos die Tür.

Max stand auf, ging an sein Fenster und schaute raus. Der Film wurde also nicht umgehend anspruchsvoller. Ich stellte fest, dass ich tatsächlich noch den Eisbecher in der Hand hatte. Wie mir das gelingen konnte, wussten vielleicht die Götter. Im Becher schwamm der rote Plastiklöffel in einem kleinen See aus geschmolzenem Mangoeis. Robotergleich hob ich den Becher zum Mund, und trank die restliche Flüssigkeit. Ich stand auf und ging zu Max ans Fenster. Als er sich zu mir drehte, lächelte er kurz und strich mir mit dem Zeigefinger die Mangoeisreste im Mundwinkel weg. In seinen Augen lag ein Funke Traurigkeit. Er schob sich den Klecks auf seinem Finger in den Mund und lutschte ihn ab. Was mich irgendwie glücklich machte. Aber wir teilten nicht das gleiche Gefühl. Mein Vater hätte das nicht gesagt. Ich umarmte Max von hinten und konnte spüren, dass die Stille sich schon wieder gewandelt hatte. Wie unterschiedlich Stille klingen konnte, hatte ich nicht gewusst. Er stand vor mir und es fühlte sich richtig an, ihn so zu halten. Aber sein Körper war ganz hart und steif. Mein Gefühl war, dass er mich weder abstieß noch annahm. Er war anderswo und ich blieb hinter ihm.

»Tut mir leid.« Ich war überrascht, seine Stimme zu hören. »Tut mir leid, dass ich alles vermasselt habe. Ich hab vergessen, dass er dienstags früher nach Hause kommt. Es war so schön. Es tut mir so leid, Marius.«

»Du hast doch gar nichts falsch gemacht.«

»Habe ich nicht?« Er machte ein verächtliches Geräusch. »Wer denn sonst? Siehst du sonst noch jemanden hier, der in Frage käme?« Er löste sich aus meiner Umarmung und ich ließ ihn los. Ich war irritiert von seiner Sicht der Dinge.

»Marius. Lass uns rausgehen. Ich muss das gerade mal abschütteln, irgendwie loswerden, ich fühle mich wie gelähmt hier drinnen.«

»Klar doch.«

Max schien zu wissen, wo er hinwollte. Wir liefen nicht lange. Ich hatte die Gegend beim letzten Mal eher in die andere Richtung abgelaufen, jetzt kam mir nichts so richtig bekannt vor und ich trottete neben ihm her. An einer Straßenecke gab es einen kleinen Platz, offensichtlich direkt an einer Schule gelegen. Unter einigen Bäumen standen Bänke und in der Mitte des Platzes waren vier eng beieinander liegende Sitzplätze, wie einbeinige Hocker in den Boden gepflanzt.

»Zum Glück sind sie frei. Da wollte ich hin. Hab keine Lust, doof auf einer Bank nebeneinander zu sitzen.« Er setzte sich auf einen der Hocker, ich setzte mich ihm gegenüber. »Hier bin ich zur Schule gegangen.« Er zeigte mit der Hand auf das schon ältere, rot-weiße Schulgebäude. »Da war ich noch klein und unschuldig.« Ein erstes Lächeln huschte wieder über sein Gesicht. Das beruhigte mich sofort. »Wenn du mich fragst, dann ist die Schulzeit bisher keine tolle Zeit gewesen. Meistens hab ich nur schwer Anschluss bekommen. Zu den Jungs, und zu den Mädchen. Ich war immer ganz still und hab lieber nichts gesagt. In Sport war ich auch nicht gut. Ich habe mich einfach nichts getraut. Als ich zu Helga und meinem Vater kam, war ich fünf und hab noch eingenässt. Das wurde dann besser, als ich eingeschult wurde. Mein Vater war der erste Mensch, der sich richtig Zeit für mich genommen hat. Ich war immer sein Champion, sein Sieger. Die beiden hatten schon drei eigene Kinder, die hätten sich das nicht antun müssen. Ich war ja zudem auch noch ein schwieriges Kind. Also schwierig in dem Sinne, dass ich so ohne jegliches Selbstbewusstsein zu ihnen kam. Helga hat sich immer korrekt verhalten, aber richtig viel Mühe hat sie sich nie mit mir gegeben. Der, der sich mächtig ins Zeug für mich legte, war mein Vater. Helga war immer um Gerechtigkeit bemüht, und doch war ich nur ihr Pflegekind, auch wenn sie das nie gesagt hat. Das musste sie einfach nicht sagen. Aber meinem Vater war ich ein richtiger Sohn. Und es dauerte nicht lange, da liebte ich ihn über alles. Es wurde zu meiner größten Motivation, ihm ein guter Sohn zu sein. Ich wollte, dass er stolz auf mich ist und das machte mich wirklich besser. Nicht, dass mich das in meiner frühen Schulzeit zu einem Überflieger gemacht hätte, aber ich fand so langsam in die Spur. Brachte mal einen Freund mit nach Hause, schoss mein erstes Tor beim Fußball, machte einen Monat lang nicht in die Hose, so was halt. Das waren meine Erfolge. Mein Vater feierte jeden davon wie eine ganze Meisterschaft. Er machte mich groß.«

»Wie passt das zusammen? Ich meine das, was er vorhin gesagt hat, und das, was du mir von ihm erzählst. Vielleicht war er einfach zu überrascht. Wusste er denn schon etwas oder hat er es auf diese Art erst erfahren, dass sein Sohn vielleicht schwul ist?«

»Wenn ich dir das so genau beantworten könnte. Ich hab dir ja gesagt, dass es für mich schon sehr lange Anzeichen gab. Die hätte er auch mitbekommen können. Aber so ein Vater war er nun auch wieder nicht. Er ließ mich spüren, was er sich von mir als seinem Sohn wünscht. Und darauf war seine Aufmerksamkeit gerichtet. Wir waren ein perfektes Team. Ich war zwar nicht großartig in meinen Leistungen, aber ich orientierte mich vollkommen an seinen Werten, seinen Wünschen und Ideen. Man könnte fast sagen, dass ich ihm hörig war. Alles, was nicht dazu passte, nahm weder er zur Kenntnis noch ließ ich es an mich heran. Wir blieben lange in dieser Balance. Guter Sohn, guter Vater, so einfach war das. Jeder machte den anderen einen Kopf größer. Mit seinen beiden eigenen Jungs, Sören und Malte, hatte er es deutlich schwerer. Sören ist heute noch ein grober Rowdy, und mittlerweile säuft er auch schon richtig. Zum

Glück ist er neun Jahre älter. Wir hatten deshalb nie viel miteinander zu tun. Als ich zu den Wagners kam, war Sören gerade so richtig in der Pubertät. Er war das absolute Gegenteil von mir. Sportlich ziemlich erfolgreich im Verein, sozial vernetzt im ganzen Ort, Freunde und Freundinnen ohne Ende. Aber er rauchte auch, klaute, drehte die Musik so auf, dass sich keiner mehr in der Wohnung unterhalten konnte, kam nachts nicht nach Hause. Niemand bekam ihn in den Griff. Und Malte war ein Weichei, das fand sogar ich. Der war nur am Jammern. Eigentlich konnte man nichts mit ihm machen. Nichts war richtig, es war zu kalt, zu heiß, zu salzig, zu fettig, es tat hier weh, es tat da weh. Kurz gesagt, war es egal, was man versuchte, es war immer falsch. Mit Malte Zeit zu verbringen, machte echt keinen Spaß. Und so war mein Vater wahrscheinlich dankbar, dass er wenigstens einen Jungen hatte, den er lieben konnte, und von dem er sich geliebt fühlte. So stelle ich mir das jedenfalls vor.«

»Du sagtest, du hättest drei Geschwister.«

»Ja, ich habe noch eine Schwester. Das ist mir die Liebste. Sie ist nur knapp zwei Jahre älter als ich, deshalb sind wir auch am dichtesten miteinander aufgewachsen. Sie heißt Kerstin, aber wir Geschwister nennen sie nur Kermit. Sie hat schon immer Frösche gesammelt. Wenn du mal in ihr Zimmer kommst, wirst du im ersten Augenblick nichts als Frösche sehen, und heute ist sie 17. Ich habe ihr gesagt, dass sie das ändern muss, wenn sie mal einen Jungen mitbringen will, aber das fand sie unlogisch. Und Oliver, ihr Freund seit mehr als zwei Jahren, bringt ihr doch tatsächlich noch neue Frösche mit. Da lag ich also völlig falsch. Das Schöne an Kermit ist, sie war schon immer ein Sonnenschein. Die ist komplett mit sich zufrieden. Macht sich und der Welt keine Sorgen, geht einen Schritt nach dem anderen. Sie ist einfach liebenswert, und sie wird auch von allen geliebt. Nur in Bezug auf meinen Vater schien es mir immer so: Erstens, logo, ist sie ein Mädchen, und zweitens gab's da nichts zu tun. Sie gedieh einfach von selbst. Ich stelle mir vor, dass das für Eltern irritierend sein kann. Sie wollen doch in ihren Kindern immer auch die Bestätigung ihrer Bemühungen erkennen, oder nicht?«

Darüber hatte ich noch nicht nachgedacht, aber es klang plausibel.

»Mein Vater ist da wohl sehr anders.«

»Sehr anders?«

»Ja. Also er war immer für mich da, ich kann mich nicht beklagen. Aber im Prinzip war er auch die meiste Zeit weg. Darüber habe ich mich auch nie beklagt. Eigentlich hat Mom alles übernommen, und Geschwister habe ich keine. Ich glaube, ich habe wirklich die volle Aufmerksamkeit allein von ihr bekommen. Aber mir fehlt nichts. Ich kann nicht sagen, dass er in mir irgendwelche Bemühungen bestätigt sehen will, dazu bemüht er sich zu wenig.«

»Vielleicht irre ich mich da ja auch. Ich habe mich oft gefragt, tue es eigentlich auch heute noch, wie es richtig ist. Ich meine, wie es sich anfühlt mit seinen richtigen Eltern. Das weiß ich einfach nicht. Aber immer, wenn ich mir das bei anderen genauer angeschaut habe, kam etwas ganz Unterschiedliches dabei raus. Es genügte ja schon der Blick zu Sören, Malte und Kermit. Ich glaube, die würden alle drei eine andere Geschichte erzählen, wie das mit ihren Eltern ist. Und die haben ja alle drei dieselben, richtigen Eltern.«

»Ist das denn so wichtig? Irgendwie zählt doch das, was ist.« Das fand ich zumindest naheliegend.

»Ja, das ist so wichtig. Aber das kannst du nicht wissen. Du hast deine Eltern und du weißt, wie sich das für dich anfühlt. Ich werde immer das Gefühl haben, dass ich es eben nicht weiß. Ich merke gar nicht, dass ich mir diese Frage stelle. Aber ich spüre, dass ich etwas wissen will, was mir nie beantwortet werden wird. Damit muss ich wohl klarkommen.« Er erläuterte das alles ganz sachlich und ruhig. Die Schwere aus seinem Zimmer schien sich tatsächlich aufzulösen, leicht wurde es deshalb noch lange nicht. Ich stützte mich mit den Unterarmen auf meinen Schenkeln ab. Dabei fiel mein Blick auf seinen Schritt. Sofort zuckte ich mit den Augen zur Seite. Er sollte nicht den Eindruck gewinnen, dass ich mich in einem solchen Moment für seinen Schwanz interessierte. Der Tag mit Thelma hatte mich etwas mutiger gemacht. Ich konnte *Schwanz* denken, ohne dass ich das unpassend fand. Dann schaute ich wieder zurück. Ich hätte meinen Kopf gerne in seinen Schoß gelegt. Vor ihm gekniet, ihn eingeatmet und ihn dabei umarmt. Ich schaute ihm in die Augen. Scheiße. Ich liebte ihn. Er sagte nichts.

»Denkst du an deinen Vater?« Ich war mir unsicher, wo er war.
»Ja.«
»Fragst du dich, was in ihm vorgeht?«
»Ich weiß, was in ihm vorgeht.«
»Erzähl es mir.«
»Was geht in dir vor?«
»Ist das jetzt so wichtig?«
»Ich habe mich so auf dich gefreut. Und dann muss mein Vater nur einen Satz sagen, und alles ist anders.« Das versetzte mir einen Stich.
»Wieso ist alles anders?«
»Weil ich mit dir hier sitze und an meinen Vater denke. Ich sollte ganz bei dir sein, ganz bei uns.«
»Vielleicht bist du das ja, auch wenn du dabei an deinen Vater denkst.« Das ist eine Fähigkeit von mir, wie ich finde. Dass ich ein Gefühl dafür habe, was sich nicht ausschließen muss.
»Ja, vielleicht. Du machst es mir jedenfalls leichter.«
»Ich bin froh, dass ich bei dir sein kann.«
»Marius, du kannst bitte nicht ständig das Richtige sagen.«
»Verstehe ich nicht.«
»Ich auch nicht, aber so fühlt es sich eben an.«
»Verstehe ich immer noch nicht.«
»Ist alles ziemlich viel auf einen Schlag.«
»Zu viel?«
»Ziemlich viel.«

»Worauf hast du Lust?«

»Ich kann dir sagen, worauf ich Lust hatte, als du kamst.«

»Dann sag es mir.«

»Dich zu vernaschen.« Das war eine der bestmöglichen Antworten.

»Und darauf hast du jetzt keine Lust mehr?« Da war es wieder, sein Grinsen. Noch dazu blickte er in aller Ruhe an mir herunter. Es fühlte sich ziemlich dreist an, was er mit seinen Augen machte.

»Doch.«

»Aber?«

»Kein aber. Kein klassisches zumindest.«

»Das wird ja immer interessanter.« Sein Grinsen war so stark, dass ich mich darunter beherrscht fühlte. Ein völlig neues Gefühl. Auch ein gutes Gefühl. Erstaunlich. »Weißt du, was wirklich gut ist, Marius?«

»Sag's mir.«

»Wenn ich es dir sage, dann habe ich eine Ladung Mut bei dir gut.«

»Sag's mir trotzdem.«

»Gut ist, dass du auf mich mindestens so geil bist wie ich auf dich.« Wahrscheinlich hätte er dazu rot werden sollen, aber ich übernahm das für ihn.

»Und was ich noch gut finde, ist, dass wir beide, wenn ich es richtig verstehe, noch gar keine Erfahrung mit nix haben. Obwohl ich dir anscheinend schon ein paar Jahre voraus bin, aber das eben nur in Gedanken. Ich hab schon ziemlich viel mit Jungs gehabt, mit Männern auch.« Damit wollte er mich sicher nicht verunsichern, aber seine Bemerkung ließ den Boden unter meinen Füßen ein wenig versanden. Es waren die Männer, die mich wacklig werden ließen. Das Gefühl, dass da etwas um die Ecke kam, mit dem ich nicht konkurrieren konnte. Ich hielt mich lieber an den Rest.

»Du verstehst das richtig. Ich habe keine Erfahrungen. Mit Mädchen nicht und mit Jungs auch nicht. Nur mit mir selbst. Und in meinen Fantasien ist auch noch nicht viel passiert.«

»Und jetzt, was passiert jetzt?«
»Du meinst, seit ich dich kenne?«
»Seit du mich kennst und jetzt.«
»Seit ich dich kenne, das habe ich dir schon gesagt. Das war doch mein Durchbruch in Sachen Mut.«
»Na gut, dann eben jetzt.« Er wusste, dass er mich an der Angel hatte. Und er sah mir gerne dabei zu, wie ich zappelte.
»Das macht dir Spaß.«
»Zugegeben.«
»Also gut. Was jetzt passiert, willst du wissen?«
»Du schindest Zeit.« Damit hatte er recht. Also nahm ich Anlauf, und sprang.
»Mein Puls muss irgendwo über 200 sein, ich bin total verunsichert, weil mir nichts von dem bekannt ist, was hier gerade passiert. Weil ich tausend Fragen habe, wie das mit dem Sex geht, erst recht mit einem Jungen. Weil ich in Momenten, unter anderem auch jetzt, wenn du es so genau wissen willst, aus nichts anderem bestehe als aus dem Wunsch, dich zu berühren. Und geschehen zu lassen, was dann alles geschehen kann. Weil ich finde, dass du unfassbar gut aussiehst. Weil ich ...«
Max unterbrach mich.
»Wow, wenn du mal in Fahrt kommst, dann aber richtig. Das war schon beim ersten Mal so. Mach weiter, du bist grandios.«
»Weil ich mich vor dich knien möchte.«
»Nicht so stürmisch, junger Mann.«
»Das war vorhin meine stärkste Fantasie, als es noch um deinen Vater ging.«
»So, so. Da warst du also mit deinen Gedanken.«
»Ich war ganz bei dir.«
»Ich verstehe, im Knien.«
»Ja, mit meinem Kopf in deinem Schoß. Und den Armen um dich. Und ...«
»Und?«

»Wenn ich das auch noch sage, habe ich wieder bei dir etwas gut.«

»Aber gerne doch. Du kriegst sowieso noch alles, wirst sehen.«

»Es geht nicht nur um Sex, wenn es um Mut geht.«

»Tell me more, darling. Und was nun?« Der Teil war mir wirklich etwas peinlich, aber Max beförderte alles ans Licht.

»Ich hätte meine Nase ganz tief eingegraben. Um dich da zu riechen.«

»Respekt, Marius. Mir platzt gleich die Hose, wenn ich mir das noch länger anhöre. Lass uns laufen.«

»Wohin?«

»Egal.«

Wir liefen lange durch die Gegend und redeten querbeet. Ich weiß nicht, ob unser Gespräch für einen neutralen Zuhörer besonders interessant gewesen wäre, aber mir kam es vor, als stünden wir in einer meisterhaften Verbindung. Mich interessierte alles, was Max zu erzählen hatte. Gleichzeitig hörte er aufmerksam zu. Wir störten uns nicht und hielten drauf. Vergrößerten das Bild, bekamen es scharf oder verwackelten in der Bewegung. Es blieb eine besondere Abfolge von Aufnahmen. Eher ein Daumenkino. In sich vielleicht nicht schlüssig. Aber Max und Marius.

Ohne es zu merken, liefen wir aus Bockenheim raus, und bewegten uns durch eine mir nicht bekannte Landschaft, die gleichzeitig sehr typisch nach einem Frankfurt etwas außerhalb aussah. Wir unterquerten eine viel befahrene Straße, um uns herum ein Gewirr aus Häusern, Plätzen und Firmen, und garantiert nichts passte zum nächsten. Dann führte uns wiederum eine Überführung über mehrere Gleise, um uns auf der anderen Seite wieder in ein ähnliches Gewirr zu schicken. Max sagte, er würde sich auskennen, also verließ ich mich ganz auf ihn. Er sagte auch noch, Frankfurt sei etwas für Läufer. Wer Ausdauer zeige, würde irgendwann belohnt werden. Wir kamen nach Rödelheim und liefen eine kleine Ewigkeit eine Hauptstraße entlang. Der Flair der Stadt änderte sich auf dieser Strecke kaum. Erst als wir eine weitere Hauptstraße kreuzten und offenbar in einen etwas älteren Teil des Ortes kamen, wurde es etwas besser. Vor allem aber tauchte auf der linken Seite ein Park auf, an dessen Eingang ein Kiosk offen hatte.

»Hast du auch Durst, Marius?« Das hatte ich tatsächlich. Ich wollte mein Geld herausholen, aber Max machte mir mit einer knappen Handbewegung klar, dass er das übernehmen würde. Er bestellte sich eine Literflasche stilles Wasser und einen Coffee to go, für mich einen Eistee. Dann zeigte er mir einen Weg durch den Park, auf dem wir zur Nidda kommen sollten. Der Park war ziemlich groß, und überall saßen Gruppen von Menschen auf dem Rasen. An unterschiedlichen Stellen wurde gekickt. Dazwischen waren ein paar Leute damit beschäftigt, sich in Tai Chi zu üben, was albern wirkte. Unter einem mächtigen Baum zupfte eine junge Frau ihre Gitarre und sang *Nothing else matters*. Der Tag war wunderschön, die Stimmung gut und in kürzester Zeit erreichten wir den kleinen Fluss. Dieses Mal nahmen wir eine Bank gerne an. Ein Teil von mir blieb die ganze Zeit damit beschäftigt, wie es Max wohl mit seinem Vater ging. Aber es schien mir angebracht, abzuwarten, ob er irgendwann noch einmal von selbst den Faden aufnehmen würde. Als wir uns gesetzt hatten, kam er darauf zurück.

»Möchtest du wissen, warum ich mir so sicher bin, was in meinem Vater vor sich geht?« Das wollte ich wissen. Ich trank einen Schluck Eistee und nickte.

»Mein Vater ist auf Schwule nicht sonderlich gut zu sprechen. Wir haben da schon drüber gesprochen, mehrfach. Das heißt, er hat darüber gesprochen und ich habe ihm zugehört, so wie bei anderen Themen auch. Ich habe dir ja schon erzählt, dass ich mich lange Zeit komplett an dem orientiert habe, was seine Sicht der Dinge ist. Er hat zu allem eine feste Meinung, die er auch vertritt. Er ist ein belesener und gebildeter Mann. Beim Fernsehprogramm liebt er politische Magazine und Satire-Sendungen. Und wehe, da fährt einer eine ganz andere Spur, dann beschimpft er die Leute laut. Ich glaube, er vertritt oft ganz gute Positionen, und ich stimme ihm sicher in vielem zu. Er ist überzeugend. Trotzdem frage ich mich manchmal, was ich denn nun wirklich zu einem Thema denke, zu dem mir mein Vater schon dargelegt hat, was man dazu eigentlich zu denken hat. Er hat meine eigene Urteilskraft geschärft, und sie mir genommen.«

»Wie das denn? Das eine schließt das andere doch eher aus.« Offenbar fand ich es doch nicht immer plausibel, die Dinge nebeneinander gelten zu lassen.

»Zu unserem Verhältnis gehörte es einfach, dass ich ihm nicht widersprach. Das musste er von mir nicht verlangen, das tat ich einfach nicht. Er war derjenige, an den ich mich hielt. Das schärft die eigene Urteilskraft wahrscheinlich nicht. Blinder Gehorsam, wie bei der Armee.«

»Woher weißt du, wie es in der Armee ist?«

»Weiß ich nicht. Aber wenn du Kriegsdokus schaust, dann geht es da immer wieder um diesen blinden Gehorsam. Eine Armee funktioniert wohl nicht, wenn da täglich Diskussionen abgehalten werden. Irgendjemand muss das Sagen haben, und das muss dann auch gemacht werden.«

»Und warum hat dein Vater dann trotzdem etwas zu deiner Urteilskraft beigetragen?«

»Er hat gut argumentiert. Ich wünsch dir jetzt schon viel Erfolg, wenn du mal in einer Diskussion mit ihm eine gegenteilige Ansicht vertreten solltest. Nicht, dass du die nicht vertreten dürftest. Aber er führt keine Diskussion, zu der er nicht vorher schon seine Position gefestigt hat. Du wirst es nicht erleben, dass du irgendwo hindenkst, wo er nicht schon war. Wenn er deine Argumentation also nicht teilt, dann hat er diesen Ansatz bereits für sich verworfen, und als nicht ausreichend schlüssig eingeordnet. Wenn es nicht zu dünn ist, was du vorträgst, dann lässt er das gelten. Aber er wird dir immer klarmachen, warum du dich irrst. Das ist das Mindeste. Vergiss nicht: Er weiß, was richtig ist.«

»Das klingt unangenehm. Einer, der immer schon alles weiß, und zwar besser, da muss man auch nicht mehr diskutieren.«

»Stimmt, davon hält er auch nicht viel. Er hat kaum Freunde oder Menschen, mit denen er redet. Das bringt ihn alles nicht weiter, wie er sagt. Er hat Helga, mit ihr spricht er über alles. Und seine vier Kinder. Das ist sein Kosmos. Er meint, dass viele Probleme daher rühren, dass sich die Menschen nicht auf das besinnen, was ihnen zu allererst von zentraler Bedeutung sein müsste. Die Frau, die Kinder, der Job, Bildung. Punkt. Na ja, etwas Sport für den körperlichen Ausgleich, den lässt er auch noch gelten. Am besten Fußball.« Er holte etwas Luft. »Spielst du Fußball?«

»Wenn ich nicht muss, lass ich es gerne bleiben.«

»Das dachte ich mir.«

»Wieso das denn?«

»Soll ich es dir mit den Worten meines Vaters erklären? Wobei ich vorausschicken möchte, dass das Thema Schwulsein nicht zu den Themen gehört, die er wirklich begriffen hat.«

»Wir sprachen gerade über Fußball, nicht über Schwulsein.«

»Okay, dann pass mal auf und achte auf die Schnittmenge. Also mein Vater würde sagen, dass du auch so einer von der weichen Fraktion bist. Total verhätschelt vom Leben, nicht aggressiv im Zweikampf. Einer, der nicht übersteht, sobald es ernst wird. Die Schwulen sind für ihn eitle Gockel, die sich ihrer Männlichkeit entziehen, und dann auf besonders einfühlsam machen. Mit Eau de Toilette und schicken Klamotten. Die tanzen lieber Ballett.«

»Hat er sich schon mal das Training einer Ballettkompanie angeschaut?«

»Bist du verrückt. Für viel Geld würde er das nicht machen.«

»Dann wüsste er aber, dass es sehr harte Arbeit ist, was dort geleistet wird. Ich glaube kaum, dass Fußballer da mithalten können.«

»Ich sehe schon, das wird ein Fest, sollte es einmal zu dieser Auseinandersetzung zwischen euch kommen. Aber nochmal zu den Schwulen. Weil wir Schwule, ich rechne uns einfach mal dazu, solche Memmen sind, machen wir den ganzen weibischen Kram. Und damit gewinnst du nun mal nicht seinen Respekt als Mann. Wenn sie dann in den Nachrichten noch ein paar Tunten in Glitzerfummel und Federboa bei irgendeiner Gay-Pride zeigen, dann ist es ganz aus. Was ihn dabei aber richtig ärgert, und darauf läuft es für ihn letztlich mit seiner Abneigung hinaus, ist, dass die Schwulen für sich beanspruchen würden, etwas Besonderes zu sein. Weil sie meinen, von der Gesellschaft besonders diskriminiert zu werden. Was aber schon lange nicht mehr der gesellschaftlichen Realität entspräche. Er findet, dass es gesellschaftlich derart relevante Themen gibt, die aber nur wenig Aufmerksamkeit auf sich ziehen, dass er diese schillernde, sich in den Mittelpunkt der Beachtung drängende schwule Welt, eher deshalb ablehnt, weil er dieser, aus seiner Sicht verzerrten Wahrnehmung gesellschaftlicher Probleme nicht noch Vorschub leisten will. Mal ganz abgesehen davon, dass es ihm ein abstoßender Gedanke ist, dass Männer Sex mit Männern haben. Nichts von alledem würde er in dieser Deutlichkeit sagen, aber ich weiß sehr genau, dass er es so meint. Wenn du mit ihm sprichst, wird er das zwar alles vertreten, aber doch sehr viel moderater. Und es ist für ihn auch nicht schwer, sich liberal gegenüber Forderungen nach Gleichberechtigung zu zeigen. Spätestens dann muss aber Ruhe sein. Er merkt es tatsächlich nicht, dass er eine homophobe Seite hat. Und niemand wird sie ihm zeigen können. Denn die hat er für sich schon lange ausgeschlossen.«

»Ich muss zugeben, dass er mir aus diesem Blickwinkel nicht so sympathisch wird.«

»Mach dir dein eigenes Bild bei Gelegenheit. Ich habe schließlich ausreichend Gründe, ihn nicht ganz objektiv zu sehen.«

»Aber du bist dir sehr sicher.«

»Ich bin der Sohn meines Vaters. Natürlich hat er mich sehr geprägt. Und ... mein Widerstand ist eben wahrscheinlich zu kurz gekommen, letztlich hat er mich auch oft überzeugt. Er ist ein konsequenter Mensch, und das beschreibt ihn nicht negativ. Er tut, was er sagt, er ist verlässlich.«

»Dann weiß ich ja nun vielleicht mehr über dich als über deinen Vater.«

»Sehr gut möglich. Stell dich darauf ein, dass ich stur sein kann.«

»Wenn ich nicht das Memmen-Klischee erfüllen muss, nur weil ich mehr für Ballett als für Fußball übrighabe, dann kann ich's mit etwas Sturheit wohl aufnehmen.«

»Du kannst den Mund ganz schön voll nehmen.«

»Findest du? Ich würde ihn gerne voll nehmen.« Was er immerhin verstand. Und plötzlich saß der ganze Max auf mir drauf und küsste mich so heftig, dass ich einige Sekunden brauchte, um in dieser Kraft zu meiner eigenen Stärke zu finden und mitzuhalten.

Später, auf dem Rückweg, fing er wieder damit an. Ich hätte auch mal etwas länger nichts hören müssen.

»Er kriegt das nicht übereinander, das geht in ihm vor.«

»Was ist so schwer daran zu verstehen, dass der eigene Sohn schwul ist?« Nicht gerade die hellste aller Fragen.

»Im Prinzip hält er das doch für eine Charakterschwäche. Nicht, wenn er darüber nachdenkt, dazu ist er natürlich zu klug. Aber tief drin sieht es anders bei ihm aus. Und dass sein Sohn diese Schwäche angenommen hat, wird deshalb zu *seinem* Versagen. Bei Sören hat er versagt, er ist ein Säufer mit großer Klappe. Und Malte ist ein nervtötender Quälgeist. Kermit ist die geworden, die sie immer schon war, und das Ergebnis seiner vollendeten Schaffenskraft ist jetzt eine Schwuchtel. Prost Mahlzeit.«

»Meinst du, es wird sich viel für euch verändern?« Ich befürchtete, das könnte auch für uns ein Problem werden.

»Alles und nichts, vermute ich mal. Es ist eine elementare Desillusionierung für ihn. Nun, wo sie sichtbar geworden ist, muss er neu hinschauen. Ich habe keine Ahnung, was ihm dabei alles auffallen wird.«

»Ich vermute mal, er wird feststellen, dass er dich immer noch liebt.«

»Weißt du was, Marius? Das vermute ich sogar auch. Es passt ihm nicht, was er vorhin gesehen hat, er will es am liebsten nicht wahrhaben. Er will vor allem nicht glauben müssen, dass er etwas zu meinem Schwulsein beigetragen hat, oder, noch weitreichender, dass er sogar etwas Schwules in sich trägt, was er auf mich übertragen hat. Das sind Gedanken, die ihn jetzt quälen.«

»Wenn er etwas Zeit braucht, dann kann ich das durchaus verstehen.«

»Ja, die soll er haben. Ich brauche sie ja auch.« Wir kamen wieder nach Bockenheim und es setzte eine abendliche Stimmung ein. »Ist es okay, wenn wir uns an der U-Bahn verabschieden? Irgendwie ist mir eine weitere Begegnung gerade zu viel.«

»Ja klar. Du musst mir aber noch sagen, wie es weitergeht. Bist du denn noch krank?«

»Wie du siehst, eigentlich nicht. Aber ich war heute beim Arzt, und der hat darauf bestanden, mich bis zum Ende der Woche krank zu schreiben. Die Infektion, die ich mir eingefangen habe, bräuchte noch ein paar Tage Rekonvaleszenz, hat er gesagt. Deshalb komme ich die ganze Woche nicht in die Schule. Helga besteht darauf. Ich glaube, ich wäre noch nie lieber in die Schule gekommen als in dieser Woche.« Ich war zwar enttäuscht, dass er die ganze Woche nicht in die Schule kommen würde, aber zu einer Katastrophe konnte sich das alles nicht mehr ausarten. Mein Gefühl war, dass wir fortan jede freie Minute miteinander verbringen würden. Die Schule war da nicht so entscheidend.

»Sollen wir es so machen wie heute? Ich rufe dich morgen wieder an?« Er schaute mich groß an.

»Das sollten wir unbedingt so machen. Und vielleicht solltest du mir langsam mal deine Telefonnummer anbieten.« Ich hätte schwören können, dass er die seit Ewigkeiten hat. Diese Ewigkeit existierte zu dieser Zeit aber erst seit 36 Stunden. Und ganz real hatte noch nicht jede Angleichung an das stattgefunden, was mich seitdem völlig umwarf. Ich sagte ihm beide Nummern. Er war sich sicher, dass er sie sich merken konnte. Wir küssten uns ohne Ängstlichkeit an der U-Bahn-Halte Kirchplatz. Die Welt schien davon keine Kenntnis zu nehmen. Ich ging die Stufen hinunter und winkte ihm kurz nach.

Zweifellos sah mir jeder an, was mit mir vorgegangen war. Dass ich mich verwandelt hatte. Ich weiß nicht, ob ich je ein Frosch war, aber ich lief die Treppen zur U-Bahn als strahlender Prinz hinunter.

Zu Hause saßen Mom und mein Vater auf der Terrasse, Gayle strich um sie herum. Es wurde gerade dunkel. Ich freute mich, dass alle noch wach waren. Es wirkte, als würden sie auf mich warten. Klar, sie mussten neugierig sein. Ich habe das Glück, dass meine Eltern mir alles Glück dieser Welt gönnen, ob mit einem Jungen oder mit einem Mädchen, das ist ihnen wohl nicht egal, aber es ist nicht entscheidend. Ich habe das Glück, dass meine Eltern es gut mit mir meinen. Und dass mein Glück zu ihrem werden kann. Manchmal habe ich das Bedürfnis, gerade wenn der Tag lang war, lieber kurz *Hallo* zu ihnen zu rufen, und dann schnell in meinem Zimmer zu verschwinden. Das ließen sie mir auch durchgehen. Aber an diesem Abend wollte ich, dass sie sehen konnten, wie gut es mir ging. Ich wollte, dass sie mir ihre Fragen stellen konnten. Ich wollte Gayle auf den Schoß nehmen und mir die Ohren vollschnurren lassen. Ich wollte es genießen, dieses Leben.

Ich küsste beide zur Begrüßung und Gayle miaute sofort zu mir hoch. Dann zog ich mir einen Stuhl heran, schnappte mir den alten Kater, griff nach ein paar Salzstangen, die auf dem Tisch standen, und grinste beide an.

»Jetzt sieh dir unseren Sohn an«, fand Mom als Erste die Sprache.

»Ich finde gerade, dass er ziemlich gut aussieht«, sagte mein Vater. Was ich so von ihm auch noch nicht gehört hatte. Er prostete Mom mit einem Glas Rotwein zu.

»Man muss diesen Max einfach verstehen«, nahm Mom den Faden sofort auf.

»Er muss ein vernünftiger Junge sein«, erwiderte wiederum mein Vater. Ich blickte von der einen zur anderen Seite und begriff erst langsam, dass die beiden sich die Bälle, wie zur Vorbereitung auf das eigentliche Spiel, übers Netz schlugen. Das ging eine ganze Weile so, und es wurde fleißig geprostet. Sie unterbrachen sich auch nicht großartig, als ich mir eine Limo aus dem Kühlschrank holte und wieder zurückkam. Aber ein bisschen langweilig wurde es mir dann schon.

»Ich will euer angeregtes Gespräch ja ungern unterbrechen, aber falls ihr irgendwas von mir wissen wollt, dann könnt ihr mich auch fragen.« Mein Vater grinste meine Mutter an. Dann wandte er sich direkt an mich.

»Ich will jetzt nicht sonderlich materiell rüberkommen, aber ich habe heute eine ganze Menge Geld in dich investiert, und es würde mich schon interessieren, ob sich die Ausgabe gelohnt hat.« Da fielen mir die neuen Unterhosen ein, die noch in der Tüte bei Max standen, und hoffentlich nicht von seinem Vater oder Helga entdeckt wurden. Jockstraps können Eltern von 15-jährigen Jungs nicht toll finden, erst recht nicht seine. Der Schriftzug *BLOW!* macht es sicher nicht besser. Zudem überkam mich auch ein leises Bedauern, weil Max sich die Gelegenheit bestimmt nicht entgehen lassen würde, meinen Einkauf genauer anzusehen, und ich nicht dabei sein konnte.

»Die Ausgabe hat sich gelohnt, Papa, vielen Dank. Aber um ehrlich zu sein, möchte ich sie nicht vorführen.« Das legte eine Enttäuschung in sein Gesicht, die mich überraschte. Das Geld war wohl nicht das entscheidende Thema. Aber ich konnte mir auch nicht so richtig vorstellen, dass mein Vater plötzlich ein besonderes Faible für Männerunterhosen entdeckt haben sollte. Seine Antwort jedoch ließ mich zweifeln.

»Schade eigentlich, ich hätte gerne dein Gesicht gesehen.« Langsam wurde ich mir unsicher, ob ich über alle relevanten Informationen für unsere Unterhaltung verfügte. Auch die Tatsache, dass Mom immer breiter vor sich hinlächelte, nährte meine Skepsis.

»Papa, mal im Ernst. Was für ein Gesicht soll ich denn machen, wenn ich dir meine neuen Unterhosen zeige?« Da schlug Mom so heftig mit der Hand auf die Tischplatte und versuchte den Schluck Rotwein, den sie gerade getrunken hatte, mit der anderen, vorgehaltenen Hand nicht über den Balkon zu verteilen, dass es endgültig klar war, dass nur sie alles wusste, um diesen Dialog in seiner ganzen Tragweite verstehen zu können. Mein Vater schaute sie fragend an.

»Welche Unterhosen?«, fragte er.

»Wieso welche Unterhosen?«, fragte ich. Und Mom bekam sich langsam wieder gefasst. Gayle war bei ihrem Tischplattenschlag erschrocken zusammengefahren und von meinem Schoß gesprungen. Nicht, ohne mir ein paar Krallen ins Fleisch zu drücken, die ich kurze Zeit später zu spüren bekam. Ich rieb über die schmerzhafte Stelle, als Mom sich endgültig einschaltete.

»Ich mache euch jetzt mal einen Vorschlag. Du, Marius, gehst einfach mal in dein Zimmer. Wir waren fest davon ausgegangen, dass das heute dein erster Weg sein würde. Dann hätte sich alles erklärt, aber so habt ihr halt ein wenig aneinander vorbeigeredet. Und dir, Schatz, erkläre ich dann alles in der Zwischenzeit.«

Ich ging in mein Zimmer, machte das Licht an, und sah ihn sofort. Es gab nichts, was ich mir länger gewünscht hatte. Und nun, an einem ganz gewöhnlichen Tag, stand er einfach so in meinem Zimmer. Ein CS 420 von Dual. Langsam ging ich auf ihn zu. Fassungslos, erstaunt, beinahe ehrfürchtig. Wieso an diesem Tag? Wieso alles an diesem Tag? Gibt es das? Tage, an denen das Glück aus allen Richtungen zusammenläuft? Mein Vater wusste seit einiger Zeit, dass ein Schallplattenspieler ein großer Wunsch von mir war. Er wusste, dass mich nur die älteren Geräte wirklich interessierten. Und er wusste, dass ich mir vor allem einen Dual wünschte. Der CS 420 war obendrein von besonderer Schönheit. Das helle Gehäuse und die seitlich offene Haube machten ihn leicht und elegant. Ich strich über die Haube wie über etwas Heiliges und sah, dass sogar eine Platte auflag, eine Single. Die Drehzahl war bereits eingestellt, ich musste nur noch die Vollautomatik starten. Mein Vater hatte auch alles andere angeschlossen, Verstärker und Boxen waren startklar. Ich hörte den Arm aufsetzen und das erste Knistern der kleinen Platte. Das Piano begann sein kurzes Vorspiel, dann kam seine

Stimme hinzu: »*It's a little bit funny, this feeling inside. I'm not one of those who can easily hide. I don't have much money but, boy if I did, I'd buy a big house where we both could live.*«

Ich kannte die Stimme, wer kannte sie nicht? Auch wenn er wahrscheinlich 50 Jahre älter war. *Elton John*. Ich kannte ihn auch deshalb, weil mich alle Musiker besonders interessierten, die offen schwul waren. Was bei Elton John auch lange brauchte. Vielleicht passte ja auch bei mir nun einiges zusammen, und ich hatte es tatsächlich einfach nicht verstanden. Aber was hatte ich denn gedacht? Dass ich mich als heterosexueller Junge besonders für die Belange der unterdrückten Schwulen interessiert hätte? Lächerlich. Kein heterosexueller Junge hat sich dafür je interessiert. Natürlich hatte ich mich für schwule Musiker interessiert, weil ich es selbst war. Und ich hatte das nicht kapiert, ich hatte es mir nicht eingestanden. Max war das alles viel früher klar. Oder es war einfach so, dass er der Mutigere war. Ja, das nahm ich sogar bestimmt an. *And you can tell everybody, this is your song. I hope you don't mind, that I put down in words, how wonderful life is while you're in the world.*

Ich hatte *Your Song* schon so oft gehört, den Text so oft mitgesungen, doch in diesem besonderen Zimmer-Moment war er ein völlig anderer. Wahrscheinlich ließ sich die Erkenntnis des *Kleinen Prinzen* auf alle Organe übertragen: Man hört nur mit dem Herzen gut. Aber selbst in diesem klarsten aller Momente drängte sich noch ein Zweifel nach vorne. Wieso konnte ich mit Bestimmtheit sagen, dass ich mich nicht in ein Mädchen verlieben konnte? Auch wenn es mir bis zu diesem Zeitpunkt nicht passiert war, so konnte es doch jeden Tag noch passieren. Wie konnte ich das völlig ausschließen? Und wenn ich es nicht sicher ausschließen konnte, wie konnte ich dann annehmen, dass ich schwul bin? Ich spürte zwar, dass etwas an diesen Fragestellungen falsch angelegt war, aber ich konnte mir keine schlüssige Antwort geben. Ich war mir noch nicht einmal ganz sicher, ob mich in der Frage bereits der Mut verließ. Der Mut, zukünftig immer für dieses Anderssein einstehen zu sollen. Und dann auch noch Leuten wie Max' Vater vielleicht begreiflich machen zu müssen, dass ich deshalb gar nichts Besonderes für mich beanspruchen will. Dass ich nur sagen können will, dass ich schwul bin, und dann kann es weitergehen. Dass ich anders leben können will, ohne mich deshalb rechtfertigen zu müssen. Dass ich mich nicht permanent von den Bildern abgrenzen möchte, die im Anderen entstehen, wenn er mich als schwul betrachtet, bewertet, bestaunt... Und doch nicht begreift. Dass ich mit Menschen klarkommen muss, die finden, dass mir eine Ehe nicht zusteht. Dass ich überhaupt in diese Tradition von Ausgrenzung eintreten muss, wenn auch in einer gesellschaftlich liberaleren Zeit.

Ich drückte wieder die Vollautomatik, um mir das Lied noch einmal anzuhören. Mein Bett zog mich zu sich. Mit dem Blick an die Decke spürte ich ein paar Tränen. Ich drehte mich zur Seite und merkte nicht, wie ich einschlief.

12 | Laufsteg

Meine Eltern hatten mich schlafen lassen. Die Schuhe hatten sie mir noch ausgezogen und eine Decke über mich gelegt. Von alledem hatte ich nichts mitbekommen. Seit neuestem schlief ich wieder fest.

Als ich auf den Wecker schaute, war es nach acht. Was ich für ein paar Sekunden unbeeindruckt zur Kenntnis nahm. Dann blickte ich wieder auf das Zifferblatt, an dem sich jedoch nichts änderte: nach acht. Meine Wachheit setzte träge ein. *Nach acht* hieß, dass die Schule bereits begonnen hatte. Aber wenn das wahr wäre, läge ich nicht im Bett. Draußen hörte ich Mom irgendwas rumkramen. Es blieb irritierend und ich wurde nicht sehr viel wacher. Mein Staunen mischte sich mit dem Wohlbehagen, offenbar liegen bleiben zu können. Mom hätte mich längst geweckt. Wenn sie das nicht tat, dann musste es dafür einen Grund geben. Einen ziemlich guten Grund sogar. Der die behagliche Bettwärme nicht abkühlte. Ich blickte auf den Dual. Wie schön er doch war, wie froh er mich machte. Für Max galt das Gleiche. Ich drehte mich auf den Rücken und faltete die Hände. Eine meiner Wohlfühlstellungen. Mein Vater sagt, die solle man verhindern, weil Männer dann schnarchen. Aber ich schnarche nicht, ich schwöre es. Ich kann mir nur keine entspanntere Position vorstellen. Auch wenn immer die Decke dazwischen ist, so guckt man dabei doch irgendwie zum Himmel. Unerreichbar wie er ist. Aber wer will das schon wahrhaben? Ich nicht. Der Himmel begrenzt irgendwie die Zeit, rahmt das Universum ein. Kein Mensch kann sich die Unendlichkeit vorstellen. Ich flog. Die Augen hatten wieder ihr Schlafgewicht.

Als es draußen einen lauten Schlag tat, wachte ich erneut auf. Es war zwanzig nach 10 und ich hörte Mom fluchen. Ich konnte mir nach wie vor keinen Reim darauf machen, dass ich unbehelligt im

Bett lag. Mein Zimmer war ein heller, nächster Tag. Ich setzte mich auf. Erst da bemerkte ich, dass ich in Anbetracht der vollen Montur, die ich noch anhatte, ziemlich schwitzte. Aber der Schlaf der Nacht hatte mich nichts spüren lassen. Nichts, was mich daran gehindert hätte, ihn ganz zu nehmen und mich völlig zu überlassen. Wie man das wohl tut, wenn man so fest wie ein Stein schläft. Als ob ich einen harten Arbeitstag hinter mich gebracht hätte. Dabei war er nur irre, irre schön.

Die Kisten sah ich erst, als ich mich eine Weile durchs Zimmer geblinzelt hatte. Es waren Apothekenkisten, in denen ich schon oft gestöbert hatte. Mein Vater hatte mir einmal erzählt, dass er zu seiner Studentenzeit Geld mit dem Ausfahren von Medikamenten verdient hatte. Die sortierten Medikamente seien immer in diesen Kisten angeliefert worden, und ab und an ließ er eine davon mitgehen. Die Kleineren davon nutzte er für seine Singles, zwei Reihen hatten Platz darin. So also standen sie in meinem Zimmer, drei Kisten mit je zwei Reihen Singles, vielleicht hundert Stück pro Kiste. Die Singles hörte eigentlich niemand mehr, auch mein Vater nicht. Er hatte Unmengen an Vinyl-Platten, aber schon lange keinen Plattenspieler mehr. Ich hatte das oft bedauert. Diese Vinyls sind so viel eleganter als eine CD. Von Downloads ganz zu schweigen. Eine Vinyl ist die Majestät unter den Tonträgern, die 33er kann man in Körperbreite vor sich halten und die Altersflecken befühlen, oder das immer gleiche Etikett nach einem Detail absuchen, was einem vielleicht bisher entgangen war. Man kann an ihr riechen, nachdem man sie behutsam aus ihrer Schutzhülle gezogen hat. Obwohl, das muss ich zugeben, ich könnte damit nicht groß in einer Fernsehshow rauskommen. Ich meine, ich hab's versucht, aber ich kann die Platten nicht am Geruch unterscheiden. Andersrum funktioniert es. Ich stelle mir vor, welchen Geruch ich einer Platte geben möchte. Danach riecht sie so. Meistens entscheidet eine Textstelle darüber. *Your Song* riecht nach Moos, altem, trockenem Moos, verbunden mit dem Geruch der Erde, die unten noch dranhängt, wenn man es herauszupft. *I sat on the roof and kicked off the moss.*

Ich stand auf, ging zur Kiste und griff blind hinein. Denn während ich sie mir angeschaut hatte, war genau das mein Gedanke. Einfach nicht entscheiden, überraschen lassen. Der Zufall sorgt für die interessantesten Varianten. Lass ihn machen, dann wird es seltsam lebendig. Ich zog ein buntes Cover aus dem hinteren Teil der zweiten Reihe einer der Kisten. Wenn ich bunt sage, meine ich bunt. Ich glaube, es fehlte keine Farbe. Drei Bandmitglieder waren zu einer grellen Collage zusammengefügt. Lack, Leder, leuchtend explosive Stoffe. So was von 80er. Ich glaube, ich hätte mich da wohlfühlen können. Mit Klamotten so schrill wie meine neue *underwear. Savage Progress* nannte sich die Band, von der ich zuvor nie etwas gehört hatte. Die Auskopplung hieß *My Soul Unwraps Tonight.* Ich legte die Single auf den Plattenteller, sie hatte noch keinen Geruch. Das Erste, was ich hörte, war ein mehr als stampfender Rhythmus, und dazu Rufe von Eingeborenen oder so. Aiyee, Aiyee. Eine Frauenstimme antwortete dann in höchstem Singsang. Alles zusammen klang nach Ethno-Pop der Frühzeit und hielt einen Rhythmus, der sofort auf mich übersprang. Das ging dann dreieinhalb Minuten so weiter. Nur unterbrochen von Textzeilen, deren Gehalt nicht zu überschätzen war, aber zu dieser Zeit war ich leicht zu erreichen. *Suddenly there comes a time, lately when my heart starts to sing.* So was halt. Dann klopfte es.

Als Mom den Kopf durch die Tür streckte, war ich auf alles gefasst. Sie lächelte aber nur und sagte: »Frühstück?« Im selben Moment klingelte mein Handy und ich zog es hektisch aus meiner Hosentasche. Mom zeigte ich einen Daumen nach oben. »Lefner.«

»Marius, ich habe also wirklich Glück, dich in der Pause zu erreichen.« Es war Max. Das hatte ich gehofft, aber nicht daran gedacht.

»Max, wie geil. Die Pause ist ausgefallen.«

»Wow. Bei euch passieren ja erstaunliche Dinge, wenn ich weg bin. Seit wann können denn Pausen ausfallen?«

»Das kann ich dir eigentlich auch nicht erklären. Denn ich bin gar nicht in der Schule.«

»Oh je, ich habe dich angesteckt...«

»Nicht im Geringsten. Ich bin putzmunter. Ich habe mir nur keinen Wecker gestellt. Ich habe sogar in voller Montur geschlafen. Mein Vater hat mir gestern noch einen Schallplattenspieler geschenkt und mir seine alten Singles ins Zimmer gestellt, und Mom hat mich schlafen lassen. Ziemlich rätselhaft das alles. Aber auch ziemlich gut. Ich frag mich nur, wo der Haken ist.«

»Das würde ich mich an deiner Stelle auch fragen.«

»Mom würde mich nie nicht zur Schule schicken. Das gibt's einfach nicht. Aber das Einzige, was sie mich gerade gefragt hat, ist, ob ich frühstücken will.« Für einen kurzen Moment blieb es still.

»Du hast deinen halben Kleiderschrank bei mir vergessen.«

»Äh ja, das auch... Schade eigentlich.«

»Fand ich jetzt nicht. Eher interessant. Äußerst interessant sogar. Sag, du hast nicht zufällig zu viel Geld?«

»Die durfte ich mir gestern kaufen. Mom gab mir 300 Euro dafür.« Ich hörte ein Stöhnen durchs Handy.

»Kann es sein, dass bei euch die Dinge irgendwie anders laufen?«

»Ich finde selbst, dass das alles gerade nicht mehr normal ist. Klingst du genervt?«

»Genervt vielleicht nicht. Aber irgendwie hört sich das alles so nach heiler Welt an. Da will man gar nicht stören.« Mom schaute wieder zu Tür rein und ich flüsterte ›Max‹ zu ihr rüber und zeigte dabei auf mein Handy. Ich war mir deshalb nicht sicher, ob ich Max' letzten Satz richtig verstanden hatte.

»Hast du was von *stören* gesagt?«

»Das ist richtig Familie bei euch, oder?«

»Ja, wahrscheinlich schon. Vater, Mutter, Kind, Katze. Alles ganz übersichtlich. Und open door. Hier stört niemand. Du schon gar nicht. Unglaublich.«

»Unglaublich?«

»Dass du das denken kannst. Ich meine, du bekommst doch mit, was mit mir los ist.«

»Was denn?«

»Das weißt du ganz genau.«

»Ich will es hören.« Mein Herz raste schon wieder.

»Mir wird schlecht.«

»Klingt gut.«

»Ich weiß nicht.«

»Doch, weißt du.«

»Du willst wieder einen meiner Durchbrüche provozieren. So gut kenne ich dich jetzt schon.«

»Da bin ich sicher. Und ja, will ich.«

»Alles, was ich sage, wird ein kitschiger Brei. Das sind Texte aus den übelsten Romanen.«

»Die du eigentlich gar nicht kennst.«

»Die ich eigentlich gar nicht kenne. Weil sie mich auch eigentlich gar nicht interessieren. Genau deshalb ist es ja so schräg... plötzlich die Hauptrolle in einem Stück zu haben, das ich nicht kenne. Zumindest dachte ich das lange.«

»Ich warte.«

»Fällt deine Version denn weniger kitschig aus?«

»Um die geht es gerade nicht. Mich interessiert die Hauptrolle. Deine.«

»Da sitzt er bequem in der ersten Reihe und wartet, dass der Film losgeht.«

»Ich kann auch nochmal rausgehen und Popcorn kaufen.«

»Immer für einen Spaß zu haben, der Max.«

Klick.

Klick?

»Max...?«

Als ich zu Mom in die Küche kam, war ich sauer. Max hatte mich einfach weggedrückt. Wie kam er dazu? Ich hatte doch gar nichts gemacht. Oder gesagt. Aber das war es wahrscheinlich. Ich hatte nichts gesagt. Und er wollte etwas hören. Trotzdem. Das war scheiße.

»Wie wäre es mit einem Frühstück, der Herr?« Mom schmiss sich bestgelaunt an mich ran. Und ich war nicht nur sauer, sondern nach wie vor irritiert. Hochgradig.

»Gerne.« Der Tisch war mit allem gedeckt, was ich mir so wünschen konnte. Frische Brötchen, das große Nutellaglas, Ananas, Pfeffersalami, leichter Käse, Cappuccino. Es fehlte wirklich nichts.

»Habe ich irgendwas noch nicht mitbekommen?« Das fragte ich mich wirklich. »Ich sollte in der Schule sein.«

»Solltest du das?« Mom war nicht von ihrer guten Laune abzubringen.

»Zumindest wüsste ich nicht, was dagegenspräche.«

»Ich habe dich einfach nicht geweckt. Was dabei rauskommt, siehst du ja. Ein ordentliches Frühstück mit deiner Mutter.«

»Wogegen definitiv nichts einzuwenden ist. Nur, dass meine Mutter mich jahrelang in die Schule geschickt hat. An jedem beschissenen Werktag. Bei Wind und Wetter. Für Ausnahmen musste ich mindestens 39 Grad Fieber haben.«

»Und heute durftest du einmal ohne Fieber zu Hause bleiben. Ist das nichts? Aber gewöhn dich nicht daran. Das bleibt eine Ausnahme.«

»Danke.«

»Okay, Marius. Ich will es dir erklären. Es war eine ganz spontane Entscheidung. Ich wollte dich heute Morgen wecken. Und da sah ich dich noch voll angezogen im Bett liegen. Das fand ich irgendwie rührend. Es wirkte so erschöpft auf mich. Ich weiß, dass du gerade sehr glücklich bist, und trotzdem ist es auch viel, was du erlebst. Viel, was du verarbeiten musst. Und so besonders. Das weiß man halt, wenn man ein paar Jahre älter ist. Dass die Erfahrungen dieser Phase fast heilig sein können. Einmalig sind sie auch. Und deshalb habe ich die Tür wieder zugezogen und dich schlafen lassen. Das bringt dir gerade mehr als die Schule. Hoffe ich. Und wünsche ich dir.«

»Äh...« Ich war wirklich mehr als erstaunt. Und drehte mir sehr viel Nutella aus dem Glas.

»Ich hätte dich übrigens geweckt, wenn ich nicht gewusst hätte, dass Max ja auch nicht in der Schule ist.«

»Viel machst du echt nicht falsch. Wie soll ich mich von dir abnabeln?« Etwas Nutella blieb mir an der Nase hängen. Der Cappuccino war perfekt.

»Abnabeln? Ich weiß nicht, ob das so nötig ist. Also schon, klar, du sollst dein eigenes Leben leben. Da will ich dir auch nicht im Weg stehen. Aber das ist so eine Psycho-Weisheit, dass alle Kinder sich abnabeln müssten. Kinder brauchen eine gute Auseinandersetzung mit ihren Eltern, keinen Krieg. Für die Auseinandersetzung fühle ich mich zuständig, gerne auch kontrovers.« Mir schossen kurz die Tränen in die Augen. Was ich irgendwie unpassend fand. Auch weil es mir ein merkwürdiges Gemisch zu sein schien.

»Er hat mich weggedrückt.«

»Wer? Max hat dich weggedrückt?« Mom schien entsetzt.

»Wahrscheinlich war es meine Schuld. Er erzählte mir, dass er hier bei uns nicht stören wolle. Und ich habe das wohl nicht so ganz begriffen. Ich fand das nur absurd. Ich meine, er bekommt doch mit, was mit mir los ist. Das habe ich ihm gesagt.«

»Das klingt soweit ganz nachvollziehbar für meine Ohren. Deshalb beendet man doch kein Gespräch.«

»Es ging noch etwas weiter.«

»Erzähl.«

Dieses katastrophal fett bestrichene Nutellabrötchen war schlicht gigantisch. Das ließ ich mir von meiner Stimmung nicht nehmen. »Er wollte wissen, *was* mit mir los sei. Er sagte, er wolle es hören. Ich hab's ihm schon gesagt, aber ich glaube, er hört es gerne.«

»Das hören wir alle gerne. Man mag sich und man sagt es sich. Oder zeigt es sich. Das ist wunderschön.«

»Schon, aber es klingt so... ich weiß nicht, irgendwie trivial, platt, wie aus einem Schundroman. Es ist mir auch peinlich. Aber ich könnte ihm die ganze Zeit genau das erzählen. Es kommt nur nicht so einfach raus. Und dann hat er begonnen, irgendwie darauf zu bestehen. Das habe ich nicht gleich kapiert. Hielt es für spaßiger, als er es offenbar meinte. Und dann war die Verbindung weg, ohne Vorwarnung.«

»Das gehört wohl dazu.«

Ich piekste mir ein paar Stücke der Ananas auf. Die waren aber zu hell und wenig süß. »Warum gehört das dazu?«

»Die Empfindlichkeit. Der schnelle Frust. Ihr habt noch keine Sicherheit miteinander. Das wird dich wahrscheinlich auch noch erwischen. Das ist nicht angenehm, aber es zeigt dir eines gewiss: Du bedeutest ihm viel.«

»Du meinst, er kann es auch nicht verbergen?«

»So wenig wie du. Und er versucht es doch auch gar nicht. Wie schön. Das solltest du schätzen.«

»Du meinst, ich müsste gar nicht sauer sein?«

»Das denke ich, ja. Aber das bist du auch gar nicht. Ich sehe dich traurig. So gut kenne ich dich einfach. Und dazu besteht kein Grund. Ich meine, ich kenne Max natürlich nicht. Leider. Aber so viel scheint mir klar. Da ist einer nicht weniger verliebt als du. Besser geht's nicht.«

»Und was würdest du jetzt an meiner Stelle machen?« Die Pfeffersalami schmeckte mir immer am besten aus der Hand. Vor allem, wenn sie hauchdünn war. Ich schob mir eine erste Scheibe in den Mund.

»Ihn wieder anrufen, das ist doch klar. Wenn das geht. Nicht rumjammern. Den Faden wieder aufnehmen. Er wird sich freuen. Es fühlt sich nicht gut an, ein Gespräch einfach zu beenden. Für beide Seiten.«

Der Tag begann sich wieder aufzuhellen. Mom war einfach überzeugend. Selbst wenn sie das alles nur so für mich zurecht gedreht hätte, ich hätte es nicht gemerkt.

»Kannst du ihn denn erreichen? Den Mann ohne Handy?«

»Sogar dafür bin ich ein wenig verliebt in ihn. Ich meine, bisher war ich der Spezielle, weil der Typ ohne Smartphone. Aber Max geht ja noch einen Schritt weiter. Ihn nicht erreichen zu können, ist das eine. Aber seine Eigenheit ist mir fast vertraut. Dann sind wir halt die zwei Speziellen. Ich finde das kein schlechtes Gespann. Und da er zu Hause ist, müsste ich ihn eigentlich übers Festnetz erreichen können. Nur dass Frau Wagner in der Mittagszeit nicht gestört werden will. Ich werde ihn bald anrufen. Danke, Mom.« In der Zwischenzeit war die Salami fast alle und ich ging wieder auf mein Zimmer zurück.

»Wagner.«
»Guten Tag, Frau Wagner. Hier Marius Lefner. Könnte ich Max sprechen?«
»Ich geh mal schauen.« Sie wirkte wieder ganz sachlich und nicht weiter irritiert. Vielleicht hatte ihr Mann gar nicht mit ihr gesprochen? Oder sie war einfach so, egal was kommt. Im Hintergrund hörte ich ein Klopfen. »Telefon für dich«, hörte ich sie noch sagen, dann war auch schon Max dran.
»Marius?«
»Gutes Gespür.«
»Sonst ruft kaum einer an.«
»Schön dich zu hören.«
»Ebenso.«
»Kann ich wieder kommen? Muss ja keiner bei euch wissen, dass ich heute auch nicht in der Schule war.«
»Am besten sofort, klar. Aber wir müssen die Mittagspause von Helga noch abwarten. Und ich kann mir in Ruhe noch eine Spülung machen.«
»Spülung?«
»Kleiner Scherz.«
»Hmh. Ist kurz nach drei in Ordnung?«
»Unbedingt.«
»Super.«

»Und Marius...«

»...«

»Kein Eis, okay?«

»Wie sie wünschen, Chef. Und Max...«

»...«

»Ich bin verrückt nach dir.«

»Das trifft sich gut. Zwei Verrückte kommen besser miteinander aus. Komm nicht zu spät. Heute musst du ja hoffentlich keine Wäsche mehr kaufen.«

»Ich werde so was von pünktlich sein.«

»Das ist gut. Wir brauchen etwas Zeit.«

»So?«

»Ich würde sie gerne sehen... die ganze Kollektion... an dir.« Eine riesen Hitzewelle durchströmte mich innerhalb des Bruchteils einer Sekunde. Ohne Unsicherheit.

»Alles, was du willst«, hörte ich mich sagen. Mein Mut erstaunte mich selbst.

»Dann bis später, Champ.«

»Bis dann.« Ich rief laut ›Fuck‹ in mein Zimmer und war sofort wieder glücklich.

Max öffnete mir die Tür und lotste mich dann direkt in sein Zimmer, ohne dass wir irgendjemandem begegneten. Dort nahm er einen Schlüssel und schloss sofort von innen ab. Was mir ansonsten befremdlich vorgekommen wäre, war in diesem Fall das Gegenteil. Ein Gefängnis der Freiheit. Selbst gewählt und verheißungsvoll. Wie in meinem Bad.

Er griff mich und wir küssten uns, als hätten wir keine Zeit zu verlieren. Alles entwickelte sich gierig und schnell. Ich hatte keine Erfahrung und Max fühlte sich wie der Profi an. Er durfte alles, und ich machte alles mit. Unsere Kleider lagen in kürzester Zeit im Zimmer verstreut. Erst da kehrte ein Moment der Ruhe ein. Max machte mir ohne Worte verständlich, in der Mitte des Zimmers stehen bleiben zu sollen. Dann setzte er sich aufs Bett und schaute mich einfach nur an. Es wurde wieder ganz still, er fuhr mit seinem Blick in Zeitlupe über meinen ganzen Körper. Und ich genoss, dass es ihm gefiel. Ich hatte noch nie vor einem Menschen mit meinem Ständer gestanden. Und ihn noch nie so überwältigend gespürt. Als ob da noch mehr gehen müsste. So geil also konnte ich sein. Ich hatte das Gefühl, aus nichts anderem mehr zu bestehen. Nur noch aus dieser gewaltigen Geilheit. Dass ich trotzdem einfach stehen blieb, erstaunte mich nicht einmal. Denn so angeschaut zu werden, war schlicht irre. Vor allem aber reagierte ich auf etwas, was zutiefst aus mir selbst entsprang. Den Wunsch das zu tun, was Max wollte. Mich völlig in seine Hände zu geben. Ihn machen zu lassen. Ich vertraute ihm. Ich wusste nichts davon, aber es war sofort da. In diesem allerersten Moment der nackten Konfrontation mit mir und Max. Meinem ersten Mann.

Dann machte Max mit der Hand eine Kreisbewegung und ich wusste, was er meinte. Und was er meinte, war schön und machte mich verlegen. Ich drehte mich um und spürte erneut seine Blicke über meinen Körper gleiten. Es erregte mich, so chancenlos zu sein. Das sagten mir seine Augen, die ich nicht mehr sah. So wenig, wie seine erneute Handbewegung, zu der ich mich ihm wieder zuwendete, um dann der winzigen Aufforderung seines Zeigefingers zu folgen. Ich ging einen Schritt auf ihn zu, stand nun unmittelbar vor seinem Gesicht. Er hätte mich nur einmal feste anpacken müssen, und ich wäre sofort gekommen. Es war nicht mehr auszuhalten. Er sog meinen Geruch tief ein. Aber das nur kurz. Dann nahm er mich in seinen Mund und packte mich feste mit seiner linken Hand. Seine Zunge spielte sich an mir entlang und brachte mich zum Zittern. Ich drohte zu weinen und er blieb unbeirrt. Der Moment war so unfassbar schön, dass er nie enden sollte. Er war aber auch nicht länger zu ertragen. Es musste zu einem Ende kommen. Es musste ... Der Schrei entfuhr mir unkontrolliert und ich krallte mich in seine Haare. Er bekam, was er sich genommen hatte. Bis er mich langsam und unbeirrt bis ins letzte Zucken in sich aufnahm, und mich dann neben sich aufs Bett zog, wo wir nebeneinander liegen blieben. Danach fuhr er mir mit der Hand sanft über die Augen und ich schloss sie. Dann küsste er zärtlich meinen ganzen Körper. Die Tränen konnte ich nicht mehr halten. Ich gehörte ihm. Und das veränderte viel.

Ich musste ein wenig geschlafen haben. Draußen war es nicht mehr taghell. Das Zimmer war still und die Stadt vor dem Fenster wirkte fern. Ich wollte nichts sagen. Nur hinein hören in die Geräuschlosigkeit. Nackt neben ihm liegen. In seiner Nähe ganz bei mir sein. Das gelang mir für einige Minuten. Als Max vom Bett aufstand, war ich kurz enttäuscht. Dann schüttete er auch schon die Tüte mit der *underwear* über mir aus und lachte mich an.

»Du bist so unglaublich schön, Marius. Ich kann es dir gar nicht beschreiben. Ich schaue dich an und werde nur davon schon fast wahnsinnig. Und das ist mal ein richtiges Statement für einen Groschenroman. Aber wie soll das anders gehen unter uns Normalsterblichen? Wer ist schon zum Poeten berufen? Deshalb ist es doch nicht falsch, die Gefühle so einfach zu benennen, wie sie vielleicht nicht sind, sich aber doch irgendwie anfühlen. *Wahnsinnig* ist nicht übertrieben. Zum Glück musst du wenigstens auch kacken und Stinkbomben hinterlassen, sonst wär's kaum zu verkraften.«

»Oh ja, richtig fies können die sein. Das wirst du mir schon noch bestätigen. Aber im Moment müssten wir das von mir aus nicht vertiefen.«

»Gut, dann bist du jetzt dran. Mein Zimmer ist dein Laufsteg.« Er verscheuchte mich vom Bett, sammelte die Hosen zusammen, legte sie neben sich, lehnte sich an die Wand und zog erwartungsvoll seine Brauen in die Höhe. Das war mehr als eine Aufforderung. Er warf mir die erste Hose zu und ich fing sie auf. Nach einer kurzen Prüfung warf ich sie ihm zurück. Spielte jetzt mit. Fand meine Position.

»Du glaubst doch nicht, dass einer auf dem Catwalk noch das Etikett an der Hose hat. Die Zuarbeit muss schon stimmen.« Dazu wollte ich ihm ganz cool ins Gesicht schauen, schaffte es aber nur freundlich zu lächeln. Er entfernte die Etiketten. Blieb ernst.

»Los jetzt.«

Yes, Sir. Aber das dachte ich nur. Da war sie wieder. Die immer noch sehr frische Erkenntnis. Dass ich so mit mir reden lassen wollte. Ich schlüpfte in die Hose, und ging drei Schritte durch sein Zimmer. Blick nach vorne, am Ende Hände in die Hüften und Kopfdrehung zu ihm. Hatte ich so ähnlich bei *Germanys Next Topmodel* gesehen. Er nickte kurz und ich ging die drei Schritte wieder zurück. Drehung zu Max. Ein Hauch von Anerkennung huschte durch sein Gesicht.

»Du hast es drauf. Dachte ich mir schon. Sehr fein. Ausziehen.« Da erst sah ich, dass er an sich spielte. Er warf mir eine neue Hose zu und gab mir zu verstehen, dass er die alte wiederhaben wollte. Dann drehte er sie nach außen und hielt sie sich unter die Nase. Nickte mir zu und ich zog die nächste Hose an.

»Langsamer. Nimm dir mehr Zeit.« Dann holte er sich einen tiefen Atemzug aus der vorgehaltenen Hose, schloss die Augen und ich lief wieder los. Während ich mich langsam zu ihm drehte, sah ich ihn, wie er an der Wand hinabrutschte und in einem gepressten Stöhnen seinen Samen über seinen Oberkörper spritzte. Ich setzte mich in die Hocke vor ihn und wartete einen Moment. Dann nahm ich ihm die Hose aus der Hand und wischte ihn sauber. Bis er die Augen wieder aufschlug. »Es fehlen noch sieben.«

Ich schnappte mir die nächste. So einfach ging das. Am Ende war er dreimal gekommen, als ich mit der letzten durch sein Zimmer gelaufen war und sie mir vor seinem Gesicht, so langsam wie es mir irgend möglich war, auszog. Mittlerweile hatte ich auch wieder einen ordentlichen Ständer, aber ich beherrschte mich. Die Nummer ging an ihn. So oft er wollte. Schließlich nahmen wir uns in die Arme und er legte sich auf mich, um mich immer und immer wieder zu küssen. Bis er kurz innehielt.

»Weißt du, welche gewonnen hat?« Ich hatte keine Ahnung. »*Andrew Christian*, gelb mit lila. Ich meine, du sahst mega aus, in jeder Hose, aber die war der absolute Kracher.«

Ich musste lächeln. »Das ist die einzige, die Thelma ausgesucht hat.«

»Thelma? So heißt der Typ vom Laden?« Max grinste wieder, ich auch. »Jep.«

Dann fand er noch Thelmas Gummibärchen. Ich ließ mich füttern.

13 | Zettel

Knapp drei Monate später saß ich in meinem Zimmer auf dem Boden. Neben mir stand meine geöffnete Schatulle und ich las mir den ersten Zettel durch, den ich vor zwei, höchstens drei Jahren hineingelegt hatte. Ich kenne die Reihenfolge, in der ich die Zettel schrieb, auch wenn sie nicht nummeriert sind. Dieser Zettel lässt mich immer wieder schmunzeln. Ich komme mir in meiner Entwicklung weit fortgeschritten vor seit dieser frühen Notiz. Altersweise blicke ich ihr milde und gütig ins noch etwas krakelige Gesicht. Mammutbaum stand auf dem Zettel.

Ich kann mich noch gut an den Ausflug mit meinen Eltern erinnern. Außerhalb der Familienurlaube kam es nicht oft vor, dass wir alle an einem Wochenende Zeit hatten, um gemeinsam wegzufahren. Das heißt, Mom und ich hatten durchaus häufiger Zeit, wir waren nicht übertrieben verplant und machten viel spontan. Mein Vater ist das grobe Gegenteil. Er muss arbeiten, oder sich auf die Arbeit vorbereiten, oder er ist anderweitig beschäftigt, oder er muss endlich auch mal Zeit für sich haben. Er sagt, wir stünden immer an erster Stelle, womit er seine exklusiven Gefühle gegenüber seiner Frau und seinem Sohn zum Ausdruck bringen will. Wir sprechen sie ihm auch gar nicht ab, nur merken können wir sie nicht so richtig. Am besagten Wochenende war das allerdings anders, und alleine deswegen erinnere ich mich wahrscheinlich so gut daran.

Der zweite Grund ist ein Park, den wir auf dem Weg durch ein kleines Örtchen in der Pfalz fanden. Mom war es, die einen von mehreren riesigen Bäumen darin entdeckte und uns ermunterte, ihr in den Park zu folgen. Mein Vater und ich hätten die Bäume wahrscheinlich gar nicht bemerkt. Wir hielten Ausschau nach einem Restaurant und waren nicht mehr auf Umwege eingestellt. Womit man Mom nicht kommen musste, wenn sich eine Besonderheit zeigte.

In diesem Fall allerdings hatte sie durchaus recht, denn einige der Bäume, die im Park standen, und dies laut Beschilderung bereits seit ungefähr 150 Jahren, waren so groß, wie ich es noch nie zuvor gesehen hatte. Mom lief sofort zu einem der Stämme, hielt ihre Hände dagegen und schaute von dort zur Krone. Sie wirkte unfassbar winzig neben dem Giganten. Später konnte ich im Internet die Information finden, dass der größte Baum des Parks 46 Meter maß und ein Mammutbaum war. Das weckte mein Interesse. Ein Mammut ist ein ausgestorbener Elefant. Die Bilder, die ich von ihm gesehen hatte, waren beeindruckend, noch mehr aber das Skelett, was bei uns im Senckenberg-Museum steht und viele tausend Jahre alt ist. Ich konnte mich erinnern, dass ich darunter Platz gefunden hätte wie unter dem Dach eines Hauses. Die Mammuts sind seit 4.000 Jahren ausgestorben. Die Bäume jedoch, deren Namensgeber sie sind, leben noch immer. Sie sind riesig und stark und überlebensfähig. Die ältesten von ihnen sind älter als 3.000 Jahre. Womit sie sich nah an meiner Lieblingszahl bewegen, die ich damals allerdings noch gar nicht kannte. Und obwohl es noch ältere Bäume gibt, so schloss ich den Mammutbaum sofort als Symbol für eine gerade noch greifbare Ewigkeit in mein Herz. Man darf sich an dieser Stelle nur nicht durch das reale Alter der Erde entmutigen lassen. Oder man macht es anders, und definiert 3.000 Jahre in Relation zum Alter der Erde (ca. 0,00007%) als dermaßen kurzen Zeitraum, dass die Realisierung eines zeitlichen Projektes mit diesem Volumen plötzlich zu einer Kleinigkeit verkommt. Ich entschied mich für den gefühlt machbaren Projektgedanken und schrieb eben Mammutbaum auf meinen Zettel. Die einfache und nachvollziehbare Idee war, sich die entsprechenden Samen zu besorgen, ihn kompetent zu ziehen, und ihn dann schließlich als kleinen Baum im Frankfurter Stadtwald einzusetzen. Die Pflege hätte ich selbstverständlich übernommen und irgendwann ein Schild am Stamm angebracht. *Erster Frankfurter Mammutbaum* hätte darauf gestanden. *Gestiftet von Marius Lefner (2002 – ?) im Bemühen um irdische Ewigkeit.* Danach wäre das Schild mit meinem Namen in schwindelerregende Höhen gewachsen und hätte stumm Zeugnis über meine lang vergangene Großtat abgelegt.

Ich habe den Zettel immer in meiner Schatulle gelassen und werde daran auch nichts ändern. Auch wenn ich mittlerweile herausgefunden habe, dass der Frankfurter Stadtwald die notwendigen klimatischen Kriterien nicht annähernd erfüllt. Trotzdem gibt es Mammutbäume in und um Frankfurt. Und meiner würde dann eben der Älteste werden. Ich könnte auch umschwenken, und die Notiz *Mammutbaum* durch *Linde* ersetzen, aber das kommt überhaupt nicht in Frage, auch wenn es der älteste Baum Deutschlands ist. Der Mammutbaum hat mich ehrgeiziger gemacht, und warum gleich beim ersten Projekt kleinbeigeben? Wer sagt, was in 1.000 Jahren realistisch ist und was nicht? Eben. Ich bleibe dabei, ein Mammutbaum soll es werden – oder gar nichts.

Dann kamen weitere Zettel hinzu. Ich nahm sie einen nach dem anderen aus der Schatulle. Krähenrübe stand auf dem zweiten Zettel, was ich ja bereits erläutert habe. Auf dem dritten Zettel stand Hase. Genau genommen war das eine Variante von Zettel zwei, denn es ging dabei wieder um die Aufnahme in den Duden. Dieses Mal allerdings mit einer Redensart, denn auch damit kann man im Duden aufgenommen werden. Victor von Hase zum Beispiel, der nur 25 Jahre alt wurde und 1860 starb, schafft es nun schon geraume Zeit und sicher fortbleibend, sich mit einem Ausspruch zu verewigen, den er wohl eher unbedarft machte. Demnach wurde er vor einem Universitätsgericht in Heidelberg befragt und antwortete mit den legendären Worten: *Mein Name ist Hase, ich weiß von nichts.* Das weiß ich übrigens nur, weil ein Kandidat in einer Quizshow dazu befragt wurde. Irgendwann werde ich mich vielleicht auch einmal bei so was bewerben, denn meine Ideen müssen ja finanziert werden. Zum Beispiel die Pflege meines Mammutbaums. Aber das überlege ich mir dann noch einmal, wenn es so weit ist.

Die Notiz Lefnerensis fand sich auf dem vierten Zettel. Auf die Idee hat mich mein Patenonkel gebracht. Er heißt Ludwig, ist Wissenschaftler und arbeitet oft fürs Fernsehen und für Fachzeitschriften. Deshalb darf er durch die ganze Welt reisen, und bekommt das auch noch bezahlt. Er hat einen der besten Jobs, die ich mir vorstellen kann, ist schrecklich klug und trotzdem ziemlich cool für sein Alter. Wenn ich irgendeine Frage habe, die auch nur im Entferntesten mit Zoologie zu tun hat: Onkel Ludwig weiß Bescheid. Bei vielen anderen Themen auch. Wenn man Onkel Ludwig eine Frage stellt, dann bekommt man unter Garantie eine ausführliche Antwort, und mir fallen unendlich viele Fragen ein. Er muss oft einen Moment überlegen, aber dann kündigt er die nächste Antwort mit einem deutlich vernehmbaren Räuspern an. Handelt es sich um sein vertrautes Wissensgebiet, dann merke ich ihm immer die Freude an, mir von seinem Wissen etwas abzugeben. Solange ich wach und aufmerksam bleibe, wird er nicht müde, mir alles genau zu erklären. Hin und wieder braucht er eine Kleinigkeit zu essen und eine Weinschorle, dann läuft er wie geschmiert und wir können einen ganzen Tag ohne einen Hauch von Langeweile miteinander verbringen. Onkel Ludwig hatte mal was mit Mom, aber das muss ewig her sein. Seitdem ist er einer ihrer engsten Freunde und immerhin der Pate ihres einzigen Kindes, das sagt schon genug.

Als er mal aus Amazonien zurückkam, erzählte er mir davon, dass er eine bis dahin noch unbekannte Pflanze entdeckt habe. Ich glaube, es handelte sich um einen nicht essbaren Apfel. Das erstaunte mich sehr, weil ich davon ausging, dass im Prinzip schon alles entdeckt wäre auf der Erde. Eine Vorstellung, die Onkel Ludwig zurechtrückte. Entdeckt im wissenschaftlichen Sinne sind Pflanzen und Lebewesen nämlich erst dann, wenn sie nach einem genau festgelegten Prozedere eben auch wissenschaftlich anerkannt sind und bestimmt werden können. Wenn also zum Beispiel schon zahllose Generationen brasilianischer Ureinwohner Onkel Ludwigs Apfel längst vor ihm entdeckt hätten und vielleicht seit Jahrtausenden im Einklang mit ihm lebten, dann ist das im wissenschaftlichen Sinne bedeutungslos, der Apfel gilt als unentdeckt und somit als unbekannt. Erst in dem Moment, in dem Onkel Ludwig ihn dem wissenschaftlichen Prozedere übergibt, und er in dessen Verlauf tatsächlich als eine neue Art bestimmt wird, tritt der Apfel sozusagen offiziell als eine neue (aber nur neu bestimmte) Pflanzenart in Erscheinung, und wird dies fortan bis in alle Ewigkeit bleiben. Was mich aber am meisten beeindruckte, war der von Onkel Ludwig eher beiläufig getätigte Hinweis, dass die Pflanzen sogar oft den Namen ihres Entdeckers tragen. Eine Steilvorlage für meine Schatulle. Und da die Bestimmung der Arten seit jeher latinisiert erfolgt, so hat mir das Onkel Ludwig erklärt, war meine Notiz Lefnerensis nur konsequent. Ungeachtet dessen, dass ich nie Latein in der Schule hatte und ich von daher bis heute nicht sagen kann, ob dies tatsächlich die korrekte lateinische Entsprechung für meinen Nachnamen wäre. Mittlerweile habe ich herausgefunden, dass pro Jahr schätzungsweise 15.000 neue Arten entdeckt werden. Es scheint also eher eine Fleißarbeit zu sein als ein kleines Wunder, eine neue Art zu entdecken. Das Projekt *Lefnerensis* könnte somit das leichteste für die Zukunft sein. Ich werde es ganz sicher in Angriff nehmen, am liebsten mit einem Baum. Einem Baum? Du glaubst, dass Bäume, in Anbetracht ihrer Größe, nun wirklich alle entdeckt wären? Irrtum. Der bis zu 12 Meter hohe Drachenbaum (Dracaena Kaweesakii) wurde erst vor ein paar Jahren in Thailand entdeckt. Obgleich er zuvor, worauf seine Größe ja unschwer schließen lässt, nicht zu übersehen war. Benannt wurde er nach seinem Entdecker Keeratkiat Kaweesak. Mit dieser Information wuchs meine Zuversicht ins Unermessliche, mindestens aber 12 Meter nach oben.

    Mit meiner fünften Notiz betrat ich Neuland. Womöglich ist die damit verbundene Idee auch, sofern realisierbar, am kurzlebigsten. Hier könnten sich Aufwand und Ertrag eindeutig nicht die Waage halten. Aber das gehört zu den Bedenken, die mir zum Zeitpunkt der Notiz nicht in die Quere kommen durften. Und wer weiß, die Kirche zieht schon seit Jahrhunderten den größten Unsinn durch, auf deren langen Atem könnte trauriger Verlass sein. Ich notierte Ehe für alle in der Kirche.

Das Thema ließ mir einfach keine Ruhe mehr. Mit Max war es in mein Leben gekommen. Wieso durften homosexuelle Paare nicht vor den Traualtar einer Kirche, ganz sicher nicht einer katholischen Kirche, treten? Man muss nicht gerade übertrieben sensibel sein, um zu spüren, dass damit eine Diskriminierung verbunden ist. Wahrscheinlich ist es mir egal, ob ich mit Max wirklich einmal kirchlich heiraten kann. Aber die Abwertung trifft mich. Auch nach der Diskussion mit Mom habe ich noch lange versucht, plausible Gründe für die Haltung der Kirche zu finden. Mein Fazit: Es gibt keine. Das Einzige, was man findet, das allerdings im Dutzend, sind bescheuerte Argumente. Nirgendwo wird nachvollziehbar begründet, worin die Bedrohung für die Ehe zwischen Mann und Frau bestünde, wenn es die Ehe auch für alle anderen denkbaren Konstellationen gäbe. Auch nicht, warum das mit Glauben und Religion nicht in Einklang zu bringen sein soll. Die Bibel wird natürlich bemüht, mitunter auch das Alte Testament. Na dann, viel Spaß bei der konsequenten Auslegung dieses Meisterwerkes. Sogar das Grundgesetz wird herangezogen. Worin die Ehe zwischen Mann und Frau unter einen besonderen Schutz gestellt ist. Dass das Grundgesetz über so etwas wie sexuelle Orientierung eigentlich nie nachgedacht hat, was in Anbetracht des Zeitpunktes seiner Entstehung so wahnsinnig verwunderlich nicht ist, wird bei dieser Argumentation nicht gesehen. Man benennt also eine Autorität, die von dem, worüber sie redet, entweder keine Ahnung hat, oder sich nie dafür interessierte. Das ist zwar offensichtlich, aber man kann das natürlich ignorieren. So lange, bis der Mist einfach nicht mehr aufrechtzuerhalten ist und der Staat dann doch noch zur Vernunft kommt. Dafür hat er 68 Jahre gebraucht. Ziemlich lange wie ich finde, aber im Vergleich zur katholischen Kirche zeigt er damit zumindest, dass er nicht völlig unbeweglich ist. Er erlaubt mir nun die Ehe mit Max, vor Gott bleibt sie unmöglich. Weil die Kirche das nicht will. Und damit verbietet sie dem guten Gott aus meiner Sicht, was für ihn gar kein Problem sein kann. Dass sich zwei Menschen, die sich lieben, das Ja-

Wort geben. Die Kirche überstimmt Gott, das steht mal fest, und der muss es sich gefallen lassen. Weil er so prinzipientreu ist und sich weder blicken lässt, noch sonst wie klare Stellung bezieht. Manche sagen, er sei geduldig und habe unendlich viel Zeit. Genau die aber fehlt mir. Und deshalb pirsche ich mich von hinten an ihn ran. Dringe in seine Unendlichkeit vor. Wart's ab, guter Gott.

Mom meint, sie könne sich vorstellen, dass sich da noch was zu meinen Lebzeiten ändern wird. Ja, sie würde sogar ein paar Euro darauf verwetten, wenn ich es verlangte. Aber damit kann sie mir nicht viel Trost spenden. Alleine die Einschränkung *zu meinen Lebzeiten* macht mich hellhörig. Angenommen sie hält für sich noch 30 bis 40 Jahre für realistisch, dann ist sie sich mit dieser Einschränkung offenbar nicht so sicher, ob das noch was zu *ihren* Lebzeiten wird. Und das fände ich dann doch eine verdammt lange Perspektive. Also muss ich wohl oder übel in die Kirchenpolitik gehen. Oder ich lasse das andere erledigen, was mir, ehrlich gesagt, tausendmal lieber wäre. Ich hätte es im Leben lieber mit schöneren Dingen zu tun als mit politischen Intrigen. Mit Blick auf meine Schatulle allerdings wäre es eine Überlegung wert. Nach Hartz IV und der Riester-Rente käme dann vielleicht die Lefnerehe. Womöglich würde ich sogar posthum heiliggesprochen. Wer weiß, irgendwann steht da vielleicht mal einer wie dieser Wowereit auf dem Balkon des Vatikans und ruft an Ostern runter: ›Urbi et orbi et spiritus sancti et gay aqualitatem.‹ Dann denke ich nochmal neu über den Verein nach.

Dass ich die Notiz Glubschmund irgendwann hinzugefügt habe, bedeutet keine neue Idee, und ist deshalb quasi als Notiz 2a zu verstehen. Ich habe sie auf der Rückseite des Zettels mit der Notiz Krähenrübe vermerkt, von der Reihenfolge aber erst an sechster Stelle eingefügt, weshalb ich sie auch an dieser Stelle erst erwähne. Ich kann es nicht recht begründen, aber es ist mir wichtig, auf die Reihenfolge zu achten, in der die einzelnen Ideen bei mir entstanden sind. Ordnungsaspekte werden mir immer einleuchtender, ich bin da nicht sehr pubertär.

Auch meine vorerst letzten beiden Notizen habe ich bereits erwähnt. Sehr ambitioniert empfinde ich mich mit dem Vermerk Mission 3.000/Boyzeug. Ich meine, ich bin 15 und überlege eine Kleidermarke zu entwickeln, die auch in 1.000 Jahren noch erfolgreich sein soll. Mit der Idee zu *Mission 3.000/Boyzeug* sind indes zwei für mich neue Erfahrungen im Schatullen-Kontext verbunden, die ich für erwähnenswert halte. Zum einen konnte ich zum ersten Mal spüren und mir zugestehen, wie sehr ich über all diese Ideen lächeln kann, wie sehr es mir einfach Spaß macht, so über mich und meine Zukunft bis weit über meinen Tod hinaus nachzudenken. Und zum anderen ist dies *die* Idee unter allen, mit der ich sofort loslegen möchte. Seitdem ich sie hatte, nimmt sie sich beständig Raum, und ich entwickle gedanklich bereits meine ersten erfolgreichen Schritte zum Kleinunternehmer. Max und Sami sollen meine Verbündeten sein. *Boyzeug* wird ein riesen Ding werden, das kann ich spüren.

Es war Ende September, und ich hatte die beiden für den nächsten Tag eingeladen, ihnen aber nur gesagt, dass ich eine Projektidee hätte, die ich gerne mit ihnen besprechen würde. Danach haben sie mich sofort mit Fragen gelöchert, aber ich habe nichts Weiteres preisgegeben. Ich habe mir das alles genau überlegt, zumindest den Beginn. *Boyzeug* sollte mit einem ersten, informellen Gründungstreffen von uns dreien im Oktober 2018 an den Start gehen. Das erste Ziel war es, Max und Sami für die Umsetzung meiner Pläne zu begeistern.

Bliebe noch zu erwähnen, dass meine bisher letzte Notiz gleichzeitig mein längster Vermerk ist. Und dass sie völlig aus der Reihe fällt. Weil es quasi eine negative Absichtserklärung ist. Nach dem Gespräch mit Mom über Fallada, Brando, Dean und Hemingway bekam sie auf einmal Bedeutung für mich. Ich wollte mich festlegen, dass ich *keine* Unsterblichkeit durch Prominenz, gepaart mit einem frühen Tod, erlangen wollte. Und Depressionen, Alkohol und sonstige Süchte sollten mich nicht dazu bringen, zu früh von diesem Leben zu lassen. Dafür hatte ich einfach zu viel zu tun, das war bereits mit 15 klar, als ich die Notiz schrieb. Und es war mir ernst damit.

Immer noch auf dem Boden sitzend blickte ich auf die Zettel, die geordnet neben mir lagen. Einige Wochen vor meinem 16. Geburtstag ließ sich meine Vision von der Unsterblichkeit wie folgt zusammenfassen: Mammutbaum-Krähenrübe-Hase-Lefnerensis-Ehe für alle in der Kirche-(Glubschmund)-Mission 3.000/Boyzeug
Berühmt und jung sterben/Depression/Alkohol/Sucht

Das überzeugte mich und ich lehnte mich mit geschlossenen Augen an die Zimmerwand. Ich wusste, dass außer mir niemand zu Hause war, was ich in diesem Moment als sehr angenehm empfand. Zwischendurch hatte ich etwas Musik aufgelegt. Ich hatte mir zuvor aus Papas CD-Sammlung etwas von William Shatner herausgefischt, den ich schon länger einmal hören wollte. Wobei mir Shatner ohne Simon gar nichts gesagt hätte. Simon ist ein großer Science-Fiction-Fan, und als er noch neben mir saß, kritzelte er beständig irgendwelche merkwürdigen Namen wie zum Beispiel *Lieutenant Uhura* auf seine Hefte und Bücher, und malte ganz hübsche, mitunter aber auch etwas seltsame Köpfe daneben. Als ich ihn ansprach und fragte, was denn das alles zu bedeuten habe, stierte er mich für einen Moment entgeistert an und sagte dann nur ›ich fasse es nicht‹.

Nachfolgend ließ ich mich wochenlang über alles aufklären, was der Science-Fiction-Fan für unbedingt wissenswert hielt. Und zur Krönung lud mich Simon irgendwann einmal an einem verregneten Samstag zu einem langen Star Trek-Happening zu sich nach Hause ein, wo er während des Films ständig ›fick dich, Shatner‹ rief. Aufgrund seiner Erzählungen in der Schule war ich nicht mehr völlig ungebildet, und konnte *fick dich, Shatner* dem Darsteller von Captain Kirk, William Shatner, zuordnen. Mein Erstaunen, *diesen* William Shatner dann im CD-Regal meines Vaters zu finden, war in Verbindung mit den Erinnerungen an Simon beträchtlich. ›Fick dich, Shatner‹ hörte ich Simons Stimme aus einer unbestimmten Ferne. Zum ersten Mal fehlte er mir.

Ich hatte den Player auf Repeat gestellt und die Musik schon längere Zeit laufen, aber nicht so richtig auf sie geachtet. Für eine Weile war ich noch zu sehr mit dem Inhalt meiner Schatulle beschäftigt. Erst als ich mich, angelehnt an die Wand, entspannte, hörte ich auf einmal den Unterschied zwischen Shatners Original-Stimme und der seines deutschen Synchronsprechers. Die Musik an dieser Stelle war langsam, aber nicht wirklich beruhigend. Ein Piano wie in der Kirche, dann etwas Bandbegleitung, dann weibliche Gospelstimmen. Dazu Shatner, der wie ein Pfarrer in der Kirche etwas zu dem Titel *You'll Have Time* aufsagte. Sehr quer, sehr eigen, keine gefällige Gesangsmelodie, sondern eher ein gesprochener Text über der Instrumentierung, der langsam meine Konzentration an sich zog. Und was ich plötzlich verstand, ließ mich kurz an eine höhere Macht glauben, ohne deren Eingreifen eine solche Allianz mit meiner Stimmung zu diesem Moment nicht denkbar gewesen wäre. Shatners Betonungen wirkten, als würde er sich lustig machen. Lustig über die Menschen, zu denen er sprach. Vielleicht wollte er auch nur ein wenig mit ihnen zusammen lachen. Er drückte keine Überheblichkeit aus. Er erzählte vom Selbstverständlichsten menschlicher Existenz. Er erzählte, dass wir alle sterben müssen. *Live life like you're gonna die... I hate to be the bearer of bad news. But you're gonna die.*

Ich ließ den Song immer wieder von vorne laufen, bis ich irgendwann einnickte und erst durch Moms Klopfen an der Tür wieder aufwachte. Sie wollte nur sehen, ob alles mit mir in Ordnung war.

14 | Boyzeug

Nachdem Sami und Max gekommen waren, zogen wir uns mit etwas Tee, Erdnüssen und Gayle in mein Zimmer zurück. Es hatte sich in den drei Monaten zuvor immer mehr zu unserem Treffpunkt entwickelt. Wie nicht anders zu erwarten, verstanden sich alle bestens mit Mom und sie hatte sichtlich Spaß mit meinen Freunden und dem zusätzlichen Leben in ihrer Wohnung. Auch mein Vater ließ sich manchmal blicken und gab sein Bestes. Was ihm, glaube ich, auch gar nicht so schwerfiel. Irgendwann nahm er mich mal zur Seite, klopfte mir väterlich auf die Schulter und sagte dann: »Dass dir der Max so gut gefällt, kann ich verstehen. Ich mag ihn, das wollte ich dir nur sagen.«

Darüber freute ich mich, seinen Zusatz hätte es dann gar nicht mehr gebraucht.

»Und dass du schwul bist, habe ich wahrscheinlich erst endgültig verstanden, als du mir Sami vorgestellt hast. Wer sich in deinem Alter nicht in dieses Mädchen verliebt, der glaubt sich entweder chancenlos, was für dich nicht in Frage kommen sollte, oder der ist eben schwul. Ansonsten wird man bei einem solchen Mädchen schwach.«

Wie auch immer, mein Vater wollte damit sicher ein Zeichen setzen und mir sagen, dass er mit mir und meinem Schwulsein ganz einverstanden ist. Ich selbst war mir immer noch nicht so ganz sicher, ob das mit dem Schwulsein nun schon beschlossene Sache war, aber es traten keine starken Gegenargumente auf. Sami mochte ich sehr, und in das Rehkitz konnte man sich wirklich nur verlieben. Ich fragte mich sogar, wie es wäre, mit ihr zu schlafen. Der Gedanke war nicht besorgniserregend. Den Verstand verlor ich darüber allerdings auch nicht. Es war eben nur ein Gedanke, kein Gefühl. Um ehrlich zu sein, bekam die Fantasie vor allem dann Leben, wenn

Max hinzukam. Irgendwas zu dritt konnte ich mir schon vorstellen. Zumindest wäre es einen Versuch wert, dachte ich. Ich stellte mir vor, wie es sich wohl anfühlt, sich zu dritt zu küssen. Und diese Vorstellung gefiel mir sogar sehr. Sich zu dritt zu lieben, also auch mit Sex, erschien mir ebenfalls ganz reizvoll. Wobei mir die praktische Durchführung nicht ganz klar war. Max in Sami zu sehen, fiel mir schwer. Außer wir küssten uns dabei. Ich konnte mir einiges vorstellen. Und so lange ich das tat, blieb da etwas Unsicherheit in mir zurück, ob ich vielleicht doch nicht so ganz… Politisch erschien es mir sowieso viel reizvoller, nicht festgelegt zu sein und und ganz frei und queer durchs Leben zu tanzen. Ätsch, ich bin alles und kann alles, wozu ich Lust habe. Ich brauche eure ganzen Grenzen nicht. War mir aber unklar, ob meine Hormone und mein Seelenleben hinter dieser Aussage standen. Es reichte immerhin, um mich dauerhaft damit zu beschäftigen. Und Bilder zu erzeugen, die mich ziemlich in Aufregung versetzten.

Jedenfalls war die Situation bei uns zu Hause so, dass alle miteinander gut auskamen und sich mochten. Und da dies bei den beiden anderen nicht vorbehaltlos so gegeben war, wurde mein Zuhause mehr und mehr auch ein guter Ort für Sami und Max. Sogar ein perfekter Ort für das Gründungstreffen von *Boyzeug* am 1. Oktober 2018.

Draußen war es mild und regnerisch. Ein schöner Tag war es nicht. Ich zündete ein paar Kerzen in meinem Zimmer an, um es behaglicher zu machen. Dazu legte ich etwas Instrumentalmusik für den Hintergrund auf. *Spiral* von *Vangelis*. Auch die hatte ich natürlich wieder im Platten-Regal meines Vaters entdeckt. Pompös und feierlich. Für meinen Geschmack genau das Richtige, um den besonderen Anlass entsprechend zu untermalen. In den ersten Minuten redeten wir noch harmloses Zeugs und wärmten uns an dem heißen Tee. Ich lehnte an Max und konnte manchmal seinen Atem in meinem Nacken spüren. Gayles Schnurren war lauter als die Erdnüsse, die wir zerkauten. Aufgrund meiner Ankündigung lag ein bisschen Spannung in der Luft. Und die bewog Sami wohl dazu, den Anfang zu machen.

»Um ehrlich zu sein, bin ich neugierig, was du uns zu sagen hast, Marius. Ich habe nicht eine leise Ahnung.« Das stimmte, Sami wusste gar nichts. Max war aber auch nicht groß im Bilde. Auch wenn es gefühlt in den letzten Wochen nichts gegeben hatte, worüber wir uns nicht unterhalten konnten, so hatte ich ihm doch noch nichts von meiner Schatulle erzählt. Ich drehte die Musik ein klein wenig leiser, um zu signalisieren, dass ich bereit war, mein Geheimnis zu lüften. Ob und wann ich über die Schatulle reden wollte, wusste ich noch nicht. In diesem Moment war es nicht so wichtig. Sie war mir extrem heilig, und so behandelte ich sie auch.

»Ihr werdet euch vielleicht wundern«, fing ich an, »dass ich euch heute eine Idee vorstellen möchte, von der ihr noch nichts wisst. Tatsächlich habe ich die Idee schon um einiges länger, als ich euch überhaupt kenne. In den letzten Wochen aber hat sich gerade durch euch mein Leben nochmal ziemlich geändert.« Ich kam mir jetzt wie ein Redner vor Publikum vor.

Max schob mich ein wenig zur Seite. »Du kannst dich manchmal so was von wichtigmachen. Erzähl doch einfach, was los ist.« Das brachte mich für einen Moment aus dem Konzept. Aber ich wusste, dass er recht hatte. Also versuchte ich, mich kürzer zu fassen.

»Ich möchte ein Unternehmen aufziehen. Mit euch. Besser so?« Ich blickte zu Max und dann zu Sami. Beide sagten nichts.

»Es soll um Kleidung gehen. Für den Anfang um Shirts. Der Name für das Label steht schon fest. *Boyzeug*. Uns drei stelle ich mir als die kreativen Köpfe der ganzen Geschichte vor, vielleicht mit unterschiedlichen Schwerpunkten. Das ist mir noch nicht so klar, und das können wir ja dann auch gemeinsam entwickeln. Um ehrlich zu sein, ist es mein Ehrgeiz, zuerst deutschlandweit, dann weltweit bekannt zu werden. *Boyzeug* soll so etwas wie *adidas* werden, stelle ich mir vor. Ein Markenlabel, das jeder kennt und sich so etabliert, dass es wie ein natürlicher Bestandteil des Universums wird.

Nicht mehr wegzudenken, in seiner Existenz nicht mehr auszumerzen.«

»Auszuwas?« Sami hatte in drei Monaten mächtig dazu gelernt. Ihr Deutsch war ja ohnehin schon fast perfekt. Die Fehler, die sie machte, unterlagen einer anderen Logik. Dass sie sich etwas falsch abgehört hatte, und dann nicht so schnell wieder verlernen konnte. Oder dass sich ihr ein Sinn falsch erschlossen hatte, und sie erst den wahren entdecken musste. Oder dass sie etwas nicht kannte, ganz einfach, und es auch nicht so schnell übernehmen konnte. Das waren Kleinigkeiten, die sich geben würden. Da ich wiederum ein gewisses Sprachtalent hatte und über einen für mein Alter ungewöhnlichen Wortschatz verfügte (das wurde mir schon so oft gesagt, dass ich es einfach mal glaubte), kam es ab und an zu Irritationen für sie. Das hätte sie mit Bulli und den anderen sicher einfacher haben können. Da sprach keiner von *ausmerzen*. Und keiner unterlag so schnell der Versuchung wie ich, Sami an solchen Stellen mitunter noch etwas zu verunsichern. Ich liebte es so sehr, wenn sie rot wurde. Oder wenn ich ihr im Gesicht ablesen konnte, dass sie ganz bemüht war, mir zu folgen, sich aber nicht sicher war, ob ich sie auf den Arm nahm.

»*Auszumerzen* kennst du nicht? Na so etwas. *Im Märzen der Bauer die Rösslein einspannt.* Ist ein Kinderlied, kennt hier jeder.«

»Man, Marius. Jetzt mach's nicht so spannend. Sami kannst du ein andermal auf die Schippe nehmen.« Max war mitunter ungeduldig.

»Welche... Schippe?« Das brachte Max und mich dann doch zum Lachen, und Sami zeigte ihr strahlendstes Rot. Der Knoten war nicht mehr zu entwirren.

»Okay, Freunde. Ich spul nochmal zurück. Für dich Sami ganz einfach. *Ausmerzen* bedeutet in etwa, dass man etwas komplett zum Verschwinden bringt. Und ich wollte sagen, dass die Marke, die ich mit euch kreieren will ...« Sami zuckte kurz und mir wurde klar, dass sie nun an *kreieren* hängen blieb, aber sich nicht traute, es zu sagen und ich wollte sie auch nicht dazu ermutigen.

»Ich wollte also sagen, dass die Marke, die ich mit euch erfinden und entwickeln will, einmal so bekannt sein soll, dass sie eben nicht mehr verschwinden kann. Wenn ihr so wollt, dann stelle ich mir also eine unsterbliche Marke vor. Das mit dem Bauer und dem Kinderlied kannst du vergessen, Sami. Das war nur ein Spaß.« Sami nickte. »So weit vielleicht mal für den Anfang. Was haltet ihr davon?«

Für einen Moment war nur Gayle zu hören. Sami trank einen Schluck Tee und schaute fragend zu Max. Der schüttelte nur den Kopf.

»An Größenwahnsinn mangelt es dir jedenfalls nicht, Marius. Das muss man dir lassen.« Damit hatte ich gerechnet.

»Ohne Größenwahnsinn oder menschlichen Ehrgeiz würden wir noch im Lendenschurz durch die Wälder jagen.«

»Lenden...?«

»Sami, bitte jetzt nicht. Sagt etwas zu meiner Idee.« Max hatte das Kopfschütteln eingestellt, spielte mir ein wenig in den Haaren rum und gab dann seinen Kommentar ab.

»Also, wenn du mich fragst, und das tust du ja, dann klingt das abgehoben. Aber wenn ich mal davon absehe, dass diese Marke unbedingt unsterblich sein soll, ich meine, wie beknackt ist das denn, aber egal... Wenn ich davon also mal absehe, dann könnte das ein kleines, amüsantes Abenteuer werden. Warum also nicht? Ich hab nur noch nicht verstanden, wie wir das anstellen sollen.« Das klang für meine Ohren gar nicht schlecht.

»Und du, Sami. Was meinst du?«

»Ich mag Kleider jedenfalls. Nähen habe ich auch gelernt. Ich habe Spaß mit Stoffe. Ich finde, die klingt wie eine gute Idee.«

»Schön. Dann wären wir uns doch bis hierhin schon mal einigermaßen einig. Darf ich das so zu Protokoll nehmen?«

Max zuckte mit den Schultern, Sami nickte leicht. Sie überlegte sicher, welches Protokoll ich gerade meinte.

»Dann möchte ich euch erklären, wie ich mir den Beginn vorgestellt habe. Ich habe drei Kollektionen angedacht. Kollektion Sami,

Kollektion Max, Kollektion Marius. Für jede habe ich drei verschiedene Entwürfe entwickelt. Wobei die Grundlage immer gleich ist. Jedes Shirt ist zweifarbig. Und zwar haben Vorder- und Rückseite der Shirts unterschiedliche Farben. Alle Übergänge der Farben werden mit einer wiederum zweifarbigen Naht abgesetzt. Der jeweilige Faden kontrastiert dabei zur Grundfarbe, die er deutlich sichtbar durchläuft. Am Ausschnitt seitlich vorne wird der Schriftzug *Boyzeug* zu sehen sein. Es ist wichtig, dass die Wirkung entsteht, als wäre alles mit der Hand zusammengenäht. Es kommt also darauf an, das Menschliche, das Fehlerhafte perfekt zu rekonstruieren. Das Entscheidende aber werden die Texte sein, die auf jedem Shirt stehen. Das kann ein Wort, eine Zeile oder ein ganzer Text sein. Hier können wir uns kreativ austoben. Hauptsache, es ist lustig. Oder merkwürdig. Oder komplett irrelevant. Völlig egal. Nur nicht diesen Schrott, der dann plötzlich über Jahrmärkte läuft. Und jetzt noch der Clou. Später, wenn wir massenhaft produzieren, werden wir diejenigen sein, die sofort reagieren. Heute eine Entwicklung, morgen ist sie auf unseren Shirts in den Läden. Zum Beispiel wollten die Grünen doch vor einiger Zeit einen *Veggieday* einführen. Was würdet ihr daraus machen?« Max reagierte prompt.

»So was wie *Egalite, Liberte, Veggieday*. Meinst du das?«

»Zum Beispiel. Das Prinzip ist zwar geklaut, was wir nie machen würden, weil wir noch viel kreativer sind, aber in die Richtung geht es. Genau.«

»Oder vielleicht so?« Sami hatte auch eine Idee. »*Gestern Schnee, heute Reh, morgen kommt das Veggieday!*«

Max und ich schauten uns kurz an und prusteten dann los.

»Fantastisch, Sami, fantastisch. Genau das meine ich. Das wäre die Sparte *komplett sinnfrei*. Da kommen 1.000 davon in die Geschäfte, und keines mehr. Das werden Sammlerstücke. Wir werden eine Freak-Gemeinde züchten, die nichts lieber machen wird, als diesen ganzen Nonsens zu sammeln und irre Preise dafür zu zahlen. Die Presse wird ständig berichten, weil alle neugierig sind, was als Nächstes kommt. Aber niemand wird je eine Info bekommen. Erst wenn die Shirts in den Läden auftauchen. Und wir sitzen da, lachen uns den Bauch voll wie gerade eben, und verdienen richtig viel Kohle. Wenn wir erst mal drin sind im Geschäft, sind 100 Euro unser Preis. Wir werden unzählige internationale Agenturen beschäftigen. Jedes Land hat ja seine eigenen Themen. Wer versteht denn so etwas Bescheuertes wie den Veggieday außerhalb Deutschlands? Wir werden uns die tollsten Leute in die Agenturen setzen. Aber nur wir drei werden entscheiden. Und wir wollen nur Leute, mit denen es genauso viel Spaß macht wie mit uns. Überall drei Köpfe. Das ist das Prinzip. Und namensgebend weltweit für die Kollektionen. Die 3 wird unsere Zahl sein, daran erkennt man uns. Ergänzt um die 3.000, die immer mal wieder auftauchen kann. Sie verweist auf unseren Ehrgeiz, auch noch im nächsten Jahrtausend eine führende Marke zu sein. Kapiert ihr jetzt, wie groß die Idee ist?« Ich hatte sie, alle beide. Ihre Gesichter strahlten mich an. Ein guter Moment, um *Vangelis* lauter zu drehen.

»Respekt«, war das Erste, was Max sagte. »Ich meine, größenwahnsinnig klingt das unverändert, aber es gefällt mir. Vor allem deine Überzeugung. Und dass du dir schon so viele Gedanken dazu gemacht hast. Vermutlich wirst du uns auch noch etwas zu den nächsten Schritten sagen. Ich bin jedenfalls dabei. Zu verlieren haben wir ja nichts.«

Und Sami ergänzte ihn um ein: »Darauf muss man erst mal hinkommen. Ich bin auch dabei.« Das machte mich zufrieden. Es war sogar mehr. Ich war stolz.

»Dann kann ich euch gerne erzählen, wie es weitergeht. Am besten mit den drei Kollektionen. Und denkt daran, dass dies einmal die Stücke sein werden, die im Museum landen. Sie sind besonders wichtig. Die ersten drei Exemplare der Kollektion Max sollen folgenden Schriftzug tragen.« Ich holte drei vorbereitete Zettel von meiner Ablage auf dem Tisch, und legte den ersten davon in die Mitte. Darauf stand:

KOLLEKTION MAX
Designation A – Das willst du nicht hören
Designation B – Wahrer Champ
Designation C – Bitte weiter so, lebenslänglich

Es blieb einen Moment still, niemand sagte etwas, *Vangelis* war auch verstummt. Selbst Gayle schlief jetzt. Was ich nicht lange aushielt. Gespannt auf ihre erste Reaktion wollte ich noch etwas erklären.

»Ich habe mir das ausgedacht, als ich euch gerade erst kennengelernt hatte. Diese Ideen waren sofort da. In der Zwischenzeit könnten da natürlich auch noch ganz andere Sachen stehen. Aber ich hab's mal so gelassen. Mir gefällt das als Einstieg.«

»Ziemlich persönlich«, stellte Max fest. »Aber ganz gut«, fügte er hinzu. Sami zögerte etwas.

»Wahrscheinlich verstehe ich das nicht so ganz, oder?«

»Das musst du auch gar nicht, Sami. Auch wenn ich es dir erklären kann. Aber niemand wird es verstehen. Darum geht es auch nicht unbedingt. Es ist ein wenig wie mit der Kunst. Du verstehst, was du empfindest. Und das ist dann auch die Aussage. Deine Aussage. Wir zielen nicht darauf ab, dass die Leute die Shirts verstehen. Wir wollen sie ansprechen und neugierig machen. Auf das, was sie bei ihnen selbst auslösen. Das wird zu einem nicht enden wollenden Dialog führen zwischen den Trägern der Shirts und den Menschen, die sie sehen. Es wird zu vielen Fragen und Gesprächen kommen, die wir nicht kennen, aber auslösen wollen. Mit einem *Boyzeug* weckt man Interesse und wird interessant. Davon bin ich fest überzeugt.« Max und Sami widersprachen nicht. Wobei Max dann doch noch etwas ergänzte.

»Der *Wahre Champ* ist aber vergleichsweise eindeutig. Klingt fast ein wenig großspurig.«

»Sicher, das ist so. Wobei auch hier etwas Besonderes zu finden ist, eine Steigerung. Hin zur Wahrheit. Die sich eigentlich mit dem Zusatz *Champ* gar nicht verbinden kann. Wer sich traut, das zu tragen, will bestimmt auch ein wenig provozieren. Woraus ja auch schon wieder schöne Dialoge entstehen können. Wollt ihr wissen, was ich mir zur Kollektion Sami ausgedacht habe?« Beide nickten. Ich legte den zweiten Zettel in die Mitte.

KOLLEKTION SAMI
Designation A – Überstechend
Designation B – Rehkitzler
Designation C – Strafbar vernachlässigt

Jetzt fehlten Max ein paar Informationen zum ersten Zusammentreffen von Sami und mir. Trotzdem lachte er vor sich hin. Sami schwebte am Rand der Errötung. Das griff ich auf.

»Wie gesagt, Sami, die Geschichte zu den Shirts kennen nur wir. Und deine kleinen Sprachfehler sind ein besonders sympathischer Fundus. Glaub mir das.«

»Ist ein *Fundus* so etwas wie ein Fundament?«

»Nicht wirklich, obwohl das auch ein wenig passt, wenn man etwas um die Ecke denkt. Ein Fundus ist in diesem Fall etwas, worauf man immer zurückgreifen kann. So als ob du sehr viel Geld hättest vielleicht. Es ist dann immer genug da, um alles bezahlen zu können, was du brauchst und willst. Bei dir ist auch immer genug da.«

»An Fehlern?«, wollte Sami wissen. »Das gefällt mir gar nicht.«

»So bekommt es auch eine falsche Betonung, wenn du mich fragst. Jeder hätte das gleiche Problem wie du in einer fremden Sprache. Das ist eher liebenswert. Und in deiner eigenen Sprache kannst du auf so etwas gar nicht kommen. Deshalb bist du so besonders wertvoll für unser Projekt.« Ganz überzeugt wirkte sie nicht. Max hatte sich das die ganze Zeit angehört und hörte nicht auf zu grinsen.

»Das mit dem Rehkitzler musst du ihr aber schon erklären. Das ist sensationell.«

»Und das habe ich auch nie gesagt. Ich verstehe nicht, was es bedeutet.« Sami klang fast ein wenig ungehalten. Es ist ja auch ein doofes Gefühl, die Einzige zu sein, die etwas nicht versteht. Und dieses Gefühl hatte Sami wohl häufiger. Da ich auch zu grinsen begann, ging es ihr sicher nicht besser.

»Oh Gott, Sami, wie soll ich dir das nun erklären, ohne dass du es falsch verstehst? Weißt du, was ein Rehkitz ist?«

»Nein.« Das kam trotzig.

»Es ist das Junge vom Reh, das Kind, das Baby vom Reh.« Ich schaute zu Sami und sie reagierte nicht. Max hatte seine Freude.

»Weiter, Marius. Du kommst der Sache mit riesen Schritten näher.«

»Nun gut, und wenn junge Frauen noch etwas schüchtern und zurückhaltend, dabei aber umwerfend reizend sind, dann spricht man hier in Deutschland schon mal von einem *scheuen Rehkitz*. Das ist sehr liebenswert zu verstehen.«

»Schon wieder. Könnt ihr mich denn gar nicht anders sehen?« Sami wirkte jetzt richtig gekränkt.

»Warum sollten wir? Es ist so positiv gemeint!«

»Ma-ri-us, Ma-ri-us, Ma-ri-us ...« Max imitierte eine Anfeuerung und machte mir Druck. Der Sack.

»Tja, und dann fiel mir noch ein kleines Wortspiel dazu ein. Weil der Kitzler ein Teil des, na ja ... eben des Geschlechtsorgans der Frau ist. Es ist wohl der Teil, der für ihre Erregung entscheidend ist. Und da viele so ... erregt auf dich reagieren, und mir das Wortspiel eben gefiel, hab ich das gleich für die Kollektion verwenden wollen. Das Wort gibt es eigentlich nicht. Aber in den Köpfen der Leute wird es reizvoll klingen.« Sami schaute mich ein wenig entgeistert an, und mir fror unter ihrem Blick das Lächeln langsam ein. Max beruhigte sich zum Glück, wobei er sich zwischenzeitlich so laut und kindisch kreischend auf die Schenkel geklopft hatte, dass Gayle zur Tür rannte und raus wollte. Erstaunlich kühl bemerkte Sami dann nur: »Also wer auch immer dieses Motiv der Kollektion trägt, ich werde es nicht sein. End of discussion.« Auf Englisch klang sie gleich sehr viel bestimmter.

»Bliebe nur noch die Frage, welche Feinheiten du für dich selbst ausgewählt hast«, sagte dann Max und zwinkerte mir zu. Die Allianz, die er mir offenbar anbot, tat in diesem Moment ganz gut. Ich legte den dritten Zettel in die Mitte.

KOLLEKTION MARIUS
Designation A – Ein wenig extrem
Designation B – Mooskicker
Designation C – Krähenrübe

Beide schmunzelten. *Ein wenig extrem* war wie ein Selbstbildnis, in das sich auch Sami eindenken konnte. Der *Mooskicker* klang wahrscheinlich gut, musste aber beiden schleierhaft sein, während die *Krähenrübe* sich in der Klasse schon etwas durchgesetzt hatte und deshalb problemlos punktete. Sami beruhigte sich sichtlich.

»Und wie wird es jetzt weitergehen?«, fragte sie in einwandfreiem Deutsch.

An dieser Stelle waren meine Überlegungen noch nicht sehr weit fortgeschritten. Da brauchte ich unser Team.

»Ich kann euch eher die Fragen nennen, die sich für uns jetzt ergeben. Vor allem was die Produktion und die Vermarktung der Shirts anbetrifft. Aber wenn wir erst einmal einen Satz davon hergestellt haben, dann sollten wir ihn in der Klasse anziehen und sehen, was passiert. Erste Interessenten dürften sich auf einer Liste eintragen. Geld ist erst mal nicht viel zu machen, das kommt später. 25 Euro für ein Shirt müssen wir aber sicher nehmen, sonst legen wir sogar drauf, und das sollte unser Firmenkodex verbieten. Vielleicht schaffen wir es, bis zum Weihnachtsbasar zu produzieren. Dann erhöhen wir den Preis auf 30 Euro und spenden die 5 Euro Aufschlag. Eine hippe Marke braucht ihr Social Sponsoring.«

»Bliebe noch das wahrscheinlich größte Problem, die Produktion«, äußerte sich Max. Dazu klopfte es an der Tür und Moms Kopf schaute herein.

»Ich hätte ein paar Häppchen fertig gemacht. Ihr könnt sie euch jederzeit in der Küche holen.« Alle Daumen gingen hoch und ich folgte Mom direkt in die Küche, um das Tablett mit einem Berg von frisch belegten Sandwiches wieder ins Zimmer zu tragen. Ich räumte die Zettel zur Seite und stellte das Tablett in die Mitte. Mom kam hinter mir her und brachte noch Wasser und Apfelsaft mit drei Gläsern. Für eine Weile aßen wir erst mal zufrieden unsere Sandwiches. Besonders ich, der beim Essen immer viel langsamer war als die meisten anderen. Was mitunter den Vorteil hat, dass man einfach mal nur zuhören und den Mund halten kann.

»Ich kenne mich ein wenig mit Stoffen aus. Ich könnte mich einmal informieren«, sagte Sami. Das war schon mal ein erster, hilfreicher Vorschlag. »Und ich kenne schon eine Näherei, weil ich immer einen Platz für meine Nähensachen suche.«

»Nähsachen«, korrigierte ich. Ab und zu musste ich mich ja an unsere Vereinbarung halten.

»Meinst du, du könntest das selbst hinbekommen?«, fragte Max.

»Das weiß ich nicht. Aber ich könnte es mir bestimmt zeigen lassen. Die Frauen in der Näherei machen sehr komplizierte Sachen.« Damit hatte ich nicht gerechnet.

»Wow, dann wäre ja vielleicht sogar schon die Frage nach der Produktion beantwortet. Für die ersten Stücke zumindest«, sagte Max. Und ich nickte zufrieden zu meinem nächsten Bissen. Dann ging ich wieder in die Küche und holte eine Flasche Champagner aus dem Kühlschrank. Auf diesen Moment hatte ich mich schon lange gefreut. Und wir hatten richtig tolle, hauchdünne Gläser dafür. Nicht, dass mir Champagner besonders schmeckte, aber es war einfach eine Stilfrage. Und so stießen wir an.

»Auf eine große Zukunft von *Boyzeug*«, erklärte ich feierlich. Dann ließen wir die Gläser klingen.

»Auf das nächste Jahrtausend«, sagte Max.

»Und auf den Rehkitzler«, hauchte Sami gespielt erotisch.

Das war der Höhepunkt. Es war besiegelt.

Als Sami kurz auf Toilette ging, nahm mich Max in die Arme und flüsterte mir ins Ohr, obwohl außer uns niemand mehr da war.

»Ich finde, das ist der passende Moment, um ihn noch mit einer weiteren Premiere zu unterstreichen.« Dazu bewegte er seine Hand langsam zwischen meine Beine. Ich wusste genau, was er meinte. Und fand den Moment grandios. Zumal ich auch etwas von dem Champagner zu spüren begann.

»Aber es ist schon ziemlich spät«, sagte ich trotzdem.

»Keine Sorge, Darling. Ich wusste ja, dass es etwas zu feiern gibt. Und habe deshalb schon zu Hause gefragt, ob ich bei dir übernachten kann. Die Stimmung ist nicht besonders gut, aber das führt eher dazu, dass Helga und mein Vater ziemlich gleichgültig reagieren. Wir haben Zeit bis zur ersten Stunde.« Ich schüttelte mich ein wenig. Aber das galt der behaglichen Vorstellung, die sich in mir ausbreitete. Wir hatten schon oft darüber gesprochen. Sex hatten wir in den letzten Monaten unfassbar viel. Wir sahen uns gar nicht mehr ohne. Aber wir waren beide noch jungmännlich im allerletzten Sinn. Oder soll ich sagen, im tieferen Sinn? Es war klar, was meine Rolle dabei sein würde. Es war klar, dass wir uns beide genau das wünschten. Alles war klar.

Sami kam zurück und wir brachten sie gemeinsam nach Hause. Dann gingen wir wieder zurück. Der Weg über die Stufen zu unserer Wohnung grenzte fast an Selbstbefriedigung, so scheuerte alles. Max machte dumme Bemerkungen und wir kicherten uns leise durchs Treppenhaus. So langsam, dass zwischenzeitlich das Licht wieder ausging und wir uns wild in der Dunkelheit knutschten. Oben legte ich Mom einen Zettel auf den Tisch. Nicht dass sie erschrak, wenn sie uns beide morgen im Bett vorfand. Ich wusste, sie würde einverstanden sein.

Wir schlichen uns in mein Zimmer. Während wir uns auszogen, tranken wir noch den Rest der Schampusflasche leer. Ich machte das Licht aus und ließ nur ein paar Kerzen brennen. Wir verzichteten auf Musik und sprachen kein Wort mehr. Er nickte zu meinem

Bett und ich legte mich auf den Bauch. Er setzte sich in meinen Sessel. Ich wusste, dass er mit seinen Augen nicht von mir wich. Ich bewegte mich nicht. Unsere Stille ließ nur noch ein Verlangen übrig. Zu dem er aufstand und näherkam.

15 | Paris

Mit Blick auf meinen 16. Geburtstag war ich mit meinem Leben sehr einverstanden. Mit meiner Familie war alles in Ordnung, in der Schule kam ich mit, ich wusste plötzlich auch, was mit Liebe gemeint war. Sexuell war es ein Traum, mit Max und Sami hatte ich so etwas wie allerbeste Freunde gefunden und meine Zukunftspläne verdichteten sich mehr und mehr. Ich musste mir keine Sorgen machen, was kommen würde, was ich im Übrigen auch noch nie getan hatte. Ich wusste, dass ich Max heiraten und eines der erfolgreichsten Unternehmen der Weltgeschichte aufbauen würde. Das vielleicht schönste Gefühl aber war, dass ein Leben voller Abenteuer vor mir lag. Die Rahmenhandlung zu kennen, ist das eine, aber die Geschichten dazu durfte ich ja alle noch erleben. Was das genau heißen würde, wusste ich nicht, aber es fühlte sich nach spektakulären und neuen Erfahrungen an. In sehr vielen Ländern und Begegnungen im Überfluss, mit ganz viel Zeit für all das, was Spaß macht. Ein richtig privilegiertes Dasein würde es sein. Was mir, genau genommen, nicht zustand, wem steht so etwas schon zu? Aber ich würde die Chance nicht dumpfbackig vertun, sondern Akzente setzen, die viele Menschen mit mir froh machen sollten. Ich hatte schon ein Gespür für meine soziale Verantwortung, und der würde ich mich würdig erweisen. Ich fühlte mich bereits voller Tatendrang und fand den Gedanken, noch fünf Jahre zur Schule gehen zu müssen, lästig. Es wäre nicht mehr nötig gewesen, weil ich hatte, was ich brauchte, und wusste, was ich wollte. Aber gut, daran war erst mal nichts zu ändern und so schlimm war das auch wieder nicht.

Ich klang ziemlich spießig, das war mir klar und gefiel mir auch nicht besonders. Aber es fühlte sich gut an, dass ich mir sicher war, nicht spießig zu sein. Das musste man auch nicht werden, selbst wenn Haus, Hof, Garten, Kind, Kegel und Getier das nahelegten.

Tatsächlich war das Feld bestellt, wie man so schön sagt. Und ja, es würde ein super Haus mit einem gigantischen Grundstück werden. Darauf überall Tiere. Und Kinder, die von Max und mir und Sami. Warum denn nicht? Mit ihr zu schlafen konnte in meiner Fantasie keine Hürde sein. Wir konnten es ja immer abwechselnd machen, das war meine bevorzugte Überlegung. Eins von Max, eins von mir, eins von Max, eins von mir. Bis es vielleicht genug wären. Eine richtig tolle Unternehmer-Kommune schwebte mir vor. Mit vielen Angestellten für die unangenehmen Sachen. Die würden wir aber so gut behandeln, dass sie sich nie einen anderen Job wünschen und gerne mit uns alt werden würden. Man konnte viel Geld richtig dumm verprassen, oder aber richtig gut und im Einklang mit Gott und der Welt davon leben. Und natürlich mit Mom. Alle zusammen würden wir uns unsterblich machen. Unsere Abdrücke würden nicht von der nächsten Welle wieder zum Verschwinden gebracht werden. Sie würden dem Kommen und Gehen auf der Erde trotzen und könnten noch abertausend Jahre später erforscht und benannt werden wie Gesteinsschichten. Das alles war mir mit 15 bereits klar. *Und Marius sah, dass es gut war.* Haha.

Mit Mom und mir war es in den letzten Wochen etwas ruhiger geworden. Wir hatten keine Probleme, außer dass es sie wieder die überwunden geglaubte Mühe kostete, mich morgens rechtzeitig auf den Schulweg zu bringen. Wir hatten weiter unsere Zeiten und unsere Gespräche. Und doch hatte sich etwas geändert. Eigentlich nicht zwischen uns, aber ich gehörte jetzt einem Anderen. Wörtlich genommen ja doch ein etwas problematischer Ausspruch. Hatte ich bis dahin Mom gehört? Das fragte ich mich auf einmal. Ihr gegenüber hatte ich das zwar nie so empfunden, aber als Möglichkeit konnte ich das nicht ausschließen. *Ihr Leben gegen mein Leben.* Das war eine meiner Kinderfantasien. Darin überwältigten uns immer böse Gestalten, die Mom töten wollten. Es gab nur eine Möglichkeit, dies zu verhindern. Ich musste mein Leben für sie opfern. Und ich zögerte nie, das auch zu tun. Ihr Leben war mir wichtiger. Mein

Opfer war ganz selbstverständlich. Und ein wenig heldenhaft. Der kleine Junge, der seine Mom rettet. Mein Leben gehörte tatsächlich ihr. Immer. Bis vor Kurzem. Bis es Max gehörte.

Jemandem zu gehören, ist bestimmt nicht richtig. Weil man nur sich selbst gehören sollte, ausschließlich. Zumindest habe ich das schon häufiger gelesen. Oder Gott, das halten auch noch einige für korrekt. Aber das wiederum wäre *mir* jetzt absurd vorgekommen. Ich will mich ja nicht wiederholen, aber der ist doch nie da. Dagegen ist mein Vater ja ein an Dauerpräsenz nicht zu überbietender Stubenhocker. Was die Ewigkeit anbetrifft, wäre Gott ein ordentlicher Verbündeter. Der hat so viel Zeit, dass man gleich über Millionen von Jahren nachdenken kann. Mit Gott an meiner Seite wäre ich demnach bestens gerüstet. Aber solange der sich nicht zu erkennen gibt, glaube ich ihm kein Wort. In den wird mir zu viel hineingedichtet. Am Ende stehst du mit leeren Händen da und hast immer auf Gott gesetzt. Wie blöd ist das denn? Und dann kannst du nichts mehr ändern. Na super. Nein, ich gehöre schon lieber ganz realen Personen. Und obwohl das so klingt, als wäre ich ein ziemlicher Schwächling, der nur in Abhängigkeit gedeiht, ist mir das wirklich ein ganz vertrautes Lebensgefühl. Ein Gefühl der Stärke, nicht der Schwäche. Ich meine, nichts in diesem Universum kommt doch ohne das Andere aus. Alle Lebewesen leben in ständiger Abhängigkeit. Wir Menschen auch, nur dass wir uns sozial auch noch entscheiden können, irgendwann. Am Anfang fragt uns ja keiner. Das mit Mom habe ich nie entschieden. Aber Max, das ist meine Entscheidung. Vielleicht die bis hierhin größte in meinem Leben. Ich liebe ihn, ich möchte ihm gehören, ich gehöre ihm. Ein simpler Dreisatz.

Mom tut alles, um mich mit Max zu unterstützen. Sie ist wirklich bereit, mich abzugeben. Sie würde das bestimmt nicht so formulieren, wie ich das tue, aber ich spüre doch, dass sie mich loslässt. Bis jetzt reden wir nicht darüber, was das für uns bedeutet. Dass es etwas verändert, wird auch sie mitbekommen. Wahrscheinlich hat sie das sogar schon lange vor mir verstanden. Ganz praktisch haben wir viel weniger Zeit miteinander, weil ich jetzt meistens mit Max zusammen bin, Sami ist auch oft dabei. Und es kann sehr spät werden mit uns, an den Wochenenden sowieso. Unsere beste Zeit haben wir immer noch beim Mittagessen. Darauf besteht sie nämlich, dass ich nach der Schule erst mal nach Hause komme. Was auch ganz in meinem Sinne ist, nicht nur weil Mom so gut kocht. Nein, ich brauche nach wie vor auch meine Zeit mit ihr. Unsere Gespräche zeigen mir immer ein wenig die Richtung. Von der ich zwar gerade mehr denn je weiß, wohin sie führt, aber wenn Mom da etwas kritisch und liebevoll drüberschaut, dann soll mir das ein Schutzschild sein, besser als jeder Weltraumschirm. Ungewohnt ist es trotzdem. Ich meine, man gehört doch nicht ein Leben lang einer Person, um dann ab Tag X einer anderen zu gehören. So geht das unmöglich. Und es ist ja auch schwerlich zu vergleichen. Die Eine hat mich zur Welt gebracht und großgezogen, der Andere zeugt mir gerade ein Kind nach dem anderen. Gefühlt und theoretisch, versteht sich. Außerdem ist Mom eine Frau, und Max ein Mann im Werden. Kein unwesentlicher Unterschied. Schließlich reden wir noch über round about 30 Jahre Unterschied, was auch kein Pappenstiel ist. Eigentlich will ich mich gar nicht entscheiden. Bin ich halt Diener einer Dame und eines Herren. Nur mein Leben, das würde ich jetzt nicht mehr so schnell für Mom hergeben. Was wahrscheinlich eine mehr als vernünftige Entwicklung beschreibt. Mein Leben für mein Leben, und alle Kraft für unser Leben. Sehr plakativ aber trotzdem gut vorstellbar auf einem nächsten Shirt. Vorder- und Rückseite.

Wenn sich Dinge verändern, ist man sich oft nicht bewusst, wie *sehr* sie sich verändern. Man weiß nicht, ob die Veränderung Bestand haben wird, ob sie von kürzerer Dauer oder nur eine Laune ist. Man weiß nicht, wie die weitreichenden Folgen sein werden, die eine Veränderung auslösen kann. Man weiß halt nie, was kommt. Letztlich läuft es darauf hinaus. Man wird auch nicht immer gefragt. Was Mom und ich uns bewahren wollten, das waren auf jeden Fall unsere Ausflüge durch das Jahr. Und als wir noch im Sommer für den Herbst planten, war es wieder Mom, die die Führung übernahm. Mit einer Variante, die wir noch nicht hatten. Sie wollte mir nicht sagen, wohin es ging. Sie sagte, ich könne es auf dem Weg erraten. Die Straßenschilder würden ja deutliche Hinweise geben. Damit war ich einverstanden.

Wir hatten uns gleich für das erste Wochenende der Herbstferien entschieden. Eventuell ein paar Tage länger, das wollten wir spontan entscheiden. Zeit hatten wir beide dafür. Früher hätte dem, außer Gayle, gar nichts entgegengestanden, heute traf mich die Sehnsucht nach Max schon vor der Abfahrt. Wir sahen uns jeden Tag und es war nicht einfach für mich, mir einige Tage ohne ihn vorzustellen. Mit diesem Gefühl empfand ich mich selbst als schrecklich klebrig, aber das half mir nicht, es loszuwerden. Max machte es mir damit auch nicht leichter. Er heulte immer theatralisch los, wenn wir auf das Thema zu sprechen kamen. Um dann irgendwann hinzuzufügen, dass er schon zurechtkommen würde. So tough, dass er gar nicht groß beeinträchtigt von der Vorstellung wirkte. Womit ich auch nicht wirklich glücklich war. Es war jedenfalls so, dass über einem der schönsten Anlässe des Jahres, nämlich einem Ausflug mit Mom, plötzlich ein Schatten lag. Den Schatten wollte ich ihr nicht zeigen, konnte ihn aber auch nicht völlig verbergen. Es war ein törichter Versuch, den Mom mühelos durchschaute und mich natürlich darauf ansprach. Das war der Tag, bevor wir fahren wollten. Zu Pasta Asciutta beim Mittagessen. Eines von Moms zehn besten Gerichten.

»Wie war dein Schultag?« Damit ging es oft los. Eine klassische Einstiegsfrage.

»Normal.« Klassische Einstiegsantwort. Jedes Gespräch will in seine Gänge kommen. Wie ein Fahrrad. Man muss in die Pedale treten, um Fahrt aufzunehmen.

»Nichts Besonderes?«, fragte Mom nochmal nach.

»Nein, langweilig wie fast immer. Morgen noch, dann sind Ferien. Da hat keiner mehr Lust. Auch die Lehrer nicht so richtig.«

»Und es bleibt dabei, dass du morgen nach der Dritten schon aus hast?«

»Ja, dabei bleibt's. Das gilt für die ganze Schule.«

»Prima. Dann hole ich dich am Schulparkplatz ab, und wir können direkt fahren.«

»So machen wir's, Mom.« Ich drehte mir die fantastischen Spaghetti auf dem Löffel zurecht und aß zufrieden vor mich hin. Ich ahnte schon, dass sie noch was auf dem Herzen hatte.

»Meinst du, du kommst mit der Pause zurecht? Max nicht zu sehen, meine ich.« Ich wischte mit der Hand über meinen Mund, um die fettigen Spuren zu beseitigen.

»Wird schon.« Ich weiß, dass mir diese Muffelei nichts bringt, Mom bleibt dran, aber manchmal ist es mir nicht so sehr nach großen Gesprächen. Wir hatten das ganze Wochenende vor der Brust.

»Vielen Dank für die präzise Antwort.« Das nervte mich.

»Mom, hör zu. Es wird schon. Genau so meine ich das. Ich fahre gerne mit dir weg und werde Max vermissen. So viel steht fest. Alles andere kann ich dir dann sagen, das weiß ich noch nicht.«

»Kein Grund gleich gereizt zu reagieren.« Wenn ich gereizt war, fand Mom das in aller Regel grundlos.

»Das musst du schon mir überlassen.« Fand ich wirklich. Mom sagte einen Moment nichts. Sie überlegte.

»Ich wollte dir nur anbieten, dass wir den Ausflug auch mal ausfallen lassen könnten. Im Frühjahr geht's dann wieder weiter. So wie es dir jetzt geht, wird es nicht ewig sein.« Sie stocherte etwas zu lange in der Pasta. Mein gereizter Teil wollte ihr die rhetorische Frage stellen, was sie denn von der Ewigkeit wüsste. Aber den ließ ich stecken.

»Was auch immer im Frühjahr sein wird, ich weiß, dass wir beide morgen einen Ausflug machen. Mindestens das ganze Wochenende. Ist doch normal, dass ich auch ein wenig leide. Hat überhaupt nichts mit dir zu tun.«

»Daran hatte ich auch gar nicht gedacht. Ich wollte es dir einfach nur anbieten. Aber dann hätten wir das ja geklärt.«

»Danke. Die Pasta ist übrigens super.«

»Alleine, dass du so gereizt reagierst, zeigt mir, dass es ein Problem geben könnte. Ich glaube nicht, dass ich jemals zuvor einen unserer Ausflüge zur Diskussion gestellt habe. Ich will einfach nur sicher sein, dass es für dich in Ordnung ist. Und dass du nicht mir zuliebe was machst, wonach dir gar nicht ist. Und ehrlich gesagt, würde ich auch gerne ein schönes Wochenende mit dir erleben. Wenn es absehbar wäre, dass du nur übellaunig sein wirst, würde ich es vorziehen, hier zu bleiben.« Sie konnte einfach nicht so schnell Ruhe geben. Ich hatte mich schon gefreut, dass das Thema beendet war.

»Ich kann dir nichts versprechen, Mom. Für mich ist das neu. Also ist es auch für uns neu, oder? Aber ein wenig solltest du mich kennen. Besonders übellaunig bin ich in der Regel nicht. Und wenn, dann hält es nie lange. Ich werde mir jedenfalls Mühe geben, uns das Wochenende nicht zu vermiesen. Und ehrlich gesagt, ich bin ganz zuversichtlich.« Mom hat schon recht, wenn sie nicht so schnell aufgibt. Sie will die Antwort hören, die echt ist, mit der ich mich nicht verstecke. Beim Sprechen merke ich selbst, wie sie sich plötzlich zusammensetzt, diese Antwort. Ich kann es spüren, wenn es stimmt, was ich sage. Das sind nicht unbedingt die großen Texte. Es sind nur meine kleinen Wahrheiten.

Mom nickte und legte ihr Besteck zur Seite. »Dann freue ich mich auf die nächste Tour mit meinem erwachsenwerdenden Sohn. Ich glaube, die Überraschung wird sich lohnen.«

Ich nahm mir noch ein wenig, obwohl ich längst satt war.

Max kam abends noch und durfte wieder über Nacht bleiben. Wir legten uns jetzt manchmal aufs Bett, umarmten uns und hörten einfach Musik. Ich hatte ein paar Platten für den Abend zur Seite gestellt. Zuerst legte ich *Richard Hawley* auf. Dessen Musik klang viel älter, als sie eigentlich war. Ich war erstaunt, ihn unter den Vinyls zu finden, weil ich dachte, mein Vater hätte schon viel länger damit aufgehört, Platten zu kaufen. Als ich ihn darauf ansprach, sagte er mir, dass er die Hoffnung nicht aufgeben würde, irgendwann wieder Schallplatten zu hören. Er würde sowieso nicht verstehen, was ihn abhält. Aber so lange das so wäre, so lange würde er sich immer noch weiter Platten kaufen. Das könne er sicher nicht ewig aushalten (überall lauerten Ewigkeiten). Ich wunderte mich, dass ich nie mitbekommen hatte, wie mein Vater neue Platten nach Hause brachte. Aber ich schlief auch oft, wenn er von der Arbeit kam. Trotzdem fühlte es sich an, als hätte er jahrelang an mir vorbei Musik nach Hause geschmuggelt. Irgendwas Spezielles hatte jeder von uns am Laufen.

Hawleys Musik glitt durch mein Zimmer und untermalte den dunkler werdenden Tag. Max war nicht so verrückt nach Musik wie ich. Er überließ das ganz mir und störte sich an wenig. Er hatte ein Gespür für Stimmungen, das war wichtig. Und solange ich die traf, kam von ihm kein Widerwort.

Das Album hieß *Hollow Meadows* und war erst wenige Jahre draußen. Es begann mit *I Still Want You* und endete mit *What Love Means*. Am Ende wollte Max die Platte noch einmal hören. Das freute mich, denn das wollte er nicht für mich. Und mit wem kann ein 15-Jähriger schon Richard Hawley teilen, wenn eine Melancholie die nächste jagt? Gleich bei der Wiederholung des ersten Lieds wurde er schon etwas schläfrig. Er drehte sich so dicht, wie es möglich war, zu mir, schlang ein Bein über mich und sagte, gleich komme die Stelle. Er wies mit dem Finger in die Luft. »*Oh, I still want you ... Until the sun goes cold, no need to breathe all alone.*«

Dann nahm er den Finger wieder herunter.

»Schön das«, sagte er noch und küsste mich auf den Hals. Kurz darauf war er eingeschlafen. Den Kopf auf meiner Brust.

Wie besprochen wartete Mom am Schulparkplatz auf mich. Das Wetter war durchwachsen und konnte sich nicht entscheiden. Max brachten wir noch nach Hause. Ich ging mit ihm kurz auf den Spielplatz, weil ich mich vor Mom nicht von ihm verabschieden wollte. Und er wollte es nicht vor seiner Wohnung. Ein paar arabisch wirkende Jungs machten dumme Bemerkungen, als wir uns küssten. Sie pfiffen, was unsere Ausdauer nur antrieb. Einer rief ›fuck my ass, fuck my ass‹. Dazu kicherten die anderen. Insgesamt wirkten sie harmlos, aber ganz so toll war der Ort halt auch nicht. Und das verkürzte unseren Abschied. Ich merkte, dass ich traurig wurde und das war das Letzte, was ich in diesem Moment zulassen wollte. Ich gab Max einen Klaps auf den Hintern, winkte den Jungs und dann gingen wir wieder vom Spielplatz runter zu seiner Wohnung. Begleitet von kindischem Beifall. Ich ging schnell zum Auto weiter und winkte Max mit einem Handkuss nach. Es sollte leicht wirken.

»Wir können«, sagte ich zu Mom, als ich wieder einstieg.

Mom fuhr durch die Stadt über die Kennedyallee zur Autobahn. Sie summte vor sich hin. Den Song, den sie so oft summte, dass ich ihn kaum noch bemerkte. Nur in besonders konzentrierten Momenten vielleicht. Warum auch immer. Diesen 80er-Hit von *Nik Kershaw*. In dem er überlegt, das Leben zu tauschen. Ich kaute auf einem Kaugummi und war gespannt, welche Richtung wir nehmen würden. Das war das Reizvolle an dieser Variante. Es gab gleich ein Rätsel, das neugierig machte und uns unterhielt. Die ersten Hinweise waren natürlich noch nicht so aussagekräftig. *Köln Wiesbaden Mainz.*

»Fahren wir weit?«, wollte ich wissen.

»Unsere längste Tour ist es jedenfalls.« Mom schmunzelte vor sich hin. Sie hatte Spaß an der Raterei. Ich auch. Und sie konnte sich auf mich verlassen. Ich würde nicht wild raten. Ich war ein ehrgeiziger Spieler. *Mainz* und *Wiesbaden* waren damit schon mal ohne Bedeutung. Bei *Köln* war ich mir mit der Entfernung nicht so sicher. Aber das musste ich mich auch nicht lange fragen, denn *Köln* war ganz flott aus dem Rennen. *Darmstadt Mainz Rüsselsheim* war die nächste Orientierung. Die schon nichts mehr besagte. Alles zu nah. Ich musste auf eine größere Richtungsänderung warten. Wir fuhren geduldig vor uns hin und das Fahrzeuginnere wurde behaglicher. Ich zog die Schuhe aus und stellte meine Füße gegen das Armaturenbrett. Interessanter wurde es erst wieder, als wir bei Mainz die Autobahn wechselten. *Kaiserslautern Ludwigshafen Alzey.* Wahrscheinlich auch zu nah, aber das Einschätzen von Entfernungen war noch nie meine Stärke. Wir fuhren eine Weile, ohne dass sich entscheidend etwas änderte. Ich hatte nicht die leiseste Ahnung, wo es hingehen könnte. In der Zwischenzeit suchte ich nach einem Gesprächsthema.

»Was liest du gerade, Mom?« Mom drehte das Radio etwas leiser.

»Ich habe gerade erst angefangen. Der neue Roman von Jonas Jonasson ist draußen. *Der Hundertjährige, der zurückkam, um die Welt zu retten.* Ich kann dir aber noch gar nichts dazu sagen. Ist quasi eine Fortsetzung. Allan ist jetzt 101. Du hast den ersten Teil ja auch gelesen.« Das stimmte, und den fand ich auch ganz unterhaltsam.

»Ist bestimmt wieder eine Empfehlung von Denis.« Denis Scheck war ihr Bücherheld. Seine Sendung verpasste sie nie.

»Als ob du es geahnt hättest. Auf ihn kann ich mich verlassen. Er weiß, was er tut.«

»Hat er dich denn nie enttäuscht?« Mir klang das zu sehr nach blindem Gehorsam. Mom überlegte kurz.

»Doch, das schon. Obwohl ... enttäuscht eigentlich nicht. Es gab aber schon Empfehlungen, mit denen ich nicht vorankam. *Landgericht* fand ich schwer, und *Die Flut* ging gar nicht an mich. Aber sonst. In der Regel bin ich einverstanden.« Sie wechselte die Spur, um einen LKW zu überholen.

»Findest du Denis Scheck eigentlich gut? Ich meine nicht nur als Kritiker, sondern so, als Typ. Mit seinen Hüten und den Einstecktüchern.« Keine Ahnung, wie ich auf diese Frage kam. Mom wirkte auch überrascht. Sie fuhr wieder nach rechts.

»Um ehrlich zu sein, habe ich mich das auch schon gefragt. Und ja, ich finde ihn sehr gut. Ich würde mir immer die besten Sachen von ihm vorlesen lassen und dann hätten wir Spaß im Bett.« Sie kicherte ein wenig. »Weißt du, Maus, das Äußerliche wird weniger wichtig mit den Jahren. Zumindest mir geht das so. Er ist gar nicht mein Typ. Aber die Frage stellt sich auch nicht. Er wird es, weil er so ist, wie er ist. Ich meine, ich kenne ihn ja gar nicht. Aber für die ein oder andere Projektion taugt er schon.«

»Okay, verstehe. Für mich wäre ein Einstecktuch aber ein No-Go.«

»Da musst du dir bei Max wohl auch keine Sorgen machen.«

»Eben.«

»Ein Einstecktuch ist mir völlig egal, solange im Kopf alles richtig läuft. Und wer weiß, vielleicht sind Männer mit Einstecktüchern großartige Liebhaber. Was würdest du dann sagen?«

»Ihn bitten, auf das Einstecktuch zu verzichten.« Wir lachten beide. Dann erzählte Mom noch etwas mehr von der letzten Sendung.

»Es gab übrigens eine Stelle, da erzählte Jonasson von einer afrikanischen Philosophie, Ubuntu heißt die. Lass mich überlegen, wie der Satz ging. Etwa so: ›Ich brauche dich, um ich zu sein. Und du brauchst mich, um du zu sein.‹ Das scheint eine zentrale Aussage dieser Philosophie zu sein. Schön, oder?«

»Das klingt ganz schön, stimmt. Das merke ich mir.«

Dann rutschte ich kurz mit der vorbeiziehenden Landschaft in meine Gedanken. Mom hatte ich noch nichts von *Boyzeug* erzählt. Ich wusste ja selbst, dass die Idee abgedreht war. Und dass ich mir so sicher war, musste es den anderen, selbst Mom, nicht einfacher machen. Für mein Gefühl hätte sie sich keine Sorgen mehr um meine Zukunft machen müssen. Aber es bestand auch die Möglichkeit, dass sie an meinem Verstand zu zweifeln begonnen hätte. Deshalb galt erst mal: Geheimsache. Und in der Zwischenzeit merkte ich mir alles, was eventuell für ein Shirt verwertbar sein konnte.

»Und was hat Denis dazu gesagt? Der muss doch immer ganz schlaue Sachen einschieben.« Mom nickte.

»Ja, das kann er sich auch leisten. In diesem Fall meinte er, das würde zu seiner Definition von Literatur passen. Die habe die Funktion, dass wir uns von außen sehen lernen. Und nur wenn wir dies könnten, könnten wir auch wir selbst sein. Das war schon ein bemerkenswerter kurzer Dialog. Wunderbar, wenn kluge Menschen miteinander sprechen. Jonasson ist übrigens auch attraktiv. Wieder auf eine ganz andere Art. Wer mich langweilt, könnte der schönste Mensch auf Erden sein, es würde nichts helfen.« Ich überlegte, ob ich das unterschreiben würde. Mom dachte auch noch mal nach.

»Okay, der zweitschönste.« Wieder lachten wir entspannt.

Nachdem wir schon über eine Stunde gefahren waren, tat sich wieder etwas auf den Schildern. Und jetzt war mein Erstaunen groß. *Saarbrücken Paris/Metz Straßburg*. Entweder also Saarbrücken, das passte aber nicht so recht zu Moms feierlicher Ankündigung, oder irgendwas in Frankreich. Paris wäre der Hammer gewesen, aber das schien mir doch etwas zu abgefahren für ein Wochenende. Also tippte ich auf Straßburg. Ohne etwas zu sagen. Mom fuhr ruhig weiter. Vielleicht etwas zu ruhig. Denn als sie wieder einmal zum Überholen ausscherte, hatte sie wohl den schwarzen Porsche nicht gesehen, der von hinten lichthupend anschoss. In einer Geschwindigkeit, vor der sie dermaßen erschrak, dass sie unseren Wagen ruckartig zur Seite riss und hinter das Auto zog, was sie eigentlich gerade überholen wollte. Dabei gerieten wir ins Schlingern und ich dachte kurz, wir würden über den Seitenstreifen rauschen. Zudem trat jemand in dem vor uns fahrenden Auto intuitiv in die Eisen, so dass wir plötzlich nur noch dessen Bremslichter näherkommen sahen und ich mir schon sicher war, dass es jeden Moment fürchterlich krachen würde. Warum das nicht passierte, weiß ich bis heute nicht. Ich hatte die Augen nicht mehr offen. Aber als der erwartete Zusammenstoß ausblieb, öffnete ich sie und sah nur noch, wie sich der Wagen vor uns entfernte. Der Porsche war über alle Berge. Unser Wagen rauchte ein wenig, sicher wegen der Vollbremsung. Und dann standen wir auf dem Seitenstreifen. Mom zitterte und ich stieg schnell aus, um mich zu übergeben. Um uns herum sauste alles unbeeindruckt weiter. Ich rief Mom zu, dass sie bitte im Auto sitzen bleiben solle. Das machte sie auch. Wir waren beide fix und fertig.

Es dauerte einige Minuten, bis wir uns wieder etwas beruhigt hatten. Das Ganze kam komplett aus dem Nichts. Wahrscheinlich tut es das immer, aber wenn du plötzlich eine Hauptrolle in einem solchen Streifen hast, dann bist du dir nicht sicher, ob du das wirklich alles gerade erlebt hast. Ob das wirklich die Wahrheit von wenigen Sekunden war. In denen du auf Zehenspitzen am Rand der Klippe gestanden hast. Fifty-fifty. Noch mal gut gegangen. Aber so schnell bist du höchstens mit dem Kopf.

Ich wischte mir den Mund so gut es eben ging mit einem Tempo sauber und ging zurück zum Wagen, stieg ein und sagte erst mal nichts. Mom hielt mit beiden Händen noch immer verkrampft das Lenkrad fest. Ich strich ihr über die rechte Hand und sie weinte. Dann ließ sie beide Hände in den Schoß fallen und fing richtig an zu schluchzen. Ich nahm eine Hand und drückte sie. Was sollte ich sonst tun? Ich blickte nach vorne durch die Windschutzscheibe über die Fahrbahn und die umliegenden Felder. Bei jedem Wagen, der vorbeifuhr, wurde unser Auto durchgeschüttelt. Ich fragte mich, wie wir jetzt weiterfahren sollten. Und wohin noch? Aber wir konnten auch nicht auf dem Seitenstreifen stehen bleiben, das war klar. Eine vertraute Stimme drang zu mir durch. Die ganze Zeit war das Radio weitergelaufen. Kate Bush sang *Running Up That Hill*. Und hätte ihren Deal mit Gott gemacht. Wenn sie gekonnt hätte. Irgendwann sagte Mom, sie würde jetzt gerne versuchen, weiterzufahren. Zumindest bis zur nächsten Raststätte. Dann schlug sie eine Pause vor. Ich hoffte, sie würde es hinbekommen und nickte ihr zu. Ich wollte diesen Seitenstreifen unbedingt verlassen. Der Wagen sprang ruhig an. Mom gab Gas und beschleunigte. Fädelte sich wieder ein, als ob nichts passiert wäre. Zum Glück konnte sie das noch.

Der Rastplatz, an dem wir rausfuhren, lag kurz vor der französischen Grenze. Ich war mir mittlerweile ziemlich sicher, dass es tatsächlich nach Paris gehen sollte, weil der Abzweig nach Straßburg schon wieder hinter uns lag. Aber unsere großartige, leichte Stimmung war komplett verflogen. Ich wollte eigentlich am liebsten wieder nach Hause, traute mich aber nicht, das zu sagen. Ich war mir auch unsicher. Vielleicht würde ein Kaffee oder eine Cola, oder etwas Essbares Wunder bewirken. Wir parkten ganz hinten und liefen zur Raststätte, als Mom eine Bank entdeckte.

»Komm lass uns erst mal setzen. Ich habe noch keine Lust auf viele Menschen.« Sie setzte sich, ohne auf eine Antwort von mir zu warten. Ich setzte mich neben sie.

»Bist du auch so fertig wie ich?«, wollte sie wissen.

Ich nickte, sagte aber, dass ich das nicht genau wisse. »Es war so klar, dass wir in diesen Wagen krachen würden. Ich kann es gar nicht glauben, dass wir jetzt hier sitzen. Ohne jede Schramme.« Mom guckte nach vorne.

»Weißt du, Großer, manchmal muss man eben auch etwas Glück haben.« Sie war so unruhig, dass sie aufstand und sich auf die Lehne der Bank setzte. Solange sie Auto fuhr, schien alle Konzentration zu ihr zurückgekommen zu sein. Aber auf der Bank wirkte sie nervös. Ich blieb sitzen.

»Ich denke, ich weiß, wo wir hinfahren. Zumindest wo wir hinfahren wollten. Nach Paris. Hab ich recht?« Ich klang nicht mehr begeistert, das konnte ich hören. Und das tat mir leid.

»Da hast du völlig recht. Und eigentlich ist das auch immer noch meine Idee. Im Moment haben wir wohl einen kleinen Schock. Aber das wird sich legen.« Mom nestelte an ihrer Hose herum, um irgendein Krabbeltier zu vertreiben.

»Ich bin nur der Beifahrer. Du hast den ganzen Stress. Ich richte …« Weiter kam ich nicht mehr. Sie sagte ›huch‹, verlor das Gleichgewicht und fiel plump und ungebremst nach hinten von der Bank. Ich sprang sofort auf, lief um die Bank und beugte mich zu ihr. »Mom, ist was passiert? Alles in Ordnung mit dir?« Dann sah ich, dass sich unter ihrem Kopf ein Flecken mit Blut ausdehnte. Sie sagte nichts. Ihr Kopf lag auf einem betonierten Vorsprung, aus dem ein kurzes Stück Plastikrohr ragte. Ich bekam wahnsinnige Angst. Und schrie.

Zweiter Teil

16 | ...

17 | Rücklichter

Das letzte Mal, als wir uns sahen, warst du tot. Was merkwürdig klingt, oder? Wenn du tot warst, konntest zumindest *du* mich nicht mehr sehen, folglich konnten wir auch *uns* nicht sehen. Der Satz stimmt auch deshalb nicht, weil ich nicht deinen toten Körper meine, wenn ich dich meine. Trotzdem habe ich das Gefühl, dass es so genau richtig ist. Das letzte Mal, als wir uns sahen, warst du tot.

Das Bestattungsunternehmen hatte alles ordentlich hergerichtet, auch dich. Es war derselbe Raum, in dem auch Oma vor einigen Jahren aufgebahrt wurde. Ich konnte mich genau erinnern, vor allem an den Geruch. Ich wunderte mich, dass es so roch wie damals, obwohl doch alles anders war, und die Zeit nicht stehen geblieben war. Wie viele Menschen hatten seither hier gelegen, wie viele Tränen waren durch dieses ruhige, feierlich abgeschirmte Zimmer geflossen? Und selbst wenn es nur für dich und Oma gewesen wäre, dieses Zimmer, hätte es dann nicht anders riechen müssen? Einmal nach dir, und einmal nach Oma?

Beschreiben konnte ich den Geruch nicht. Es roch nach der Mühe, ihn, den Geruch, zum Verschwinden zu bringen. Nach der Mühe zur Geruchlosigkeit. Er roch sogar nach dem Willen zur Stille, würde ich sagen. Alles an diesem Ort war irgendwie gewollt, was ich durchaus verstand. Es war ja ein Kommen und Gehen, niemand wollte es sich wirklich gemütlich einrichten. Warten vielleicht, winken wie am Gleis, sich verabschieden. Ohne Worte. Rücklichter, die nicht mehr umkehren würden, auch nicht anhalten. Nur kleiner werden, immer kleiner. Bis sie sich in einen winzigen Punkt wandelten und verloschen.

Das war es, wonach es roch. Nach einem Warten ohne Zeit. Ein Warteraum mit programmatischer Würde. Hier ein Foto an der

Wand mit einem Baum, durch dessen Zweige sich das Licht bricht. Dort ein gekreuzigter Jesus. Ein Tisch mit schwimmenden Kerzen in einer Schale. Dazu etwas indirektes Licht. Keine Geräusche von draußen. Ein beschissener, friedlicher Ort.

Hättest du mitreden können, vielleicht hättest du nicht gewollt, dass wir uns so sehen. Noch ein letztes Mal. Und hätte ich mitreden können, dann hätte ich das vielleicht auch nicht gewollt. Aber hatten wir eine andere Möglichkeit? Du am allerwenigsten sicherlich. Sofern ich davon absah, wie stark dein Mitspracherecht in mir war. Ich wusste, dass du tot warst, aber ich begriff es natürlich nicht. In mir wäre es einem Verrat gleichgekommen, dich nicht dieses letzte Mal zu besuchen. Diesen Raum nicht durch meine Anwesenheit ein wenig vertrauter für dich zu machen. Mit etwas, was du kanntest und liebtest. Unsere Beziehung war ja nicht ausgelöscht, oder war sie das? Als wir uns das letzte Mal sahen, war ich in Wirklichkeit so tot wie du, auch wenn ich atmete. Irgendein Muskel musste sich also bewegen, in mir, für uns beide. Sonst hätten wir uns nicht mehr sehen können. Und ganz weit hinten sang sich eine Stimme durch mich durch. Dein Summen. Mit deinem Song. Mit dem du dein Leben zum Tausch angeboten hast. War das so gemeint? War das mehr als ein Ohrwurm? Und wieso fragte ich mich das jetzt zum ersten Mal? Jetzt, wo du tot warst?

Wie du so vor mir lagst, erkannte ich nichts, nicht einmal dich. Denn du warst das nicht, obwohl du gut ausgesehen hast. Ziemlich unverändert. Ich entdeckte sogar die Überraschung deiner letzten, bewussten Sekunde über den geschlossenen Augen in deinen Brauen. Dort hing sie und verzog deine Haut flüchtig und leicht, weniger als angedeutet und sicher nur für mich zu erkennen. Es beruhigte mich, dass du mit deinen toten Lippen noch mit mir sprachst und mir so die Unsicherheit nehmen konntest, dass es nicht in deinem Sinne sein könnte, mir noch einmal in dieser atemlosen Stille unter die Augen gekommen zu sein. Ich erkannte nichts und du zogst ganz sacht an diesem Schleier.

Ich saß Stunden bei dir und schlief sogar mit dem Kopf auf deinem Bettrand ein. Dass Papa irgendwann dazukam, hatte ich nicht gemerkt. Aber als er neue Kerzen anzündete und sie vorsichtig in die Schwimmschale setzte, sah ich ihm wortlos zu.

»Wir können die ganze Nacht bleiben, wenn wir wollen«, hatte er zu mir gesagt.

»Ich weiß nicht, was ich will«, antwortete ich. Dazu sagte er nichts. Stellte sich nur hinter mich und legte mir eine Hand auf die Schulter. Was nicht unangenehm war.

»Ich kann nicht gehen«, sagte ich nach einer Weile. Auch dazu sagte er nichts, aber seine Hand verstand mich.

»Ich warte draußen auf dich«, sagte er etwas später. »Dort ist eine Liege, auf der ich schlafen kann. Du hast alle Zeit, nimm sie dir. Ich habe mich hier verabschiedet. Ich bleibe gerne in deiner Nähe, draußen. Einverstanden?« Ich nickte über Mom hinweg zum Fenster raus, hörte nicht, wie er das Zimmer verließ und weinte.

Ich hatte alle Zeit.

Ich nahm den Gekreuzigten von der Wand.

»Mom?«

»...«

»Du liegst nicht Probe, oder?«

»...«

»Mom?«

»...«

»Wir müssen reden.«

»...«

Du hast nicht geantwortet. Obwohl du nie geschwiegen hast. Der Song von *Kershaw* kam immer näher, wurde deutlich. Ich fand ihn unpassend. Aber es war immer deiner. *Wouldn't it be good, if we could wish ourselves away?*

18 | Worte finden

Was ich am meisten gehört habe, ist, dass ich mir Zeit lassen soll. Damit wollten sie mir den Druck nehmen. Aber den konnten sie mir nicht nehmen, egal, was sie sagten. Alle meinten es nur gut, das war klar. Es gab nichts dagegen einzuwenden. Ich hätte auch nicht gewusst, was. Ich konnte gar nicht antworten. Über Monate hörte ich mir an, was sie sagten. Bemerkte auch, dass es weniger wurde. Es ist schwer, wenn einer nie antwortet. Nicht, dass ich völlig verstummte. Ich existierte weiter und konnte durchaus sprechen. Es machte nur alles keine Freude mehr. Leblos nahm ich am Leben teil.

Alle möglichen Leute besuchten mich und ich versuchte mir einzureden, dass es gut wäre, mich auf andere Gedanken bringen zu lassen. Doch wie sollte das gehen? Es interessierte mich nichts. Der Teil, der sich interessierte und der interessant war, war sprachlos. Ich hatte keinen Witz mehr und keine Neugier, keinen Spaß und keine Zuversicht. Ich hatte mich aus den Augen verloren.

Sie kamen mir entgegen, ich konnte mich nicht beschweren. Es wäre völlig idiotisch gewesen, mich in die Schule zu schicken. Sie schickten mich auch nicht in die Schule. Sie sagten mir sogar, dass ich auf jeden Fall im nächsten Sommer ins 9. Schuljahr versetzt werden würde, wenn ich das wollte. Das wollte ich. Wegen Max und Sami. Die mir jetzt noch mehr bedeuteten als zuvor. Auch wenn ich ihnen das kaum zeigen konnte.

Mein Vater nahm sich direkt nach Moms Unfall sechs Wochen Urlaub. Er wollte ganz für mich da sein und alles in Ordnung bringen. In Ordnung bringen? Wie konnte er das überhaupt denken? Und wie sollten ihm sechs Wochen dabei helfen? Wie konnte er überhaupt Annahmen für die Zukunft anstellen? Ich verstand ihn nicht, aber er bemühte sich redlich. Es war schön, dass er da war.

Trotzdem kam ich selten aus meinem Zimmer. Wenn wir zusammensaßen, stellte er mir Fragen, die ich ihm nicht beantworten konnte. Die einfachste davon: *Wie geht es dir?*

Und er sagte Dinge, die ich dumm fand. ›Mom würde nicht wollen, dass du unglücklich bist‹ war am trostlosesten. Jetzt verstand ich auch den Begriff. Etwas ist ohne Trost. Für den, der untröstlich ist, der nicht getröstet werden kann. Mit mir konnte man es nur aushalten. Und das war schlimm. Für mich und die anderen.

Sie waren besorgt, dass ich mir etwas antun könnte. Wiederholt kamen diese Andeutungen, direkt sagte das keiner. Ich sagte ihnen mehrfach, sie müssten sich keine Sorgen machen. Aber in seltsamer Regelmäßigkeit kamen sie wieder darauf zu sprechen. Sie verstanden nicht, dass ich mein Leben gar nicht so wichtig nehmen konnte, um es mir nehmen zu wollen.

Wir hatten so viel gemeinsame Zeit, Mom. Alles in mir ist Erinnerung und Gefühl. Ich kann es nicht fassen. Und das meine ich wörtlich. Ich sitze im Zimmer und meine Hände greifen ins Leere. Immer wieder.

Trotzdem warst du laut, ganz weit hinten. Drängtest dich langsam nach vorne. Ich wusste nicht, wie das funktionierte, und da war kein Schalter, den ich bedienen konnte. Da war dieser Song, den ich plötzlich hörte und der mich einnahm. Irgendwo auf deiner Frequenz. Er hörte einfach nicht auf. Wo kam er auf einmal her? Eine unsichtbare Macht, die ich kannte. Von dir. Die kam, um zu bleiben. Und mich vor mir hertrieb, in deinem Rhythmus. Warum hast du ihn immer und immer wieder gesungen? *Wouldn't it be good to be on your side? The grass is always greener over there. Wouldn't it be good, if we could live without a care?*

Dass wir reden mussten, dass *ich* reden musste, war offensichtlich. Ich versuchte dir das mit aller Deutlichkeit an den Kopf zu schleudern. Ich wollte dir sogar drohen. Obwohl ich nicht wusste womit. Liebesentzug? Du hättest mich ausgelacht. Man droht nicht mit einer Waffe, die man nicht hat. Und man blufft nicht bei seiner

Mom. Jeden Trick hast du durchschaut. Hast mich trotzdem gewinnen lassen. Oder auf deine Regel bestanden. So wie ich auch. Wir können uns alles sagen, wir sollen es sogar. Nur das, was wir für uns behalten wollen, das dürfen wir uns bewahren. So ging unser Spiel doch? Und dann verpisst du dich einfach, mittendrin. Fällst von dieser bekackten Bank und finito, das war's? Wie konntest du dir diesen Unsinn nur ausdenken? Ich glaube, du hast da etwas missverstanden. Ja, ich wusste, was kommt. Die Zukunft machte mir keine Sorgen. Aber ich habe nie gesagt oder gemeint, dass es ohne dich gehen wird. Und jetzt summst du dich durch mein Unterbewusstsein, einfach so? Ich erinnere mich jetzt daran, dass ich dich einmal darauf angesprochen hatte. Dass ich von dir wissen wollte, was es mit diesem Song auf sich hat. Fast erschrocken hast du reagiert, aber dann geantwortet, dass es einfach nur ein guter Popsong sei, der dir nicht mehr aus dem Kopf ging. Ich habe dir geglaubt, wie immer. Dabei hast du unser Spiel verraten. Das weiß ich jetzt. Du hast dich nicht an die Regel gehalten. Unsere Regel. Die mir heilig war. Wie du. Weißt du eigentlich, was es bedeutet, wenn man einem Menschen bedingungslos vertraut? Einem Menschen, der einfach weitersingt? Über die Wahrheit hinweg. Damit kam ich nicht klar.

Ich lenkte mich ab und zermarterte mir das Hirn, wie ich diesen Porschefahrer auftreiben könnte. Denn du kannst sagen, was du willst. Ohne ihn wäre das nicht passiert. Vielleicht hätten wir auch ohne ihn Halt gemacht. Vielleicht an derselben Raststätte. Vielleicht in derselben Parkbucht geparkt. Aber dann wären wir ins Restaurant gegangen, wie immer. Nie hatten wir uns an einer Raststätte auf eine Bank gesetzt. Deine Unruhe hätte dich auch nicht auf die Lehne gehoben. Von der du dann auch nicht gefallen wärst. Einzig dieser Porschefahrer, diese verfickte Kreatur, darf seinen Spaß haben, in dem er Menschen in Todesgefahr bringt und zufrieden Gas gibt. Ich habe lange überlegt, wie ich mich an ihm hätte rächen können. Richtig überzeugt hat mich nur die Tarantino-Variante. Die aus *Death Proof*. Da fährt Mike, der Stuntman, mit seinem todessicher ausgestatteten Auto durch die Gegend, und tötet damit die Leute. Den Porschefahrer hätte ich so von seinem eigenen Blech in tausend Stücke schneiden lassen. Das hätte mir gefallen und Befriedigung verschafft. Auch wenn er nicht lange gelitten hätte. Was ein wirklicher Wermutstropfen gewesen wäre. Letztendlich ist aber auch das nur ein Bluff. Einer, mit dem man sich selbst ein wenig täuscht, um sich zu beruhigen. Es hat mir immer gutgetan dieses Bild des zerstörten Porsche mit all den Leichenteilen. So lange, bis die Klarheit wieder nach vorne kam. Du bist tot. Der Porschefahrer weiß davon nichts. Wahrscheinlich würde es ihn auch nicht interessieren. Und juristisch wäre da sicher auch nichts zu machen. Der Zusammenhang hält dem Gesetz nicht stand, das kann sogar ich erkennen. Was konnte er schon dazu? Alles und nichts. Und was würde es für mich ändern?

Die unglückliche Verkettung von kleinsten Ereignissen ist in ihrer Konsequenz genauso unerträglich wie der plausible Ausgang einer sich ankündigenden Tragödie. Aber sie verhöhnen einen zusätzlich. Ich meine, Mom, wer fällt denn schon von einer Bank? Und wer fällt auch noch so, dass er auf der Stelle tot ist? Ich habe davon noch nie gehört, es klingt ein wenig ungeschickt, fast lächerlich. Am Anfang wusste ich das ja auch noch nicht. Ich schrie nur, und ein paar Leute kamen herbeigelaufen. Eine Frau rief einen Notarzt und die Polizei. In kurzer Zeit standen unzählige Menschen um mich herum und ich schrie weiter. Die Frau, die den Anruf machte, nahm mich dann in ihre Arme und ich heulte ihre Bluse nass. Die Polizei kam und stellte mir Fragen. Währenddessen begannen die Ärzte mit der Wiederbelebung. Ich verstand die Fragen der Polizisten nicht. Die Ärzte hörten bald wieder auf und sagten, dass sie dich mitnehmen würden. Die Polizei fragte mich, wer ich sei. Ich gab ihnen mein Portemonnaie. Ein Beamter zog meinen Ausweis heraus und nickte einem anderen Beamten zu. Ich wollte im Notarztwagen mitfahren, aber das akzeptierten sie nicht. Ich sah, wie du auf der Trage im Wagen verschwunden bist und die beiden Flügeltüren zuknallten. Dann fuhr der Wagen in normalem Tempo ohne Blaulicht davon. Die Frau hielt mich weiter, drückte mich an sich. Ein Polizist fragte mich, ob er jemanden verständigen könnte. Ich fragte ihn, wo sie dich hinbringen würden. Er sagte, dass sie dich in die Uniklinik nach Saarbrücken bringen. Ich sagte, dass ich da hinwill. Der Polizist fragte wieder, ob sie jemanden verständigen könnten. Ich schrie nicht mehr, schluchzte aber immer wieder los. Ich gab ihm mein Handy. Sagte ihm ›unter Papamobil‹. Er entfernte sich, so dass ich ihn nicht mehr hören konnte, als er in mein Handy sprach. Der Polizist sagte, dass Papa in die Klinik kommen würde. Die Frau sagte, dass sie mich mitnehmen könnte. Ich sagte, dass wir unser Auto nicht einfach stehen lassen könnten. Der Polizist meinte, darum würden sie sich kümmern. Ich war froh, dass es die Frau gab. Frauen beschützen dich anders. Sie fuhr ganz ruhig und redete nicht viel. Was sie sagte, weiß ich nicht mehr. Sie wartete sogar mit mir in der Klinik. Als Papa kam, stellte sie sich kurz vor und verabschiedete sich dann von uns beiden. Ich würde sie gerne noch einmal treffen. Genau wie den Porschefahrer.

Zu dieser Zeit warst du längst tot. Ich hatte vieles gar nicht mitbekommen. Zum Beispiel, dass ein Arzt vor Ort noch deinen Tod festgestellt hatte. Dass eine Autopsie angeordnet wurde. Und dass sie dich nur mitnahmen, um mir den Leichenwagen zu ersparen.

Als Papa vom Gespräch mit dem Arzt zurückkam, sah ich in seinen glasigen Augen, dass es schlimm war. Ich wollte ihn nicht fragen und er nahm mich mit nach draußen. Er sagte ›Marius‹, und ich fing wieder an zu schreien. Ich brüllte ihn an, dass er still sein sollte und trat sogar nach ihm. Bis ich ihn so fest traf, dass ich aufhörte. Er nickte und nahm mich in den Arm. Zu fest, wie ich fand.

»Mom ist gestorben«, flüsterte er in mein Ohr.

»Du lügst«, antwortete ich und verlor all meine Kraft.

Am wenigsten schlimm war das Blut, was ich gesehen hatte. Das kam von einer starken Risswunde. Schlimmer war die schwere Hirnblutung, die du davongetragen hast. Aber entscheidend war, dass du dir das Genick gebrochen hast, als du auf die scharfe Kante des betonierten Vorsprungs hinter der Bank schlugst. Du hast alles abbekommen, was bei einem solchen Sturz passieren kann. Die Ärzte erklärten uns, das sei ein sehr unglücklicher Verlauf gewesen. Das heißt, mir erklärten sie nichts. Das wäre auch nicht gegangen. Aber Papa konnte es mir später erklären.

»Hast du das eigentlich schon gewusst, Mom?« *It's getting harder. Just keeping life and soul together. I'm sick of fighting, even though I know I should.*

Vom Herbst bis in den Frühling waren es fast sechs Monate, in denen es mich nicht gab. Ich ging durch alle möglichen Phasen, von denen ich nicht weiß, ob sie in den Lehrbüchern auch so beschrieben werden. Der Schock entließ mich zuerst apathisch in eine gelähmte Existenz. Zu mir vorzudringen, war praktisch unmöglich. Macheten machten mir keine Angst. Alle Blockaden wuchsen unverzüglich nach. Das Leben bestand nur noch aus Blöcken. Vereiste Landschaften. Kontaktlos, ein Stumpf, der nichts fühlte.

Als ich zu weinen begann, ging es mir etwas besser. Allerdings hatte ich das Gefühl, dass ich durch die Tränen für meine Umwelt noch schwerer zu ertragen war. Ich weiß jetzt, dass ich nie versuchen werde, den Menschen, die ich liebe, ihre Tränen zu nehmen.

Als ich begann, mich an meine Träume zu erinnern, ging es mir wieder etwas besser. Unwesentlich, wahrscheinlich auch unmerklich, aber etwas. Du tauchtest selten darin auf. Dafür Wassermassen, immer wieder Wassermassen. Ich trieb an einem Seil durch einen reißenden Fluss und versuchte, das andere Ufer zu erreichen, bevor es plötzlich verschwand, und mich hilflos den Fluten überließ. Ein anderes Mal träumte ich, dass ich einen dicken Tankschlauch nicht mehr länger halten konnte, der sich kilometerbreit auf einer gigantischen Spule aufgerollt hatte. Als ich ihn loslassen musste, entlud sich die Spannung mit unbändiger Kraft und er schoss in ein Tal, in dem alle Dämme brachen und das Land überfluteten, mich überfluteten ... Aber ja, damit ging es mir etwas besser. Und als ich anfing, wieder zu sprechen, war das wahrscheinlich ein Quantensprung. Also wirklich zu sprechen, meine ich. Mit Interesse. Max fiel es als erstes auf, als ich mir etwas von der Schule erzählen ließ. Ich wollte wissen, ob mein Platz neben ihm noch frei war. Damit fing es an. Einem fragenden Gefühl, ob sie noch Platz für mich hätten, irgendwann, wenn ich wieder zurückkäme und nicht mehr der Alte sein würde. Ich fand mich zurück, Tag für Tag, und du wurdest immer größer. Je mehr ich wieder in Kontakt mit mir kam, desto mehr beteiligtest du dich. Ich fing an, mich wieder an deine Stimme zu erinnern, deine Worte und Betonungen, deine Ratschläge und Fürsorge, dein ganzes Sein um mich herum wurde wieder lebendig. Ich hatte nie das Gefühl, dass du da bist, aber ich erlebte dich ständig. Musik hörte ich wochenlang überhaupt nicht, ich ließ nur die Zeit vergehen, aß etwas, wenn andere dabei waren, funktionierte, duschte ab und an, wechselte die Kleidung ab und an, verließ die Wohnung nicht und streichelte Gayle. Gayle war ein Anker. Ihn zu spüren, ließ mich dir ganz nahe sein. Mit ihm trauerte ich anders als mit Papa. Gayle war ein wichtiger Teil meiner Rettung. Und dann hörte ich auch endlich wieder Musik. Die Musik, die ich ständig mit mir trug. Den einen Song, den du immer gesungen hattest, ohne dass ich ihn wirklich wahrnahm. Wie konnte mir das nicht richtig aufgefallen sein? Über die Jahre habe ich dich alles gefragt, was mir in den Sinn kam. Aber diese eine Melodie ließ ich an mir vorüberziehen, ohne sie zu hören. Bis du sie nicht mehr singen konntest, da habe ich sie gehört. Von Tag zu Tag deutlicher. Natürlich habe ich sie vorher schon gehört, natürlich habe ich dich danach gefragt. Aber die Bedeutung habe ich nie verstanden. Wie auch?

Der Song war einer der großen Hits der 80er Jahre, also durchaus meine Zeit. Denn speziell zu sein, heißt meistens nicht, die angesagte Musik seiner Zeit zu hören. Besondere Aufmerksamkeit hatte ich ihm aber nie gewidmet. Es war einer dieser Ohrwürmer, denen man nicht entkommen konnte. Zumindest wenn man lieber harmony.fm als You FM hörte. *Nik Kershaw* war der erste Interpret, nach dem ich wieder in der Plattensammlung meines Vaters suchte. Und man konnte über ihn sagen, was man wollte, es war immer Verlass. Zwischen *Kansas* und *Kid Creole & The Coconuts* stand er. Das Album hieß *Human Racing*, und *Wouldn't It Be Good* war gleich der zweite Titel. Die Nadel traf perfekt und das unverkennbare Intro riss etwas auf. Ich weinte und achtete zum ersten Mal wirklich auf den Text. War das wirklich dein Text, Mom? *I got it bad, you don't know how bad I got it. You got it easy, you don't know when you've got it good.*

Und wenn es dein Text war, warum? Dieses Lied hat dir nicht einfach nur gefallen, es hat dir etwas bedeutet. Heute verstehe ich das, ich kann es hören, wenn du mit mir singst. Aber mir fehlte die Geschichte dazu. Bitte lass mich nicht alleine damit. Oder weine mit mir. Nur dieses eine Mal. Warum lässt du mich so alleine? Ich brauche deinen Text. *The cold is biting, through each and every nerve and fiber. My broken spirit is frozen to the core. I don't wanna be here no more.* Das kannst du mir nicht antun.

Mein Vater setzte sich hinter mich und umschlang mich so fest mit seinen Armen, wie er es noch nie getan hatte. Ich hatte es nicht bemerkt, dass er nach Hause gekommen war. Und er weinte mit mir, bis das Lied zu Ende war und ich die Nadel anhob, um es wieder von vorne zu hören. Da ließen unsere Tränen langsam nach und ich bemerkte, dass ich seine Hand unaufhörlich streichelte. Die Nadel erledigte ein drittes Mal ihren Job und er löste die Umarmung, stand auf, und drehte die Lautstärke langsam runter. Ein letztes ›I don't wanna be here no more‹ erreichte mich noch, dann war es still. Ich schaute in sein Gesicht. Die Trauer machte ihn älter. Ich sagte nichts und bat ihn um eine Antwort. Er hielt meinem Blick stand. Die Stille war jetzt anders. Es sah aus, als wollte er mir wirklich etwas sagen. Etwas, womit er kämpfte.

»Du willst es wirklich wissen«, sagte er plötzlich. Und ich nickte nur. »Dann werde ich es dir erzählen«. Stille. »Nicht jetzt, bitte nicht, aber bald, ich verspreche es dir«. Stille. »Gib mir noch etwas«.

Im Nachhinein kann ich sagen, dass mich diese Aussicht wieder aufhorchen ließ. Aufschauen. Aufstehen. Obwohl sie mich in einen Zustand versetzte, den ich kaum ertragen konnte. Erleichtert fing ich an zu reden, vor allem mit Mom. Und das erklärt wahrscheinlich am besten, wo ich mich befand. Mitten im befreiten Irrsinn meiner Wirklichkeit. Ich wusste, dass Mom mich betrogen hatte, ich spürte es, Kershaw erzählte davon. Worüber ich so wütend war, wie ich es von mir gar nicht kannte. Gleichzeitig eröffnete mir das eine neue Option. Wie du mir, so ich dir. Ich hatte ein Ass im Ärmel, ausgerechnet meinen Vater. Der mit mir reden würde. Ich wusste, dass mir dieses Gespräch alles erklären würde. Vielleicht ahnte oder hoffte ich es auch nur, aber ich glaubte, mir sicher zu sein. Im echten Leben hätte ich Mom nicht täuschen können, aber jetzt war ich bereit und in der Lage zu bluffen. Ich hatte kein schlechtes Gewissen und freute mich auf unsere Gespräche. Das Grab war jetzt eine Chance. Sesam öffne dich!

19 | Hi

»Wie findest du eigentlich dein Grab? Ich finde, es ist uns ganz gut gelungen, oder?« Mehrfach in der Woche kam ich auf den Hauptfriedhof, um Mom zu besuchen. Ihr Grab war etwas abgelegen auf dem weitläufigen Gelände, und selten befanden sich andere Personen in der Nähe. Das erleichterte mir das Reden. Dass andere das für mindestens seltsam, wenn nicht ein wenig gestört halten würden, wusste ich. Egal war mir das nicht. Aber es tat mir gut. Ich redete einfach mit Mom, und sie antwortete. Meine Antworten.

Das Grab ist wunderschön, mein Junge. Den Naturstein habt ihr perfekt ausgewählt, ich hätte es nicht anders gemacht.

»Wir waren uns da schnell einig, Mom. Du hast es ja vielleicht mitbekommen. Wir konnten uns beide daran erinnern, wie sehr du diese Steine magst. Wir wussten nur nicht so genau, ob du lieber bei Oma und Opa liegen möchtest.« Ich versuchte, nicht vorwurfsvoll zu klingen. »Bist du einverstanden, dass du nicht bei deinen Eltern liegst?«

Oh, mach dir darüber keine Gedanken. Wir hören mehr voneinander als zu unseren Lebzeiten.

Ich lachte laut los und blickte mich gleichzeitig nervös um. Zu viel gute Stimmung verträgt ein Friedhof womöglich nicht. »Du willst mir doch nicht erzählen, dass du noch Kontakt zu Oma und Opa hast?« Im ersten Moment erschien mir diese Idee doch ein wenig spooky. Obwohl es ja meine war.

Warum denn nicht? Ich kann mit *dir* reden, ich kann mit *ihnen* reden. Man läuft sich hier oft über den Weg.

Was redete ich da? Egal, es tat eben gut. »Ihr lauft euch über den Weg? Klingt nach Wandertag auf dem Friedhof. Nicht ganz glaubwürdig, Mom.« Ich setzte mich auf eine fremde Grabplatte vor

Moms Grab. Das hatte mehr von einer Rasenhöhe und war nicht so von oben herab.

Jetzt sei nicht so skeptisch, Marius. So ganz ist die Sache also doch noch nicht beendet. Was mich selbst überrascht. Aber jetzt, wo ich's weiß, ist es ganz amüsant. Die Wenigsten haben hier übrigens Kontakt zu den Lebenden. Ich habe wie immer Glück mit dir.

»Wie meinst du das?« Meine Skepsis war nicht verflogen.

Das Anstrengende am Totsein ist, dass man nicht mehr lebt.

»Na, den muss ich mir aufschreiben.« Ein bisschen Zynismus musste erlaubt sein. Auch wenn ich es ja war, der ihn abbekam.

Nun komm schon, Marius. So schwer ist das nicht zu verstehen. Keiner von uns hier ist noch einer von euch. Wir leben nicht mehr. Das ist so. Wir geistern hier irgendwie durch die Landschaft, aber lebendig ist das im eigentlichen Sinne nicht. Und da ihr euch alle sicher seid, dass es diesen Unterschied genau so gibt – also hier die Toten, dort die Lebenden – fließt da auch kein großartiger Kontakt. Wir existieren in unterschiedlichen Sphären nebeneinander her. Und auch unser Kontakt wird wahrscheinlich nicht für immer so bleiben.

Es hörte nicht auf, mich zu befremden, was sich als Moms Stimme in mir zusammenfand. Aber ich wollte das jetzt auch nicht weiter vertiefen. Ich freute mich über das Grab. Es hatte gedauert, bis der Stein gesetzt war und sich die Erde gesenkt hatte. Und nun, wo das Frühjahr begann, fing es an, zum Leben zu erwachen. Für den Übergang hatte ich erste Pflanzen gesetzt. Nichts Besonderes, bloß Stiefmütterchen. Ich hoffte, ich würde keine bekommen. Das fiel mir plötzlich ein, als ich auf die gelben und lila Blüten schaute. Eine Stiefmutter konnte ich nicht gebrauchen. Darüber musste ich mit meinem Vater noch sprechen.

»Ich habe zum ersten Mal Pflanzen gesetzt, Mom. Ich finde, ich habe meine Sache ordentlich gemacht, oder?«

Das hast du in der Tat, Großer.

Ich zündete ihr eine Kerze an. Echte Kerzen standen bei uns immer hoch im Kurs. Selbst am Weihnachtsbaum. Und trotz des

Risikos, dass Gayle gerne mit dem Lametta spielt und den Baum ziemlich durchschütteln kann.

So begannen die ersten Gespräche mit Mom. Ich sprach mit niemandem darüber, weder mit Papa noch mit Max oder Sami. Zum einen war das komplett crazy, was Mom mir teilweise erzählte. Und zum anderen, viel wichtiger, wollte ich kein Risiko eingehen, dass es die Verbindung zu Mom stören könnte, wenn andere mir dabei reinreden würden. Ich war mir sicher, dass das Anzeichen für eine Verrücktheit waren. Meine Verrücktheit. Die mir keine Angst machte, sondern mich beruhigte und entspannte. Nur merken durfte sie halt keiner. Mir war klar, dass ich ein Fall für die Klapse war.

Alle reagierten sichtlich erleichtert auf meine Veränderung. Ich konnte wieder Kontakt aufnehmen und fand zu etwas Lebendigkeit zurück. Als ich meinem Vater sagte, dass ich wieder zur Schule gehen wollte, fiel er mir freudestrahlend um den Hals und küsste mich sogar auf die Stirn. Während Max mir zuerst gar nicht glauben wollte. Wir hatten mehr als fünf Monate keinen Sex gehabt, nur ein wenig Händchen gehalten oder uns in den Armen gelegen. *Boyzeug* war völlig auf Eis gelegt und auch kein Thema mehr. Keiner von uns wusste, ob daraus jemals noch etwas werden würde. Wobei mir klar war, dass alles an mir hing. Und deshalb entschloss ich mich, nach dem Friedhofsbesuch nicht direkt nach Hause zu gehen. Es gab noch genügend Zeit bis zu meiner Verabredung mit Max am Abend bei mir. Ich wollte ihm zeigen, dass sich der Wind gedreht hatte. Mit Thelmas Unterstützung.

Als ich in den Laden kam, war wieder nichts los. Thelma saß hinter seinem Tresen und blätterte in einem Heft. Er blickte kurz auf und kam dann schnell zu mir an die Tür gelaufen.

»Jungchen, Jungchen, dass ich dich noch mal wiedersehe. Du glaubst ja gar nicht, wie sehr mich das freut. Was macht die junge Liebe? Na komm, lass dich erst mal anschauen.« Er packte mich mit beiden Händen an den Armen und hielt mich von sich weg, um mich von oben bis unten betrachten zu können. »Also, wenn du mich fragst ... Oh, jetzt musst du mir doch noch einmal deinen Namen verraten.«

»Marius.«

»Marius, natürlich. Wie konnte ich? Obwohl ich noch so jung bin, vergesse ich manchmal die wichtigsten Dinge.« Thelma kicherte wie an dem Tag, als ich ihn kennenlernte. Dieses Kichern war so ansteckend und vertraut, dass es mir vorkam, als wäre ich erst kürzlich bei ihm gewesen.

»Also, wenn du mich fragst, Marius ...«, er blickte nochmals in mein Gesicht und an mir herunter, »dann könnte dir ein wenig Typberatung nicht schaden. Gott hat dich ja schon mit allem gesegnet, aber der Modeschöpfer hätte noch ein paar Verbesserungsvorschläge.« Ich zuckte mit den Schultern.

»Na komm«, er führte mich zu einem rahmenlosen Rollspiegel, in dem ich mich komplett anschauen konnte. »Was siehst du da, frage ich dich?« Ich war zwar auf dem Weg der Besserung, aber optisch sah man mir das noch nicht an. Dunkle, einfarbige Sachen, Turnschuhe, müde Augen. Lässig zwar, aber ohne jeden Glanz. »So sehe ich halt aus«, war meine etwas ratlose Antwort.

»So siehst du nicht aus, mein süßer Engel. Lass dir das von einer erfahrenen Dame gesagt sein. Da können wir noch ganz viel nachbessern.« Ich kramte in meiner Tasche und fühlte nach den beiden Zwanzigern, die ich dabeihatte.

»Ich habe nicht viel Geld mit. Ich wollte eine möglichst originelle Unterhose kaufen.«

»So, so. Eine möglichst originelle Unterhose. Das hatten wir aber schon mal besser gelernt. Hier gibt es nur *underwear*, Kleiner. Aber lass das mit dem Geld mal meine Sorge sein. Komm.« Er führte mich zu einem Bügelständer, an dem ziemlich bizarre Sachen hingen.

»Das ist meine Ecke für den Herrn mit Witz, schau sie dir mal an.«

Die Ansammlung war beeindruckend. Bei jeder Unterhose, die ich rauszog und hochhielt, musste ich erst mal lachen. Die erste zeigte einen Hasen. Der Pimmel war eine Karotte und über den oberen Bund schauten zwei lange Ohren. Dann gab es eine helle, transparente Hose mit einem riesigen Feigenblatt. Eine Boxer war einer bayrischen Lederhose nachempfunden und ein Stringtanga zeigte einen roten Elefanten mit langem Rüssel. Die Auswahl war wirklich herausragend bescheuert. Irgendwann blieb ich an einer Boxer von *Cockcon* hängen, und da war die Entscheidung gefallen. Die war nämlich sexy und irgendwie süß. Genau das, was ich suchte. Der Bund war bedruckt wie ein Filmstreifen und darin lief der Firmenname. Die Hose war hinten und über den Schenkeln transparent. Nur über dem Schwanz verlief ein fester Frontbeutel. Der Begriff hatte mich beim letzten Mal besonders beeindruckt, und ich hatte ihn mir gemerkt. Auf den Beutel war ein sich öffnender Reißverschluss gedruckt, aus dem ein Bärchen herausschaute und *Hi* sagte. Das Ganze in einem dunklen Lila als Grundfarbe. Schon irgendwie kindisch, aber perfekt.

»Die nehme ich«, verkündete ich laut, und Thelma, der bis dahin nichts gesagt hatte, schmunzelte und klopfte mir anerkennend auf die Schulter.

»Na, da beweist du halt mal wieder Geschmack, mein Engel. *Cockcon* ist atemberaubend. Dein Liebster wird Augen machen, wenn dein Bärchen zum Vorschein kommt. Es ist doch noch derselbe, hoffe ich?« Kicher.

»Ja, klar. Derselbe. Und daran wird sich auch nichts mehr ändern.« Thelma beließ es dabei. An der Stelle war ich immer noch ein wenig empfindlich.

»Aber nun schauen wir mal, was wir vielleicht noch aus dir rausholen können. Fürs Erste, meine ich.« Er ging zu einem Regal, in dem ein paar Hemden lagen, die ich bis dahin noch nicht bemerkt hatte. Er zog ein blaues Leinenhemd heraus, das mir sofort gefiel. »Eng anliegend kannst du dir leisten, Marius, glaub mir. Gertenschlank, tolle Proportionen, hot as you are. Sportlich, elegant, einfach und modisch. Das Hemd ist wie gemacht für dich. Und gehört sogar zu meinen günstigeren Stücken.« Damit meinte er, dass es nur 80 Euro kostete. Ich zog es an und es passte. Thelma konnte das offenbar sehen. Es machte definitiv etwas her. Und noch ehe ich etwas sagen konnte, stand er strahlend mit einer Jeans vor mir. »Probier die mal an, Süßer. Da drüben ist eine Kabine.« Er drückte mir die Jeans an die Brust und ich ging in die Kabine. Regular fit mit breiten Nähten und Knopfleiste, ganz mein Ding. Vielleicht würde er auch einmal unsere Shirts verkaufen. Ich beschloss, dass Thelma immer der erste Laden sein sollte, der eine neue Kollektion erhalten würde. Die Jeans passte auch. Thelma klatschte in die Hände, als ich aus der Kabine schlurfte und bekam sich vor Begeisterung kaum ein. Meine Turnschuhe durfte ich lassen, die befand er für gut. Aber ganz fertig war er noch nicht. Aus einem Kasten zog er ein blau-schwarzes Edelstahl-Armband und streifte es mir über das rechte Armgelenk. Dazu schnalzte er mit der Zunge. Und zuletzt zog er einen Stift aus dem Nichts hervor. »Vielleicht etwas Kajal, der Herr?«

»Du meinst, du willst damit etwas in meinem Gesicht machen?«

»Aber natürlich, schau dich doch mal an. Alles ein wenig grau, ohne Mühe. Ich hätte da noch viel mehr Ideen, aber wir wollen es ja nicht übertreiben. Keine Sorge, da passiert nicht viel. Es geht nur um den Lidstrich.« Er kam mir näher und ich hielt ihn nicht ab. Alles sah toll aus, was er mir empfahl. Warum also nicht auch ein wenig Kajal?

»Schau, das ist der Wimpernkranz, und da setzen wir jetzt einfach in der Mitte an. So, und jetzt ziehe ich dir eine schöne Linie bis zum äußeren Augenwinkel. Einen Moment bitte. Dann noch in die andere Richtung. Sehr schön. Und toll, du kannst die Augen kontrollieren, ein Naturtalent. Jetzt gehen wir noch mit dem Wattestäbchen drüber. Wow.« Ich hatte gar nicht bemerkt, dass er ein kleines Täschchen hervorgeholt hatte, wo alles drin war, was er brauchte.

»Dabei belassen wir es, denke ich. Du bist ja ein Junge, der sich erstmal eingewöhnen muss. Schau dich mal im Spiegel an. Und das nächste Mal, Marius, kommst du mit gewaschenen Haaren hierher, versprochen? Ich kann zwar zaubern, aber du musst auch mithelfen.«

Ich sah mich im Spiegel an und war sprachlos. So viel konnte das alles ausmachen? Thelma stand hinter mir und schaute stolz auf sein Ergebnis. Ich drehte mich um, strahlte und drückte ihn an mich.

»Hoppla, mein Herr. Ich werte das mal als Ausdruck der Zustimmung an ihren Typberater?«

»So kannst du das sehen, Thelma. Ich bin begeistert. Und so gespannt, was Max sagen wird.«

»So, so. Max heißt der Glückliche also. Das passt ja wirklich prima zusammen. Max und Marius.« Das hörte ich nicht zum ersten Mal. Irgendwas musste den Erwachsenen an dieser Kombination gefallen.

»Also das verspreche ich dir mal blind, dass du deinem Max so gefallen wirst. Nicht zu vergessen den Schatz, den du noch unter der Hose trägst. Wollen wir hoffen, dass wir deine Mutter auch überzeugen können. Schließlich ist sie sehr großzügig und verteilt bei euch das Geld, wenn ich mich recht erinnere. Übrigens, nur zur Orientierung. Die underwear bezahlst du heute und für den Rest mache ich dir einen Freundschaftspreis. Bist du mit 200 Euro einverstanden?«

Ich nickte. Auf die Preise hatte ich gar nicht mehr geachtet.

»Ich schneide dir noch die Etiketten ab, und dann lässt du am besten alles an. Willst du die *Cockcon* auch noch anziehen? Du kennst dich ja jetzt aus. Das Geld bringst du mir mit, wenn du es hast.«

Als er Mom erwähnte, versetzte es mir einen Stich. Aber ich wollte nicht in diese Traurigkeit zurück. Ich wollte schön sein. Es war mir nicht mehr egal, wie ich aussah. Das Leben bekam wieder Bedeutung. In meiner Tüte hatte ich die alten Sachen, als ich Thelmas Laden verließ. Er hielt mir ganz vornehm die Tür auf, als mir noch etwas einfiel.

»Thelma, Liebes«, sagte ich gespielt tuntig. »Kann es sein, dass du etwas vergessen hast?« Thelma schaute mich fragend an. »Gerade wir jungen Männer sollten doch immer auf die Gummis achten, oder?«

Da verstand er plötzlich, was ich meinte, rannte zum Tresen zurück und kramte nach den Gummibärchen, von denen er mir drei Päckchen gab.

»Du hast ja so recht, mein Engel. Immer schön an die Gummis denken. So, und jetzt Augen auf im Straßenverkehr. Grüß mir Max und die Mama. Und komm bald wieder.« Ich versprach es. Trotz des Stiches. Mit dem er mich noch einmal traf, ohne es zu wissen.

Als Max kam, war ich alleine in der Wohnung. Mein Vater war schon lange zu seiner Realität zurückgekehrt, in der er viel arbeitete und wenig zu Hause war. Unsere Gespräche über Mom waren selten und kurz. Ich glaube, er wollte mich nicht belasten. Vielleicht war das auch besser. Max hatte mittlerweile seinen eigenen Schlüssel. Den er nur benutzte, wenn er wusste, dass ich alleine war. Es war Moms Schlüssel.

Es war ein milder Frühlingstag und ich saß mit Gayle auf der Terrasse. Gayle wusste es zu schätzen, dass ich in den letzten Monaten die Wohnung kaum verlassen hatte. Ich bildete mir trotzdem ein, dass er um Mom trauerte. Er lief viel häufiger durch die Wohnung. Zumindest in der ersten Zeit. Er suchte sie, das stand fest. Ich hörte Max die Holzstufen hinaufkommen. Es gab einen Tritt, der immer laut knackte unter den Füßen. Dann drehte er den Schlüssel im Schloss und kam herein. »Hi, Champ«, rief er in die Wohnung. Ich ließ ihn einen Moment suchen, bis er mich auf der Terrasse fand. Er gab mir einen Kuss, setzte sich neben mich und Gayle sprang von meinem Schoß. Ich strich mir die Katzenhaare von der Hose.

»Alles in Ordnung?«, wollte er wissen. Ich nickte stumm und lächelnd. Ich war gespannt, was er sagen würde. Er schaute mich an. Erst kurz, dann etwas länger. Er begann den Unterschied zu merken, war sich aber nicht sofort sicher.

»Champ?« Ich schaute ihn an. »Heilige Scheiße, was ist denn mit dir passiert?« Er beugte sich etwas vor, um mir genauer ins Gesicht sehen zu können.

»Steh doch mal auf, bitte.« Ich stellte mich hin und er stand auch auf. Ungläubig schüttelte er den Kopf. Dann war er sich sicher.

»Irgendwas hast du gemacht. Und das sieht ziemlich gut aus. Puh. Das Hemd und die Jeans habe ich noch nie an dir gesehen. Und was ist das? Ein Armband? Erzähl, was ist los?«

»Nichts ist los, oder doch. Ich wollte dir zeigen, dass es mir wieder besser geht.«

»Das kann man sehen. Was meinst du genau damit, dass es dir besser geht?« In seinem Gesicht tauchte Freude auf.

»Ich will nicht zu viel versprechen, aber ich denke, ich komme aus meinem Loch raus. Ich fühle mich lebendig an. Ich kann mich wieder freuen. Und wie du siehst, auch ein wenig neu einkleiden.«

Er staunte und ich ging in Richtung meines Zimmers. »Komm«, rief ich ihm zu. Kurz darauf legte ich *Element of Crime* auf den Plattenteller. Etwas von der Musik, die mich Monate über Wasser gehalten hatte. Und die jetzt mit mir aufatmen konnte. *Lieblingsfarben und Tiere* hieß das Album, was ich für Max mit dem vierten Titel namens *Rette mich* beginnen ließ. Ich schloss die Tür hinter ihm und nahm ihn in den Arm, um mich zu den gemächlichen Takten und Regners Gesang in einen vorsichtigen Tanz mit Max zu wiegen. *Heimatlos und viel zuhause. Unterbeschäftigt und viel zu viel zu tun. Rette mich vor mir selber. Hauptsache Liebe und Hauptsache du.*

»Ich liebe dich«, sagte ich zu ihm und er funkelte mich an. Dann bat ich ihn, mir alles aufzuknöpfen. Er zog mir das Hemd über den Kopf und öffnete meine Hose. Als sie mir auf die Knöchel rutschte, ging er in die Hocke. Das Bärchen sagte *Hi*.

20 | I Got Life

Als ich Mom das nächste Mal besuchte, war ich sichtlich aufgeräumter. Ich hatte frische Blumen dabei und stellte sie in die Vase. Die Kerze brannte noch.

»Hi Mom. Alles in Ordnung?« Anfänge sind selten besonders tiefschürfend. Aber dieses Mal hatte ich sie am Haken, von der ersten Sekunde an. Ich hatte etwas vorbereitet und war gespannt, wie sie darauf reagiert. Meine Wut konnte ich so besser verbergen. Ich hinterging sie einfach, das verschaffte mir viel mehr Genugtuung. Um nicht zu sagen, dass ich die Absicht hatte, mich zu rächen. Vielleicht werde ich noch eine ganz hinterfotzige Tunte.

Hallo, mein Großer. Schön dich zu hören. Hier passiert nicht so viel, die Sensationen bleiben aus. Nicht mal einen Schnupfen kann man sich mehr einfangen. Also ja, alles in Ordnung.

Das klang entspannt. Sie schöpfte keinen Verdacht. Ich ging in die Vollen. »Ich habe mir eine CD zusammengestellt. Mit Liedern, die mich an dich erinnern. Da ist auch Edith Piaf drauf. Du weißt schon. Die Lady, die nichts bereut.«

Ich erinnere mich.

»Und ich fing an, darüber nachzudenken, was *ich* bereue. Viel mehr aber noch, ob *du* vielleicht etwas bereust. Das hat mich beschäftigt.« Eigentlich machte ich es ihr einfach, zuzugreifen.

Wenn das eine Frage sein soll, dann muss ich noch darüber nachdenken.

»Okay, denk darüber nach. Jedenfalls wurde ich nochmal neugierig, auf die Piaf meine ich. Und dann habe ich ein wenig auf YouTube gestöbert. Das hast du sicher auch schon gemacht. Du fängst irgendwo an, und kommst plötzlich anderswo raus. Weil du neue Vorschläge bekommst und dich immer weiter durchklickst. Kennst du *Nina Simone*?«

Oh ja, die kenne ich. Lass mich überlegen... Ich komm nicht drauf, aber dein Vater mag sie sehr.

»Ich kannte sie jedenfalls nicht. Aber ich klickte mal rein, weil mich der Titel, der mir vorgeschlagen wurde, neugierig machte. *Ain't Got No – I Got Life*.«

Ja, ich glaube, den kenne ich auch.

»Darin zählt sie zuerst auf, was sie alles nicht hat. Kein Zuhause, keine Schuhe, kein Geld und so weiter. Eine ewig lange Liste. Bis sie sich in der Mitte des Songs plötzlich fragt, wozu sie dann überhaupt lebt. Und dann zählt sie auf, was sie alles hat und was ihr niemand nehmen kann. Sie beginnt mit ihren Körperteilen und sagt dann, dass sie sich selbst hat. Und macht weiter mit ihrem Körper und kommt zu ihrem Blut. Um dann festzustellen, dass sie ihr Leben hat. Und schließlich ihre Freiheit. Das hat mich umgehauen. Ich hab dann noch ein wenig über sie gelesen. Leicht hatte sie es nicht. Mit all dem Rassismus in Amerika und als eines von acht Kindern einer Methodistenpredigerin.«

Es freut mich, wenn du dich so für die Musik interessierst, Großer. Das hast du von deinem Vater.

»Es war einfach so, Mom, dass ich durch diesen Song begriff, dass ich eine Wahl habe. Ich meine, ich könnte auch ein Lied darüber singen, was ich alles nicht mehr habe, weil du nicht mehr da bist. In gewissem Sinne habe ich das jetzt monatelang gemacht. Und es hat mich getötet, innerlich.« Du hättest auch eine Wahl gehabt, denke ich noch. Aber du konntest dich ja mit *Wouldn't it be good* über Wasser halten. Die Wut klopfte an, wurde aber von Mom unterbrochen.

Und dann hast du dich an die zweite Hälfte des Songs gehalten?

»Genau das ist passiert. Mit all den Selbstverständlichkeiten, die sie beschreibt. Und dass sie ja eben ihr Leben noch hat. Und dass sie frei ist, daraus etwas zu machen. Das hat mich gedreht. Ich meine, man kann trauern und ewig festhängen. Man kann sich in seinen Schuldgefühlen suhlen und nichts verändern. Oder man kann etwas bereuen, weil man einen Fehler gemacht hat. Und dann dazu stehen. Ist doch so, oder?« Ich fing an, ihr die Antwort, die ich nicht kannte, aber sicher bald kennenlernen würde, auf dem Silbertablett zu servieren.

Das klingt alles sehr schlüssig, Marius. Ich glaube, du hast in jeder Hinsicht recht.

Was hatte ich auch anderes erwartet? Ich meine, Selbstgespräche mit seiner toten Mutter zu führen ist das eine, aber zur Wahrheitsfindung sind sie denkbar ungeeignet. Trotzdem war ich enttäuscht und fiel langsam auf den Boden der Tatsachen zurück. Meine Hybris zerbröselte ziemlich schnell. Ich dachte, ich hätte mit der CD einen unglaublich raffinierten Schachzug gemacht. Ich dachte, diese Vorlage müsste sie annehmen. Hier am Grab glaubte ich, dass sie sich zusammensetzen könnte, die Geschichte meiner Mutter. Aber ich hatte mich in meiner eigenen Sackgasse verrannt. Ich konnte ihr eine Stimme geben, das schon, ich konnte auch Texte für sie schreiben, die mir einleuchteten. Aber sie konnte mir nichts gestehen, was ich selbst nicht wusste. Das war schmerzhaft. Irgendwie aber auch erhellend. Tagesanbruch.

Ich hatte nicht mehr viel zu sagen und wollte gehen.

»Grüß mir mal recht herzlich in die Runde.« Der Gedanke, dass auf dem Friedhof richtig was los war, gefiel mir unverändert. Die daraus entstehende Lebendigkeit tat mir gut. Sie warf aber auch immer neue Fragen auf. »Sag, Mom. Wie war eigentlich die Trauerfeier für dich?«

Es war schrecklich, wenn du es genau wissen willst. Früher, als ich noch lebte, da habe ich manchmal gedacht, dass es schade ist, seine eigene Trauerfeier nicht miterleben zu können. Aber jetzt weiß ich das besser. Vermutlich wäre es deutlich gemütlicher gewesen, wenn ich irgendwann mit 105 gestorben wäre. Wenn kaum noch einer kommt, und die Trauer sich in Grenzen hält. Aber so war es ja nicht. Eure Trauer hat mich überwältigt. Ich wäre am liebsten aus dieser Kiste aufgestanden. Oder hätte irgendeinen Reset-Knopf gedrückt.

Damit das ein Ende gefunden hätte. Ich konnte gar nicht richtig zuhören. Ich musste immer auf dich und deinen Vater schauen. Mein Gott, war mir elend.

»Es war das Schlimmste, was ich erlebt habe. Es hat unfassbar wehgetan. Als sie dich rausfuhren, und wir als Erste hinter dir hergingen, glaubte ich jeden Moment einknicken zu müssen. Aber ich habe es geschafft.«

Ihr musstet ja auch kurz vor dem Ende noch das traurigste Lied raussuchen, was man sich vorstellen kann.

Das klang fast nach einer Beschwerde. »Du hast gut reden. Du warst auf einmal gestorben, erinnerst du dich? Viel zu früh. Wir hatten keinerlei Vorbereitungen getroffen, nie etwas abgesprochen. Wir haben versucht, in deinem Sinne das Beste aus der Situation zu machen.«

Das habe ich gesehen. Und gespürt. Ich will auch nicht undankbar sein.

»Hört sich fast danach an.«

Dann entschuldige ich mich in aller Form dafür. Aber das nächste Mal bitte keinen Gustav Mahler.

»Soweit ich das weiß, gibt es bei Trauerfeiern kein nächstes Mal. Finde dich also bitte mit Gustav Mahler ab. Den habe ich ausgesucht.«

Du?

»Ja, und ehrlich gesagt war ich ein wenig stolz darauf, dass ich diese Idee hatte.«

Aber wie kamst du denn darauf?

»Durch Denis Scheck.« Jetzt konnte ich ein wenig darüber lächeln.

Durch Denis Scheck? Heilige Maria und Josef. Wie kam es denn dazu?

»Kannst du dir eigentlich vorstellen, wie oft ich noch vor deiner Beerdigung über unsere letzte Autofahrt nachgedacht habe? Ich habe zig Varianten durchgespielt, was alles hätte gewesen sein können, um den Unfall zu verhindern. Ich meine, letztlich war es doch nur eine Frage von Sekunden. Wären wir dem Porsche nicht begegnet...«

Ja, Marius. Das kann ich mir vorstellen. Aber das ist vollkommen müßig.

»Mom, schon klar. Aber ich konnte das nicht abstellen.«

Und da hast du dich an Denis Scheck erinnert?

»Genau, an die letzte Sendung von ihm, über die wir uns unterhalten hatten. Ich habe sie mir in der Mediathek angeschaut. Und als ich damit erst einmal angefangen hatte, schaute ich mir immer weitere Sendungen an. Ich stellte mir vor, mit welcher Freude du all diese Sendungen geschaut hast. Und das freute mich irgendwie auch. Eigentlich machte es mich vor allem traurig. Aber in diese Traurigkeit mischte sich meine Freude darüber, dass ich dir verbunden bleiben kann. In diesem Fall über Bücher. Von manchen hattest du mir ja erzählt. Und immer, wenn eines davon auftauchte und ich mich erinnerte, habe ich mir den dazugehörigen Beitrag angeschaut. Zum Beispiel auch den mit Hanya Yanagihara. An diesem Buch hast du besonders lange gelesen. Und immer wieder gestöhnt, weil es kaum auszuhalten war für dich. Du hast mit den Charakteren wohl sehr mitgelitten. Mehrfach hast du mir gesagt, es sei eines der größten Bücher, die du je gelesen hättest. Du warst selbst für deine Verhältnisse erstaunlich euphorisch. Den Beitrag mit dieser Autorin habe ich mir deshalb wahrscheinlich besonders interessiert angeschaut. An einer Stelle wird sie von Scheck zur Musik befragt, weil der Hauptcharakter Jude im Buch dem Stück *Ich bin der Welt abhanden gekommen* von Gustav Mahler besondere Bedeutung gibt. Mir sagte das Stück nichts, aber ich habe es mir angehört. Eigentlich war mir diese Musik völlig fremd. Und doch war da plötzlich eine Übereinkunft zwischen dieser Musik und meiner Verfassung, die mich erschüttert hat. Das klingt in meinem Alter bestimmt ein wenig übertrieben. Jedenfalls war es so intensiv, dass die Tränen gar nicht mehr aufhören wollten. Die waren auch für dich. Und deshalb machte ich Papa sofort den Vorschlag, das Stück für die Trauerfeier zu nehmen. Er war überrascht, aber wir diskutierten es gar nicht. Er willigte einfach ein.«

Eine schöne Geschichte. Du erstaunst mich immer wieder.

Das hörte ich gerne, aber damit wollte ich es für diesen Tag auch bewenden lassen. »Weißt du was, ich mache mich jetzt langsam wieder auf den Heimweg.«

Tu das, Marius. Komm gut nach Hause, Schatz.

Ich lief zum Ausgang und winkte noch ein paar Mal zum Grab. Ich konnte mit Mom reden, wie wunderbar. Und ich konnte sie vor meinem geistigen Auge noch immer sehen und in allen möglichen Facetten wahrnehmen. Aber ich konnte sie nicht mehr riechen. Dazu reichte meine Fantasie nicht. Ihr Geruch fehlte mir.

Kurz bevor ich den Ausgang erreichte, überlegte ich, noch etwas über den Friedhof zu schlendern. Das hatte ich schon mehrfach gemacht, der Übergang kam sonst mitunter einfach zu schnell. Die Schritte an den Gräberreihen vorbei taten gut. Der Friedhof war riesig. Man konnte lange laufen. Und ab und zu begegnete man sogar bekannten Namen. Nicht, dass ich zu denen wirklich was gewusst hätte, aber gehört hatte ich sie schon. Adorno zum Beispiel. Oder Alzheimer. Und Schopenhauer. Ob Mom sich mit denen jetzt auch unterhalten konnte?

Die Friedhofsbesuche veränderten alles. Wenn ich durch den Haupteingang ging, suchte ich nach Anzeichen bei den anderen Menschen, ob es ihnen vielleicht genauso geht wie mir. Aber da konnte ich nichts finden. Woran hätte ich das auch erkennen können? An Menschen, die an den Gräbern laut vor sich hin reden? Da ging es den meisten bestimmt wie mir, das hielt man doch eher versteckt. Nein, ich suchte nach irgendeiner veränderten Aura. Nach einem Ausdruck der Augen, nach einer Haltung beim Laufen. Nach kleinsten Anzeichen, die sie verraten könnten. Da musste es etwas geben. Obgleich ich mir auch nicht vorstellen konnte, was man bei mir erkennen sollte. Und doch betrat ich den Friedhof völlig anders. In einer Fröhlichkeit, die für Friedhöfe nicht typisch sein konnte.

Hier kamen schließlich die Trauernden hin, oder zumindest die ewig verlässlichen Grabpfleger. Mühsam und beladen war der Friedhof keine Spaßveranstaltung, daran bestand kein Zweifel. Für mich aber hatte er sich genau dazu gewandelt. Dem Ort einer Spaßveranstaltung. Und zwar erster Güte. Das war sicher meiner Euphorie geschuldet und würde sich wieder beruhigen. Aber vorerst war das eine großartige Entwicklung. Eben noch versunken im Schmerz und plötzlich, et voilà, im vergnüglichen Austausch. Ich hätte zu gerne gewusst, wer sich hier noch alles unterhalten kann. Ich stellte mir vor, dass das eine interessante Selbsthilfegruppe geben würde. Die *Anonymen Totenflüsterer*. Die wäre entlastend gewesen. Man hätte nicht riskiert, sich zum Deppen zu machen. Und vielleicht noch ein paar Neuigkeiten erfahren aus der Friedhofswelt der anderen. Aber nichts da, keinerlei Hinweis. Kein auffälliges Verhalten irgendwo.

Oft ging ich mit einem Thema zu Mom, in der Regel war ich wirklich gut vorbereitet. Erstaunlicherweise fielen mir jetzt irgendwie grundlegendere Themen ein. Wenn du mit einer Person sprichst, die schon gestorben ist, verändert sich die Gesprächsgrundlage extrem. Zum Beispiel fällt der Alltagskram weitestgehend weg. Du kannst dich zwar noch darüber unterhalten, aber du teilst ihn nicht mehr, also redest du auch kaum noch davon. Überhaupt fällt der ganze oberflächliche Kleinkram weg. Wen interessiert das denn noch? Es ist pure Zeitverschwendung. Die Gespräche am Grab sind einfach konzentrierter und fokussierter. Du unterhältst dich über die wirklich wichtigen Sachen. Und stellst ganz andere Fragen. Auch Mom hat mir noch viel zu sagen. So, wie es zwischen uns eigentlich immer war. Wenn ich zu ihren Lebzeiten jemandem hätte erklären sollen, was das herausragende Merkmal an Mom ist, dann hätte ich bestimmt geantwortet, dass ich mit ihr über alles reden kann. Und dass sie mir zu allem etwas zu sagen hat, was mir hilft. Dass ich ihr Löcher in den Bauch fragen kann. So gesehen, ist mir das Wichtigste gar nicht verloren gegangen. Das stimmt zwar eigentlich nicht, ich möchte es aber gerne so sehen. Weil ich damit viel besser zurechtkomme. Jetzt ist das alles gerade wie eine neue Entdeckung, die wirklich Euphorie auslöst. Aber ich bin nicht dumm. Ich weiß, dass Euphorie ein Momentum hat. Und ich weiß, wie unerträglich der Schmerz ist. Ihn weniger zu spüren ist wie ein Geschenk des Himmels. Oder der Friedhofserde. Wir spielen ein wenig miteinander. So fühlt es sich fast an. Hangeln am selben Seil über einen beträchtlichen Abgrund. Mom ein wenig klapprig, ich durchaus fit. Wie zwei Turnschuhe. Wir schaffen das. So wie wir alles bisher geschafft haben. Ich bin mir ganz sicher. Will es sein.

21 | George

Dafür, dass alles so unaussprechbar war, ging es dann plötzlich sehr schnell. Man muss sich nur die Zeit dafür nehmen, und ein wenig Mut aufbringen. Mein Vater hielt sein Versprechen. Kurz nachdem er es gemacht hatte. Ich hatte gerade mit Max und Sami telefoniert, als er nach Hause kam. Gayle lag wieder in meinem Schoß und hinterließ eine feuchte Spur unter seinem Kopf auf der neuen Jeans. Ich war ganz bei mir und mein Vater machte mir einen Kakao, ohne mich danach zu fragen. Dann rief er mich und ich setzte mich zu ihm an den Küchentisch. Vor ihm stand ein Bier und er pulte an einem Etikett, was es nicht gab. Ich trank etwas Kakao, der aber noch viel zu heiß war.

»Ich fange bei Nik Kershaw an«, war sein erster Satz. Dann setzte er die Flasche an und nahm einen großen Schluck. »Nik Kershaw erzählt viel über deine Mutter. Ich kann ihn schon lange nicht mehr ertragen.«

»Du meinst sicher den Song?«

»Den Song, natürlich. Dieses *Wouldn't It Be Good*. Ich habe sie mehrfach gebeten, das Lied nicht mehr zu singen. Aber sie meinte nur, dass sie es gar nicht mehr merken würde, sie es einfach nicht aus ihrem Kopf bekäme. Es hätte sich dort festgesetzt, um sie ihr Leben lang zu erinnern, was sie getan hatte. Oder besser, was sie glaubte, getan zu haben. Irgendwie brachte sie das mit diesem Text in Verbindung.« Er nahm einen nächsten Schluck. »Nüsse?« Ich bejahte und er öffnete eine Packung gerösteter Erdnüsse, die er auf den Tisch legte.

»Was glaubte sie denn, getan zu haben?« Das war vielleicht ein wenig zu direkt, aber es war mein Vater, der so schnell aufs Ziel zusteuerte.

»Sie gab sich die Schuld dafür, dass sie das Kind nicht behalten konnte. Deine Schwester, du weißt schon.« Er trank erneut. Ich hoffte, er würde mir alles erzählt haben, bevor es zu viel Bier wurde. Er stand auf und öffnete eine zweite Flasche.

»George, ich weiß.«

»George?«

»Vergiss es, Papa.«

»…«

»Was konnte sie denn dazu?«

»Natürlich nichts. Aber sie meinte, dass es Wunden gäbe, die nicht verheilen. Dass sie nicht darüber hinwegkommen könne. Weil es ein übermächtiges und zeitloses Gefühl sei. So in etwa fasste sie das zusammen.«

»Aber deshalb kann sie doch immer noch nichts dazu.«

»Wenn das mal immer so eindeutig wäre. Sie sah das anders.«

»Woher kommt dann die Uneindeutigkeit?« Mein Vater kaute laut und viel zu schnell auf den Erdnüssen herum.

»Davon, dass es nicht immer eine Schuldfrage sein muss.«

Das verstand ich irgendwie.

»Und es war nicht von mir.«

»… Du meinst?«

»Ja, das meine ich, so jetzt weißt du auch das.«

»…«

Familiengeheimnisse haben ja oft etwas mit Fremdgehen und so zu tun. Aber ich hatte da tatsächlich nicht daran gedacht. Das hielt ich für ausgeschlossen. Ich hätte meine Hand für Mom ins Feuer gelegt. Und mich dabei verbrannt.

»Hallo?« Er öffnete die dritte Flasche.

»Ja. Bin noch da. Aber wie…?«

»Wie das passieren konnte? Sie hatte eine Affäre und war verliebt. Ich war fast nie zu Hause.«

»Und das ist es, was sie so bereut hat? Diese Affäre?«

»Das hatte ich einmal gehofft. Aber sie sagte mir, dass sie die nicht bereuen könne. Und das wiederum machte sie sich zum Vorwurf.«

»Und deshalb das Lied?«

»Irgendwie schon. Sie hatte immer das Gefühl, dass das Kind deswegen gestorben ist. Dass sie es nicht genug wollte. Und sie hätte es mir sagen müssen, dass es nicht von mir ist. Was sie lange Zeit nicht tat. Als sie dann die Totgeburt hatte, war das auch eine Erleichterung. So schlimm wie das klingt.«

»Das hat sie dir so erklärt?«

Er nahm jetzt die Erdnüsse und das Bier fast gleichzeitig. »Ja, irgendwann schon. Sie meinte, dass sie nicht für ihr Kind da war. Nicht genug. Sie meinte, sie habe es gehen lassen, weil sie nicht die Kraft für das Kind hatte.«

Mir wurde ein wenig schwindelig. »Das ist harter Tobak.«

»Ich wollte es dir nicht erzählen. Entschuldige.«

»Jetzt hör bitte auf mit diesem Entschuldigungs-Blabla. Das braucht keiner.« Ich war sauer. Hatte aber nicht das Gefühl, dass ich das Recht dazu hatte. *I Got Life* kam mir in den Sinn. Kein guter Song für meine Schwester. Ich musste meinen Kopf wieder frei bekommen. In dem jetzt alle möglichen Fragen zusammenliefen.

Was wurde aus dem Vater von George? Hatte das nicht sogar etwas mit meinem Leben zu tun? Und wie ist Mom mit alledem umgegangen? Um ehrlich zu sein, beschäftigte es mich weniger, dass Mom überhaupt eine Affäre hatte. Obwohl ich ausschließen kann, dass mir so etwas jemals passieren wird, so scheint das gar nicht so selten vorzukommen. Warum auch immer, wenn man doch zufrieden ist. Oder war sie das vielleicht gar nicht immer gewesen? Womöglich nicht einmal zuletzt? Ping-Pong, Ping-Pong. Die Bälle flogen übers Netz. Sobald einer gespielt war, kam er postwendend zurück. Entweder man blieb Zuschauer, oder man spielte mit. Ich spielte lieber. Die Fragen, die ich hatte, waren aber wahrscheinlich nicht ganz so schnell zu beantworten. Letztlich war es wie meistens: Die Neugier siegte.

»Weißt du, was mich gerade am meisten trifft, Papa?«

»Erzähl es mir, Marius.«

»Dass George nur meine Halbschwester gewesen wäre.«

»War George dein Name für sie?«

»Oh ja, George. Aber das kannst du nicht wissen. Vielleicht habt ihr gedacht, sie würde nur in euch weiterleben. Als Schuldgefühl meinetwegen. Aber sie hat nie aufgehört, meine Schwester zu sein. Darüber habe *ich* nie geredet. Es war immer klar, dass dieses eine Thema mit euch nicht geht, vor allem mit Mom nicht. Also musste ich meinen eigenen Weg finden. George war ein Teil davon. Es lag ja nahe, dass sie einen Namen braucht, meine Schwester. Mit dem Namen nahm sie auch Gestalt an und konnte mit mir wachsen und älter werden. Sie wäre jetzt 8, und ich weiß noch immer, wie sie aussieht. Enid Blyton nannte meine Lieblingsfigur George. Ein Mädchen was einfach keine Georgina sein wollte. Das hat mir sofort gefallen. Ohne dass ich deshalb schon kapiert hätte, was mit mir los ist.«

»So nahe ist dir das gegangen? Ich hatte ja keine Ahnung.«

»So ist das, wenn man nicht redet.« Der Kakao war längst kalt, schmeckte aber trotzdem.

»Ich weiß.«

»Es fühlt sich traurig an. Das mit George. Dass sie nur meine Halbschwester war. Es ändert zwar gar nichts an meinen Gefühlen für sie, und doch nimmt es ihr etwas. Es nimmt sie ein Stück heraus aus unserer Familie, hinein in einen anderen Kreis. Das entfernt sie, weil dort alles fremd ist.«

Mein Vater sagte nichts.

»Ich meine, da fehlt doch etwas. Was ist mit diesem anderen Mann? Wer ist das?«

»Hilft es dir, wenn du mehr über ihn weißt?« Er trank wieder einen großen Schluck.

»Alles hilft.«

»Er heißt Tim.«

»Guter Anfang.«

»Und war einer der Trainer im Fitnessstudio von Mom. In Ausbildung.«

»Ups, das klingt nach Altersunterschied.«

»Unwesentlich. Knapp 20 Jahre jünger. Das hat ihr wohl geschmeichelt. Ich bekam davon lange nichts mit. Zuerst haben sie sich auch nur in einem Café getroffen. Die Einladung kam von ihm und war sehr überraschend für deine Mutter. Er war wohl so ein Fitness-Sonnenschein, bei dem alle Frauen weich wurden.« Mein Vater wirkte jetzt sichtlich gekränkt.

»Aber nur deine Mutter lud er ins Café ein. Ein Drehbuch für die ganz kitschige Soap.«

»Je nachdem, wie es weitergeht.« Mein Vater drohte ins Selbstmitleid zu verfallen. Das Bier tat also langsam seine Wirkung.

»Es war halt der Klassiker, Marius. Deine Mom war die perfekte Hausfrau und Mutter, und dein Vater war erfolgreich und die meiste Zeit mit seinen Ausstellungen beschäftigt. Selbst wenn ich zu Hause war, dachte ich oft an nichts anderes. Wir verstanden uns, keine Frage, aber wir liefen nebeneinander her.«

»Ich dachte, ihr fändet das normal so.«

»Ich dachte das lange Zeit auch. Beim zweiten Mal lud er sie zu sich nach Hause ein. Vormittags hatte deine Mutter ja Zeit.«

»Du meinst, ich saß beim Mittagessen mit Mom zusammen, nachdem sie es mit ihm...«

»Alles passierte vormittags, ja.«

Ich trinke kein Bier, aber jetzt nahm ich mir seine Flasche. »So verarscht zu werden, ist scheiße. Trifft uns ja beide.« Er begann mit der vierten Flasche. »Aber wie konnte sie auch noch schwanger werden?«

»Sie sagte, sie hätten einfach nicht aufgepasst, nie. Wie unvernünftige Teenager. Ihre Schwangerschaft war folgerichtig, muss man wohl sagen.«

»Sie hat noch ein Kind gewollt?«

»Ich fühlte mich jedenfalls zu alt dafür. Ich nahm das nicht sonderlich ernst.«

»War sie denn so verknallt, oder wie geht so etwas sonst?«

»Ja, das war sie. Und es muss schwer für sie gewesen sein, die Kontrolle nicht zu verlieren. Zu Hause hat sie versucht, so normal wie möglich zu sein. Sie hat sich selbst etwas vorgemacht, vermute ich. Davor schützt das Alter niemanden.«

»Ist das so?«

»Jetzt frag nicht so altklug.«

Das fand ich ein wenig kränkend. »Kann ja sein, dass ich natürlich viel zu jung bin für diese Art von Weisheiten. Aber es ist kein Naturgesetz, dass Jüngere nicht richtig liegen können. Viel richtiger, als es euch Erwachsenen manchmal möglich ist. Erfahrung ist das eine. Aber sie kann sich ja vielleicht auch vor einen besseren Blick stellen und deshalb erst recht trügerisch sein.«

»Schon gut.«

»Und wie klingt jetzt das?«

»Vielleicht nach Waffenstillstand.«

Ich war mir nicht sicher, ob wir es noch lange schaffen würden. Papas vierte Flasche Bier war fast leer, und es waren Halbliterflaschen. »Betrinkst du dich eigentlich gerade?«, wollte ich wissen. Ich hatte ihn so noch nie erlebt. Und er schaute mir verwundert ins Gesicht, dann auf seine Flasche und antwortete schließlich: »Wahrscheinlich«. Dann machte er eine kurze Pause, trank die Flasche ganz leer und ergänzte: »Ein gutes Vorbild gebe ich gerade nicht ab, ist mir schon klar. Erfahrene Erwachsene können ganz schön Schiss vor ihren Kindern haben, sag ich dir... Richtig ist, dass ich jahrelang ignoriert habe, wie es ihr ging. Nichts davon kann ich jetzt noch zurechtrücken. Es ist zu spät. Das hätte ich begreifen müssen. Aber ich habe so getan, als hätten wir alle Zeit der Welt. So, wie es normalerweise auch läuft. Und wenn es nicht so läuft, was sollst du dann deinem Sohn sagen? Der ein Recht auf sein eigenes Leben und seine Geschichte hat. Und keinen Vater braucht, der vor Selbstmitleid zerfließt. Ich habe geahnt, dass ich dieses Gespräch mit dir führen muss. Und ich habe es gehasst, daran auch nur zu denken. Ohne dich hätte ich auch das womöglich wieder ignoriert, übergangen, hinter der Arbeit verborgen, so schwach, wie ich bin. Ein paar Flaschen Bier haben mir jetzt definitiv geholfen, stärker zu sein, als ich es eigentlich bin. Ich hoffe, dass du die Achtung vor mir nicht verlierst. Ich hoffe sogar, dass du trotzdem irgendwie stolz auf mich sein kannst. Später zumindest. Hinter dem Horizont.« Er stand auf, hielt die leere Flasche nach oben und rief eindeutig zu laut: »Nicht wahr, Udo... Da geht's doch weiter?« Zwei Liter Bier hatten ihr Werk getan und ich wusste nicht, ob ich sehr gerührt sein sollte oder sehr genervt. Zumindest aber sah ich mich nicht in der Lage, irgendeine rührselige Absolution vom Stapel zu lassen und mit dem besten Vater von allen in die Nacht zu gehen. Ich grinste ihn etwas unbeholfen an, knackte eine Nuss und fragte ihn, ob ich trotzdem noch etwas fragen könnte. Er nickte und setzte sich wieder hin.

»Ich bin etwas angeheitert, Junge, aber definitiv noch klar im Kopf. Was ich nicht für die nächsten Stunden garantieren kann, aber ein paar Fragen kann ich dir bestimmt noch beantworten. Vielleicht müssen wir ja nicht alles heute auf einmal besprechen?«

»Nein, Papa, müssen wir nicht.« Das schien ihn zu beruhigen.

»Die Dramaturgie hat nämlich noch eine besondere Pointe, aber die wäre wirklich etwas für Teil zwei.« Die Nüsse schmeckten mir nicht besonders, ich nahm mir eine Milchschnitte aus dem Kühlschrank.

»Okay, Papa. Dann können wir ja bald zum Ende kommen. Aber habe ich es richtig verstanden, dass du es länger nicht wusstest, dass das Kind nicht von dir ist und dass Mom in dieser Zeit so getan hat, als würde sie sich auf euer gemeinsames Kind freuen?« Das konnte ich kaum glauben, aber er nickte und zog die Schultern hoch.

»Scheiß Spiel, was? Und nahe an Teil zwei. Ich kann dir auch nicht alle Fragen für deine Mutter beantworten. Das, worüber wir sprachen, kann ich versuchen, dir bestmöglich wiederzugeben. Was ich dir versprechen kann, ist, dass ich nie *Wouldn't It Be Good* singen werde.« Er lachte. Ich nicht. »Und dass ich immer für dich da bin, wenn du mich brauchst.« Ich nickte und freute mich still.

»Sie hat es versucht, mir zu erklären, irgendwann. Sie sagte, dass sie mich unverändert lieben würde. Dass sie nie etwas anderes wollte, als mit mir und uns zusammenzuleben. Sie hätte sich mit mir für dich entschieden, und sei eine glückliche Mutter. Das kam nicht über uns. Tim kam in jeder Hinsicht über sie, meinte deine Mutter. Als hätte sie sich nie dafür entschieden. Sie wäre so dumm gewesen, sich einmal ein Stück ungeplantes Leben nehmen zu wollen. ›Aber so schnell kannst du gar nicht schauen, da zwingt dir das Leben schon den nächsten Plan auf‹. Das hat sie genau so gesagt.«

»Sie hätte doch einfach nur aufpassen müssen.«

»Dem kann ich schlecht widersprechen.«

»Hätten wir das ja geklärt.«

»Aber ich kann es nicht einfach auf sie schieben. Sie wollte ja wirklich noch ein Kind. Zumindest ein paar Jahre davor. Aber ich zog nicht mit. Mir reichtest du. Unsere kleine Familie mit Gayle.«

»Und wie hast du es dann aufgenommen?« Ich nahm mir noch eine Milchschnitte, die beruhigten mich. Papa schenkte sich ein Wasser ein.

»Das war es ja. Ich freute mich, riesig sogar. Zu meiner eigenen Überraschung. Und deine Mutter war so glücklich über meine Reaktion. Das machte es für sie wohl noch schwerer. Sie musste es mir erzählen, das war ihr klar. Sie wollte es auch. Aber jeden Tag fiel es ihr noch schwerer als am Vortag. Das Herauszögern von etwas, das herausdrängt, wird zu einem Gift, das jeden Tag stärker wird und sich gegen dich selbst richtet.«

Für meinen Geschmack war das zu viel Verständnis und irgendwie... lasch.

»Und wie hast du dann reagiert, als du es schließlich erfahren hast?«

»Sie dachte, dass ich es nicht weiß, als es passierte.«

»Du machst Witze.«

»Als sie die Totgeburt hatte, hatte sie noch nicht den Mut gehabt, es mir zu sagen. Und danach waren wir beide fertig. Eine Infektion hatte die Plazenta geschädigt. Ich war total niedergeschlagen. Ich hatte mich sehr auf meine Tochter gefreut. Und auch schon einen Namen für sie. Edith.«

Ich dachte, ich hätte mich verhört. »Edith? Wie beschissen klingt das denn? Marius und Edith.«

»Wegen der Piaf.«

»Du verarschst mich.«

»Warum sollte ich?«

Es traf mich glühend heiß. Das Gespräch mit Mom über Edith Piaf. Über die Frage des Bereuens. Und dann hätte meine Schwester Edith heißen sollen. Wegen ihr. Sind das die Momente im Leben, in denen man nicht mehr an den Zufall glaubt?

»Ich glaube, das war eher ein Zufall«, griff mein Vater meinen stummen Gedanken auf. »Es war ein spontaner Moment, als ich den dicker werdenden Bauch deiner Mutter streichelte und von meinem Spatz sprach. Kindisch eigentlich. Aber dann fügte ich noch ›mein Spatz von Paris‹ hinzu. Und deine Mutter lächelte und sagte: ›Lass sie uns Edith nennen‹. Mir gefiel der Name nicht besonders, aber ich dachte, ich will ihr jeden Wunsch erfüllen.«

Und ich beschloss im selben Moment, dass George nie eine Edith werden würde, no way. »Eines interessiert mich aber schon noch. Wie hat dieser Tim reagiert? Oder wusste der auch nichts?«

»Vergiss nicht, dass nur ich es war, der nichts wusste. Aber ich verweise auf Teil zwei. Sie hat es ihm gleich gesagt. Er war entsetzt. Der charmante Mann legte eine Verwandlung hin, mit der sie nie gerechnet hatte. Er machte ihr Vorwürfe, weil sie nicht verhütet hatte, er verließ sich einfach darauf, ohne je mit ihr darüber gesprochen zu haben. Dann sagte er, dass er noch viel zu jung sei, um Vater zu werden. Und dass er sich nicht in unsere Familie einmischen wolle. Er legte ihr die Abtreibung mehr als nahe. Ein paar Tage später arbeitete er nicht mehr im Studio, ging nicht mehr ans Telefon, beantwortete keine Mails und blockierte sie auf allen Frequenzen. Sie war todunglücklich und sie haben sich nie wiedergesehen. Das glaubte ich ihr.

Dann, als sie über alles mit mir sprach und wir übereinkamen, dir nichts davon zu sagen.«

»Wow, ihr konntet euch noch auf eine gemeinsame Linie einigen, Respekt.« Ich war nur noch sauer. Was für ein armseliger Komplott. Und diesem anderen Arschloch hätte ich am liebsten die Fresse poliert. Wie oft musste sie eigentlich an ihn gedacht haben, wenn wir uns unterhielten? Wenn ich dachte, wir würden ganz offen miteinander sprechen. Zum Kotzen.

Die letzte Frage stellte mein Vater. Er hatte den Dreh raus, mich wieder von meinem Trip runterzuholen. In dieser Familie gab's keinen Platz für anständige Wut.

»Verstehst du jetzt, warum sich deine Mutter so schuldig fühlte?«

»Um ehrlich zu sein, nein. Wie wär's denn mal mit Verantwortung, statt dieser ewigen Schuldkacke?«

»Sie war nun mal überzeugt, dass ihr die Kraft für ihr Kind gefehlt hat. Ich habe ihr immer wieder versucht zu erklären, dass es eine Infektion war. Weißt du, was sie mir geantwortet hat?«

»Nein.«

»›Ich weiß es besser.‹«

23 | Der letzte Traum

Meine Stimmung hatte wieder eine Wendung genommen. Okay, diese Wechselhaftigkeit mag vielleicht doch typisch für Teenager sein. Aber um mehr Konstante in mein Leben zu bekommen, hatte ich ja noch etwas Zeit. Bis dahin drehten sich meine Gefühle eben manchmal wie in einem Karussell. Was doch letztlich auch adäquat ist. Ist es denn ein Zeichen von Erwachsensein, wenn das ein Ende nimmt? Wenn man ruhig und bequem auf seinem fliegenden Teppich dahinschnurrt, von wo aus man alles aus gesicherter Distanz beobachten kann. Ist es das, was alle wollen? Wenn ja, warum?

Der Abend mit Max und Sami wurde entspannt. Wir hörten uns durch die Musik meines Vaters und ich plünderte unseren Kühlschrank. Für dessen regelmäßige Befüllung mein Vater eine erstaunliche Verantwortung an den Tag legte. Vielleicht fiel es ihm dann leichter, so oft weg zu sein. Mit all dem leckeren Essen, was er mir hinterließ und in Windeseile wieder auffüllte, wenn ich mich darüber hergemacht hatte. Oder wir uns. Max und Sami waren meine Rettung, die ganze Zeit. Das wusste mein Vater. Sie durften alles. Sie wurden zu Bewohnern unserer Wohnung. Mein Vater verstand, wie sehr ich die beiden brauchte. Und er mochte sie. Das half zusätzlich.

Max und Sami nahmen mir etwas den Druck wegen des anstehenden Schulbeginns. So fühlte es sich wirklich an. Als ob die Schule für mich neu beginnen würde, ganz von vorn. Sie erzählten mir, dass Frau Wolters das Thema auf die Tagesordnung gesetzt hatte. Sie hatte die Klasse darauf eingeschworen, sich mir gegenüber so normal wie möglich zu verhalten. Schließlich wüssten ja alle, was passiert sei. Damit hätte ich es schon schwer genug. Es würde mir sicher nicht helfen, wenn mich alle ständig darauf ansprechen würden. Womit sie unbedingt recht hatte. Sie empfahl, dass mich alle freundlich und warmherzig begrüßen, ansonsten aber schnellstmöglich zur Tagesordnung übergehen sollten. Und die Tagesordnung wäre eben der Unterricht, daran hätten sich alle wie immer zu beteiligen. Ich übrigens auch. Sie würde auch darauf achten, dass *sie* mich nicht besonders behandeln würde. Normalität sei das beste Gegengift bei Traumatisierung, muss sie sogar gesagt haben. Was ich nicht wusste, aber es klang ganz gut. Dass ich traumatisiert war, konnte ich mir vorstellen. Es fehlte mir jedoch auch der leiseste Schimmer, was die Bestandteile von einem Trauma sind. Ein schreckliches Ereignis schon, das wusste ich. Aber mehr auch nicht.

Den ganzen Abend suchte ich die besondere Nähe zu Sami. Nicht so, dass es auffällig war, hoffte ich. Aber in Kleinigkeiten schon. Ich lehnte mich an ihre Schulter und ließ mir die Hand von ihr halten. Ich nahm ihren Geruch, ihren Duft bewusster wahr und in mich auf. Ich lächelte ihr noch mehr zu. Ich versuchte, ihre Wünsche zu lesen und bestmöglich zu erfüllen. Ich sah sie an und stellte sie mir nackt vor, immer wieder. Sie war so schön.

Sami erzählte uns, dass sie die notwendigen Vorbereitungen in der Näherei getroffen habe. Eine albanische Frau, die sie besonders mochte und offenbar eine wahre Künstlerin in allen Näharbeiten war, habe ihr alles erklärt und versichert, dass unsere Idee umsetzbar sei. Wohl nicht ganz leicht, aber absolut im Rahmen des Machbaren, wie Sami sagte. Sie sagte es natürlich anders. Es war einer der wenigen Sätze, die sie komplett in Kauderwelsch verwandelte. ›Absoluter Rahmen des Gemachten‹ war Samis präzise Ansage. Ich liebte sie dafür umso mehr.

Ich musste mit Max reden, ohne ihn ging es nicht. Ohne seinen Segen würde ich nichts mit Sami anfangen. Auch mit seinem Segen würde ich nichts ohne ihn mit Sami anfangen. Meine Gefühle waren da eindeutig. Max sollte bei mir sein, bei uns, er gehörte zu uns. Genau genommen bildeten wir ja zu dritt eine Einheit, in dessen

Mitte Max und ich ein Paar waren. Daran etwas zu ändern, hatte ich nicht vor. Aber es gab etwas zwischen mir und Sami, oder von mir zu Sami, was ich leben wollte. *I got life.*

Irgendwann brachten wir Sami wieder nach Hause. Sie durfte meistens nicht über Nacht bleiben.

Das Paar hatte das Privileg, die Nacht miteinander zu verbringen. Das hatte noch keiner von uns in Frage gestellt. Es war halt so, und es war gut so. Bisher. Nun musste ich reden. Schon wieder. Wer nicht gerne redet, sollte es mit mir nicht unbedingt zu tun haben wollen.

Zurück mit Max verzogen wir uns nicht sofort in mein Zimmer, sondern setzten uns in die Küche. Wir tranken Bier. Nicht gerade mein liebstes Getränk, aber ich mochte seine Küsse, wenn sie nach Bier schmeckten. Und ich mochte sie noch mehr, wenn auch ich danach schmeckte. Die Bier-Session mit meinem Vater hatte mich nicht abgeschreckt. Im Gegenteil, der Schatten verzog sich immer mehr, in alle Himmelsrichtungen.

Es war fast Mitternacht, und mein Vater war noch immer nicht zu Hause. Ich dachte mir schon gar nichts mehr dabei. Und Max konnte dann ungestört und sehr laut rülpsen. Wohl so ein Jungsding, ich stand drauf. Max legte die Füße auf einen Stuhl und schaute mich erstaunt an. Irgendwas hatte er gemerkt. Er fragte mich auch sofort.

»Marius, mein Marius...«, fing er in einem mir unbekannten Singsang an, »da ist was, was ich wissen muss.« Dazu lächelte er mich provozierend an und trank in großen Schlucken sein Bier. Das irritierte mich etwas und er sang weiter.

»Schätze, Sami steht auf dich,
doch du bist ja verliebt in mich...
Doch mach dir keine Sorgen, Junge,
ich beiß mir eher auf die Zunge,
als dir dabei im Weg zu sein,
ihr beide seid ein Sonnenschein.«

Das reimte er mal eben so ganz spontan zusammen. Ich schaute ihn staunend an, mich über sein Lächeln freuend.

»Drum komm, mein Freund,
und lass es raus,
bei mir, da gibt es keine Laus,
die über meine Leber läuft.
Erst recht nicht,
wenn sie Becks Bier säuft…«

Ich prustete los, und Max lachte schallend, richtig fett. Er hatte seinen Spaß. Was es mir sehr leicht machte.

»War es denn so auffällig?«, wollte ich wissen.

»Auffälliger ging's kaum.« Max schlug sich an die Stirn. »Du dachtest nicht wirklich, dass man es nicht merken würde?«

»Um ehrlich zu sein, schon«. Da stellte er die leere Flasche auf den Tisch, nahm die Füße vom Stuhl und holte sich aus dem Kühlschrank die nächste. Grinsend.

»Schatz, du kannst einfach nicht gut lügen. Und du kannst dich auch nicht gut verstellen. Das war so vom ersten Moment an, als wir uns begegnet sind.«

»Dann hatte Mom recht.« Ich überlegte einen Moment, erinnerte mich an unsere ferne Unterhaltung. »Sie hat mir gesagt, dass du meine Gefühle spüren würdest. Als wir uns noch nicht näher kennengelernt hatten.«

»Oh ja. Das kann ich bestätigen. Ich wusste aber nicht, wie du mit ihnen umgehst. Und ob ich mir trauen kann. Das ist manchmal das Schwierigste, finde ich. Der eigenen Wahrnehmung zu trauen.«

»Dafür ist sie ja auch einfach zu subjektiv, oder?«

»Das ist wohl das Problem.« Max rückte näher an mich heran und begann mit seinem zweiten Bier. »Aber wenn du anfängst, ihr zu trauen, wirst du erstaunt darüber sein, wie oft du richtig liegst.«

»Mag sein.« Mir fehlten da noch ein paar Aspekte, aber das war in diesem Moment ja auch nicht das Thema.

»Nun komm schon«, sagte Max. »Offensichtlich liege ich ja nicht falsch. Also erzähl's mir bitte, ich bin gespannt wie ein Flitzebogen ... Heißt doch so, oder? Komisches Wort.«

Ich entspannte mich etwas. Max machte mir Mut. Aber ich hatte nicht das Gefühl, dass ich ihm gut erklären konnte, was in mir vorging. Ich versuchte es trotzdem. »Ich würde es gerne versuchen«, begann ich zögerlich. »Ich meine, Sami ist doch für uns beide mehr als nur eine gute Freundin, oder?«

»Wenn das eine Frage ist: Ja, ist so. Was würdest du gerne versuchen?«

»Ich würde einfach gerne wissen, wie es ist.«

»...«

»Also nicht unbedingt mit einer Frau, so meine ich das nicht. Aber halt mit Sami.«

»Wie, was ist mit Sami? Auch wenn ich's ja längst begriffen habe. Aber du könntest es auch mal aussprechen, Marius. So schwer kann das doch nicht sein.«

»Du hast doch auch schon daran gedacht.«

»Erzähl mir jetzt nicht, was ich schon gedacht habe. Wir sind bei dir.« Max rülpste so laut, dass Gayle kurz die Ohren aufstellte. Ich war noch bei der ersten Flasche. Bier wurde bei mir immer warm.

»Schon merkwürdig, dass es doch irgendwie schwer ist. Es kommt mir dir gegenüber nicht korrekt vor. Und ich bin mir nicht sicher, ob meine Beweggründe Sami gegenüber die richtigen sind.«

»Die richtigen?«, Max schüttelte sich kurz und holte sich sein nächstes Bier. »Meine Güte, Marius, du willst gerne mit Sami poppen. Welche Beweggründe brauchst du dafür?«

»Poppen?«

»Du kennst das Wort und von alleine hast du ja nicht die Eier, was zu sagen. Also habe ich mal *poppen* vorgeschlagen.« Max wurde ungeduldig.

»Ich würde es einfach gerne wissen, wie es ist ...«

»Du wiederholst dich.«

»… Mit ihr zu schlafen.«

»Ja, Wahnsinn. Du hast es geschafft.« Max rückte seinen Stuhl ganz dicht an mich heran. »Und mach dir mal wegen mir keine Sorgen. Ich kann durchaus eifersüchtig sein, das wirst du bestimmt noch erleben. Aber bei Sami geht es mir völlig anders. Es ist so, wie du gesagt hast. Sie gehört zu uns, wir sind eigentlich drei zum Preis von einem. Mit ihr kannst du mich nicht betrügen. Wir lieben sie, sie liebt uns.«

Ich hatte gehofft, dass er so reagieren würde. Ich hatte es auch geglaubt. Trotzdem war ich erleichtert. »Ich will es mit dir.«

»Mit mir? Du meinst, ich soll dabei sein?« Max verzog das Gesicht, aber das meinte er nicht ernst.

»Ich habe es mir nie anders vorgestellt als mit dir zusammen.«

»Du bist mir schon eine ganz eigen romantische Nudel.« Max legte mir einen Arm um den Hals und zog mich kraftvoll zu sich. Er goss mir einen Schwall Bieraroma in den Rachen. Unsere Zungen liebten sich. Seine Hand griff mir in den Schritt, angenehm grob. Ich stand sofort. Wir gingen in mein Zimmer.

Noch immer kann es sein, dass ich in eine komplette Starre verfalle, wenn Max beginnt, mich auszuziehen. Er macht es ganz langsam mit starken Griffen. Und das macht mich fertig. Er legt mich frei und lässt mich schaudern. Ich überlasse ihm alles. Zu den schönsten Momenten zählt, wenn er mich einfach nur anschaut. Wenn ich seine Augen spüre, ohne ihn anzusehen. Sein Verlangen wird dann so stark, dass er immer ruhiger wird. Und mit seiner wissenden Ruhe hält er mich ganz bei sich.

In der Mitte meines Zimmers stand ich splitternackt und Max betrachtete seine Skulptur. Nur mein Schwanz und die sich hebende Brust verrieten Bewegung. Max stellte sich hinter mich und ging in die Hocke. Dann blies er mir zart und langsam über die Pobacken. Ich hatte das Gefühl, als würde er mich öffnen. Und ich begann schließlich zu weinen.

Noch in der Nacht setzte ich mich an den Computer. Max schlief friedlich in meinem Bett.

Liebe Sami,
es ist seltsam, dir so zu schreiben. Wir brauchen das ja eigentlich nicht. Also ein Medium zur Übermittlung dessen, was wir uns sagen wollen. Aber ich brauche es gerade doch einmal. Weil es ein wenig heikel ist, was ich dir sagen möchte. Genau genommen beschäftigen mich gerade vor allem drei Dinge. Zum einen bin ich damit beschäftigt, Mom zu verzeihen und sie loszulassen. Das wird dich wundern. Ich werde es dir bestimmt einmal erklären. Zum anderen bin ich damit beschäftigt, Geister zu vertreiben. Dazu auch gerne mehr, wenn die Zeit so weit ist. Was ich mir aber hier und heute wünsche und irgendwie ersehne, ist, mit dir schlafen zu dürfen. Das kommt jetzt etwas plump und unvermittelt. Entschuldige. Auch dass ich das Gefühl habe, dir meine Beweggründe nicht erklären zu können. Reicht mein Wunsch? Ach ja, Max sollte dabei sein dürfen. Meine Sehnsucht gilt dir und uns allen. Den Rest, wenn es einen gibt, werde ich vielleicht noch herausfinden.
Magst du morgen wieder zu mir kommen?

Ich freue mich.

Dein Marius

Ich hatte nur eine Decke um meinen nackten Körper gewickelt. So fühlte ich mich wohl in meiner Haut. Jetzt war es raus. Hinter mir atmete Max gleichmäßig in seinen Traum. Alles war still. Der Ton meines Computers, der mir eine Nachricht signalisierte, kam völlig überraschend.

Lieber Marius,
mach mich glücklich.
Ich komme.

Freue mich auf dich.
Auf euch.

Deine Sami

Ich konnte eigentlich nicht mehr schlafen. Aber mit Max unter der warmen Decke überkam mich doch die Schwere. Einen Arm schob ich unter seinen Kopf, den anderen legte ich über ihn. Ich nahm seinen Takt auf.

Am nächsten Morgen lag ein Zettel meines Vaters auf dem Küchentisch. Er wünschte mir alles Gute für den Tag in der Schule. Außerdem sollte ich ihn anrufen, wenn ich etwas bräuchte. Es würde leider wieder spät werden. Das Bier im Kühlschrank war aufgefüllt.

In der Schule lief alles glatt. Frau Wolters hatte einen super Job gemacht. Alle hielten sich an ihre Vorgaben. Es war nicht schwer, wieder mitzumachen. Auch wenn mir eine Menge Stoff fehlte und ich in der Zwischenzeit gar nichts getan hatte, um daran etwas zu ändern. Ehrlich gesagt, war das mein kleinstes Problem. Max hatte ich noch am Morgen von der nächtlichen Konversation erzählt. Überrascht war er mehr über die Tatsache, dass er davon nichts gemerkt hatte. Ansonsten wunderte er sich nicht. »Ein klares Drehbuch«, sagte er nur. »Ohne Überraschung, aber spannend.« Immer wieder dieses Grinsen.

Wir drei hatten eine stille Übereinkunft und meine Anspannung stieg minütlich in den Schultag hinein. In mir stapelten sich die Bilder auf. Die Hälfte zeigte uns nackt. Sami und Max strahlten ständig vor sich hin, wenn ich zu ihnen schaute.

Den Nachmittag verschlief ich zu Hause bis in die Dunkelheit hinein. Dann standen sie plötzlich in meinem Zimmer, alle beide. Ich fühlte mich komplett zerzaust und noch etwas benommen. Der Schlaf war tief. Sie lachten sich kaputt über meinen wirren Zustand. Sami öffnete das Fenster und ich verschwand im Bad. Ich hatte gelernt, mich zu spülen. Und auch wenn ich für diesen Abend gar nicht annahm, vorbereitet sein zu müssen, fühlte ich mich damit doch deutlich wohler. Ich brachte die Haare wieder in Ordnung, cremte mir die Hände ein, wusch mich im Schritt und unter der Haut und sprühte mir dann etwas Fahrenheit an den Hals. Aus der Küche brachte ich Tassen ins Zimmer, während ich das Wasser für den Tee kochen ließ. Sie hatten überall Teelichter aufgestellt, so viele, wie sie dieser Raum noch nie gesehen hatte. Ich schaute zu Max und der nickte zu Sami rüber. Zuckte ganz leicht mit der Schulter. Ich denke, er wollte damit so etwas wie *Frauen* sagen. So als ob Frauen und Teelichter zusammengehörten. Er tat manchmal so cool. Ich liebte Kerzen.

In der Küche überbrühte ich den Tee. Ich hatte mich im Schrank durch die unzähligen Beutelsorten gesucht, die Mom angeschafft hatte. Ich glaube, sie liebte vor allem die bunten Bilder der Packungen und war für jede noch so abstruse Sorte zu begeistern. Als ich auf *Persischer Granatapfel* stieß, machte ich kurz die Säge. Sogar die richtige, also die mit dem Knie auf dem Boden. Die hatte mir der Furter Opa noch beigebracht, als einmal ein Tor fiel, was ihn ganz besonders gefreut hatte. Ich lief dann stundenlang durch die Wohnung, machte die Säge und verlangte nach Applaus.

Ich stellte die Teekanne mit dem Stövchen und dem Kandis zu den Tassen und Löffeln auf meinen Tisch. Den Laptop schob ich zur Seite. Gemütlicher war es auf dem Boden drumherum zu sitzen, aber ich wollte mir das Zimmer nicht so vollstellen. Wer weiß. Ich goss den Tee ein. Max verzog etwas das Gesicht, aber Sami kannte den Geschmack.

»Das ist Granatapfel«, sagte sie und lächelte mir zu. Ich war höllisch aufgeregt und versuchte, es nicht zu zeigen. Vielleicht gelang es mir unverkrampft zurückzulächeln. Zumindest war das meine Absicht. Wir sprachen ein wenig über den Schultag. Es war uns allen klar, dass das in diesem Moment völlig belanglos war. Darum ging es allerdings auch. Wir tasteten uns heran. Es war keine Situation, um mit der Tür ins Haus zu fallen. Zumal die Tür bereits offenstand. Es war alles ausgesprochen. Nur die Umsetzung fehlte. Mein Problem war es, dass ich plötzlich gar keinen Sex mehr spürte. Die Aufregung verteilte Ohrfeigen an die Hormone. Vielleicht ging es den anderen auch so. Es anzusprechen, wäre mega uncool gewesen. Also blieben wir eine Weile im Belanglosen. So lange, bis Max den Anfang machte und sich seinen Pullover auszog. Ihm sei heiß, behauptete er. Er sagte es wie eine Aufforderung in unsere Richtung, die zumindest Sami verstand. Auch sie zog sich den Pullover aus. Was sie noch nie gemacht hatte. Sie trug ein caramelfarbenes Shirt. Ich trug einen Zipper und musste nur den Reisverschluss aufmachen. Den nächsten und entscheidenden Schritt machte Sami. Sie stand auf und kramte eine CD aus ihrer Tasche hervor. Eine selbst gebrannte ohne Cover. Die legte sie in den Player ein. Sie erklärte uns, dass nur ein Lied von einem in ihrer Heimat sehr bekannten Sänger auf der CD wäre. Mit Heimat meinte sie den Iran. Der Sänger hieß Salar Aghili, das Lied *Che Begooyam*. Dann zog sie auch ihr Shirt aus. Dass unser Rehkitz die Führung übernehmen würde, hatte ich nicht erwartet, aber sie tat es. Sie meinte, dass die Sänger in ihrer Heimat eine andere Poesie hätten als wir hier in Europa. Und dass es deshalb nicht ganz leicht für sie sei, uns den Inhalt des Liedes zu erklären. Sie drückte auf Play und Repeat. Dann stand sie auf und knipste ihren BH auf. Es waren die schönsten kleinen Brüste, die ein Mensch sich vorstellen konnte. Meine Hormone waren doch noch am Leben. Piano und Gesang. Auch wenn wir nichts verstanden hätten, so hätten wir es doch irgendwie begriffen. Die arabische Welt ist voll von diesen Melodien. Dieser eigentümlichen Führung ins Geheimnisvolle. Und dann zog sie sich auch die Hose aus. Barfuß war sie schon. »Ihr müsst nicht so viel verstehen«, sagte sie, »aber doch vielleicht so viel: Der letzte Traum wird wahr.« Damit reichte sie mir die Hände und zog mich nach oben. Wir hätten es gar nicht kitschiger drehen können. Es war nicht das erste Mal, dass mein Leben voll im Klischee ankam und sich womöglich gerade deshalb besonders toll anfühlte. Wir zogen uns alle aus. Die Teelichter verwandelten uns in goldene Schönheiten. Sami zog mich mit sich auf das Bett und Max folgte uns. Wir streichelten und küssten uns und hatten keine Eile. Bis Sami sich vorsichtig unter mich schob. Ich hatte mir nicht vorgestellt, dass es so leicht gehen könnte. Aber es war wenig mehr, als ins Freie zu gehen, wenn auch glühend. Zum ersten Mal in meinem Leben trat ich ein, in den Körper eines anderen Menschen. Ich tat es langsam und behutsam. Aghili hätte es auch gar nicht anders zugelassen. Wir küssten uns unendlich zärtlich und ich versuchte Sami, so gut ich konnte, mit meiner Männlichkeit zu streicheln. Max saß neben uns. Niemand sagte etwas. Ab und zu spürte ich seine Hände über meinen Körper streichen. Und manchmal schob er mir eine Strähne aus dem Gesicht. Ich musste wieder weinen. Ich hatte sie. Die Kraft für ihn. Die Kraft für Sami. Die Kraft für George. Ich war glücklich und stark. So frei von allem. So frei für alles. Ich ließ mich los. Hinein in die vollkommenste Nacht meines Lebens. Mit Aghili in Endlosschleife schliefen wir zu dritt verschlungen ein. Keiner merkte, als sich das letzte Teelicht verabschiedete.

24 | Väter kommen

In der Schule waren wir schon länger so etwas wie gut integrierte Außenseiter. Max und Sami hatten während meiner Abwesenheit die Bastion gehalten und sich verbarrikadiert. Fest entschlossen, außer mir niemanden einzulassen. Wir hatten nie feierliche Schwüre gesprochen. Es gab keinen fixierten Codex. Nicht einmal unser Blut hatten wir getrunken. Wir zogen es vor, uns zu rüsten und zu konzentrieren. Für die anderen mag es nach einem eigentümlichen Spiel ausgesehen haben, was sich nach Regeln formte, von denen sie ausgeschlossen waren und nichts verstanden. Viel mehr als kleinere Eifersüchteleien brachte uns das nicht ein. Trotz unserer schon fast autistischen Bezogenheit auf das Triptychon, was wir augenscheinlich darstellten, schlugen uns weder Hass noch Verachtung entgegen. Vielleicht hatte man Respekt davor, sich mit uns anzulegen? Oder jedem von uns für sich genommen, wurde immer wieder ausreichend Sympathie entgegengebracht? Wir sprachen nicht aus einem Mund, waren keine Papageien. Wir konnten kontroverse Haltungen einnehmen und uns im Streit bekämpfen. Das änderte nichts an der Entschlossenheit unseres Zusammenhalts, machte uns aber auch nicht zu Unberührbaren. Sie mochten uns und es reichte ihnen, uns ab und an als verschroben zu beschreiben. Das war mitunter sogar lustig. Selbst Bella fand ihren Frieden. Als es klar war, dass Max und ich etwas miteinander hatten, ebbte ihr Interesse an mir sichtbar ab. Eine Entwicklung, die ich dankbar aufnahm. Als sie kurz darauf mit Ben auf der Jungentoilette knutschte, trug sie bereits den gleichen Freundschaftsring wie er. Das passte zu Bella. Immer schön das Revier klar abstecken. Nun ja, wir machten es ja auch, nur lediglich anders. Aber es fühlte sich so viel freier an.

Der Vormittag nach der vollkommenen Nacht war ein einziges rauschhaftes Gefühl. Nichts war mehr wahr. Weil sich nichts von dem, was wir fühlten und in der Intensität der Nacht auch waren, einordnen ließ in das, was uns umgab. Von unserem Gipfel aus waren Schulhöfe und Klassenzimmer schlicht nicht auszumachen. Das war nicht überheblich, es war real. Wir schwebten durch Unterrichtsstunden und belanglose Pausen. Erstaunlicherweise hatte ich wenige klare Momente. Was ich nur erinnern kann, weil einer davon wichtig wurde. Der Moment, in dem ich erinnerte, dass mir ein Mosaikstein noch fehlte. Herr Wirtz war zum Unterricht gekommen und hatte mir kurz seine Hand zur Begrüßung auf die Schulter gelegt und ›schön, dass du wieder da bist, Marius‹ zu mir gesagt. Sein Gesichtsausdruck war irgendwie gutmütig und hilflos in einer Mischung, die ich von meinem Vater kannte. Wenn du spürst, wie du dich neu zusammensetzt, dann entwickelst du auch ein Gefühl für die Lücken. Den Ausschnitt des Bildes, der noch fehlt. Wahrscheinlich sind es heilige Momente, in denen du so in dich schauen kannst. Sehen kannst, was fehlt. Anhältst und dich auffüllst.

Mein Vater.

Nie hatten wir so miteinander gesprochen wie zuletzt. Nie wirklich viel voneinander erfahren. Warum ist dieser Mann, von dem ich mich immer geliebt fühlte, so oft weg? Warum hat er nicht mehr Freude am Zusammensein mit mir? Und wie war es um seine Kraft bestellt? Heute und damals. Damals, als er seine Tochter verlor. Heute ohne seine Frau.

Kurz bevor die Mailbox ansprang, hob er ab. Sein ›Marius?‹ klang erstaunt. Ich rief ihn tatsächlich nicht oft an. Ich saß am Küchentisch mit Gayle auf dem Schoß.

»Du hast gesagt, ich soll mich melden, wenn ich etwas brauche.« Das hatte ich mir als Einstieg überlegt. Sein Erstaunen war zu erwarten.

»Aber klar doch, Junge.«

Wie schön das klang aus seinem Mund. *Junge.* Das hatte Mom nie gesagt. *Junge* war noch zu haben. »Ich brauche etwas. Was, kann ich dir nicht so genau sagen. Lass uns darüber sprechen.«

»Aber klar doch, Junge.«

Beim zweiten Mal verlor der Satz seine Wirkung. Innerhalb von Sekunden verwandelte er sich in die Unbeholfenheit meines Vaters. Sein begrenztes Repertoire, wenn es um den Kontakt zu mir ging. Mom war nie so ungeschickt. Mit Mom war alles leichter. Ich mochte meine Vergleiche zwischen den beiden nicht. Verscheuchen konnte ich sie aber auch nicht so einfach. »Hättest du denn Zeit?«

»Aber ja doch, immer.«

Ich bezweifelte, dass er es so meinte. Was mich nicht daran hinderte, ihn beim Wort zu nehmen. »Dann komm doch, ich bin zu Hause.«

»Wann?«

»Jetzt.«

»… Du meinst jetzt gleich?« Er klang nun nach einer Mischung aus allem. Erstaunen, Unbeholfenheit und Bemühen.

»Welche Bedeutung von *jetzt* gibt es noch?«

»Da hast du recht. Entschuldige. Okay. Dann komme ich jetzt.«

Damit hatte ich nicht gerechnet. In keinster Weise. »Das heißt, bis gleich?«

»Ja, natürlich. Der Computer fährt schon runter. Was sollte mir wichtiger sein?«

Obwohl ich saß, hätte ich ohne Gayle vielleicht das Gleichgewicht verloren. Was sollte ihm wichtiger sein? Das hatte er gerade so gesagt, ich hatte mich nicht verhört. Meine Tränendrüsen wollten schon wieder mit der Produktion beginnen, aber das ließ ich nicht zu. Ich war sonst auf dem besten Weg, mich daran zu gewöhnen. Das musste nicht sein. »Dann bis gleich, Papa.«

»Bis gleich.«

Ich weinte doch ein wenig. Verdammt.

20 Minuten später hörte ich ihn die Treppen hochkommen. Man kennt den Treppengang seiner Leute. Er betrat die Wohnung wie immer. Hängte seine Jacke auf, kickte seine Schuhe unter die Garderobe und kam mit seinen hässlichen Pantoffeln in die Küche. Dann

setzte er sich zu mir an den Tisch. Dass er sofort gekommen war, erschien mir fast unwirklich. Aber da saß er. Und hatte Anspruch auf eine Erklärung. Ich goss ihm einen Tee ein, ohne zu fragen. *Persischer Granatapfel.* Seit neuestem mein Favorit. Auf keinen Fall Bier. Er sagte nichts.

»Danke, Papa.« Nicht gerade ein rasanter Auftakt, aber ehrlich.

»Hör auf, Marius. Ich werde ja wohl mal meinen väterlichen Pflichten nachkommen können.« Er schlürfte den heißen Tee und schien zufrieden. »Ich habe mich gefreut. Du rufst nicht oft an.«

»Vielleicht haben wir uns daran gewöhnt, so wenig Zeit miteinander zu haben.« Ich versuchte, die Ungewissheit dieser Fragestellung in mein Gesicht zu übersetzen.

»Vielleicht ist es so, Marius. Es tut mir leid.«

»Muss es nicht.« Ich blieb kein Fan dieser schnellen Entschuldigungen, aber meinetwegen. Irgendwas scheint der Menschheit daran gelegen zu sein.

»Gut, hier bin ich. Was gibt's denn?«

»Ich bin in Ordnung, Papa. Sehr sogar. Seit Moms Tod gab es keinen besseren Tag als heute. Und unser letztes Gespräch hat auch dazu beigetragen.«

»Das freut mich sehr. Du klangst nicht schlecht am Telefon, aber ich hatte mir trotzdem ein wenig Sorgen gemacht. Die wenigsten Menschen melden sich, um einem zu erzählen, dass es ihnen gut geht.«

»Das will ich dir auch gar nicht unbedingt erzählen, Papa. Aber ich dachte mir, es könnte unser Gespräch vielleicht leichter machen, wenn du das weißt.«

Mein Vater nickte zustimmend und schlürfte den nächsten Schluck Tee. Gayle legte sich an seine Füße. Die mochte er sehr, besonders die Pantoffeln. Katzen haben keinen Geschmack, höchstens in der Nase. Und der ist fragwürdig.

»Ich glaube, *weil* es mir so gut geht, kam ich auf die Idee, mit dir nochmal reden zu wollen. Teil zwei fehlt ja noch. Ich bin mir sicher, dass ich ihn jetzt hören kann. Dass jetzt der beste Moment für die ganze Geschichte ist. Wirklich ganz sicher.«

Mein Vater machte ein erstauntes Gesicht. »Wo soll ich anfangen?«

»Um ehrlich zu sein, das kannst du besser beurteilen.« Ich goss ihm heißen Tee nach. »Erzähl mir einfach die Geschichte zu Ende, Papa. Bitte.«

»Sie wird dir nicht unbedingt gefallen.«

»Darum geht es auch nicht. Das dürfte doch mittlerweile klar sein«

»Doch, Marius, glaub mir. Deine Mutter ... Es rückt sie in ein falsches Licht. Ich habe zu viel versäumt.«

»Was denn?«

»Zum Beispiel, dich nicht als meinen Konkurrenten zu sehen. Ihr habt über alles geredet und ich kam da nie dazwischen, wollte ich auch nicht. Ich hatte oft das Gefühl, dass sie mit dir mehr bespricht als mit mir. Ich war sogar eifersüchtig auf meinen eigenen Sohn. Auch deshalb blieb ich manchmal länger im Büro. Zu Hause war ich außen vor. Eine Entschuldigung soll das aber nicht sein. Ich hätte mich viel mehr um euch kümmern müssen.«

»Wir ändern das jetzt einfach. Ich glaube, wir haben schon damit angefangen.«

»Okay. Ich wusste es eigentlich von Anfang an.«

»Was? Dass es nicht von dir war?«

»Ja.«

»Und du hast es ihr nicht gesagt?«

»Nein, ich war zu gekränkt. Und ich fand, dass es an ihr war, zu reden. Außerdem freute ich mich wirklich. Anfangs ging ich ja auch davon aus, dass ich der Vater bin. Aber dann bin ich schnell draufgekommen. Es war erstaunlich, dass sie daran offenbar nicht dachte ... Oh, Gott. Was erzähle ich dir da?«

»Es ist wichtig für mich. Das hast du doch längst verstanden. Also, woran dachte sie nicht?«

»Dass wir kaum noch Sex hatten. Das Kind konnte unmöglich von mir sein. Also vielleicht nicht *unmöglich*, aber ...« Er nahm einen großen Schluck, ohne zu schlürfen. Dann ging er zum Kühlschrank und griff sich ein Bier. »Du erlaubst?« Er zwinkerte mir zu, setzte sich wieder und stellte seine Füße vorsichtig zurück zu Gayle. Der nahm davon keine sichtbare Notiz.

»Es war eben auf einmal da. Dieses Gefühl, dass etwas nicht stimmte. Dann habe ich geschnüffelt. Deine Mutter hatte ja den ganzen Tag den Computer laufen, und das Handy lag auch oft rum. Und weil sie sich alles von mir machen und erklären ließ, was mit Technik zu tun hatte, kannte ich all ihre Passwörter und Sperren. Es war ein Leichtes. Er sah super aus, das muss ich sagen. Nett war er auch noch. Es war schrecklich zu lesen, was sie sich schrieben.«

»Wie kommst du darauf, dass er nett war? Er war ein Riesenarschloch.«

»Wenn es mal so leicht gewesen wäre. Ich habe mich mit ihm getroffen.«

Jetzt war ich es, dem es die Sprache verschlug. »Du meinst, du hast ihn kennengelernt?«

»Ja, das habe ich. Und glaub mir, er war nett. Ich schrieb ihn damals sofort an, ohne darüber nachzudenken. Voller Wut forderte ich ihn auf, sich mit mir zu treffen. Ich drohte ihm, ohne zu wissen, womit. Er kam.«

»Respekt.«

»Findest du? Egal. Er hatte richtig Angst, Vater zu werden und machte sich Vorwürfe. Ich bot ihm einen Deal an. Meine Bedingung war, dass er sofort den Kontakt zu deiner Mutter einstellt, kategorisch. Dass er unverzüglich aus unser aller Leben verschwinden sollte. Dafür sicherte ich ihm zu, dass ich das Kind annehmen würde wie mein eigenes. Er würde nie etwas damit zu tun haben. Ich ging davon aus, dass mir deine Mutter noch erzählen würde, dass ich nicht der Vater war. Aber dazu kam es erst viel später. Wir hatten ziemlich viel getrunken damals, was nur noch selten vorkam. Wir waren ausgelassen, aber sie fing wieder an zu singen und das ließ unsere Stimmung kippen. In einem der besten Momente seit langem goss sie mir wieder diesen Song wie einen Eimer Wasser über den Kopf. Ich hasste jede Zeile. *You must be joking, you don't know a thing about it.* Ich wusste alles. *The heat is stifling, burning me up from the inside. The sweat is coming, through each and every pore. I don't wanna be here no more.* Wo wollte sie denn sein? Sehnte sie sich jeden Tag nach Tim? Es war nicht auszuhalten für mich und ich brüllte ihr, betrunken wie ich war, meinen ganzen Zorn ins Gesicht. Und sie verstummte ernüchtert. Erzählte mir die Geschichte, die ich längst kannte. Die ich als wertlos empfand. Monate später. Herausgeprügelt unter Promilleeinfluss. Ich war keinen Funken erleichtert. So verzweifelt wie die ganze Zeit. Und sagte ihr nichts von meinem Treffen mit ihrem Tim. Nie. Sie hat es nie erfahren. Dieses *I don't wanna be here no more.* Ich bringe es nicht mehr zum Verschwinden. Selbst bei der Trauerfeier habe ich es gehört. Als sie nicht mehr da war, endgültig. Ausgerechnet sie hat am Ende am wenigsten gewusst. Wahrscheinlich habe ich sie mehr betrogen als sie mich. Dieser Tim hat sich an alles gehalten. Vielleicht denkt er heute noch, dass er ein Kind hat, was ihn nicht kennt.«

In mir machte sich eine Erleichterung breit, die ich schwer verstand. Aber diese Komplettierung legte sich beruhigend um meine Schultern. Die Lücke war geschlossen. Es war das, was noch fehlte. Ich traute meiner Wahrnehmung. Ja, das war es. Ich schaute zu meinem Vater, der, die leere Flasche in der Hand, die Tischplatte anstierte.

»Papa.« Er schaute zu mir. »Jetzt, wo wir beide alleine sind hier zu Hause, und wo uns Mom wahrscheinlich noch ein Leben lang fehlen wird, könnten wir da nicht anfangen, uns mehr Zeit für einander zu nehmen?«

Er grinste, fast wie Max. »Du hast Gayle vergessen. Und deine zwei Hübschen. Du weißt gar nicht, wie gut es mir tut, dass du Max und Sami so liebst. Ich denke schon lange nicht mehr an Edith, das ist vorbei. Das hat deine Mutter wohl anders erlebt. Sie kam nie über diesen Verlust hinweg. Ich hatte mir alle Mühe gegeben, mich auf diese Tochter zu freuen. Manchmal glaubte ich mir das sogar für einen Moment. Aber die Wahrheit ist, dass ich erleichtert war, als es nichts wurde. Wir Männer sind schon eitle Gockel.« Er bat mich noch um eine Tasse Tee, aber der war abgekühlt.

»Eins kann ich dir versichern, Marius.« Er machte eine kurze Pause, die ich nutzte. Wir näherten uns einem Punkt, wo es mir zu tränenrührig werden konnte. Ich hatte endgültig genug davon.

»Ich weiß, Papa.«

Er ging in mein Zimmer und suchte sich zielsicher eine Platte aus dem Regal. Er legte sie auf und drehte die Anlage richtig hoch. »Unser Lieblingslied, über all die Jahre.« Ein ohrenbetäubend lauter und stampfender Rhythmus verschreckte Gayle. Mein Vater schrie durch die Wohnung. »Die Stimme von Mark Hollis, Junge, Mark Hollis, ist er nicht unglaublich?« Da hatte er noch gar nicht angefangen zu singen. Mein Vater schrie die ersten Zeilen des Songs, schlug die Drums und griff sich die imaginäre Gitarre. So hatte ich ihn noch nie gesehen. Dann kam auch *Hollis*: »*Baby, life's what you make it. Can't escape it…*«

25 | Väter gehen

Als ich am nächsten Tag mit Max über die ganze Geschichte sprach, ahnte ich nicht, dass noch eine weitere Geschichte auf mich wartete. Leicht euphorisch erzählte ich wie von einem guten Film, in den wir unbedingt auch noch einmal gemeinsam gehen müssten. Auch wenn ich das Ende ja jetzt kannte, und das sogar etwas bedauerte. Ich meine, vor allem das Ende willst du doch immer wissen. Am Ende sollen alle Rätsel gelöst sein, und du hast dein Ziel erreicht. Alles ist an seinem Platz, die Geschichte ist komplett, das Bild vollständig. Jedes Puzzleteil sitzt. Die Zufriedenheit darüber ist immens. Und dann fehlt es dir. Dein Bemühen und der ganze Drang, etwas herauszufinden, was dich schon lange nicht zur Ruhe kommen ließ. Dann hast du es, kommst zur Ruhe und kannst dich mit ihr nicht zufriedengeben. Du brauchst eine neue Suche, weil du dir letztlich doch immer ein wenig rätselhaft bleiben möchtest. Ich hatte noch keine. Und da erst sah ich, dass Max etwas teilnahmslos wirkte. Er hatte mir zugehört, kein Zweifel, aber ich hatte ihn eher wie einen Behälter genutzt. Kippte meine Geschichte in ihn rein. Um dann plötzlich aufzuhören und ihn anzuschauen.

»Ist was?«

»Irgendwie schon.«

»Irgendwie schon?« Ich war schlagartig ernüchtert. So kannte ich ihn nicht.

»Mein Vater ist anders.«

»Natürlich ist dein Vater anders, was meinst du damit?«

»Er ist so anders, dass es mir gerade schwerfällt, mich mit dir zu freuen. Ach, keine Ahnung, ich bin genervt von mir. Weil ich deinen Vater gerade lieber hätte als meinen. Ist das Eifersucht? Und etwas von der Aufmerksamkeit für dich hätte ich auch noch gerne.«

»Klingt nicht gut, fürchte ich. Aber ich kapier's immer noch nicht.«

»Ach, Marius. Ich will dir auch keinen Vorwurf daraus machen, das wäre idiotisch. Es ist nur so, dass sich seit Monaten fast alles um dich dreht. Logischerweise. Alles gut. Aber ein paar eigene Themen trage ich halt auch noch mit mir rum.«

Das saß und trat mit hitziger Scham nach mir. Jetzt war ich es, der zu schnell nach einer Entschuldigung suchte.

»Sorry, Max. Das tut mir unglaublich leid.« Ich wollte ihn umarmen, aber die Umarmung hätte in diesem Augenblick vermutlich eher ich gebraucht, und das wäre ja das ganz falsche Signal gewesen. »Bitte, ich meine wirklich... Also... sorry... Ich Hornochse... Erzähl's mir... bitte.« Ich wollte mich wiedergutmachen. Für ihn. Und zuhören.

»Die Geschichte ist kurz«, sagte er und machte eine Pause.

»Und sie klingt nicht nach Happy End. Mein Vater hat es vermasselt.«

»Was hat er denn gemacht?«

»Mit mir geredet. So wie du mit deinem Vater. Aber Gespräche können eben auch trennen. Gibt's eigentlich heute auch was zu trinken?«

Ich nickte und holte ihm ein Bier. Das kannte ich jetzt langsam. Er nahm die Flasche und trank.

»Danke.« Eine Weile drehte er die Flasche, ohne mich anzuschauen. Dann war er so weit. »Es ist schon Monate her, da bat er mich in die Küche zu kommen. Außer uns war niemand in der Wohnung. Er redete nicht lange drumherum. Er meinte, er hätte im Prinzip nur eine Frage. Dazu zog er ein Heft aus der Schublade unter dem Tisch und legte es vor mich. Mit einem ziemlich nackten, ziemlich geilen Boy auf dem Titel. Das Heft hatte ich mir schon vor langer Zeit gekauft und mich gewundert, als es verschwunden war. Aber nie hätte ich gedacht, dass er in meinem Zimmer geschnüffelt haben könnte.« Ich holte ihm schon mal die nächste Flasche.

»Mein Vater sagte: ›Ich will eigentlich nur wissen, wieso ich so etwas in deinem Zimmer finden muss. Oder noch direkter. Ich will einfach nur wissen, ob mein Pflegesohn schwul ist.‹ Und ich bekam Angst. Versuchte kurz wieder der zu werden, der ihm alles recht macht. Sein *Champ* zu sein. Und hätte er nicht von mir als seinem *Pflegesohn* gesprochen, wäre mir das vielleicht auch passiert. Ich war kurz davor, ihm etwas vorzumachen. Von wegen vielleicht bi, und ich wisse noch nicht so genau, bestimmt nur eine Phase, Frauen gefallen mir schon auch… Der ganze Kram, von dem ich weiß, zumindest seit dir, dass er nicht stimmt. Aber der *Pflegesohn* machte mich zuerst wahnsinnig, und dann plötzlich wütend, es ging alles ganz schnell. So hatte er mich nie genannt.« Er machte wieder eine Pause, trank nicht, es war einfach nur still. Dann erinnerte er sich an seine Worte.

»Wenn es das ist, was dich so beschäftigt, kann ich dir schnell helfen, denke ich. Ja, ich liebe einen Mann und ich ficke ihn sogar. Und etwas Schöneres ist mir bisher noch nicht begegnet. Also ja, ich vermute, dein Pflegesohn ist schwul«. Er stand auf und lief durch mein Zimmer. Als ob er sich das, was danach geschah, noch einmal erlaufen müsste. Bis er stoppte und zu mir schaute. »Mein Vater hat dann das Zimmer verlassen, nicht ohne den ganz großen dramatischen Abgang. Den mit der Drehung vor dem Verlassen des Zimmers. Er drehte sich also zu mir und sagte dann, dass ich ja noch etwas Zeit hätte. Genau genommen bis zu meinem 18. Geburtstag. Danach hätte ich mich entweder besonnen und mir erfolgreich helfen lassen oder eine Perspektive außerhalb seiner vier Wände gefunden. Und obwohl es ja selbstverständlich sei, wollte er mich darauf hinweisen, dass er bis dahin auch keine Männerfreundschaften mehr von mir in seiner Wohnung dulden würde. Zuletzt fragte er mich, ob ich ihn verstanden hätte. Auf meine Antwort bin ich irgendwie stolz.« Ich blickte ihn fragend in die neuerliche Pause an. »Den Menschen, den ich eben noch liebte, wollte ich plötzlich nur noch zerstören.« Er trank die zweite Flasche leer und ich blieb sitzen. »Ja, ich habe dich verstanden, Pflegevater.«

26 | Stille

Der Tag war mild und angenehm. In mir war es ruhig und ich fühlte mich eingehüllt. Eingehüllt in etwas Tiefes und Besonderes, einer Stimmung, die mich ganz erfasste und intensiv auf mich selbst verwies. Mit mir und meiner Familie, deren Mitglieder jetzt ihre richtigen Plätze eingenommen hatten. Mom, mein Vater und ich, Gayle und George. Auch Edith und Tim. Dazu Max und Sami. Vielleicht sogar Thelma. Dann war da noch Max' Vater, der sich nicht einfügte und wehtat. Sich selbst und Max, und damit auch mir. Denn ja, es tat mir sehr weh, wie er Max verstieß, und damit auch mich. Wie konnte man seinen Sohn verstoßen, weil er anders liebte? Warum fällt es den Menschen so schwer, sich zu lassen, wie sie sind? Was ist das für eine Krone der Schöpfung, die sich selbst bekämpft und vernichtet? Mit diesen Gedanken und Gefühlen nutzte ich den Tag für etwas, was ich mir schon länger vorgenommen hatte. Ich ging zur Gedenktafel auf dem Hülya-Platz. Bisher hatte meine Absicht alleine nicht gereicht. Es musste mich auch treffen. Oder finden. Wie du willst. Eingehüllt wie ich mich fühlte, konnte der Tag mich treffen und finden.

Ich hatte Blumen und ein rotes Grablicht dabei. Eines, was für fünf Tage reicht. Das gleiche, wie ich es Mom immer aufs Grab stellte. Ich zündete die Kerze an und stellte sie unter die Tafel. Die Blumen legte ich dazu. Um mich herum das normale städtische Treiben. Ein wenig sonderbar kam ich mir vor, wie ich da inmitten der ganzen Normalität mit meinem Gedenken stand. *Gedenkenverloren.* Ich glaube, ich fing gerade erst an, zu begreifen, dass es mir etwas bedeutet, Kerzen zum Gedenken anzuzünden. Moms Tod hatte mich darauf gebracht. Die Gespräche mit ihr hatten mich wieder zum Leben erweckt. Ich nahm nicht an, dass ich mit Hülya reden konnte. Ich war nicht einmal sicher, ob wir uns überhaupt gut verstehen würden. Es tat sich auch nichts. Auch nicht, als ich ›Entschuldigung‹ sagte. Was hätte auch passieren sollen? Ich war noch lange nicht geboren, als sie dem Brandanschlag zum Opfer fiel. Aber das Gefühl war da, haftete an mir. Mein Land hat dir das angetan, Hülya. Und *mein Land* bedeutete *Ich*. Irgendwie. Orte des Gedenkens sind nicht nur Orte der Erinnerung, der inneren Einkehr oder der Trauer. Es sind auch Orte der Schuld und der Scham. So ähnlich hatte ich das irgendwo mal gelesen. Man lebt weiter und verliert sich aus den Augen. Und man hätte... Hat aber nicht. Vielleicht ist es leichter, wenn man selbst tut, was man kann, solange man lebt. Wenn man bei sich ist, ganz bei sich und bei Trost. Nicht aufs Jenseits anschreiben lässt. Das kann ins Auge gehen. Oder auch nicht. Wissen tut's ja wieder niemand so genau.

Aber das ist es doch, was wir tun können, oder? Uns so wichtig nehmen, wie wir sind. Uns und andere nicht überhöhen. Die Menschen vor und nach uns nicht vergessen. In unserer Mitte Platz nehmen. Halleluja.

Mom hatte einmal gesagt, dass sie sich wünscht, dass ich meine Sehnsüchte lebe. Sie sagte auch, dass sie weiß, was ich womöglich noch nicht wüsste. Dass die nicht gelebten Sehnsüchte in einem hängen bleiben können, ein Leben lang, und sich nicht auflösen lassen. Sie sagte, dass es für manche Sehnsüchte kein Später und kein Nachher gibt, nur ein Jetzt. Na ja, ich will ja nicht wieder so altklug rüberkommen, aber die Feierlichkeit, die sie in diese Ausführung legte, passte nicht so ganz zu meinem Gefühl, dass das keine so bahnbrechende Erkenntnis war. Damals wusste ich nichts von ihren Sehnsüchten und fragte sie auch nicht danach. Ich nahm es wie etwas, was ein älterer Mensch schon mal so von sich gibt.

In der U-Bahn zum Hauptfriedhof erinnerte ich mich wieder daran. Ich fragte mich, ob ich ihr erzählen sollte, was ich von meinem Vater erfahren hatte. Einerseits war ich ihr die volle Geschichte schuldig, das war wie eine gefühlte Abmachung unter uns. Andererseits, und das beeindruckte mich sehr, war sie tot. Einem Toten sein Leben neu aufzurollen, kam mir gemein vor. Auch finster. Sie war dem so hilflos ausgeliefert. Zu Lebzeiten hätte sie damit ja vielleicht noch etwas anfangen können, aber danach? Ist die Wahrheit denn wirklich immer das Maß aller Dinge? Wenn sie nur zerstört und hinter ihr keine brauchbare Perspektive wächst? Aber wer weiß schon, was brauchbar ist? Ich war mir unsicher und unentschieden bis zuletzt. So dass ich es schließlich machen wollte wie schon so oft. Den Moment entscheiden lassen, die Chemie der Situation. Schauen, was passiert. Was hatte ich mir schon alles in meinem Kopf zurechtgelegt, um es dann situativ zusammenzufalten und in die Tonne zu treten.

An einem milden Tag wie diesem hätte Mom sicher bald unseren nächsten Frühlingsausflug geplant. Ich ging durch das Eingangstor des Friedhofes. Die Pause war etwas länger gewesen als üblich. Die Kerze am Grab brannte nicht mehr. Ich kramte eine neue aus meinem Rucksack und zündete sie an. Währenddessen plauderte ich schon ein wenig mit ihr. Nichts Wichtiges. Übers Wetter und so. Wusste ja nicht sicher, ob sie das überhaupt mitbekommt. Ein paar Rosen hatte ich auch dabei, eine davon war im Rucksack umgeknickt. Ich holte frisches Wasser für die Vase, stellte die Rosen rein und platzierte den stiellosen Kopf in der Mitte direkt auf das Wasser. Vielleicht konnte Mom ihn so von oben irgendwie noch sehen. *Von oben.* Das war letztlich doch meine Vorstellung. Obwohl sie da unten im Grab lag, sprach sie *von oben* zu mir, dem Himmel halt näher. Es dauerte noch eine Weile, bis ich mich anfing, zu wundern. Sie reagierte nicht. Keine Begrüßung, keine Floskel über Gott und die Welt, nichts. Was war los?

»Mom?«

»...«

In der nächsten Zeit ging ich täglich zum Grab. Ich wusste, dass sich nichts mehr ändern würde, aber ich musste es versuchen. Brauchte das Gefühl, alles versucht zu haben. Ich blieb immer kürzer, weil es immer klarer wurde. Ich begrüßte sie und bekam keine Antwort. Nie. Nie mehr.

Lass die Toten ruhen, auch wenn sie noch leben. Ist von mir.

Irgendwann habe ich sie ruhen lassen. Es tat mir so leid. Ich wusste ja, dass man nicht immer den Kontakt halten kann. Und dass es die Lebenden sind, die darüber entscheiden. Entschieden hatte ich aber nie etwas, nicht bewusst. Moms Erklärungen ließen nur einen Schluss zu. Ich hatte sie für tot erklärt. Ich hatte es akzeptiert. Und ich fühlte mich nicht mehr dafür verantwortlich, sie noch länger am Leben zu halten. War das richtig von mir? Niemand fragte mich danach. Der Schmerz darüber brandete immer wieder voll auf. Allerdings warf er mich nicht mehr in diese Schlucht der Bewegungslosigkeit. Ich hatte mein Leben vor mir. Träume und Ideen. Menschen, die ich liebte. Max und Sami und meinen Vater. Gayle.

Manchmal war ich verzweifelt und verfluchte diesen Schmerz. Den ich nicht mehr fühlen wollte und der mich doch zwang, zu spüren, was unwiderruflich und unvermeidbar mein Leben bewegte. Den unheilbaren Verlust.

Okay, Mom. Du hast mich das Fliegen gelehrt. Einen besseren Start hätte ich nicht nehmen können als mit dir an meiner Seite. Und ein paar Sachen muss ich mir jetzt wohl noch selbst beibringen. Ich habe alles dafür, was ich brauche. Danke. Ich kann mich aus der Klapse entlassen.

Sami hatte das Pilotstück fertig und es mir eines Abends feierlich überreicht, als wir zu dritt in meinem Zimmer lagen und miteinander kuschelten. Es sah perfekt aus, genau wie ich es gedanklich entworfen hatte, und sie hatte für mich auch die perfekten Farben gewählt. Vorne ein kräftiges Rot, hinten ein helles Blau. Darauf stand: *Designation A – Ménage-à-trois avec Granatapfel.*

Max und ich lachten Tränen und knutschten sie beide, bis sie um Hilfe rief. Dass *Designation A* nicht aufs Shirt gehörte, hatte sie noch nicht verstanden. Aber ein besseres Unikat konnte sie gar nicht auf den Markt werfen. Ich sah es schon in einer feierlich angestrahlten

Vitrine unseres Museums vor meinem geistigen Auge. Dann, wenn wir ohne Zweifel unser Ziel erreicht haben würden. Eine unsterbliche Marke zu sein.

Sami strahlte uns an. Um dann hinzuzufügen, dass wir es jetzt alle auf einen grünen Nenner gebracht hätten.

Ein Allerletztes fehlte noch. Und als ich an einem herrlich warmen Frühlingstag mit dem Shirt zum Grab ging, flog mir der Entschluss zu. Mom hatte ihn mir zugeworfen und war dann abgedreht, stellte ich mir vor. Sie wollte es doch wissen. Die ganze Geschichte.

»Und fang mit der Liebe an«, hörte ich sie sagen.

Mit meiner Stimme, gestochen scharf. Anders als zuvor. Ganz anders als jemals zuvor.

»Erzähl mir deine Geschichte. Du hast alles, was du brauchst.«

Also begann ich zu schreiben.
Und der Schmerz wurde besser.

Und hier sind wir jetzt.

Epilog

Wenn es stimmt, dass die Literatur die Funktion hat, dass wir uns von außen sehen lernen, und dass dies die Voraussetzung dafür ist, wir selbst sein zu können, dann werde ich mich sicher an Moms Vorbild halten und jede Menge Bücher lesen. Mein eigenes zu schreiben, hat mir dabei auch schon sehr geholfen. Obwohl es gar nicht nötig sein sollte, wenn man doch alles bereits erlebt hat. Aber ihr könnt es mir glauben, es ist nicht dasselbe. Der Weg zur Abbildung deines Lebens verändert schon viel, und wenn du sie dann vor dir siehst, die Abbildung, schaut sie dich ganz anders an, als du es dir bis dahin vorstellen konntest, so viel konkreter. Und nicht nur das. Sie erlaubt dir nicht mehr den Luxus wahrzunehmen, wie es dir vielleicht gerade am besten gefällt, sondern zwingt dir deine Wirklichkeit auf.

In meinem Fall heißt das, dass mich vielmehr Täuschung umgab, als ich dies je gedacht hätte. Ich war mir so sicher, dass meine Wahrnehmung gar nicht irren konnte. Und es ging mir gut in meiner Sicherheit. Mit einer Schwester, die ich nie hatte. Mit einer Mom, so groß wie ich sie mir machte. Mit einer Identität und Sexualität, die ich gar nicht kannte. Berauscht von einer überdimensionierten Zukunft. Umgeben von Menschen, mit denen ich in Frieden lebte, der vermutlich ein Scheinriese ist. Inmitten einer Stadt, deren Größe und Lebendigkeit sich über den Tag zu etwas aufbläht, was sie gar nicht ist, um sie in den ruhigeren Abendstunden in die Wirklichkeit einer *Nichtmillionenstadt* zu entlassen.

Ich glaube, ich sehe jetzt besser. Und vermutlich bin ich auch etwas mehr ich selbst.

Marius

Danksagung

Gabi, heilige Freundin im Süden. Erste Leserin. Mit unerschütterlichem Zutrauen.

Gisela, Lehrerin mit normannischem Licht im Herzen. Deine Überzeugung hat mich gestärkt.

Brigitte und Herbert. Euer Dach wurde zu meinem. In dieser Obhut konnte Marius wachsen.

Societäts-Verlag mit Julia & Julia. In einer für Debütanten trüben Landschaft ein Lichtblick. Julia brachte mich auf den Weg, und Julia hielt mich begeistert mit dem Team in der Spur.

Und jetzt könnte ich Seiten füllen. Aber das könnte zu kitschig werden. Trotzdem danke. Familie mit Leon, Freund*innen, Kolleg*innen, Klient*innen, flüchtige Begegnungen. Was wäre das Leben ohne die Menschen, die es füllen und bereichern. Über alle Unterschiede, Generationen, Religionen, Kulturen und Kontinente hinweg. Und ohne die Orte, an denen wir aufblühen. In meinem Fall vor allem mit der Musik im Auto, dem Buch im Bett und der Leinwand im Kinosessel.

Mainz 05, Liebe meines Lebens.

Allen, die schon vorausgegangen sind.

To be connected:
michabohl@gmx.de

Der Autor

Michael Bohl, Jahrgang 1963, ist gebürtiger Mainzer und lebt in Frankfurt. Im Mittelpunkt seiner beruflichen Laufbahn stand 25 Jahre die Arbeit bei der AIDS-Hilfe Frankfurt, u. a. als Beratungsstellenleiter. Danach wechselte er als Sozialarbeiter in die ambulante Erziehungshilfe. Als Systemischer Therapeut/Familientherapeut arbeitet er zudem seit Anfang des Jahrtausends in einer eigenen Praxis in Mainz. »Nichtmillionenstadt« ist sein erster Roman und nicht unbeeinflusst von den vielfältigen Erfahrungen des Autors in der Arbeit mit Familien, Paaren, Erwachsenen, Jugendlichen und Kindern.